AF378166

<u>M</u>

REBECCA YARROS

MÁS INTENSO QUE EL PLACER

Traducción de Cristina Macía

Montena

El papel utilizado para la impresión de este libro ha sido fabricado a partir de madera
procedente de bosques y plantaciones gestionadas con los más altos estándares ambientales,
garantizando una explotación de los recursos sostenible con el medio ambiente y beneficiosa para las personas.

Más intenso que el placer

Título original: *Beyond What is Given*

Primera edición en España: noviembre, 2025
Primera edición en México: febrero, 2026

Publicado originalmente en Estados Unidos por Entangled Publishing, LLC.

D. R. © 2015, Rebecca Yarros

D. R. © 2025, Penguin Random House Grupo Editorial, S. A. U.
Travessera de Gràcia, 47-49, 08021, Barcelona

D. R. © 2026, derechos de edición mundiales en lengua castellana:
Penguin Random House Grupo Editorial, S. A. de C. V.
Blvd. Miguel de Cervantes Saavedra núm. 301, 1er piso,
colonia Granada, alcaldía Miguel Hidalgo, C. P. 11520,
Ciudad de México

penguinlibros.com

© 2025, Cristina Macía Orio, por la traducción
Traducido con licencia de Alliance Rights Agency y Sandra Bruna Agencia Literaria, S. L.

Penguin Random House Grupo Editorial apoya la protección del *copyright*.
El *copyright* estimula la creatividad, defiende la diversidad en el ámbito de las ideas y el conocimiento,
promueve la libre expresión y favorece una cultura viva. Gracias por comprar una edición autorizada
de este libro y por respetar las leyes del Derecho de Autor y *copyright*. Al hacerlo está respaldando a los autores
y permitiendo que PRHGE continúe publicando libros para todos los lectores.

Tenga en cuenta que ninguna parte de este libro puede usarse ni reproducirse, de ninguna manera,
con el propósito de entrenar tecnologías o sistemas de inteligencia artificial ni de minería de datos.
Si necesita fotocopiar o escanear algún fragmento de esta obra diríjase a CeMPro
(Centro Mexicano de Protección y Fomento de los Derechos de Autor, https://cempro.org.mx).

ISBN: 978-607-386-958-4

Impreso en México – *Printed in Mexico*

*Para Brody, el indómito. Eres la cereza del
pastel, mi ración de mimos por la noche.
El mejor tesoro que nos dio Fort Rucker no fue
ninguna medalla, fuiste tú, nuestra pequeña
maravilla de ojos grises*

Capítulo uno

Sam

¿Cuál es exactamente el protocolo para dejar tampones en el baño de un chico? ¿Y un baño monstruoso de lo ordenado que está? Bueno, ahora la mitad era para mí, así que no iba a seguir impecable mucho tiempo.

Abrí y cerré unas cuantas veces la puerta del pequeño gabinete, pero la caja rosa seguía destacando… como una maldita caja rosa, claro. ¿Tendría que haber traído otra caja para guardarla? «¿En serio te preocupa tanto dónde poner los tampones?». Dejé la puerta cerrada y retrocedí un paso muy despacio, como si estuviera dejando pruebas falsas o algo así.

La cosmetiquera estaba a la izquierda del lavabo, pero las crmas y la legión de productos para el pelo que necesitaba para domar los rizos debido a la humedad del sur consumían más espacio del asignado y uno de los cajones recién vaciados para mí. Sí, aquello proclamaba a gritos que había una chica.

A la mierda. Ahora yo también vivía allí, igual que mis tampones… Desde hacía doce horas. Volví a mi cuarto, procurando pasar de puntitas ante la puerta de mi nuevo compañero de departamento, que estaba justo al otro lado del pasillo. Que yo me hubiera levantado al cuarto para las siete no quería decir que él también se tuviera que levantar a esas horas, y un despertar grosero no era precisamente la mejor primera impresión.

—¡Es hora de levantarse! —anunció Ember con una mano a la espalda antes de entrar en mi cuarto.

Puede que fuera mi mejor amiga, pero estaba demasiado contenta para la hora que era, resplandeciente por el sol de Alabama y por cosas que yo no quería saber respecto a su novio, Josh. El novio con el que ahora vivía yo, junto con Jagger, su mejor amigo, y el otro chico cuyo nombre no era capaz de recordar. Tres chicos, una chica. Había situaciones incómodas, situaciones muy incómodas, y luego aquello. Ember paseó la vista por las cajas a medio vaciar.

—Vaya. ¿No dormiste nada?

—Unas horas. —«Apenas»—. Si no bajas la voz, vas a despertar a los chicos.

—Ay, no inventes. Grayson volvió anoche muy tarde, y los tres salieron a correr hace ya un buen rato. ¿Por qué crees que ya estoy tan despierta?

Su sonrisa transmitía más información de la necesaria.

«Grayson. Eso es».

—¿Ya se fueron? Deben de ser medio ninjas; no oí nada. Y lo de ustedes dos, puaj. Son asquerosos. —«Y envidiables».

Se rio a modo de respuesta y me tendió la bolsa que llevaba escondida.

—¡Bienvenida a Alabama!

—Pero si vives en Tennessee.

—Oye, soy en parte alabamesa, o como se diga, así que tengo autoridad suficiente para darte la bienvenida. Vamos, acepta el regalo —me apremió, sacudiendo la bolsita plateada.

La agarré, tiré el papel de China rojo sobre un montón de cajas vacías y alcé una camiseta granate con cuello en v que llevaba estampada la palabra TROY. Una sonrisa me iluminó el rostro.

—¡Es genial! Me encanta.

Hacía tanto tiempo que no me sentía feliz, que casi no reconocí la sensación.

—Un nuevo comienzo, universidad nueva, camiseta nueva. —Sonrió y me dio un abrazo—. Ya sé que las clases de verano no empiezan hasta dentro de unas semanas, pero me pareció que era buen momento para dártela.

La estreché con fuerza antes de soltarla.

—Gracias. En serio. Si no fuera por ti, que me dijiste que aplicara en Troy, o por Jagger, que me ofreció vivir aquí, o por Josh, que me ayudó a hacer la mudanza…

—Para eso estamos. ¡Ay, casi se me olvida! —Se saca un papel del bolsillo de la pijama—. La contraseña del wifi. Ya sé que tienes que hablar con tu mamá por Skype. ¿Preparo café?

—Claro. Eso ni se pregunta.

—Ni se pregunta —repitió, y se fue hacia la cocina.

La manzana se reflejó en el espejo del clóset cuando encendí mi laptop. Me conecté al wifi.

—«Pilotos». Claro —masculté con una risita, y accedí a Skype tres minutos antes de la hora.

Ella ya estaba conectada.

Se oyó el timbre, respondí y el rostro de mi mamá apareció en la pantalla a los pocos segundos. Parecía cansada. Se bajó el cierre de la chamarra de camuflaje y la colgó en el respaldo de la silla. Debajo llevaba la camiseta de color pardo.

—Samantha, nena, ¿cómo estás? —preguntó esbozando una sonrisa.

En las paredes de su habitación en Afganistán no se veía nada, solo la foto enmarcada de la graduación en la preparatoria.

—Muy bien. —Apoyé la computadora en la cómoda—. A medio desempacar las cosas. ¿Y tú?

—Fue un día duro, pero todo bien. ¿Qué demonios llevas puesto?

Me miré, y luego a ella.

—Eh… ¿La pijama?

Tenía conjuntos que hacían que aquellos shorts y la camiseta de tirantes parecieran de una monja.

—Ahora vives con hombres, no puedes llevar una pijama así. Cómprate alguna decente.

—Otra posibilidad es vestirme con un costal o ponerme cinturón de castidad, mamá.

Me lanzó una mirada. Esa mirada tan suya.

—No te hagas la graciosa conmigo. Solo te digo que muestres menos piel y más sentido común.

—Sí, señora —respondí con sonsonete.

—Samantha.

Suspiré.

—Okey, mamá, pero debes saber que tu teoría está muy anticuada.

—Pues hazlo por mí, ¿okey? No me hace ninguna gracia lo de que compartas departamento con chicos, o que te hayas ido a una universidad de Alabama, en medio de la nada.

—Esta universidad me aceptó, a diferencia de las otras veinte en las que solicité lugar —le repliqué mientras pasaba los dedos por las letras plateadas de la camiseta nueva.

—¿Y eso por qué será? —repuso ella.

La miré a los ojos.

—Ya lo sé, ya lo sé. Estoy haciendo todo lo posible por enmendar lo que pasó. Entré en una universidad de verdad, como me dijiste. Me las estoy arreglando sola y hoy mismo empiezo a buscar trabajo. No puedo dar marcha atrás y cambiar lo que hice el año pasado. —«Ojalá pudiera». El arrepentimiento era una constante asquerosa en mi vida—. Si saco buenas calificaciones, a lo mejor me readmiten en Colorado el próximo curso. —«Si tengo el valor de hacerles frente».

Se pasó las manos por la cara y suspiró.

—Lo siento. Es que no me gusta que tengas que pasar por esto sin que yo esté a tu lado.

—No necesito que me salves, mamá. Solo que me dejes un poco de espacio para respirar. —Unos centímetros, aunque sea. Para variar.

—A lo mejor el problema es que te he dejado demasiado espacio. —Alguien llamó a su puerta—. ¡Adelante! —respondió, y de inmediato se irguió en la silla.

Hacía mucho que yo ya sabía que era dos mujeres en una, mi mamá y la…

—¿Coronel Fitzgerald? —Una cabeza anodina asomó por la puerta.

Esa misma, la coronel Fitzgerald, la *alter ego* de mi mamá.

—Estoy hablando con mi hija, capitán. Sea lo que sea, ¿puede esperar?

Por el tono de su voz, parecía dar por sentado que sí.

—No, señora, lo siento.

—Bien, ya voy.

Se giró hacia mí con la clásica sonrisa de «lo siento, Sam».

—Samantha, lo…

—Lo sientes —concluí la frase, yo también con una sonrisa forzada—. Ya lo sé, mamá. El deber te llama. ¿Mañana a la misma hora? Y te comento las clases que puedo elegir.

—Perfecto, nena. Estoy orgullosa de cómo has reaccionado. Te dejo.

—Hasta luego.

Me despedí con un gesto de la mano y pulsé el botón rojo para finalizar la conversación. Me ponía de los nervios, pero siempre habíamos estado juntas. Había hecho un esfuerzo inmenso para criarme al tiempo que ascendía en el Ejército, siempre tomando como ejemplo a Marcelite Harris, la primera general de división afroamericana. Yo estaba segura de que la superaría y sería la primera teniente general.

Siempre que yo no estorbara.

Se oyó la campana del correo electrónico, que se estaba actualizando tras veinticuatro horas sin conectarme. Pasé por alto las alertas de ventas y un par de mensajes personales, y vi uno de un tal apoole@gmail.com con el asunto QUÉ TAL LA MUDANZA. Lo abrí por curiosidad y contuve una exclamación.

Da igual a qué estado te traslades. Sigues siendo una puta.

Borré el correo electrónico y cerré de golpe la computadora con el pulso acelerado. ¿Adónde tenía que irme para escapar? Cualquiera habría dicho que, después de las diecinueve últimas veces, ya habría dejado de abrir mensajes con remitente desconocido. Incluso llegué a crear una dirección nueva, pero no tardaron en llegarme ahí también.

Traté de dejar el tema de lado. Un nuevo día, un nuevo comienzo. Una nueva universidad, como había dicho Ember. ¿Seguiría pensando lo mismo si supiera lo que había hecho? No se lo había dicho ni a mi mamá. Lo atribuí todo a las malas calificaciones y seguí adelante. Algunas cosas eran demasiado feas para dejar que salieran a la luz.

Noté el frío suelo de madera bajo los pies al bajar las escaleras en dirección a la cocina. Al otro lado de la puerta de cristal la mañana parecía agradable, fresca, pero ya había descubierto que el mes de mayo en Alabama no tenía nada de fresco. Ya hacía calor, y pronto haría mucho más.

Ni rastro de café o de Ember, pero vi una nota: «Por lo visto, los chicos se quedaron sin café. Voy a comprar, vuelvo ahora mismo. Espero que te haya ido bien con tu mamá».

Casi a modo de respuesta, me empezó a doler la cabeza como si supiera que le estaban negando la cafeína a una adicta confesa. Me froté las sienes y fui abriendo los gabinetes de la cocina para ver qué había.

Todo estaba tan organizado como el baño antes de que llegara yo, con un orden preciso, impecable. Que yo supiera, ni Josh ni Jagger habían sido nunca tan pulcros. Abrí el segundo gabinete encima del fregadero y vi las tazas de café y, dos estantes más arriba, una caja de cápsulas de café.

—Salvada —murmuré.

Intenté alcanzarlas, pero de puntitas apenas llegaba a rozar el estante. Mierda. Imposible. Arrastré una silla sobre las baldosas y puse el respaldo contra los gabinetes. ¿Para qué demonios ponían repisas hasta el techo? ¿Quién pensaban que iba a venir a guardar los platos, Kobe Bryant?

Okey, no era imposible. Podía llegar. Coloqué una rodilla sobre la barra de granito; luego, la otra. Extendí el brazo, pero aún no alcanzaba. Aparté el escurridor en el que había unas cuantas tazas y me puse de pie con cuidado, agarrándome al soporte central de los gabinetes con tanta fuerza que la madera me dejó marcas en la piel.

Todavía sujeta al gabinete con una mano, estiré el otro brazo y agarré la caja.

—¡Ya te tengo! —«¡Ja! ¡Toma eso, Kobe!».

—¿Qué demonios haces?

Di un respingo, pero logré mantener el equilibrio. «Así me gusta».

—¿A ti qué te parece? Bajando el café.

Estaba a mi lado, empapado en sudor, con sus enormes brazos desnudos cruzados sobre un pecho aún más enorme. Carajo. ¿Cómo se había puesto así el chico? ¿Hacía pesas con una vaca antes de desayunar y luego se la comía? Cuando mis ojos pasaron de sus músculos relucientes a su rostro, me entraron mareos. Ojalá me hubiera acordado de respirar.

Tenía la barbilla bien definida, tan fuerte como el resto de su ser, y unos labios que…, bueno, si no los apretara como si hubiera comido algo agrio, seguro que habrían sido muy atractivos. La nariz era tan recta como su carácter que no lo dejaba relajarse ni un poco, y los ojos… Pese a tenerlos entrecerrados y estar mirándome con cierta desconfianza, el color gris pizarra de sus iris se me quedó grabado. Nunca había visto unos ojos de ese color, tan hipnóticos, tan serios.

Se pasó la mano por la cara y sacudió la cabeza. Mierda. Había estado diciendo algo, y yo sin parar de mirarlo.

—Yo lo mato, te lo juro. Mira, no sé quién eres, pero sí sé que no tienes por qué estar aquí.

—¿Qué? —Di un paso atrás, en dirección al escurridor.

—¿Con cuál de ellos viniste? Porque los dos tienen novia, y son unas chicas estupendas que no se merecen esto, así que dímelo, ¿con cuál?

Se le habían hinchado las venas de su enorme cuello.

—No sé de qué me hablas.

Estaba bueno, pero parecía un poco psicópata.

—¿Con quién viniste? ¿Con Jagger o con Josh?

Fruncí el ceño.

—Con los dos.

Allí fallaba algo.

—¿Te acuestas con los dos?

La voz retumbó en los azulejos y se me clavó en el corazón. Eché la cabeza hacia atrás como si me hubiera dado una cachetada.

—¿Cómo se te ocurre tal cosa?

Estreché la caja de cápsulas contra el pecho por si llevaba la palabra «puta» tatuada en las tetas o algo así.

—Estás medio desnuda, en mi cocina, a las siete de la mañana.

«Mi cocina», aquellos ojos… El tipo debía de ser Grayson. Dios santo, ¿es que Josh no podía tener un amigo feo? Sentí cosquillas en la piel cuando me miró de arriba abajo, pero al final cerró los ojos con fuerza y respiró hondo.

—Al menos podrías ponerte algo encima. Aquí vive gente.

Se me subió la sangre a la cara. Por suerte, con mi color de piel, el rubor se nota poco.

—Sí, ¡gente como yo! —repliqué mientras se me acumulaba la tensión en el pecho.

—¿Qué…?

—¿Por qué llegaste a la conclusión de que me acuesto con ellos? ¿Porque soy una chica y estoy en tu cocina un domingo por la mañana? Pues te lo voy a dejar bien claro, me da igual quién seas. —Agité el dedo, me solté del gabinete y avancé un paso hacia él—. ¡No saques conclusiones sobre mí!

—¡Ey, Grayson! —exclamó Jagger entrando en la cocina, y al oír su voz me giré de golpe hacia él.

Dejé escapar un grito cuando resbalé con un charquito de agua que había en la superficie de la barra y salí disparada hacia delante. Me golpeé la rodilla contra el granito, perdí el equilibrio y caí… encima de Grayson. Él me agarró al vuelo sin inmutarse, me atrajo hacia él agarrándome con una mano por debajo de las rodillas y rodeándome la espalda con la otra. Nos miramos a los ojos y, dentro de mí, algo pasó de ser ardiente y rabioso a… no serlo tanto. «No. Ni se te ocurra».

Arqueó una ceja oscura, perfecta.

—¿Qué pasa? —le espeté, a la defensiva—. No voy a darte las gracias, si es lo que estás esperando. ¡Encima de que solo te faltó llamarme puta!

—¡Yo no dije eso!

Se quedó boquiabierto. Sí. Ahora podía verlo bien. Tenía los labios carnosos, y demasiado cerca de los míos. Jagger se rio.

—Vaya, me alegro de ver que congenian.

—¿De qué hablas? —inquirió Grayson, y su voz retumbó por todo mi cuerpo.

—Quiere saber qué demonios hago en tu casa y con cuál de ustedes me acosté —gruñí.

Jagger le dio un mordisco a una manzana, masticó, tragó y me miró con una sonrisa traviesa.

—¿Eh? No, no, Sam no se acuesta con nadie, Grayson. Es nuestra nueva *roomie*.

Menos mal que estaba preparada, porque a Grayson solo le faltó tirarme al suelo.

—Sam es un chico —dijo muy despacio.

—Te garantizo que no.

Me sujetó por las caderas para que no me cayera y a continuación casi se refugió tras la mesa de la cocina, como si tuviera que defenderse de mí con una silla. Vaya… Chico… Más… Raro.

—Es evidente —replicó, con sus ojos de plata muy abiertos, como si yo le diera miedo.

—¿A qué viene tanta sorpresa?

Me aparté un rizo de los ojos. «Ay, Dios». ¿Y si no quería que me quedara con ellos? ¿Qué haría Jagger?

—No comentaste que Sam era una chica.

Jagger le dio otro mordisco a la manzana.

—Amigo, Sam siempre fue una chica. Dijiste que no te parecía mal.

Grayson agarró el teléfono y deslizó el dedo por la pantalla.

—Te lo voy a leer. «Oye, amigo, ¿qué te parece si Sam se instala en el otro dormitorio? Somos amigos desde Colorado. Josh dice que sí».

Agarré la valiosa caja de cápsulas y fui hacia la cafetera. Si iba a tener que aguantar tanta mierda, al menos que fuera con café.

—En efecto. Yo soy Sam, diminutivo de Samantha, y confirmo que somos amigos desde Colorado.

—Y eres una chica.

Incliné la cabeza a un lado con una sonrisa.

—Eso parece.

—Y no te acuestas con ninguno de ellos.

—No.

—Y yo te he… —Cerró con fuerza sus increíbles ojos y respiró hondo antes de volver a abrirlos—. Samantha, no sabes cuánto siento lo que dije.

«Vaya, si sabe pedir per…».

—Pero, si te pones más ropa, mejor.

Pues no, seguía siendo un amargado. Asintió, apretó sus deliciosos labios y se dirigió hacia la puerta mascullando no sé qué del gimnasio.

—¿Y a este qué le pasa?

La sonrisa de Jagger era de lo más cómica.

—Ni la más remota idea, pero nunca lo había visto tan fuera de sí, y llevo casi un año viviendo con él. Así que bravo, Sam.

—Eso no es ningún piropo —objeté mientras añadía una cucharadita de azúcar a la taza humeante—. Necesito miel, y, por lo que más quieras, dime que tienen crema para el café.

—Ember vive aquí un fin de semana de cada dos —me informó, y a continuación abrió la puerta del refrigerador y me pasó una botella de crema con sabor a *amaretto*.

—Menos mal.

—Dulce y ardiente —comentó con un guiño—. Igual que las mujeres que me gustan. Ah, que no se me olvide, ayer te llegó una carta, te la dejé en la mesita de la entrada. Instálate a tu gusto, y bienvenida a Alabama, Sam.

Me dio una palmada en la espalda y me fui hacia la entrada mientras bebía el café a sorbos. Y, en efecto, la carta de la Universidad de Troy dirigida a Samantha Fitzgerald me esperaba sobre la madera pulida.

Abrí la carta haciendo equilibrios con la taza, y silbé al hacerme un corte en la yema del pulgar. Me lo metí en la boca, dejé el café y desdoblé el papel con la otra mano, sintiendo una dulce opresión en el pecho. Era mi nuevo comienzo. Era mi esperanza.

«Estimada señorita Fitzgerald», empecé a leer. Y me interrumpí de repente.

«No. No. No».

¿Cómo era posible? Me habían admitido. Me habían prometido empezar de cero, que mis calificaciones del curso anterior no importaban. Que me aceptaban a prueba y podría seguir si todo iba bien el primer trimestre.

—¿Sam? —Ember estaba delante de mí, haciendo equilibrios con dos vasos de café. No me había dado cuenta de que ya había regresado—. ¿Estás bien?

El fracaso dolía. Ah, no, era el pulgar.

—Mierda.

Me apreté la piel, miré el corte que me había hecho con el papel y casi me eché a reír al ver que no sangraba. Tanto dolor para nada.

Más o menos como los dos años y medio que había perdido en la universidad.

La voz no me tembló ni me delató en absoluto. La tenía tan entumecida como el resto de mi cuerpo.

«Tras un examen detenido de su expediente académico, lamentamos informarle que no podemos admitirla en la Universidad de Troy».

«Da igual a qué estado te traslades. Sigues siendo una puta».

Capítulo dos

Sam

—Ábreme la puerta, Sam —me rogó Ember llamando con los nudillos por enésima vez.

—Déjame en paz —respondí.

Metí la cabeza entre las rodillas y apoyé la espalda en la cama. «Respira hondo. Respira hondo. Esto no está pasando. No es verdad».

—De ninguna manera —me respondió desde el otro lado de la puerta del dormitorio—. Quiero entrar.

¿Entrar? ¿Dónde? ¿En el caos absoluto de mi vida? ¿En otro rechazo académico, en otra oportunidad perdida? Dios, ¿y si esta era mi última oportunidad? ¿Y si ya no habría más? No me iban a aceptar en ninguna universidad con aquel gigantesco borrón en mi expediente. Todos los planes, todos los sueños, por tierra. Otra vez.

Tal vez me lo merecía por lo que había hecho.

Se me revolvió el estómago, y la boca se me llenó de saliva.

Me puse en pie de un salto, abrí la puerta de golpe y casi me llevo a Ember por delante con las prisas por llegar al baño. La alfombra de la regadera amortiguó el golpe cuando me dejé caer de rodillas ante el retrete para vomitar el poco café que había tomado.

Ember me apartó el pelo de la cara mientras las arcadas me sacudían el cuerpo. Aquel dolor no era nada comparado con el de mi corazón.

—Toma —me susurró.

Me tendió un vaso de agua cuando jalé la cadena.

Rápidamente me enjuagué la boca y escupí sin dejar de mirar el vaso.

—¿Por eso has perdido peso? —me preguntó cuando nos sentamos en el suelo del baño con la espalda contra la tina.

—No he… —Me interrumpió con una mirada—. Las cosas se han puesto difíciles últimamente —terminé.

—Eres mi mejor amiga desde que teníamos trece años, Sam. Quiero ayudarte.

Me tomó la mano y me la estrechó.

La ironía casi tenía gracia. No se lo había contado ni a mi mejor amiga, que estaba tratando de ayudarme por todos los medios. Pero ¿y si lo supiera? No. Ember no lo entendería. Ella planeaba cada detalle de su vida, controlaba todas las situaciones en las que se encontraba. Ember, la arregladora de cosas.

Yo soy la demoledora, en más de un sentido.

Puse otro ladrillo en el muro que había alzado entre nosotras y me obligué a sonreír.

—No puedes ayudarme, Ember, de verdad. Esto lo tengo que hacer sola.

—¿Qué tienes que hacer? ¿Quieres volver conmigo a Nashville? Puedes quedarte conmigo hasta que vuelva tu mamá.

Carajo, ¿y qué le iba a decir a mamá? Se me revolvió de nuevo el estómago, y respiré hondo para contener las arcadas, como para recordarle a mi cuerpo que acababa de vomitar, gracias.

Me regañaría. Me criticaría. Se llevaría una decepción. Y, si supiera toda la verdad, me diría «te lo dije». Y sería cierto.

Ni de chiste.

—No. Me quedo aquí —dije con más seguridad de la que en realidad sentía—. Me voy a quedar aquí. —«¿A quién quieres convencer, a Ember o a ti misma?».

—¿Seguro? —inquirió ladeando la cabeza.

—Buscaré un empleo, trabajaré este verano y seguiré enviando solicitudes. —«Y abriendo cartas de rechazo».

—Seguro.

—Por aquí puedo buscar trabajo en un montón de lugares, y, tal vez, con mis buenas referencias laborales, me admitan en alguna parte.

Cuanto más hablaba, más deprisa me salían las palabras, como si mi cerebro estuviera vomitando lo que ya no me salía del estómago.

—Seguro —asintió.

—Pues eso. Este es el plan. Trabajar. Enviar solicitudes. Ponerme en pie. Recuperar mi vida.

—Seguro…

—¿Quieres dejar de decir «seguro»? —estallé—. No, no hay nada seguro. Es una mierda, pero no puedo hacer otra cosa, y yo me lo busqué, ¿no?

¿Me iba a quedar aquí? ¿Estaba loca? «Ni hablar, no volverás a casa de tu mamá con el rabo entre las patas».

Ember suspiró.

—Hay montones de personas que fra… —Se detuvo a tiempo y abrió mucho los ojos—. Mierda. Quiero decir que hay montones de personas que dejan la universidad. No es el fin del mundo.

Puse los ojos en blanco.

—Ibas a decir «que fracasan». No te detengas, fracasé, tiré a la basura dos años y medio de mi vida.

Eché la cabeza hacia atrás, contra el cristal de la mampara de la regadera.

Entre nosotras se impuso un silencio más incómodo que el suelo de baldosas que me estaba dejando el trasero entumecido.

—Me lo puedes contar todo, Sam. No te está haciendo ningún bien guardártelo.

El último asidero que me quedaba con el que mantener la cortesía, la racionalidad, saltó por los aires.

—No, no puedo contártelo todo. No pude contártelo porque no estabas conmigo. Te fuiste. Eras mi mejor amiga y te fuiste a Boulder por Riley. Y no pasa nada, me alegré por ti, y además quería quedarme en Springs. Pero luego dejaste de devolverme las llamadas, y sé que no fue adrede, que estabas… ocupada. No me digas que no sabes que te distanciaste.

Se miró las manos.

—Lo siento mucho. No quería que nos distanciáramos, pero en Boulder se me acumuló todo.

—Ya lo sé. Les pasa a muchas personas que han sido muy amigas en la preparatoria, pero pensaba que a nosotras no nos iba a ocurrir. Y luego, cuando murió tu papá…

Me quedé sin palabras.

—Tú me acogiste, me ayudaste a ponerme en pie sin hacer preguntas.

Niego con la cabeza.

—No me refería a eso, no. Eres mi mejor amiga, lo más parecido que tengo a una hermana. ¡Fuiste mi hermana el año que viví contigo, cuando transfirieron a mi mamá! ¡Pues claro que estuve a tu lado cuando a ti se te hundió el mundo! No iba a dejar que afrontaras sola eso. Cuando estamos juntas, pasamos por alto lo que nos hemos perdido y volvemos a ser las de siempre, pero te fuiste de nuevo. Entraste en Vanderbilt, y estoy muy orgullosa de ti, pero no estabas a mi lado, no viste… —Respiro hondo—. Sucedieron muchas cosas. Pasó lo que no debía. —Tengo un nudo en la garganta—. Cometí errores, hice estupideces, y ahora estoy pagando las consecuencias.

—¿Quieres hablar de eso? —me preguntó, tendiéndome una rama de olivo.

—Prefiero darme un baño —me escabullo, exhibiendo una sonrisa falsa—. Tengo que estar perfecta para conseguir un empleo, ¿no?

Ella miró al suelo y se puso de pie.

—Claro. Voy a entrar en internet a buscar ofertas.

«Ember, la arregladora».

—No, no. Apenas ves a Josh. Ve con él, yo salgo en un momento.

—¿Segura?

—Totalmente.

Me apretó la mano y salió de la habitación para que pudiera bañarme. Fui capaz de contener las lágrimas hasta que estuve desnuda bajo el agua hirviendo, y por fin me dejé llevar y sollocé mientras el agua casi me quemaba la piel.

Por mucho que me frotara, no podía limpiarme lo suficiente como para quitármelo a él de encima, para sacarlo de mi vida.

Cedí, me dejé invadir por todo aquello, absorbí a través de los poros la desastrosa situación en que me encontraba y acepté que había sido derrotada. «La única constante es el cambio», como decía siempre mi mamá, que también solía añadir: «Ahora, haz frente a lo que sea. Tienes trabajo por delante».

Pero el trabajo podía esperar a mañana; por el momento, solo quería olvidar.

Capítulo tres

GRAYSON

Sam era una chica. Samantha.

No, borra eso. Una chica no, una mujer. Y no solo era bonita, sino que yo notaba su presencia. No del mismo modo en que notaba la presencia de Paisley o Ember, sino que mi cuerpo la veía, le prestaba atención.

Se subió a la barra, y ese trasero increíble casi se le veía por debajo de sus diminutos pantaloncitos de la pijama, todo curvas y piel del color de la miel tostada. Puede que incluso supiera a…

«No, demonios, no».

La puerta se cerró detrás de mí cuando salí de la regadera. Me agarré al lavabo y me miré al espejo.

—Contrólate. Es tu compañera de departamento.

«No mientas. Es una mujer. Una mujer que te atrae».

No era la primera vez que me atraía una chica que no fuera Grace, pero hasta entonces nunca había tenido que contenerme físicamente para no hacer algo al respecto. «Evítala». Eso sí lo podía hacer. Demonios, había llegado a la hora de comer sin verla, así que no iba a ser tan difícil.

Y, entonces, bajé la vista.

«Rayos». De pronto había vuelto a vivir con mis cuatro hermanas. El arcoiris de objetos de Sam ocupaba más de la mitad de mi lavabo. Mierda. De nuestro lavabo. Okey, tal vez lo de evitarla no fuera la mejor estrategia. Pero ya no tenía quince años, demonios, y ya había estado con Grace. De hecho, esta chica no me gustaba de verdad. Podía superar una molesta pero simple atracción química.

La tenía que tratar como a una de mis hermanas. Ajá. Una hermana. Eso sería fácil. Aunque ninguna de mis hermanas tenía ese cuerpo.

La puerta se abrió de golpe.

—¡Ay, lo siento! —gritó con un montón de frascos en las manos.

¿Cuántas cosas más iba a poner en el baño? Tenía los ojos brillantes, de un verde imposible, no, espera, avellana, no, qué va, verdes, sin duda; los paseó por mi cuerpo y, a juzgar por cómo entreabrió los labios, le gustó lo que vio.

Apreté los dientes y aparté la vista como pude de la línea donde terminaba la bata corta, dejando los muslos a la vista. La toalla estaba a punto de… «Hermana. Es como una hermana».

—Deberíamos adquirir la costumbre de llamar a la puerta.

Parpadeó, y al hacerlo me fijé en que sus ojos estaban hinchados y enrojecidos. «¿Cómo no me di cuenta antes?». Mientras salía del baño, me dijo:

—Es verdad. Tienes razón.

Cerró la puerta y oí un golpe en la madera más o menos a la altura de su cabeza.

Carajo. No quería ni pensar que hubiera sido yo quien la había hecho llorar. Qué manera tan genial de empezar la convivencia.

Como era domingo no tenía que afeitarme, así que podía vestirme y salir… Solo que no había traído conmigo la ropa limpia. Resoplé y conté las baldosas del techo hasta que recuperé el control sobre mi cuerpo. Por lo visto, Samantha no era la única que tenía que acostumbrarse a las nuevas circunstancias.

Por suerte, el pasillo estaba despejado y conseguí llegar a mi cuarto sin cruzarme con ella y sin tener que justificar que fuera mi turno de ir medio desnudo por la casa.

Ropa limpia, una bebida isotónica y un sándwich de jamón más tarde, me instalé junto a la mesa de la cocina con las tarjetas de repaso del helicóptero Apache para preparar el examen escrito sobre los límites de presión de combustible.

—Ya sabrás que el curso del Apache no empieza hasta el mes que viene, ¿no? —señaló Jagger al tiempo que sacaba una botella del refrigerador.

—Dicen que el primer día hay un examen, y, si repruebas, te echan. —Le di la vuelta a una tarjeta.

—Como ya dije…, el mes que viene.

—Ya, sí, pero no todos tenemos memoria fotográfica. A algunos nos cuesta trabajo.

Se llevó una mano al pecho.

—Me duele eso que dices. Además, si mal no recuerdo, tú fuiste el primero de la clase en el Entrenamiento Básico.

—A mí no me distrajo ninguna chica. —«Mierda». Cerré los ojos y traté de viajar treinta segundos al pasado. No paraba de meter la pata. Era lo malo de ser sincero, que acababa resultando insultante. Estaba tratando de enmendarme. Conté hasta tres, abrí los ojos y me encontré ante una sonrisa burlona—. No es que Paisley no lo valga, claro.

Se rio.

—Con tal de seguir con Paisley, habría dejado que me echaran de la academia de vuelo. Bien pensado, tienes razón, mátate a estudiar. Voy por tu puesto.

Pronunció la última frase como el malo de una película. Le di la vuelta a la siguiente tarjeta y repuse:

—Acepto el desafío.

Lo ganaría en el aire. Jagger me podía superar en lo académico, pero yo volaba mejor que un pájaro. Menos mal que mi instinto y mis reflejos eran impecables, porque la parte teórica me costaba lo infinito. Por mí, perfecto. Las cosas fáciles rara vez valían la pena.

Además, si el Ejército se enteraba de por qué me costaba tanto, no me dejarían ni tocar los controles de un Apache.

Las tarjetas de preguntas fueron cayendo al compás de la aguja minutera, y a continuación de la aguja horaria. La puerta se abrió y se cerró unas cuantas veces, pero seguí concentrado en las preguntas hasta que la casa estuvo desierta y la música de Pat Greene sonó en el teléfono. Las cuatro horas de estudio habían terminado.

Paré la alarma, recogí las tarjetas y las guardé en la cajita que tenía en el gabinete, encima de las tazas de café. Se me fueron los ojos hacia las cajas nuevas de cápsulas y sentí una punzada de tensión en el pecho al recordar a Samantha resbalándose de la barra. Cambié la caja de tarjetas por la de café para ponerla a su altura. Otro ajuste.

Sonó el teléfono. Al ver quién llamaba, se me encogió el corazón.

Contesté.

—¿Miranda?

—Hola, Gray. —Aquel delicado acento me trasladó a Carolina del Norte como si me jalara físicamente.

—¿Todo bien?

—De maravilla. Te quería dar las noticias del bebé, ¡va a ser niña!

—Es genial, Miranda. Qué contenta debe de estar la familia. Grace estaría encantada de tener una sobrina.

—Todo el mundo está contentísimo. ¿Pasarás por aquí cuando vengas a casa por tu cumpleaños?

Abrí la boca, pero no quería mentir, y no tenía valor para decirle la verdad. Se impuso un silencio tenso.

—Para nosotros sigues siendo parte de la familia, Gray.

Intenté tragar saliva, pero el nudo que se me acababa de formar en la garganta me lo impedía.

—Ya lo sé. Y ustedes lo siguen siendo para mí.

También sabía que no me lo merecía.

—Vamos a conservar la sangre del cordón umbilical, por las células madre.

Froté la barra para borrar una mancha, como si quisiera hacer lo mismo con los cinco últimos años.

—Sí, tengo entendido que ahora es posible.

Sonó el pitido de la llamada en espera y relajé los hombros.

—Es mi mamá, Miranda. Tengo que dejarte. Felicidades por lo de la niña, ya hablaremos, ¿okey?

—Le daré tus saludos a Grace.

—Dile que pronto la veré. —Dos semanas.

Pulsé el botón para terminar esa llamada y luego el de altavoz, y puse el teléfono sobre la barra mientras sacaba los ingredientes para la cena.

—Vaya, ya pensaba que me ibas a dejar plantada —dijo mi mamá poniendo énfasis en la última palabra.

—Me retrasé tres minutos, mamá. Eso no es dejarte plantada. Además, ¿cuándo te he dejado plantada para preparar la cena del domingo?

—Nunca. Por eso eres mi hijo varón favorito.

Estuve a punto de sonreír.

—Soy tu único hijo varón.

—Y eso te garantiza un puesto en mi corazón.

—¿Es Gray? —oí la voz de Mia de fondo.

—Sí —respondió mi mamá.

—¡Hola, Mia! —la saludé mientras empezaba a limpiar el pollo.

—¡Dustin Marley me pidió que lo acompañe al baile de graduación! —gritó.

—Dustin Marley tiene como cinco años, igual que tú, por cierto.

¿Acaso cuando volviera a casa dentro de dos semanas tendría que enterrar el cadáver de un adolescente asesinado? Las chicas de dieciocho años no deberían graduarse. Nunca.

—Claro, claro. Iré a comprar el vestido con Parker. ¡Te extraño, Gray!

—Dile a Parker que nada que quede por encima de la rodilla —le repliqué—. Puede que ella tenga veintiún años, pero tú no.

Mi mamá se rio.

—Es verdad. Tu hermana tiene un gusto espantoso. Antes de comprar algo, mándame una foto.

—Claro, mamá —dijo la voz cantarina de Mia mientras se alejaba.

—Tiene dieciocho años —suspiré, y empecé a filetear el pollo.

—A mí me lo dices… Tu papá lleva años espantando a los chicos, y ya sabes que Mia es la niña de sus ojos. Estuvo sacándole brillo a la escopeta desde que se lo dijo. Yo estoy haciendo la mezcla de pan rallado, ¿por dónde vas tú?

—Terminando de filetear. La última vez no me quedaron finos.

—Pues tómate tu tiempo, que el pollo seco no le gusta a nadie. ¿Quieres que la semana que viene probemos con un *coq au vin*?

Me lavé las manos y le di una vuelta a la idea.

—Lleva más tiempo, pero es factible. O podríamos hacer brownies.

—Esa receta no te la pienso dar, Grayson Masters.

—Tenía que intentarlo. —Mi mamá hacía unos brownies legendarios.

—Pues sigue intentándolo. Igual, cuando vengas, los podemos hacer para tu fiesta de cumpleaños…

—No —dije bruscamente, y casi oí cómo contenía una exclamación. «Mierda»—. Lo siento, mamá, pero ya sabes lo que opino.

El aceite chisporroteó al otro lado de la línea. Había empezado a freír los filetes empanizados. Subí el fuego. No iba con mucho retraso.

—Ya lo sé, Grayson, pero han pasado cinco años. Pensé que tal vez habían cambiado las cosas.

—Pues no —dije con cuidado de que el tono de mi voz sonara amable.

Los sonidos del pollo al freírse llenaron la línea.

—Bueno. Entonces, te contaré los últimos chismes.

Empezó a desgranar las últimas noticias, o lo que para ella eran noticias. En Nags Head, Carolina del Norte, fuera de temporada, todo eran noticias, pero cuando llegaban los turistas había menos donde elegir. Escuché embelesado a 1 310 kilómetros de distancia, mientras ella trabajaba en una cocina que cabría en la mitad de la mía, pero en la que se cocinaba para el mismo número de personas.

—¿Qué tal van las cosas por el sur?

Puse los filetes fritos en el refractario de hornear, los regué con la salsa marinara, y terminé de preparar la cena mientras le contaba a mi mamá las diferentes tareas que tenía por delante, pero procurando no mencionar nada relacionado con la academia de vuelo.

—¿Te enteraste de que Miranda va a tener una niña? —me preguntó.

Por un momento, me quedé paralizado.

—Me llamó.

—Tess está obsesionada con lo de las células madre.

—Grace era su hija, claro que quiere tener esperanzas. También sé que no la aceptarán en ningún ensayo clínico.

Visualicé cómo entrecerraba los ojos al darse cuenta de que me había llevado hacia un terreno al que no me podía seguir. Cambió de tema.

—Bueno, ¿cuándo vas a venir para quedarte más de un fin de semana?

—Creo que por el Cuatro de Julio, pero no te lo garantizo.

—«No menciones mi cumpleaños».

—Deberías traerte a algún amigo —sugirió mientras yo tapaba la fuente.

—Lo pensaré. —Y era verdad, lo iba a pensar. Unos treinta segundos.

—¡Walker! —gritó Jagger tras abrir la puerta de la casa de golpe, con el teléfono pegado a la oreja.

—No está —respondí—. Oye, mamá, te dejo. —Una bocanada de aire me azotó la cara al poner el refractario en el horno y programar una hora en el temporizador—. ¿La semana que viene, a la misma hora?

—*Coq au vin* —respondió, y sentí un dolor sordo en el pecho al imaginarme su sonrisa.

—Hecho.

—¡Mierda! —dijo Jagger colgando el teléfono al mismo tiempo que yo. Menos mal, mi mamá no lo dejaría ni acercarse, con esa boquita que tiene—. ¿Estabas hablando con él?

—No, con mi mamá.

Arqueó las cejas.

—Vaya. Y yo que pensaba que habías nacido de una piedra o algo así.

—Qué gracioso. —No era culpa suya. Les permitía acercarse lo justo, por su bien, no por el mío—. ¿Para qué querías a Walker?

—No me contesta el teléfono. —Probó una vez más y sacudió la cabeza, distraído, mientras sonaba el tono personalizado de Josh—. Nada. Oye, ¿sabes manejar un coche con transmisión manual?

Arqueé una ceja.

—¿A ti qué te parece?

—Ya, bueno. Necesito que traigas el coche de Sam. —Miró el temporizador del horno—. Tenemos tiempo de sobra antes de que se te queme esa maravilla.

—¿Dónde está el coche de Sam, y por qué no lo conduce ella?

—En el Oscars. —El bar de la academia de vuelo—. Y hace dos horas que dejó de estar en condiciones de conducir.

Capítulo cuatro

Me sentía viva. Y borracha.

Daba igual, era estupendo, mucho mejor que llorar contra la almohada por cosas que no podía cambiar. Hiciera lo que hiciera a partir de ahora, un error estúpido había marcado mi vida.

Un error que en su momento me pareció la primera decisión racional que tomaba, y que me dolía más que todas las tonterías que había hecho juntas.

—¿Me dejas que te invite a un trago? —me preguntó un tipo semiatractivo que se cruzó en mi borroso campo de visión y estaba observando a las chicas.

Detrás había otro más guapo, pero no miraba en mi dirección, y a decir verdad a mí no me interesaba nada que no fuera beber.

—¡Sí! —Le dediqué mi sonrisa de cien vatios y aparté todos los pensamientos negros hacia el fondo para poder ahogarlos en alcohol—. ¿Tequila?

La mesera me contempló arqueando una ceja, y yo la imité. «¿Qué pasa?». Ember se había ido a Nashville hacía un par de horas, después de no querer tomarse ni una copa conmigo, y maldita la falta que me hacía otra niñera. La mesera sacudió la cabeza y me puso el vasito con sal y limón en la barra. Lo bebí de un trago para saborear aquella sensación ardiente y disfrutar del entumecimiento que no tardaría en llegar.

Estaba harta de sentir. De albergar esperanzas. De intentarlo todo.

—Bueno, ¿qué haces por aquí? ¿Eres de la zona? Porque no había visto nunca a una chica tan guapa en este lugar.

Observé el corte de pelo militar, la sonrisa arrogante, el anillo de West Point en la mano izquierda.

—No, teniente. Soy una trasplantada, y estoy fuera de tu alcance. Pero gracias por el trago.

Mierda. Había arrastrado las palabras más de lo que me esperaba.

—¿Quieres que le avisemos a alguien? —dijo el guapo, que por un momento había apartado la vista del partido de futbol.

—¿Tengo pinta de necesitar una niñera? —le repliqué.

La sensación de no tener la cabeza pegada al cuerpo era maravillosa.

—Desde luego que no —respondió el mediocre—. Con esas curvas, no.

El guapo le lanzó una mirada asesina.

—Me parece que vas a necesitar que alguien te lleve a casa.

—Pues no, mira. Gracias.

A casa. Como si yo tuviera una. Solo en el sentido genérico, casas, no hogares, los diferentes domicilios a los que me mudaba con mamá cuando la cambiaban de destino. Ahora tenía la casa de Jagger. Mierda. ¿Había agarrado la llave? No me la había puesto aún en el llavero. Jagger se iba a enojar si la perdía el primer día.

—¿Bateman? —preguntó el guapo. Mierda. Había hablado en voz alta.

—¿Lo conoces?

Una sonrisa extraña aleteó en sus labios.

—Se podría decir que sí. —Le hizo una seña a la mesera y salió del local.

Un shot y una advertencia rechazada más tarde, la máquina de discos se activó y «Pour Some Sugar on Me» empezó a correrme por las venas. Bailar. Sí, sería genial bailar. Me agarré a la barra como pude para subirme al taburete.

—Carajooo —masculló el tipo. A mí ya no me importaba que la minifalda me dejara medio trasero al aire en aquella postura—. ¿Te ayudo?

Me tendió una mano para ayudarme a ponerme de pie sobre la barra.

La mesera puso los ojos en blanco y casi no vi el ademán que intercambió con el guapo, que había vuelto al local. Pero me dio igual.

Moví el cuerpo siguiendo el ritmo, dejé que gobernara mis movimientos y me permitiera olvidarme de todo mientras durara esa canción, y luego otra. La camiseta se me subió cuando levanté los brazos.

—Vamos, chica Coyote, es hora de volver a casa.

La voz de Jagger me hizo sonreír. Lo miré, y en su cara bailaba una sonrisa.

—¿Qué pasa? Yo también te he visto borracho en un bar más de una vez.

—Y por eso no te voy a regañar, Sam. —Sacudió la cabeza—. Pero no sé lo que hará Grayson.

Me puse rígida como si me hubiera echado una cubeta de agua fría encima. Grayson estaba a pocos metros, con los pulgares en los bolsillos y el rostro inescrutable. Pero yo no tenía nada de lo que avergonzarme…, ¿verdad?

—Vámonos —dijo Grayson, cortante.

Esbocé una sonrisa traviesa.

—Si quieres que vaya a alguna parte, ven y cárgame. —Seguro que un tipo tan estirado jamás haría semejante cosa. Percibí un tic en un músculo de su mandíbula, justo antes de que se subiera al taburete y luego a la barra. Era enorme.

—Esto no aguantará tu peso.

—Vámonos.

Traté de retroceder, pero antes de que pudiera dar un paso atrás me cargó en brazos.

—No vamos a repetir lo de esta mañana.

Saltó de la barra conmigo en brazos y casi no noté el impacto cuando llegó al suelo.

—Mira, como King Kong.

—Yo no fui el primero que se subió ahí. —Me sujetó con más fuerza y salió por la puerta al aire fresco del anochecer—. Gracias por avisar, Carter —le dijo al guapo.

Bueno, en comparación con Grayson, Carter era un mediocre segundón.

Aunque todo el mundo era un mediocre segundón al lado de Grayson.

Jagger salió del bar detrás de nosotros con mi bolso en la mano, y se lo dio a Grayson.

—¿Qué pasa? —dije sonriendo—. ¿No puedo ni cargar con mi propio bolso?

—No pienso darte las llaves —gruñó Grayson.

—No dije que fuera a conducir.

Traté de escabullirme de sus brazos, pero me sujetó con más fuerza. Me miró con los labios inusitadamente apretados. Iba a decir algo, pero se lo pensó mejor y cerró la boca de nuevo. Abrió la puerta de mi coche sin soltarme y luego me depositó en el asiento del copiloto.

—No suele ser así —le dijo Jagger mientras Grayson me cerraba la puerta—. ¿Te encargas tú?

La abrí justo a tiempo para escuchar la respuesta.

—Sí, me imagino que no quieres que vomite en tu camioneta.

—Amén.

—Ey, no hablen de mí como si no estuviera.

—Somos muy conscientes de que estás aquí, princesa —me espetó Grayson, y volvió a cerrarme la puerta en la cara.

Se sentó tras el volante y masculló algo sobre mi peso mientras ajustaba el asiento a su estatura.

—Pues a lo mejor a mi coche tampoco le gustas tú —farfullé.

Me fulminó con la mirada y sacudió la cabeza, pero no dijo nada y giró la llave en el contacto.

—Qué tipo tan duro. —Traté de imitarlo, pero lo eché todo a perder cuando se me escapó la risa.

—Cielo santo —masculló.

Metió primera en mi pequeño descapotable y salimos del estacionamiento.

Apoyé la cabeza en el respaldo y me dediqué a observar el tic de su mejilla. Todo en él era severo, desde los ojos hasta la línea de la mandíbula.

—¿No me vas a regañar?

—No me corresponde a mí juzgarte —dijo sin apartar la vista de la carretera.

—No es mi circo, no son mis monos, como suele decir mi mamá —comenté en voz más alta de lo que pretendía.

Le clavé un dedo en el hombro. Rayos, ¿cuándo se me había ido la mano hacia él? La aparté y la dejé sobre el regazo. Si me quedaba muy quieta, igual no se daría cuenta de lo borracha que estaba.

—Eso mismo. —El tono inexpresivo, de rechazo, de su voz me hizo más daño que todos los regaños del mundo.

—¿No te han dicho nunca que es de mala educación ser tan antipático con tu nueva *roomie*?

Se estacionó en la entrada de la casa, tras el Defender de Jagger, y me lanzó otra mirada.

—¿No te han dicho nunca que es de mala educación bailar borracha en la barra de un bar un domingo por la tarde? —Al decirlo, bajó la cabeza y cerró los ojos—. Carajo, Samantha, no pretendía…

Abrí la puerta como pude y me bajé entre tropiezos, pero tuve que agarrarme al coche.

—Se te da muy bien lo de no juzgar —le repliqué.

Cerré la puerta de golpe y me di cuenta de que estaba entrando de cabeza en la fase infantil de la ebriedad. Miré con el ceño fruncido el brazo que me ofrecía y fui hacia la casa, pero tropecé con el peldaño de la entrada.

—¡Quítate! —le dije a Grayson cuando iba a agarrarme—. Puedo sola.

Estoy convencida de que el suspiro que soltó se oyó en Florida, pero en cuanto entramos dejó mi bolso en la mesita del vestíbulo. Un momento, ¿llevaba él mi bolso?

Me agarré al respaldo del sofá, respirando a bocanadas. El zumbido en la cabeza iba empeorando.

—Toma. —Jagger me obligó a agarrar una botella de agua.

—Estoy bien —protesté.

—Sam, yo no te voy a decir nada, pero emborracharse a las cinco de la tarde de un domingo, a no ser que sea día de Superbowl, no es estar bien. ¿Se puede saber qué te pasa?

Tragué saliva con la lengua pastosa y miré a Grayson, que había vuelto a cruzar los brazos sobre el pecho y parecía una maldita estatua. En aquel momento sonó el temporizador del horno y se fue directo a la cocina.

—Caray, qué bien huele en esta casa.

Ahora que me había dado cuenta, me habría gustado lamer el aire.

—Grayson sabe cocinar. Concéntrate, Sam.

—Toc, toc —dijo Paisley al tiempo que entraba por la puerta de la casa—. ¿Listo para ir a cenar?

—Hola, pajarito.

La sonrisa de Jagger le iluminó la cara como un puto árbol de Navidad. Paisley le rodeó la cintura con los brazos y él la besó. Irradiaban amor. Eso era lo único que había querido yo, amor, la posibilidad de ser de alguien, de mi alguien. Paisley había pasado por el quirófano para una operación a corazón abierto hacía dos meses y las cicatrices aún estaban frescas, pero no me extrañaría nada que Jagger le hiciera la gran pregunta de un momento a otro.

—Son tan lindos que me dan ganas de vomitar. —La habitación me daba vueltas—. O puede que sea el tequila.

—No me cambies de tema, Sam. ¿Se puede saber qué te pasa?

Me abrió la botella sin quitármela de la mano y bebí un par de tragos largos.

—Me echaron de la universidad.

—Ya, por eso estás aquí…

Puse los ojos en blanco. Hacía un año, si me hubieran dicho que la vida de Jagger Bateman estaría mejor encauzada que la mía, no me lo habría creído.

—No solo de Colorado. También me echaron de Troy.

—¡Pero si aún no has empezado las clases!

Se me escapó una risa tan vacía como yo me sentía en ese momento.

—Sí. Es que soy muy especial.

—No pueden hacer eso.

—Revocaron la admisión, Jagger. Se acabó. —Miré el ventilador del techo como si me pudiera llevar dando vueltas hacia mi vida soñada, o cuando menos lejos de esta—. ¿Qué voy a hacer? —Me escocían los ojos.

—Ay, Sam… —susurró Paisley.

—Me vine a vivir aquí. Les he causado problemas a Josh y a ti y a… —Hice un ademán en dirección a la cocina, desde donde Grayson estaba presenciando en silencio cómo me derrumbaba—. Y a él. Me fui a dos mil kilómetros de mi casa para aprovechar esta última oportunidad. Bueno, a cualquier cosa le llamo «casa». Mi mamá nunca estuvo en ninguna el tiempo suficiente para ir marcando mi altura en el marco de una puerta ni nada por el estilo. ¿Qué demonios hago aquí? No tengo trabajo, ni universidad, ni familia, ni rumbo. —Apreté el plástico, estrujé la botella mientras una lágrima me rodaba por la mejilla—. ¿Qué voy a hacer?

La pregunta se quedó flotando en el aire, devorando cualquier otro pensamiento mientras el reloj de la pared seguía marcando los segundos.

—Vas a cenar —respondió Grayson desde la cocina. Me llegó el sonido de los platos al depositarlos en la gran mesa alta, cuadrada—. Vamos a cenar todos.

—Es que quedamos con la familia… —empezó a decir Jagger, mirando a Paisley.

—Ahora están con esta familia —zanjó Grayson.

—¿Me perdí de algo? —preguntó Josh.

Había entrado en la sala y se estaba secando el pelo con una toalla. Miró a Grayson, y luego a Jagger.

—Vamos a cenar. Ahora mismo —ordenó Grayson—. Es domingo. La familia cena junta. Sin excusas.

Josh arqueó mucho las cejas.

—Eh… Okey. ¿Desde cuándo…?

—Desde ahora.

Entramos en la cocina, Grayson me llenó el plato de pollo con pasta, y señaló una silla junto a la suya. Todos se sentaron, iba a agarrar el tenedor y por poco tiro el vaso de agua. Grayson lo apartó del plato para que no volviera a pasar.

—Gracias —murmuré.

Me concentré en cortar el pollo. El cuchillo me patinó dos veces, y Grayson suspiró, me quitó el plato, se lo puso delante y cortó el pollo en trocitos antes de volver a ponerlo delante de mí sin decir ni una palabra. Lo miré de reojo, pero su rostro no dejaba traslucir nada de lo que estaba pensando.

La conversación la llevaron los chicos, con alguna que otra risa o comentario por parte de Paisley, como si todo fuera de lo más normal. No me dieron ocasión de avergonzarme por el arrebato o por la borrachera, sino que se limitaron a acompañarme mientras me relajaba y se me pasaba. El pollo estaba sensacional. «Bueno, okey, igual sigo un poco borracha».

—Lo siento mucho —le dije a Grayson cuando recogió mi plato después de cenar. Los otros tres ya se habían ido de la cocina—. No suelo estar tan…

—¿Borracha? —sugirió.

Solo veía su ancha espalda mientras ponía mi plato en el lavavajillas. Sentí que me ardían las mejillas.

—Sí. Ya sé que soy una molestia. Vaya primera impresión, ¿eh? —Se detuvo, respiró hondo y volteó a verme. Su rostro resultaba inescrutable, y empecé a pensar que esa debía de ser su expresión habitual—. Me voy a la cama, a ver si mañana me despierto y todo fue una pesadilla. Gracias, en serio.

—Samantha —me dijo cuando yo ya estaba al otro lado del medio tabique que separaba la cocina de la sala de estar.

—¿Sí?

—No eres ninguna molestia. Una lata, puede, pero no una molestia. Y si algo he aprendido viviendo aquí es que Josh y Jagger hacen de esto una familia. Un poco disfuncional, okey, pero una familia, y ahora tú también formas parte de ella.

Me miró a los ojos y se me olvidó respirar. La intensidad de su mirada me cautivó, y me vi dividida entre el deseo de acercarme más al fuego que lo impulsaba y el instinto de autoconservación que me decía a gritos que me alejara de él. Había hablado de familia, pero la mente se me iba en otras direcciones que, desde luego, no eran para todos los públicos. «No te pongas más en ridículo, chica». En cuanto bajó la vista, el momento se rompió, y conseguí respirar de nuevo.

Sin duda, había en él mucho más de lo que me había parecido al principio.

—Vete a la cama, mañana tienes que madrugar y empezar a recomponer tu vida, Sam. Todos cometemos errores, pero no pienso ir a sacarte de otro bar.

O tal vez no. Seguía siendo un cretino.

Capítulo cinco

GRAYSON

«¿Tacos?». El olor me asaltó al volver del gimnasio el lunes por la noche, y se me hizo agua la boca. Jagger y Josh estaban en un destacamento y no iban a volver hasta muy tarde, así que quien cocinaba tenía que ser Samantha. La canción de Alicia Keys que sonaba en el iPod me lo confirmó. Había pasado una semana desde que Sam se vino a vivir con nosotros y, pese a mantener un contacto casi constante si estaba en casa, había conseguido controlar la reacción de mi cuerpo cuando la veía. Solté la mochila y fui hacia la cocina para decirle que había llegado.

«Rayos».

Se estaba meciendo al suave ritmo de la música mientras revolvía la carne en el sartén caliente, y otro tipo de hambre pasó a primera línea por encima de la del estómago. Los shorts, muy cortos, color caqui, le abrazaban el trasero a la perfección, y la camiseta blanca hacía que su piel pareciera más cálida, más besable.

Pero había algo distinto en ella… «El pelo». Ya no le caía hasta los pechos, a la altura de los hombros, Mia habría calificado el corte como «atrevido». Y se me pasó por la imaginación una imagen ridícula: lo fácil que sería ir hasta donde estaba, apartarle el pelo de la mejilla y pasarle los labios por la delicada línea del cuello. Sacudí la cabeza tratando de ahuyentar aquel pensamiento.

—Ey —murmuré para no sobresaltarla.

No sirvió de nada, puesto que dio un respingo.

—¡Aaah! ¡Grayson! —Se dio la vuelta, dejando a la vista un delantal ajustado con la inscripción BESA A LA COCINERA, algo más largo que los minúsculos shorts—. ¡Estás en casa!

Las palabras se me clavaron en lo más hondo, y abrieron una parte de mí que creía mejor blindada. Pero Sam se veía más apetitosa que la comida que había sobre el quemador, y parecía encantada de verme, y… y estaba cocinando para mí. Era una combinación que me dejaba indefenso.

—Sí. —Carraspeé para aclararme la garganta—. ¿Preparaste la cena?

—Eso parece. —Señaló el gabinete con la espátula—. Pon los platos, ya casi está.

—Siempre suelo cocinar yo. —«Eso es lo peor que podías decir, imbécil».

Arqueó una ceja.

—¿Es una protesta?

Negué con la cabeza. ¿Por qué no hacía ninguna tontería? Era mucho más fácil tenerla a distancia cuando estaba borracha en un bar. Bueno, hasta que la levantaba en brazos, en vez de utilizar esos mismos brazos para apartarla. Pero vi que estaba a punto de caerse, y que los chicos ya la estaban mirando por debajo de la minifalda, y había que elegir, o cargarla o empezar a repartir puñetazos.

Así que, por supuesto, me subí a la barra, como haría cualquier *roomie* razonable. «Claro, porque Jagger también se subió. *Roomie*, sí, seguro».

—Genial. Genial, pues pon los platos.

—Antes tengo que bañarme.

Venía todo sudado del gimnasio. ¿Y de dónde demonios salía tanto pudor de repente?

Me recorrió con la mirada y en sus ojos podía leerse que apreciaba generosamente lo que estaba viendo.

—Okey, pues tienes cinco minutos, o la cena se enfriará.

Me bañé más deprisa que en casa, cuando tenía que pelear por el baño con cuatro hermanas, tal vez porque abrí a tope el grifo del agua fría. Volví un minuto antes de que se consumiera el plazo de Sam.

Sacó del horno las tortillas de maíz mientras yo sacaba dos platos del gabinete, tratando de centrarme en la vajilla y no en las curvas de su trasero. Carajo. Tras ocho días con aquella mujer, me estaba convirtiendo en un pervertido hambriento de sexo. «Trátala como a una hermana. Como a una hermana».

Ya, claro. El problema era que nunca había querido lanzarme encima de una de mis hermanas. Aquella atracción se me acabaría pasando, ¿no? Sam se recogió un mechón detrás de la oreja.

—Te quedó muy bonito el pelo —dije con cautela.

Se enroscó las puntas en un dedo.

—¿De verdad? Encontré la única peluquería de Enterprise donde me hicieron un espacio. Es que…

—¿Querías un cambio? —terminé la frase por ella.

Arqueó las cejas.

—Es una cosa que me dijo mi mamá —le expliqué—. Cuando una mujer se corta tanto el pelo, busca un cumplido o un cambio. Y a ti no te hacen falta los cumplidos.

—Mañana por la mañana salgo otra vez a buscar trabajo. En todas partes me piden el título universitario, así que todavía no encontré nada, pero no me rindo. Conozco a un chico que me dijo que tenía que recomponer mi vida, así que algo surgirá. Lo que sea.

Me brindó una sonrisa, y casi se me para el corazón. En seco. Allí mismo, en la cocina. Conseguí acordarme de respirar e inhalé muy despacio mientras sujetaba los platos con fuerza. Solo una mujer en mi vida me había acelerado el pulso de este modo. Bueno, ahora dos.

—¿Solo dos?

—¿Qué?

¿Me estaba leyendo la mente? ¿Tan transparente era?

—Solo sacaste dos platos —dijo, y me señaló las manos.

—Walker y Bateman están de servicio hasta tarde.

Así que estábamos solos.

—¿Haciendo qué? Si no van a empezar las clases hasta dentro de un par de semanas.

—Pero tenemos cosas que hacer. Tienen que recoger a los chicos del SERE que aún están en el bosque para torturarlos. —Puso cara de espanto y me encogí de hombros—. Entrenamiento. Solo es entrenamiento. —El entrenamiento del SERE (Supervivencia, Escape, Resistencia y Evasión) era lo peor. No envidiaba a los estudiantes que aún debían superarlo.

Apenas pude contener un gemido cuando se inclinó adelante del refrigerador para sacar dos botellas de sidra. ¿Por qué tenía que inclinarse así?

—Pues para nosotros. —Negué con la cabeza y volví a guardar en el refrigerador la sidra que me había ofrecido—. Ah, es verdad, que no bebes.

Empezó a rellenar los tacos.

—Sí bebo —respondí, y noté que el calor me subía por los brazos allí donde nuestra piel se había rozado junto a los quemadores—. Pero tengo mis normas.

Ocupó la silla en diagonal ante la mía.

—Normas. Para beber.

En vez de responder, le di un mordisco al taco, y el sabor me hizo gemir de placer.

—Guau.

—Sí, a mi mamá le gusta la comida mexicana, y es lo único que preparo bien, así que no te acostumbres. A ver, ¿cuáles son esas normas?

Me miró expectante. Si hubieran sido Walker o Bateman, habría hecho caso omiso de la pregunta, pero había unas ojeras pronunciadas bajo aquellos ojos color avellana ribeteados de verde, y en ellos acechaba algo muy parecido a la soledad. Y yo sabía muy bien lo dolorosa que podía llegar a ser la soledad.

—No bebo fuera de casa. Nunca. Y menos si existe la menor posibilidad de que tenga que agarrar el coche. No bebo si no hay nadie sobrio. Y no bebo si sé que estoy en una situación que exige un control absoluto de mí mismo.

Me comí dos tacos más tratando de esquivar su mirada.

—¿Lo tienes que controlar todo?

—Sí.

Se apoyó en el respaldo de la silla y bebió otro sorbo de sidra.

—¿Quieres explicarte un poco mejor?

—No.

Ya le había hablado más de mí mismo a ella que a Walker o a Bateman. Me quedé esperando aquel sentimiento de culpa que solía destrozar lo que quedaba de mi corazón cuando dejaba que alguien se me acercara. Al fin y al cabo, estaba cenando a solas con una mujer por la que me sentía atraído. ¿Tal circunstancia no debería activar la cláusula de culpabilidad en mi conciencia? Pero no noté nada. Qué extraño.

Arqueó una ceja y se lamió con la lengua una gota que le había quedado en el labio. Me metí otro taco en la boca para tenerla ocupada.

—Estoy tratando de entenderte…

—Suerte con eso. —«No, ni hablar».

—Creo que ya comprendí alguna que otra cosa.

—¿Sí? —«Esto va a ser interesante».

—Ahora mismo, me inclino por el controlador narcisista, pero aún no estoy segura.

Me atraganté con la comida y empecé a toser. Me acercó el vaso con parsimonia, mientras yo trataba de hacer bajar los restos de mi habitual mal genio que me obstruían la garganta.

—¿Narcisista?

—Nadie se pasa tres horas al día en el gimnasio por cuestiones de salud. ¿Te pone caliente mirarte al espejo?

—¿Y a ti te pone caliente bailar ante desconocidos en la barra de un bar?

Dio un golpe en la mesa con la botella, y al instante me mordí la lengua con tanta fuerza que casi me saqué sangre. Mierda, ¿por qué había dicho eso? ¿Por qué era incapaz de controlar lo que decía cuando estaba con esa chica? Levantaba pesas por la misma razón por la que ella bebía: para silenciar a los demonios.

—Mira, voy a introducir algunos matices. Controlador narcisista y cretino de mierda. —Se levantó—. Y el que lavará los platos esta noche.

Tuve que hacer un esfuerzo para no disculparme y salir corriendo tras ella. No podía destrozarle la vida más de lo que ya la tenía, y en la mía no había sitio para ella.

Mejor así.

Fue lo que me repetí una y otra vez mientras recogía los platos.

—¿Cuándo me vas a dejar que te haga uno, Masters? —me preguntó Matt mientras trabajaba en alguno de los infinitos tatuajes de Jagger, una semana más tarde.

Samantha llevaba dos semanas viviendo en la casa. Dos semanas durante las cuales yo había estado el mínimo tiempo posible. De ahí las visitas al salón del tatuador.

Eso no bastaba para que dejara de pensar en ella, ni en lo triste que parecía. Cada día era peor, pero no hablaba del tema. Y, por mucho que quisiera evitarla, alguien tenía que hacer que se desahogara, o iba a acabar destrozada.

«Cuando una chica no habla de sus problemas, es que está mucho peor de lo que deja entrever». La observación fraternal de Constance resonó en mi cabeza.

—Ni hablar —respondí, y pasé una página del manual al tiempo que estiraba las piernas en la silla de plástico—. Vine en calidad de niñera.

—A las chicas les encanta —comentó Jagger con una sonrisa taimada.

—Me da igual. —Pasé otra página para concentrarme en los límites de presión del aceite.

—A los chicos también les encanta —añadió Matt.

—Eso aún me da más igual.

—Me debes cincuenta dólares —le susurró Jagger a Matt, pero lo suficientemente alto para que se oyera.

Los miré por encima de las tarjetas de preguntas y respuestas, y le dije claramente a Jagger con la mirada lo que opinaba de su idea. Volví a centrarme en mis estudios. Después de parpadear unas cuantas veces para poder distinguir bien las palabras, cerré los ojos. Era hora de hacer una pausa.

—Ya terminamos por hoy —le dijo Matt a Jagger.

Pulverizó el tatuaje con un líquido y se lo envolvió en film transparente como si fueran los restos de la cena. Jagger pagó la factura y nos dirigimos a casa.

—¿Qué tal lo de compartir el baño con Sam? —me preguntó mirándome de reojo.

—Bien. —No iba a contarle más.

—Tiene una cantidad demencial de productos para el pelo, ¿cómo va tu TOC con eso?

—No tengo TOC.

Me gustaban las cosas pulcras. Ordenadas. En su sitio. Genial, estaba babeando por una mujer que jamás me permitiría tenerlo todo así. Dejaba sus pertenencias por todas partes.

—Excelente, me alegro de que se lleven bien.

—Toda la vida compartí el baño con cuatro hermanas. Puedo tolerar unos cuantos objetos en la repisa del lavabo.

En cambio, ¿qué no podía tolerar? El olor del baño después de que ella se bañara, a vainilla y caramelo. Solo con entrar se me ponía dura.

—Te saca de quicio.

Hice caso omiso y miré por la ventanilla para observar las afueras de Dothan mientras salíamos de la pequeña ciudad. No conseguía controlar el efecto que Sam me provocaba, pero tampoco estaba acostumbrado a estas conversaciones con Jagger.

—No quería entrometerme…

—Pues no lo hagas.

—Pasó por mucho últimamente. —Sujetó el volante con más fuerza.

—Sí, y le hace falta alguien que haga que se ponga de pie, no que la consienta. Es más fuerte de lo que crees.

—Y tú eres ideal para eso.

—Yo no soy ideal para nada. Pero sé lo que es cagarla en la vida.

No podía dar marcha atrás y reparar los daños que jalonaban la mía. El cemento de mi camino ya se había fraguado. Pero, en el caso de Sam…, tal vez pudiera ayudarla, ganarme unos cuantos puntos de karma.

—Si quieres hablar de…

—No. —Miré por la ventanilla. Estábamos detenidos en un semáforo y…—. Maldita sea.

Apreté los puños e inhalé con los dientes apretados.

—Vaya, creo que es la segunda vez que te oigo soltar una maldición.

Jagger me miró de reojo y se volvió a concentrar en la carretera cuando el semáforo se puso en verde.

—Para el coche.

—¿En el club de *striptease*? Amigo, no es el momento…

—¡Para!

Se metió por el camino de tierra que llevaba al estacionamiento del edificio, que era de un rosa ridículo.

—Okey, pero te dejo solo, porque Paisley me mata si… ¡Mierda!

—Exacto.

Se detuvo en un lugar vacío. Junto a un descapotable amarillo con matrícula de Colorado.

—¿Qué demonios crees que hace aquí Sam?

«Salgo a buscar trabajo…».

—Nada bueno. Vete a casa. Yo me encargo.

Abrí la puerta antes de que Jagger terminara de detener el coche. El calor de Alabama hacía juego con mi temperamento en aquel instante, y entre ambos me impedían pensar. Tragué saliva para reprimir la necesidad de hacer pedazos el edificio y recordé que no conocía todos los detalles… aún.

Abrí la puerta. El portero me miró de arriba abajo y dio un paso atrás. Los dos sabíamos que, si quisiera, podía destrozarlo.

—¿Identificación? —me pidió.

Se la mostré y la examinó, leyó mi nombre varias veces mientras yo observaba el club. Una rubia delgada estaba en el escenario. Llevaba un sombrero de vaquera y poca cosa más, y daba vueltas al ritmo de una canción de Kid Rock mientras unos cuantos mierdas babeaban con lascivia.

—Adelante. —El portero me devolvió mi identificación y trató de evaluarme con la mirada.

Cuando mis ojos se acostumbraron a la penumbra, la vi sentada delante de la barra. La falda le quedaba muy por encima del muslo, y el tipo con el que hablaba lo había notado, sin duda.

—¿Cuánta experiencia tienes? —preguntó sin ver que me acercaba.

—Tomé clases de baile en la barra vertical durante un año en Colorado, pero solo por hacer ejercicio —respondió ella al tiempo que pasaba el dedo por un papel… Un formulario de solicitud. «Mierda»—. También puedo servir copas, aprendo deprisa.

—Estupendo —dijo él con los ojos puestos en el escote de Sam, que llevaba desabrochados algunos botones de la camisa—. Voy a echarle un ojo a esto, a ver qué puedo hacer.

Se inclinó hacia delante para recoger la solicitud y ella se apartó a tiempo para que no la rozara. El tipo le dedicó una sonrisa asquerosa y se metió detrás del escenario.

Algo turbio se me retorció en el estómago y amenazó con estallar. Sam se dio la vuelta en el asiento, y pude verla de perfil mientras miraba a la chica del escenario. Por un momento, desapareció la máscara fuerte y segura, y se le humedecieron los ojos hinchados. Tenía la misma cara que yo el día después de… «No, no pienses en eso».

Me senté en el taburete contiguo al suyo y se sobresaltó.

—¿Qué haces aquí, Grayson?

—Sacarte de este lugar.

Se puso tensa.

—Estoy en medio de una entrevista.

—¿Este es el trabajo de tus sueños? —¿En qué demonios estaba pensando?

Me lanzó una mirada que decía a gritos que era un idiota. Sí, claro, porque igual era yo el aspirante a *stripper*.

—¿Sabes lo que descubrí hace un par de semanas? Que no tengo dinero. Me queda el justo para pagar el teléfono un mes más. No tengo trabajo. Tampoco tengo título universitario para conseguir un trabajo. Y los trabajos que no requieren título ya están todos ocupados. Llevo tres semanas buscando empleo en Enterprise, en Daleville, en Dothan. Nadie me quiere contratar. Y no voy a vivir a su costa mientras encuentro algo.

—Así que esto es lo que quieres hacer hasta entonces. Trabajar en este sitio.

Clavó la vista en el suelo.

—Es lo último que quiero. Pero las chicas ganan mucho dinero aquí, y es mejor que volver con mi mamá.

—Mira, por mucho que quiera ver lo que aprendiste en las clases de baile, este no es lugar para ti, Sam.

«Mierda. No quería decir eso». Al menos, no la primera parte. La chica del escenario enroscó una pierna en torno a la barra e hizo un giro.

Sam arqueó una ceja al mirarme y me sonrió, provocándome una descarga eléctrica que me recorrió todo el cuerpo y acabó instalándose en mi pene. Cambié de postura, incómodo.

—Bueno, pero aquí al menos no hay nadie que me diga que me ponga más ropa.

Jugueteó con los botones de la camisa.

Si lo hubiera hecho porque estaba sinceramente interesada en mí, habría resultado de lo más excitante, pero solo quería ponerme a prueba.

—Samantha.

Se desabrochó un botón, lo justo para mostrar un atisbo del encaje blanco del sostén, creando un contraste divino con el color moka claro de su piel. Pero yo seguí mirándola a los ojos.

—¿Qué pasa? ¿Crees que no soy capaz? Tú serás un témpano de hielo, pero eso no quiere decir que no pueda poner caliente a alguno de estos tipos. —Señaló con un gesto a los tipos que rodeaban el escenario.

¿Un témpano de hielo? Menos mal que no se daba cuenta de nada.

—Podrías poner caliente a una estatua, Samantha, y no soy un témpano de hielo. Qué más quisiera.

«Cállate o vas a hablar más de la cuenta y acabarás metiéndote en un lío».

Abrió los ojos un poco más y separó ligeramente los labios, lo justo para bajar un poco las defensas.

—¿Por qué me llamas Samantha?

La canción cambió y empezó a sonar «Porn Star Dancing». El encargado llamó a Sam con un silbido, como si fuera un perro. Apreté el puño. Sam lo miró, y luego me miró a mí. El combate interno era evidente.

—Te llamo Samantha para recordarme que no eres una compañera de departamento, eres una mujer, y para asegurarme de no llegar a conclusiones erróneas sobre ti, como el día que nos conocimos. —«Cuando di por hecho que te acostabas con mis compañeros»—. No lo hagas.

En sus ojos se leía la incertidumbre, la duda.

—Tú no me controlas —susurró.

—No soy tan idiota como para pensar que no hay poder en este mundo capaz de controlarte, Samantha. Pero te recuerdo que, en estas tres últimas semanas, te recogí de la barra de la cocina y de la barra de un bar. No le tengo ningún miedo a ese escenario.

Si se le ocurría acercarse allí, iba a prenderle fuego al local sin pensármelo dos veces.

Se mordió el labio inferior.

—Dios, ¿por qué es tan importante para ti?

«Porque la mera idea de que te desnudes por dinero hace que me entren ganas de despedazar a todos los hombres que hay aquí, porque ellos son quienes lo hacen posible».

—Porque estás en caída libre, Sam. No te das cuenta porque te mueves en el aire, pero es así.

El encargado agitó la mano para llamarla.

—Tengo que irme.

Se bajó del taburete, alzó la barbilla y se dirigió hacia el escenario. No había dado ni dos pasos cuando me la eché al hombro. Presioné con los dedos la piel cálida y desnuda de la parte trasera de sus muslos para inmovilizarla, y jalé su falda para cubrírselos un poco más. Agarré su bolso y me dirigí hacia la puerta.

—¡Grayson!

—¡Ey! ¡No puedes…! —El portero me bloqueó la salida.

Le lancé una mirada que dejaba entrever toda la rabia que me provocaba la mera existencia de un lugar como aquel, y eso bastó para que se hiciera a un lado. Abrí la puerta y entorné los ojos cuando el sol poniente me dio en la cara.

—¡Suéltame, Grayson, carajo! —gritó Sam.

Rayos, qué escandalosa era. Apoyó los brazos en mi espalda para tratar de erguirse.

Noté su diminuta cintura entre mis manos cuando la bajé al suelo. Estaba rabiosa, apretaba los labios y le salían llamas de los ojos. Respiré aliviado. Mejor las llamas que la expresión de derrota que había visto antes en ellos.

—¿Qué demonios crees que haces? —me gritó a la cara sin importarle que estuviéramos a escasos centímetros el uno del otro.

No dio un solo paso atrás, hay que reconocerlo. Si al menos se diera cuenta de que yo tampoco pensaba retroceder…

—¡Responde!

—Recogerte.

Capítulo seis

—¿Qué demonios hacemos aquí? —le pregunté al ver que parábamos delante del Anytime Fitness. Ni siquiera me había dejado conducir, así que disfruté viéndolo gruñir cuando trataba de acomodarse de nuevo tras el volante de mi coche—. ¿Y por qué hay gimnasios de veinticuatro horas? ¿Quién va a hacer ejercicio a las tres de la mañana?

—Yo. —Detuvo el motor.

—¿Por tendencia al vampirismo? ¿O es que en sueños no te ves bien los músculos y te hacen falta espejos?

—A veces no puedo dormir. Y vengo aquí.

—¿Y qué pintamos nosotros ahora en este lugar?

—Necesitas un empleo. Maggie busca a alguien. —Salió del coche, dio la vuelta hasta mi puerta y la abrió—. Y también necesita ayuda con la contabilidad. A ti se te dan bien las matemáticas.

—¿Cómo lo sabes?

—Por Ember.

En lugar de disculparse por haber estado indagando en mi vida, se limitó a esperar a que bajara del coche.

Tenía que acordarme de llamarle a mi mejor amiga.

—Y una mujer que no me conoce me va a contratar porque tú lo digas —le repliqué señalándolo mientras me bajaba de mala gana.

—Sí la conoces —respondió al tiempo que abría la puerta de cristal del gimnasio.

El aire acondicionado era divino.

—¿Qué? ¿De qué? No he enviado ninguna solicitud aquí.

—¡Hola, piloto! —lo saludó una chica pelirroja con una playera polo de Anytime Fitness que se estaba subiendo los lentes hasta el puente de la nariz.

—Hola, Avery. Ella es Samantha. ¿Está tu mamá?

Saludé con la mano a la chica, y ella me devolvió el gesto.

—Voy a buscarla.

Salió corriendo con sus jeans dos tallas más grandes.

Grayson se inclinó sobre el mostrador y sacó de detrás un formulario de solicitud y un bolígrafo.

—Me paso mucho tiempo aquí —explicó, encogiéndose de hombros—. Llena esto.

—¿De qué la conozco?

Jugueteó con el bolígrafo de la hoja de ingreso.

—También es la dueña del Oscars.

«Mierda». El Oscars, donde había interpretado mi versión improvisada de chica Coyote.

—¿El bar?

—Sí, estaba detrás de la barra el día de tu… visita.

No me lo podía creer. Allí había una cámara oculta, seguro.

—Ah, no, ni hablar. En cuanto me vea se va a morir de risa, y ahora mismo no lo soportaría.

Respiró hondo.

—¿Cómo puedes ser tan frustrante? ¿Te ibas a quitar la ropa en una sala llena de tipos, pero no le vas a pedir a Maggie que te contrate?

—Tampoco espero que lo entiendas.

Como si él hubiera cometido algún error en su vida, y ya no digamos que hubiera dejado una estela de estos a su paso.

Se giró hacia mí y apoyó un codo en el mostrador, invadiendo peligrosamente mi espacio vital y mi cabeza.

—¿Qué quieres que entienda? ¿Que te resulta más fácil exponer la piel que el orgullo?

Tragué saliva y aparté la mirada de aquellos ojos grises capaces de traspasar mis defensas.

—Sí.

—Entonces te entendí perfectamente, y lo que te estoy diciendo es que las dos cosas tienen el mismo valor. Llena la solicitud, Samantha.

—Me va a echar a patadas —susurré, sin apenas atreverme a mirarlo.

Grayson arqueó una ceja.

—No todo el mundo juzga a los demás por la primera impresión.

—Tú lo hiciste.

—Y contigo lo estoy pagando caro.

—Aquí… hay mucha gente.

Conté al menos quince personas haciendo ejercicio tan cerca de nosotros que podrían presenciar mi humillación.

—¿Vas a dejar que eso te detenga?

Sopesé las opciones mientras veía acercarse a Maggie con su hija. No podía vivir sin dinero para el teléfono o para gasolina, y esto al menos lo podía hacer con la ropa puesta. «Cabeza bien alta. Adelante».

—Te diré una cosa de mí que no sabes, Grayson: yo no dejo que nada me detenga.

—Te diré una cosa de mí que no sabes, Sam: contaba con eso.

Esbozó algo parecido a una media sonrisa, lo cual quizá indicaba que podría ser capaz de sonreír abiertamente.

—Ahí viene —me dijo Grayson al oído. Apenas me rozó la piel con los labios, pero bastó para que un escalofrío me recorriera todo el cuello—. Espera.

Echó a andar entre las cintas de correr para ir al encuentro de Maggie. Dos chicas enfundadas en licra se lo comieron con los ojos, pero no pareció darse cuenta; y no como las ignoraría un tipo engreído, sino más bien como… si fueran invisibles.

¿Qué hacía sin pareja un chico así? Okey, era un poquito presuntuoso, pero tenía mucho más a su favor, quitando ese muro que levantaba para alejar a la gente.

Maggie sonrió al ver a Grayson y ambos se detuvieron frente a la entrada de los vestidores. Él me lanzó una mirada y saludé con un gesto. Sentí una oleada de náuseas, pero contuve el impulso de vomitar. Yo me lo había buscado.

Maggie vino hasta donde estaba y ladeó la cabeza.

—Vaya, la estrella de la fiesta. Grayson me dijo que buscas trabajo.

Tragué saliva. De pronto tenía la garganta muy seca.

—Sí, señora. De verdad, siento mucho lo de la otra noche. Le prometo que no es habitual en mí. —«Ya no»—. No volverá a pasar.

—Bueno, pero conseguiste que Grayson se subiera a la barra, así que lo tuyo también tiene su mérito.

—Sí, señora. —Una vez más, me había salvado de mí misma.

La mujer me miró de arriba abajo.

—¿Se te dan bien las matemáticas?

Asentí.

—Es lo que estaba estudiando en la universidad. No tengo experiencia, pero aprendo deprisa y soy trabajadora.

Chasqueó la lengua, miró a Grayson, y luego a mí.

—Bueno, vienes recomendada por Grayson. Necesito a alguien de medio tiempo en la recepción. Trabajo de secretaría, sobre todo: correo electrónico, horarios, teléfono, pedidos… ¿Te parece bien?

Un momento. ¿Qué?

—¿De verdad? ¿Me va a dejar trabajar aquí?

Se rio, exhibiendo unos dientes perfectos.

—Cariño, no eres la primera chica que baila en la barra de mi bar, y me juego lo que sea a que no serás la última. —Echó un vistazo a mi camisa—. Aquí vamos bastante informales, ¿por qué no agarras una camiseta de mi escritorio? Luego mi hija te enseñará lo que tienes que hacer. Acompáñala, ¿okey, Grayson?

—Sí, señora.

Me puso la mano en la base de la espalda para guiarme hacia una puerta que había más allá de los vestidores. La oficina estaba muy ordenada, y enseguida vi la pila de camisetas.

—Toma.

Me tendió una playera polo blanca con el logo de Anytime Fitness bordado en el pecho.

—Maggie te conoce bien —le comenté a Grayson. Me puse la playera por encima de la blusa.

—Te lo dije. Vengo muy a menudo.

Se me fue la vista hacia los voluminosos músculos de su brazo cuando se puso bien la visera de la gorra.

—Ya lo veo.

Sacudió la cabeza y me acompañó de vuelta al escritorio.

—Voy a hacer unas pesas mientras te explican lo que tienes que hacer. Avery, ¿te encargas de ella?

Me dejó allí y se encaminó hacia los vestidores.

—¡Hola, Sam! —Avery me mostró los brackets al sonreír—. ¿Empezamos?

—Claro.

Me enseñó el sistema informático. Había cuatro administradores, tres recepcionistas, cinco entrenadores y Avery, que trabajaba cuando no tenía clase.

—Mamá no quiere que esté por el bar, así que me manda aquí.

—Es genial que tenga dos negocios —comenté mientras me familiarizaba con el sistema de correo electrónico.

—El bar le correspondió en el divorcio, pero lo quiere vender. El gimnasio es lo nuestro.

Sacó de la mochila un grueso libro de Matemáticas.

—¿No estabas de vacaciones? —le pregunté.

—Falta una semana para los exámenes finales. El álgebra se me da fatal.

—¿Quieres que te eche una mano? En Colorado daba clases particulares de Matemáticas.

—¿No te importaría?

—Para nada. —Sonreí de buena gana.

—Me alegro de verte de nuevo —me dijo un tipo que me sonaba de algo.

Estaba firmando la entrada al gimnasio con la mochila colgada del hombro. Me sonrió. Era guapo, pero yo debía de tener averiado el mecanismo habitual de respuesta a los tipos buenos, porque ni siquiera despertó mi interés.

—Hola —dije con una sonrisa cortés mientras trataba de recordar dónde lo había visto antes.

Se rio.

—No te acuerdas de mí. No pasa nada. Soy Will, el que llamó a Jagger hace unas semanas.

Arrrg. El chico guapo del bar. Al parecer aún no había pasado suficiente vergüenza en un solo día.

—Me alegro de conocer a un amigo de Jagger. Bueno, de conocerte oficialmente, porque voy a dar por hecho que no viste mi lado bueno la última vez.

Su sonrisa era contagiosa.

—No, pero si alguna vez quieres enseñarme tu lado bueno…

—Ni hablar, Carter. Ni se te ocurra —dijo Grayson. Se acercó con los shorts y una camiseta amplia. El corazón me dio un salto y se me cortó la respiración ante la mirada posesiva que me lanzó antes de fulminar a Will con los ojos. A lo mejor no estaba averiada. A lo mejor era que estaba comparando a todos los chicos con Grayson. Mierda. Lo cual resultaba de lo más inconveniente.

—Eeeh, Masters. ¿Qué pasa, marcando territorio?

—Es mi *roomie*, así que ni se mira ni se toca, o dejaré bien claro por qué te llaman Segundo Plato. —Grayson flexionó los músculos de la mandíbula.

—Eres un idiota… —Carter se dio un golpecito en la gorra—. Señorita, le doy mi más sentido pésame por su situación habitacional. —Se dirigió de nuevo hacia Grayson—. ¿Sigue en pie lo del Día de los Caídos?

Grayson le dio una palmada en la espalda.

—Claro. La carne asada es a las dos, pero me la perderé. Voy a casa.

—Ah, sí, esos viajes misteriosos. Ya hablaremos cuando vuelvas.

Se encaminó a los vestidores. Grayson se giró hacia mí.

—Acabas acostumbrándote a él —me dijo.

—Igual que a ti —respondí, y le dediqué una sonrisa pícara antes de volver a sumergirme con Avery en el libro de Álgebra.

Rayos. Acababa de coquetear con él. Con mi *roomie*. Eso no podía volver a pasar. Y tampoco podía dedicarme a mirar cómo levantaba pesas mientras aprendía todo lo necesario y ayudaba a Avery.

Pero no podía evitarlo.

Me había conseguido un trabajo. Gracias a Dios. Parecía lo más sencillo del mundo, aunque solo con saberlo me costaba menos respirar, como si me hubiera pasado tanto tiempo bajo el agua que al salir de nuevo a la superficie me sintiera embriagada de oxígeno y de nuevas posibilidades.

Un par de horas más tarde volvimos a casa.

—Gracias —le dije mientras subíamos la escalera que conducía a los dormitorios.

Los de Josh y Jagger estaban en el primer piso, así que teníamos el segundo entero para nosotros.

—De nada. El fin de semana que viene te quedas sola, me voy a casa.

Se despidió con un gesto y se metió en su cuarto.

—¿Por qué vas tan a menudo? —pregunté sin poder reprimir la curiosidad—. Will no es el primero que lo menciona.

Se giró con la mano apoyada en la manija.

—¿Cómo van las apuestas? —respondió con una media sonrisa que me pareció muy sexy. «De lo más inconveniente».

—No hay apuestas, es simple curiosidad.

Se me quedó mirando tanto rato que pensé que me iba a mandar al diablo. Desprendía una intensidad agotadora, me drenaba mentalmente, porque era incapaz de adivinar en qué estaba pensando.

—Todo el mundo tiene responsabilidades, Samantha. Yo también.

Cerró la puerta y zanjó el tema.

Las sirenas me despertaron, arrancándome de un sueño mejor que todo el café del mundo. Lo malo fue que mis piernas no recibieron el mensaje de «nos hemos despertado», y casi me caigo al salir de la cama.

Según el reloj, era la 1:37 de la madrugada. Miércoles por la mañana. No, espera. Martes por la mañana. Y hacía una semana que trabajaba en el gimnasio hasta medianoche, así que solo llevaba una hora durmiendo.

—¿Qué demonios pasa? —grité.

Miré a través de las persianas. Había unos cuantos vecinos en los porches, todos en bata o en pijama.

—¡Grayson!

Salí al pasillo a tropezones. La puerta de su cuarto estaba abierta y la cama tan desordenada como jamás pensé que la vería, pero ni rastro de él.

Bajé corriendo las escaleras.

—¡Chicos! —llamé a gritos, antes de recordar que Jagger y Josh se habían ido unos días con su destacamento.

Mierda, las sirenas hacían mucho ruido. Era como el bombardeo de Pearl Harbor, como un tornado en Kansas. «No. Carajo. Un tornado».

Pero eso era imposible, ¿no? Estábamos en el sudeste, en Alabama, no en el Medio Oeste. ¿Había refugios aquí? La alerta, cuando estábamos en Fort Leavenworth, fue espantosa, pero al menos allí había un refugio.

Me ceñí los pechos al top deportivo y abrí la puerta de golpe. La humedad, densa, espesa, me abofeteó la cara. Era como si el aire pudiera beberse. El viento soplaba, agitando las ramas de los lilos contra el barandal del porche.

La sirena seguía aullando, procedente de un poste situado a cuatro casas de distancia de la nuestra.

—¿Qué pasa? —les grité a los vecinos.

—Alerta de tornado —respondió Grayson detrás de mí con la voz ronca de sueño.

Extendió el brazo para mostrarme la alerta en el celular.

«Alerta de tornado, condado de Coffee, Alabama, hasta las 3:30 a. m. Busquen refugio de inmediato».

—Pero ¿qué pasa, acaso estamos en Kansas? ¡No puede ser!

Tenía un nudo en el estómago. Había pocas cosas que me dieran miedo, pero los tornados estaban en la lista. Me hacían sentir pequeña, insignificante, sin control sobre mi propio destino. Y de eso ya había tenido suficiente, gracias.

—Es la época, y si mandan el aviso es que va en serio. Se avistó uno en Elba, que no está muy lejos. Entra en casa, vístete y nos vemos en el baño.

Me agarró por los codos con delicadeza para hacerme entrar y cerró la puerta.

—Pero estamos en el sur, y no precisamente en el sur de Tennessee. En el sur sur.

Me di la vuelta y sin querer le rocé con la mano la piel del pecho…, del pecho desnudo. Carajo, lo noté cálido, bien definido, y olía mejor que el chocolate. Tenía el pelo revuelto, pero las líneas del rostro se mantenían firmes, severas. ¿Es que no se relajaba ni cuando dormía?

—Sí, y vives en una ciudad donde un tornado destruyó una preparatoria y mató a unos adolescentes no hace tanto, así que métete en el baño. A los fenómenos atmosféricos no les importa si estás en Oklahoma o en Oz.

—De acuerdo. —Me olvidé de la imagen de Grayson medio desnudo mientras corría escaleras arriba hacia mi dormitorio.

—¡Y ponte ropa! —me gritó.

Me enfundé en una sudadera, arranqué el teléfono del cargador, agarré el iPad y bajé las escaleras de nuevo.

—¿Grayson?

—En el baño pequeño.

Crucé el pasillo a toda prisa hasta el tocador, y me lo encontré justo cuando se ponía una camiseta por la cabeza. Los pantalones del pants le colgaban por debajo de las caderas, y dejando a la vista unos músculos en forma de V que eran ilegales en al menos doce estados, y, si no lo eran, deberían serlo. Se notaban las horas que se pasaba en el gimnasio.

—Es la primera vez que un chico me invita al baño.

Arqueó una ceja, y a continuación sacudió la cabeza.

—Aquí no hay ventanas, y da a la cocina, así que es el lugar más seguro para esperar a que pase. —Me miró las piernas desnudas—. Tú y yo debemos de tener conceptos diferentes de lo que es vestirse.

—No es el momento, Grayson.

—Okey. Quédate aquí. —Salió por la puerta.

—Así que tenemos que estar en este baño… —Consulté el teléfono—. Un par de horas —murmuré para mí misma.

La sirena se detuvo, pero si funcionaba como en Kansas, con temporizador, volvería a sonar mientras durara la alerta. Puse el iPad en la repisa y abrí la aplicación del tiempo. Estábamos en el centro de un gran punto rojo. El nudo en el estómago se me tensó aún más.

Grayson volvió con el edredón de su cama, un par de botellas de agua y mis zapatos.

—Por si acaso —dijo, dejándolos en el suelo.

El baño ya era pequeño de por sí, pero, cuando Grayson cerró la puerta, me pareció tan pequeño como un aseo portátil. Se sentó en el suelo, apoyó la cabeza en la pared y cerró los ojos. ¿Dónde iba a sentarme yo? ¿En el retrete? Ya, pues no habría sido raro, que digamos. Grayson ocupaba casi hasta el último centímetro de espacio disponible.

—Ponte cómoda, Samantha. Vamos a estar aquí un buen rato.

¿Cómo podía estar tan tranquilo? Ah, sí, claro. Porque carecía por completo de emociones. Si yo fuera un robot, como él, no estaría a punto de utilizar ese retrete para vomitar. Y luego tendría que sentarme en un retrete sucio de vómitos. Puaj.

Abrió los ojos y extendió un brazo.

—Vamos.

Tragué saliva. Estar tan cerca de él me parecía más peligroso que lo que estaba pasando afuera.

—No te voy a morder, Samantha.

—Tampoco es que te caiga bien.

Dejó escapar un suspiro de impaciencia.

—No te entiendo. Claro que me caes bien. Vamos, siéntate.

Si esa manera tan distante de tratarme desde que llegué a Alabama era porque le caía bien, no quería ni pensar en cómo trataría a los que no le agradaban.

Me senté muy despacio en el hueco que me había dejado bajo el brazo. Utilizó el otro para cubrirnos con el edredón. Dios, olía igual que él. Tuve que contenerme para no hundir la nariz en la tela.

—Y ahora, ¿qué? ¿Esperamos y ya está?

—Sí.

Tragué saliva para no pensar en lo bien que encajaba con su cuerpo, pero Grayson se me había colado por todos los sentidos. La fuerza de sus brazos, lo indestructible que parecía a mi lado… ¿Y por qué tenía que oler tan bien? Alguien que se pasaba tanto tiempo idolatrando su cuerpo en el gimnasio ¿no debería…, no sé, oler fuerte?

No, claro que no. Tenía que torturarme oliendo como el océano, con un toque de cedro, como el gel de baño que yo olisqueaba en secreto cuando me bañaba. «No pienses en eso. Piensa en cualquier otra cosa. En cualquiera menos en eso».

—Así que mañana te vas a casa —comenté.

—Sí.

—Eres un gran conversador.

—Son las dos de la mañana, Samantha.

—Como si me fuera a dormir en el suelo del baño.

Hice un puchero, pero su calidez me estaba relajando, por mucho que me costara reconocerlo. Con alerta de tornado y todo.

Suspiró.

—Sí. Mañana voy a casa.

Había conseguido meter una palanca en la diminuta grieta del muro, y la moví un poquito.

—¿De dónde eres?

—De Nags Head. Carolina del Norte.

—¿En las islas, las Outer Banks?

—Sí.

—¿Y te gusta vivir allí?

Suspiró, pero empezaba a entender sus suspiros, y este significaba que me iba a permitir adentrarme un paso en su mundo.

—Me encanta. Mi papá construye barcos de vela, para competencia, y cree que volveré para quedarme, pero… A veces, necesito espacio.

—Siempre he querido ir allí. Mi mamá estuvo un verano, en la universidad, y le encantó. Yo nací antes de que se graduara en la UNC esa primavera. —Se me llenó el estómago de ácido al pensar en ella—. Aún no le dije nada de lo de Troy.

—¿Por miedo al regaño? —Flexionó el brazo y me atrajo más hacia él.

—No. —Negué con la cabeza, y sin querer la apoyé en su hombro—. Quería demostrarle que podía hacerlo sola, que no necesitaba su aprobación o, mejor dicho, su desaprobación. Por eso sigo aquí. No es capaz de ver nada que no sea este desastre gigantesco, y la adoro, pero quiere enderezarme. Y esto de Troy demuestra que ya no hay manera de lograrlo.

Respiró hondo unas cuantas veces, en silencio.

—Hay personas que están rotas, Samantha, pero tú no eres una de ellas. Puede que un poco mellada, pero no rota. Y, desde luego, no eres irreparable.

Se me escapó una risita carente de humor.

—Si tú supieras… No dirías eso. Me echarías a la calle para que me llevara el tornado.

Se apartó lo justo para mirarme. La turbulencia que vi en sus ojos me dejó sin respiración.

—Yo no abandono a la gente.

Lo tenía allí mismo, en la garganta, el secreto que había guardado demasiado tiempo, que me asfixiaba, que necesitaba decir en voz alta para que dejara de pudrirse dentro de mí. Pero ¿qué pensaría cuando lo supiera? Los chicos como Grayson no se acostaban con quien no debían, y desde luego no dejaban que les destrozaran la vida. Las decisiones de Grayson eran tan calculadas, tan deliberadas, que seguro que ni siquiera había llegado una vez tarde a clase.

—¿Samantha?

Su mirada se dulcificó, me mostró su parte más tierna, y agrietó mis defensas.

—¿Alguna vez has cometido un error, Grayson? Y no quiero decir un error por el que te disculpas y ya está. Un error de los que te destruyen. De esos que te tienen despierto por la noche y no te dejan dormir por miedo a lo que pasará al día siguiente, y al otro, y al otro. De esos que harías lo que fuera, de verdad, lo que fuera, con tal de dar marcha atrás y no cometerlos. De esos que te provocan náuseas todo el tiempo solo de pensar en lo que hiciste. Porque yo sí. Destrocé mi futuro, tiré por tierra cualquier esperanza de acabar la universidad, maté a la persona que era antes. Y no sé… No sé cómo recuperarme de una cosa así.

—No es verdad.

Eché la cabeza atrás, pero amortiguó el golpe con su brazo.

—Calla y escucha. No voy a minimizarlo, no te diré que no hay nada tan grave, porque algunas cosas lo son. A veces nos pasa algo que cambia lo que somos y aquello de lo que somos capaces. Así que de eso no te vas a recuperar, igual que no podrás borrar lo que hiciste, sea lo que sea. Tienes que decidir si vas a ponerte un parche o si vas a demolerlo todo y a reconstruirte.

—No sé ni por dónde empezar.

—Pasas por el dolor, la culpa y las excusas que te pones a ti misma. Dejas de ahogarte en alcohol para aplacar el miedo y te decides a pasar por el amargo trago de rendir cuentas. Sigues adelante con lo que eres ahora. No es fácil. Si crees que la cagaste tanto, es posible que sea cierto, pero también tienes que estar abierta a la posibilidad de que no fuera así. ¿Lo has hablado con alguien?

Negué con la cabeza. Solo dos personas sabíamos toda la verdad, y el círculo ya era demasiado amplio.

—No sé si estoy preparada para que la gente me vea tal como soy en realidad. La fachada es mucho más bonita que la verdad.

—¿Ni siquiera con Ember?

—Con Ember, la que lo piensa todo dos veces, menos que con nadie. No me entendería, y no sé si soportaría su reacción.

Tragó saliva y apartó la vista como si aquello fuera demasiado para él, y en realidad ambos sabíamos que lo era.

—Eso es lo más difícil, dejar que alguien vea cómo eres de verdad, con cicatrices y todo. Se me… —Se aclaró la garganta—. Necesitas a alguien que te escuche, debes soltarlo todo, o acabará devorándote viva. Si no tienes a nadie más, a mí se me da bien escuchar.

Traté de alzar un muro entre nosotros. Me sentía más segura cuando me hacía comentarios arrogantes. Eso sí sabía cómo manejarlo. En cambio, a este Grayson, que me abrazaba con delicadeza, me daba calor mientras la tormenta rugía en el exterior, que se ofrecía a llevar el peso abrumador que me estaba destrozando… Con este no sabía cómo demonios comportarme.

—¿Por qué ibas a hacerlo? Tú solo sabes que soy un desastre. Bebo demasiado, voy ligera de ropa, bailo en la barra de un bar, me instalo en casas ajenas porque me siento incapaz de encauzar mi vida.

—Eres muy capaz de encauzar tu vida, solo que hasta ahora no has querido hacerlo. Ya diste el primer paso con Maggie. Me ofrezco porque yo cometí un error como el tuyo, Sam, uno de esos que no tienen marcha atrás. Te miro y veo lo mismo por lo que pasé yo. Para mí es demasiado tarde. —Respiró hondo—. Tú, en cambio, volverás a ponerte en pie. Así que por eso te lo ofrezco, sí.

—¿Como amigos?

Contuve el aliento. Necesitaba escucharlo. La tensión, la atracción, todo eso era lo que yo sentía, pero no sabía qué sentía él, y tampoco quería quedar como una imbécil. Compartíamos casa, así que las cosas podían complicarse en un momento.

Nos miramos a los ojos. El calor dio paso a un escalofrío que recorrió todo mi cuerpo.

—Los dos somos adultos.

—Bueno, yo al menos lo intento —bromeé.

Tensó las comisuras de los labios. «Casi una sonrisa».

—Ya. Mira, no diré que no me atraes mucho. Yo no miento. Nunca. Además, tendría que estar muerto para no ver cómo me afectas. Pero no estoy en situación de hacer nada al respecto, y, seamos sinceros, tú tampoco. Lo que sí podemos hacer es tratarnos mejor y ser amigos.

—¿Amigos que se sienten muy atraídos el uno hacia el otro?

Inhaló de golpe, como si la atracción que sentía por él fuera un secreto. «Sí, seguro». Estaba convencida de que mi cuerpo enviaba señales de «cógeme» cada vez que él se acercaba, hasta cuando estaba furiosa con él. No, demonios, sobre todo cuando estaba furiosa con él.

La sirena volvió a aullar y di un respingo a pesar del agotamiento.

—Queda una hora —murmuré tras consultar el iPad.

—Relájate e intenta dormir un poco.

—Como si pudiera.

Pero me subió el edredón hasta la barbilla, me atrajo hacia él y apoyé la cabeza en su pecho.

—Tú inténtalo. Que algunos nos tenemos que levantar temprano para ir a trabajar.

Lo dijo en tono ligero, bromeando, así que no salté como si estuviera tratando de fastidiarme.

Bostecé. El cuerpo me estaba traicionado, se me desconectaba, como si Grayson hubiera pulsado el botón mágico de «dormir a Sam».

—Me alegro de que podamos ser amigos. —El sueño me hizo arrastrar las palabras.

—Yo también.

Me dejé llevar por el sueño, con el cuerpo agotado y las emociones a juego. El latido de su corazón me llenó la cabeza y mantuvo a raya las pesadillas, pero no los sueños extraños. Extraños, porque soñé que me besaba la frente y se quedaba un rato con los labios pegados a mi piel.

Capítulo siete

GRAYSON

El corazón me latía a martillazos conforme pasaban los segundos. Treinta y siete preguntas, treinta minutos para responder.

«Deja de pensar en el tiempo, concéntrate en las preguntas».

Respiré hondo y solté el aire poco a poco mientras leía la siguiente pregunta:

«Si resulta evidente que la temperatura del gas de la turbina superará los _____ °C (701) o los _____ °C (701C) antes de que la turbina del motor alcance una velocidad de preacelerado de (_____ % _____)...».

Lo leí dos veces, muy despacio, esforzándome para que la pregunta tuviera sentido y la respuesta me viniera a la cabeza. Había superado el Entrenamiento Básico. Podía con aquello. 869, 851, 63 o más. Escribí las respuestas y pasé a la siguiente, llenando los espacios en blanco tan deprisa como pude. «Vas demasiado lento».

Casi me dolía la mano de la fuerza con que agarraba la pluma, y el nudo en la garganta aumentaba conforme pasaban los minutos, hasta que un cálculo rápido me indicó que no había manera de que acabara a tiempo.

«¡Mierda!». El temporizador sonó en el celular y lo detuve con un movimiento rápido. Descargué un puñetazo en la mesa de madera y el teléfono se cayó de donde estaba, es decir, apoyado en la taza de café. Sesenta y siete preguntas respondidas, trece en blanco. Trece que suponían la diferencia entre pilotar el Apache o que me echaran de la academia de vuelo dentro de diez días, cuando empezara el entrenamiento con el helicóptero.

Puse el temporizador a cero para empezar de nuevo y volví a las preguntas. Seguí el mismo método: leí la pregunta dos veces para asegurarme de que entendía lo que decía, de que mi cerebro no estaba traduciendo, y luego la respondí.

—¿Todo bien? Oí algo que se parecía mucho a un berrinche.

Jagger acababa de abrir la puerta de la diminuta oficina privada donde yo estaba trabajando.

—Sí. Aquí me tienes, estudiando.

Todo le resultaba muy fácil a él, con su memoria fotográfica. Si no apreciara de verdad a aquel chico, me darían ganas de matarlo.

—Aún quedan dos semanas para que empiece el curso. Lo sabes, ¿no? No hace falta que te escondas en el armario de la limpieza para practicar los exámenes.

—Diez días. Que haya un trapeador no significa que sea el clóset de la limpieza. Y sí.

—Deja en paz a Masters —lo reprendió Josh desde el pasillo—. Tiene más capacidad de trabajo en su meñique que tú en todo el cuerpo, Jagger.

Jagger sonrió.

—Muy cierto. Es casi mediodía, ¿vienes a comer?

Miré la hora en el teléfono. Las 11:30. Mierda, ya llevaba allí dos horas, con tres exámenes diferentes.

—Sí, en un momento.

—¿Les importa si me apunto? —preguntó Segundo Plato Carter.

Había sido el líder de la clase durante todo el Entrenamiento Básico, y se portó como un cretino de West Point, pero al final le cedió el Apache a Jagger, así que no había manera de odiarlo mucho. Mientras se mantuviera a distancia de Sam, todo iría bien.

Me estaba hartando de que tuvieran que caerme bien ciertas personas.

—Claro —respondió Jagger con una sonrisa impostada.

El chico era el ex de Paisley. Considerando la situación, lo estaba llevando bastante bien. Se le había pegado la elegancia de su chica.

—Bueno. Resuelto. Hoy solo tengo medio día, voy a estudiar. Fuera —dije.

Volví a poner en marcha el temporizador y me concentré en el resto del examen.

—Como siempre, un placer charlar contigo, Grayson. —Jagger se rio y cerró la puerta.

Acabé diecisiete minutos más tarde con una puntuación de 93 por ciento. Cada vez lo hacía más rápido, pero no lo suficiente. Estaba a diecisiete minutos y a siete por ciento de que me echaran de la academia de vuelo.

Me replanteé lo del almuerzo. Quizá sería mejor cancelar, agarrar cualquier cosa de la cafetería y hacer otro examen. Aún me daba tiempo para un par de rondas más de fracasos antes de tomar el avión que me llevaría a casa. Sí. Era mejor plan que estar con los muchachos sin conseguir nada. O podía ir al gimnasio. Me vendría bien relajarme. Decidido, pasaba del almuerzo.

—Anda, vamos, Einstein. Sam dijo que nos vemos allí, no quiero hacer esperar a ese huracán.

Huracán. Seguro. A los huracanes los veías venir. Sam era más como una tempestad, salía de la nada y te arrasaba. Bien pensado, la perspectiva de comer algo era muy grata. Tenía el cerebro al borde del colapso tras tanto esfuerzo. A falta de unas horas en el gimnasio, el almuerzo me serviría para recuperar la concentración.

«Mentiroso. Lo que pasa es que quieres verla».

Arrugué la idea junto con los tres últimos exámenes que había hecho y lo tiré todo al bote de basura.

Nos metimos en los coches y salimos de la base hacia el restaurante. La temperatura en mi camioneta Ford F150 habría bastado para freír un huevo, aunque tampoco pensaba hacer el experimento. Estaba acostumbrado a los veranos del sur, pero no con uniforme de manga larga, y no sin la brisa del océano. De un momento a otro iba a citar *El mago de Oz*, porque me estaba derritiendo. Nos detuvimos ante el Firehouse; fui el primero en entrar por la puerta, y me sorprendí a mí mismo buscándola con la mirada antes incluso de darme cuenta de lo que hacía, pero habíamos llegado antes que ella.

Apreté los dientes y traté de relajarme. Y no era porque no la viera en casa. Rayos, si vivía con ella, pero mi cerebro pedía más a gritos. Habían pasado cuatro malditas semanas y, si no estaba con ella, estaba pensando en ella, preguntándome qué andaría haciendo, qué ridícula travesura estaría tramando. Se me estaba yendo de las manos. ¿En qué líos se iba a meter aquel fin de semana, en mi ausencia?

Llegó mi turno de pedir en la barra y oí a Jagger al teléfono con Sam, repitiendo lo que ella pedía, así que lo puse todo en mi cuenta. Por lo visto, tenerla como *roomie* quería decir que tenía que controlar aquella obsesión irracional, o bien incluirla en el presupuesto semanal bajo el nombre de «exhibiciones misóginas de posesividad ilógica».

Ocupamos el gabinete más cercano a la puerta y los muchachos empezaron a hablar de sus planes para el Cuatro de Julio. Los escuchaba, pero sus voces eran el sonido de fondo del ruido blanco que reinaba en mi cabeza. Tres exámenes reprobados. Una semana más.

Y esta noche iba a volar a casa para pasar allí el fin de semana. Otra vez.

—No estoy seguro. Tengo que hablarlo con Paisley —dijo Jagger—. Josh seguro que se va a Nashville, no hace falta ni que le preguntes.

—Ja. —Josh le tiró una papa frita a la cabeza—. Como si tú estuvieras menos enamorado.

—Ay, pero es verdad —respondió Jagger.

La campana sonó, la puerta se abrió de nuevo, giré la cabeza bruscamente y vi entrar a unos cuantos soldados. Le di un mordisco al sándwich de pollo a la parmesana como si con eso fuera a llenar el agujero que estaba creciendo en mi estómago.

—Estamos nerviosos, ¿eh? —comentó Jagger con una sonrisa de imbécil.

No me molesté en responder y le lancé una mirada asesina. La campana de la puerta sonó de nuevo y esta vez sí entró Sam, con un vestido que le llegaba hasta las rodillas y unos tirantes finos que le dejaban las clavículas al descubierto. Tragué saliva. De repente me costaba más engullir la comida, o puede que tuviera un problema con la lengua.

—¡Hola! —Sonrió y saludó con la mano mientras se acercaba a la mesa—. Muévete para allá.

Me dio un empujoncito en el hombro y me junté más a Carter, encantado de servir de barrera entre ambos.

—Pareces muy contenta —comentó Josh.

—¡Es viernes, cobré! Así que compré provisiones, y pasé por la biblioteca para preguntarle a Paisley si le hacían falta voluntarios. ¿Esto es mío? —Arqueó las cejas cuando le acerqué el plato con el sándwich—. ¡Gracias!

—No hacía falta que compraras nada, Sam —comentó Jagger con una papa frita colgando de la boca.

¿Cómo había conseguido salir con la hija del general exhibiendo esos modales? No me cabía en la cabeza.

—Pero quería hacerlo. Aunque me tendrían que haber avisado de que aquí no venden la crema de menta y moka para el café. Habría traído más de Nashville. —Le dio un mordisco al sándwich y dejó escapar un gemido—. ¡Ay, Dios, qué bueno está! —balbució mientras masticaba.

Nunca habría dicho que era sexy ver comer a una chica, pero… Carajo. «Ya basta. Hoy vas a casa».

—¿Quieres el panqué? —Le señalé el panqué de plátano y nueces que tenía en la bandeja.

—Gracias, pero soy alérgica a los frutos secos. Mejor me quedo con esta obra maestra —le dijo al sándwich—. Así que tomas el avión directo a Nags Head, ¿no? —Me miró.

A Jagger se le cayó la papa frita.

—¿Nags Head?

Sam asintió frunciendo el ceño.

—De ahí es. ¿No, Grayson?

Las miradas de todos me abrieron agujeros en el uniforme, pero asentí.

—Sí.

Jagger se inclinó hacia delante y se apoyó en los codos.

—¿Qué más sabes?

Sam me pidió permiso con la mirada, abriendo mucho los ojos, a la expectativa. Sus iris me desarmaron a la primera, y asentí.

—Su papá construye barcos de vela para competencias y su mamá está chapada a la antigua —comentó, y bebió un sorbo de té dulce a través del popote. «Esos labios...».

—Eso último no te lo dije yo —señalé en voz baja.

—Llevo cuatro semanas viviendo contigo. No hace falta que me lo digas.

Levantó la barbilla y me sonrió.

Sus labios exigían toda mi atención y tuve que controlar cada músculo de mi cuerpo para no besarla. Su cara encajaría a la perfección entre mis manos, acariciaría aquella piel tan suave al tacto, su boca sería dulce y cálida al principio, pero iría volviéndose ardiente, minuciosa. Quería que me deseara, tener sus caderas entre mis manos, mi nombre en sus labios. «Amigo, espabila de una vez».

Parpadeé y traté de imaginar la cara de Grace. La dulzura de sus ojos castaños cuando la besaba, el roce delicado de sus manos. Todo me parecía muy lejano, muy del pasado. Grace había sido mi luna, mi constante. En cambio, Sam… Sam brillaba como el sol, salvaje, temperamental, y estaba disipando la oscuridad en la que yo había estado sumido tanto tiempo.

Pero no me merecía la luz del sol.

—Entiendo, ¿por eso estudiaste Ingeniería Marina? —preguntó Jagger.

—Sí. —Me metí más comida en la boca.

—Bueno —dijo Jagger con una sonrisa que no auguraba nada bueno; me dieron ganas de borrársela de un puñetazo—. ¿Quién viene a las Outer Banks por el Cuatro de Julio?

—Me gustaría —respondió Josh.

—Yo me apunto…, si es que me estás invitando —dijo Carter.

—No —respondí, y soltó un bufido—. Nadie ha invitado a nadie.

La conversación cesó de repente, dando paso a los sonidos de la comida mientras los demás se miraban los unos a los otros con esa expresión de «puto Grayson» a la que ya me había acostumbrado.

Sam rompió la tensión con una risita.

—Pues yo me apunto. Grayson Gruñón, no hace falta que nos hagas de guía ni nada. Tú quédate en tu lado de la isla, y nosotros, en el nuestro.

Chocó su hombro con el mío.

Sacudí la cabeza y suspiré.

—Lo tuyo no tiene nombre, Samantha.

Se encogió de hombros, sonrió y me robó una papa frita.

—Me vas a extrañar este fin de semana.

Vaya si tenía razón.

El olor del océano me asaltó en cuanto se abrió la puerta del avión. «Estoy en casa». Bajé la escalerilla y una brisa cálida me recibió mejor que cualquier pancarta de bienvenida.

Esperé en la pista hasta que apareció mi maleta y luego recorrí el diminuto aeropuerto que había visto demasiadas veces aquel último año.

—¡Gray! —gritó Mia; echó a correr entre la gente y se lanzó a mis brazos como una flaca maraña de rizos oscuros.

—Hola, Mia. —La cargué al vuelo porque no pesaba nada—. Te hace falta una hamburguesa doble, hermanita.

—Qué va. Quítate, quítate. Si casi no me entra el vestido para la graduación.

Me soltó y cruzamos la diminuta sala de espera, hasta donde estaba Parker, apoyada en el marco de la puerta.

—Bienvenido a casa, Gray —dijo con una sonrisa de soslayo muy de Parker, que apenas le llegaba a los ojos.

Era igual que Mia, pero un poco mayor; se había cortado el pelo y llevaba la falda medio palmo más corta.

—¿Sacaste el popote más corto, Parker?

Soltó un bufido.

—Papá está muy ocupado con el Alibi y mamá tiene doble turno de contabilidad. Además, no sé si sobrevivirías si dejo que Mia conduzca.

Me puse pálido.

—No. Mia no conduce conmigo en el coche.

—No lo hago tan mal —protestó, pero se subió a la parte trasera del Jeep Liberty de Parker.

Me acomodé como pude en el asiento del copiloto y lo eché hacia atrás.

—¿Tu novio es un crustáceo o qué?

Puse los ojos en blanco.

—No existe tal novio.

—Tal vez por eso eres tan encantadora.

Arqueé las cejas y me enseñó el dedo medio. Mia se rio y salimos del estacionamiento a la 64 en dirección a Roanoke. El tráfico se volvió más denso tras pasar por el puente que llevaba a Nags Head y tuvimos que aminorar la marcha. Parker soltó una maldición.

—Vaya mierda con los turistas, carajo.

—Esa boquita, que Mia está aquí.

—Tengo dieciocho años, Gray. Ya he oído la palabra «carajo» y la dije alguna que otra vez. Carajo. Carajo. Carajo. ¿Ves?

Mia me sacó la lengua. Algún día, esta niña se las iba a hacer pasar negras a algún chico. «Qué bien le caería Sam».

Traté de cancelar aquel pensamiento de inmediato. Mia nunca conocería a Sam.

—Pero te portas como si tuvieras trece, así que nada de groserías. Y menos delante de mamá. A no ser que vayas a montar un número, y entonces me avisas, porque no pienso perdérmelo.

Bajé la ventanilla y respiré profundo el aire del océano. Eso sí que lo extrañaba. El resto, no tanto.

—No, gracias, no quiero morir tan joven. —Mia se rio y me clavó un dedo en el hombro mientras yo desactivaba el modo avión en el celular.

De pronto entró un mensaje de texto.

Desconocido: Oye, ¿dónde guardas el comino?

Arqueé las cejas.

Grayson: ¿Quién eres?

Desconocido: No juegues, como si Josh o Jagger supieran qué es el comino.

Esbocé una sonrisa. Samantha. Guardé su contacto y dije su nombre mientras lo tecleaba.

Grayson: ¿Qué hiciste con mi cocina?

Samantha: Destrozarla.
Hay masa de hot cakes goteando del foco.

Se me escapó la risa.

Grayson: Estante de hasta arriba, donde antes estaba el café. Con cuidado, por favor. Esta vez no estoy para recogerte.

Sentí un cosquilleo en las manos al recordar el tacto de sus curvas en mis brazos cuando se cayó, la manera en que se le fueron los ojos hacia mis labios. Rayos. A mil quinientos kilómetros seguía atado a ella por una atracción que no hacía más que crecer a medida que pasábamos más tiempo juntos…, cuanto más tiempo vivíamos juntos. Saber de la existencia de Sam ya sería suficiente, pero vivir con ella lo acentuaba todo, como una terapia de inmersión, pero al revés.

—Listilla —murmuré.

—Cielo santo, eso es… —Parker giró la cabeza y dejó de mirar la carretera—. ¿Eso es una sonrisa?

—Se te nota distinto. Pareces casi… feliz —añadió Mia.

¿Feliz? Levanté todas las defensas de golpe, como si me hubieran atrapado robando o, peor aún…, siendo infiel. El rostro de Sam me pasó por la cabeza, la forma en que encajaba a la perfección en mi pecho cuando estuvimos en el suelo del baño, la delicadeza de su piel incendiando la mía, el olor a vainilla. Era ridículo. Sí, sentía… algo por Sam, pero no era lo mismo que ser infiel, ¿no? Subí la ventanilla y me concentré en el parpadeo de las luces de freno mientras avanzábamos a paso de tortuga entre la marea de turistas del día festivo.

—No tengo nada diferente.

—¿Quién es Samantha? —insistió Mia.

—Nadie que te importe, bicho. Una *roomie*. —Apenas lo dije, me arrepentí.

—¿Vives con una chica? ¿Es guapa? ¿Es simpática? —Mia metió la cabeza entre la de Parker y la mía.

Apreté la mandíbula.

—Sí, sí y sí.

—¿Eso quiere decir que…?

—No quiere decir nada, Mia. Solo es una compañera de departamento. —«Eso, dilo más veces, a ver si te lo crees».

Parker me miró de reojo, pero no insistió.

—¿Quieres que pasemos por la casa para que agarres el coche?

Asentí. Me moría por sentir el volante del Mustang 66 ½ entre mis manos. Mia llenó el silencio con detalles sobre el baile de graduación de la semana anterior, desde el vestido hasta el ramillete y otras tonterías que no me importaban, pero fingí que sí porque era mi hermana pequeña.

Nos detuvimos en el camino de entrada justo cuando el sol empezaba a ponerse detrás de la casa.

—Gracias por traerme, Parker.

Agarré la maleta, la aventé al asiento del copiloto de mi coche, y me fijé en que no estaba cerrado.

—¿Has estado conduciendo mi coche? —le pregunté a Mia, que estaba rodeando uno de los pilotes sobre los que se alzaba nuestra casa por encima de la arena.

—¿Vas a ver a Grace? —me preguntó ella sin responder a mi pregunta.

—Ajá. Si le pasa algo al coche, te mato, por muy linda que seas.

La miré con severidad. No, no podía dejar que se acercara a Sam. Entre las dos dominarían el mundo.

—¡Que te diviertas! —Me lanzó un beso y corrió escaleras arriba. Algo me decía que al año siguiente iba a romper muchos corazones en la UNC—. ¡Se alegrará de verte!

Metí la llave en el contacto y el coche ronroneó y cobró vida. La gravilla crujió bajo los neumáticos cuando salí del camino.

¿Alegrarse? Entre las cosas que… alegraban a Grace, no estaba verme a mí. Ese sueño se había evaporado hacía años. O eso quería pensar, pero, por mucho que no hubiera esperanza, siempre quedaba una brizna de fe imposible de apagar, brillando en la oscuridad. Y esa fe me hacía volver a casa, a ella, una y otra vez.

Pero hasta esa llamita se empezaba a apagar, y me detestaba a mí mismo por ello.

Jugué con los botones de la radio para ir pasando de una emisora local a otra mientras el tráfico avanzaba a paso de tortuga. Al final llegué a casa de Grace. Me estacioné, respiré hondo y me curvé el ala del sombrero antes de enfilar el camino de entrada.

—¡Grayson! —Su mamá me recibió en la puerta con su pelo rubio bien peinado y me dio un abrazo—. Te extrañábamos. Tus visitas son justo lo que necesita.

—¿Cómo está? —pregunté, más por costumbre que por otra cosa.

—Te extraña, se le nota. Siempre se anima cuando estás tú. Parker ha venido mucho de visita, pero no es lo mismo.

«¿Parker estuvo aquí?».

—Claro. Si le parece bien, me gustaría verla.

—¡Por supuesto! Sube, ve tú primero.

Subí aquellas escaleras tan familiares, salvando los peldaños de dos en dos, y me asaltó un millar de recuerdos de la infancia. ¿Cómo podía ser de otra manera? Casi me había criado en aquella casa, la de mi mejor amiga. Grace, yo y… Owen. «Cretino».

Llamé a la puerta del dormitorio de Grace y la abrí.

Estaba sentada, medio recostada en la cama, viendo la tele. La melena rubia le caía en cascada sobre los hombros, y se me encogió el corazón al verla. Seguía siendo hermosa, pero la belleza con la que siempre había resplandecido se estaba apagando.

Me imaginé su sonrisa, cómo volteaba a verme con los ojos luminosos y los brazos tendidos, lo cual ya no iba a pasar. La cama se hundió bajo mi peso cuando me senté junto a ella, rocé su suave frente con los labios e inhalé el olor a lavanda de su champú. Tenía abiertos los ojos castaños, pero ni siquiera me miró.

—Hola, nena. Estoy en casa.

Capítulo ocho

—Podría ser peor, mamá.

Me obligué a sonreírle porque eso le haría bien. Después de todo, ¿qué podía hacer desde Afganistán? ¿Abrazarme?

—¿En serio?

La voz le salió aguda incluso a diez mil kilómetros. Se pasó las manos por la cara y suspiró. Vi el agotamiento pintado en su rostro, en la pérdida de peso, en los ojos hundidos por las ojeras.

No pensaba convertirme en una carga más sobre sus hombros, por mucho que presionara los botones que no debía.

—En serio. Jagger no me cobra alquiler…

—No. Ya te lo dije, no vas a permitir que un hombre se ocupe de ti en lo económico. Quiero que sepas cuidarte sola, Sam.

—Lo haré. Lo estoy haciendo. Ya tengo un empleo, en un gimnasio…

—¿Que tienes qué? —susurró con su voz en modo «cuando te atrapé, te mato».

Respiré profundamente con los dientes apretados para tratar de controlarme. Mamá era la oficial perfecta: fuerte, leal, inteligente. Pero esas cualidades que la habían ayudado a progresar en el Ejército tenían un precio, y ahora mismo el precio era sentir compasión por mí.

—Es un buen empleo, mamá. Sobre todo hago trabajos de administración. No es el sueño de mi vida ni nada por el estilo, pero me servirá para pagar las cuentas mientras lo encarrilo todo.

—Encarrílalo ya. No sé qué estás haciendo, pero me parece inaceptable. Te echaron de la universidad, eres incapaz de entrar en otra, y ahora vives con tres hombres. No sé qué te ha pasado en los seis últimos meses. No me he matado trabajando y criándote sola para que acabes… como has acabado.

¿Seis meses? ¿Nada más? Bueno, seis meses desde que se enteró de que me habían expulsado. Lo había echado todo por tierra, ¿y por qué? ¿Por una sonrisa bonita? ¿Por sexo?

Perdí el control por completo.

—¿Acaso crees que no sé que la mierda me llega al cuello ahora mismo? Para decirme eso no me haces falta. Yo estoy aquí, y tú, no. Nunca estás aquí. He estado sola.

—Eso no es justo. —Se frotó las sienes.

—¿Nunca has cometido un error grave, mamá? Porque mis conocimientos matemáticos me dicen que, a mi edad, ya estabas embarazada. ¿Y te recuperaste de eso? No. ¿Sabes por qué lo sé? Porque el único recuerdo que tengo de mi papá es ver cómo se iba. Mi papá casado, ¿no?

Se quedó boquiabierta el tiempo suficiente como para que me enfriara un grado. «Mierda». Habían pasado cuatro años desde la última vez que le hice aquel reproche, el mismo tiempo que duró la aventura que destrozó a mi familia, pero apenas hizo que el matrimonio de él se resintiera.

—Lo siento, mamá, no quería… Lo siento, de verdad. Sé lo que hiciste por mí, lo que has sufrido por mí.

¿Cómo podía juzgarla, después de lo que yo había hecho? «Relaciones prohibidas. De tal palo, tal astilla».

Cerró la boca lentamente y respiró hondo.

—He hecho todo lo posible por compensarte su ausencia.

—Ya lo sé. Ya tenía una familia, y no me quería a mí, ni a ti. Él se lo pierde. Pero es que…, mamá, necesito que recuerdes lo que era tener mi edad, y que me des un respiro. Estoy con el agua al cuello, ya lo sé, y ya sé que lo sabes. Así que puedes elegir: o dejas de presionarme hasta que aprenda a nadar, o me ahogas.

Se hizo el silencio y nos miramos a diez mil kilómetros, y no solo en términos de distancia física. Por fin bajó un poco la cabeza.

—Te quiero, nena. Ya sé que te pido mucho. Estoy atrapada aquí. Puedo dirigir una brigada entera, pero no puedo controlar a mi propia hija. Te me escapas de las manos tan deprisa… En cuanto vuelva a casa, vendrás a vivir conmigo otra vez, y solucionaremos juntas este asunto. Solo falta un mes.

Negué con la cabeza.

—No, mamá. Entonces, pasaría a depender de ti, en lugar de depender de estos chicos. Con eso no arreglo nada. Tengo que hacerlo sola, y tú me lo tienes que permitir. Por favor. He hecho planes, ten… Ten un poco de fe en mí. Conseguiré volver a entrar en Colorado.

No podía. No podía volver a casa a lamerme las heridas.

—Al menos vendrás a verme, ¿no?

—No me lo perdería por nada del mundo.

Suspiró.

—Okey. Aquí estamos hasta el cuello desmontándolo todo, así que no voy a tener tiempo en unos días. Entretanto no… No te metas en líos, ¿de acuerdo?

—¿Quieres decir que no trabaje en un club de *striptease*?

Abrió mucho los ojos.

—Eso no lo digas ni en broma, Samantha.

«Gracias, Grayson».

Cortamos la llamada, corrí a mi clóset y fui tirando ropa sobre la cama conforme la desechaba. Lo que necesitaba era… ¡Sí! Me puse mis shorts favoritos, esos que me marcaban bien el trasero y hacían que mis piernas parecieran más largas, y los combiné con una camiseta negra y una camisa verde claro.

Consulté el teléfono. Las cuatro y cuarto de la tarde. Tenía que correr o iba a llegar con retraso.

Bajé las escaleras de dos en dos y me despedí de los chicos, incluido Will, que estaban instalados en el sofá para ver el partido de beisbol y disfrutar del último día de puente. ¡Grayson volvía esa misma noche!

Sentí una corriente cálida corriendo por mis venas que me hizo cosquillas en la piel. «Calma, chica. Te dijo que solo amigos». Igual le gustaba el tema de los amigos con derecho a roce… Porque, cuanto más tiempo pasaba con él, más me costaba controlarme para no trepar por su cuerpo y comerle la cara. «Seguro que es tan fuerte que puede coger de pie. Sin pared ni nada. Solo él, yo, esos brazos…».

—¡Tierra llamando a Sam! —exclamó Josh.

—¿Sí?

Conseguí apartar la vista de la mesita del vestíbulo. Dios, qué falta me hacía un poco de sexo. Ah, no, espera, que ya no iba a tener relaciones sexuales nunca más. Eso era lo que me había llevado a donde estaba.

—¿Te vas a trabajar? Estábamos hablando de la cena, ¿quieres que pidamos en Mellow Mushroom?

—¿Pizza? ¿Otra vez? ¿Qué suelen hacer cuando no está Grayson?

Saqué el bolso del clóset del vestíbulo.

—Es martes. Siempre pedimos pizza. Igual que los sábados —respondió Jagger.

—Y los jueves —apuntó Josh.

—Cómo extraño vivir con Ember —murmuré, pero Josh me oyó y sonrió—. Pidan lo que quieran, yo consigo algo a la vuelta. Tengo que hacer un encargo antes de ir a trabajar, ¡nos vemos luego!

Me despedí de ellos y salí corriendo.

—¡Carajo! —grité cuando los asientos de cuero negro me escaldaron la parte trasera de los muslos.

No podía hacer más calor. Miré el tablero. Treinta y seis grados. En mayo. ¿Cómo demonios iba a ser en julio? Bajé todas las ventanillas y puse el aire acondicionado a tope.

El corazón me empezó a latir al galope durante los diez minutos que tardé en pasar por delante del Walmart y estacionar el coche. Siguió igual los cinco minutos que tardé en reunir el valor suficiente para salir del coche, y continuó disparado cuando abrí la puerta de la oficina de matrículas del Enterprise State Community College.

—¿En qué te puedo ayudar? —me preguntó una joven morena con un dulce acento del sur.

—Tengo cita con la señora Traper.

Sujeté el bolso con más fuerza. Tendría que haber llenado la solicitud en internet y ya. Al menos, no se reirían en mi cara al rechazarla.

«Pasar por el amargo trago de rendir cuentas». La voz de Grayson me resonó en los oídos y alcé la barbilla. Iba a hacer frente a aquello.

—Sí, claro. —La chica me señaló un pasillo—. Te está esperando. Segunda puerta a la izquierda.

—Gracias —respondí, y eché a andar por el corredor de la muerte.

—Adelante —dijo la señora Traper cuando asomé la cabeza en la oficina. Era una mujer de cuarenta y tantos años, con el pelo rubio corto y sonrisa bondadosa. Se levantó, me estrechó la mano sudorosa, y me señaló el asiento que tenía delante—. ¿En qué la puedo ayudar, señorita Fitzgerald?

—Quería presentar una solicitud de admisión.

Me senté, abrí la carpeta que llevaba conmigo y le tendí el formulario que había impreso y llenado. La piel sintética de la silla chirrió bajo mis shorts.

Agarró el impreso y lo miró con una sonrisa de desconcierto.

—Para la solicitud no hacía falta que vinieras. Se presenta en línea y ya te llamamos nosotros.

—Pensé que, en persona, tendría más oportunidades.

Arqueó las cejas.

—Hija, somos una universidad pública, no Harvard.

Tragué saliva.

—Ya lo sé. Pero, para mí, esto es importante.

Ir a esa universidad era un paso. Un paso que necesitaba dar desesperadamente.

Se puso los lentes que llevaba colgados del cuello y examinó la solicitud.

—¿Vienes de la Universidad de Colorado?

—Sí, señora.

—Vaya. Con calificaciones muy altas hasta la segunda mitad del pasado curso, cuando reprobaste todas las asignaturas…

Me miró a los ojos. Se me aceleró la respiración y me concentré en calmarme.

—Sí, señora.

—¿Me lo puedes explicar?

Abrí y cerré la boca unas cuantas veces antes de que me salieran las palabras.

—En diciembre, dejé de ir a clase. No entregué los trabajos y no hice los exámenes finales.

—Sí, eso lo explicaría, claro. No veo ningún motivo para que no estudies aquí hasta que puedas volver a una universidad grande. Doy por hecho que ese es el objetivo, ¿no? Tu especialidad era… —Volvió a consultar la solicitud de admisión—. ¿Matemáticas?

Asentí. Colorado no me iba a aceptar hasta que me enfrentara a la junta disciplinaria, claro.

—Quiero subir mi calificación para pisar sobre terreno firme. Ahora mismo, estoy sobre arenas movedizas.

Asintió y me miró como si supiera que no le había dicho toda la verdad. ¿Cómo se la iba a decir? No se lo había contado a nadie.

—Muy bien, solicitaremos tu expediente a la Universidad de Colorado y te inscribiremos aquí, ¿te parece?

Me atraganté.

—¿Es posible hacerlo sin el expediente?

Se quitó los lentes y cruzó los dedos sobre el escritorio.

—¿Qué dice tu expediente, Samantha?

Se me revolvió el estómago, pero respiré hondo.

—Hay un informe disciplinario.

—¿De qué es ese informe?

Me miró con el semblante relajado, tratando de serenarme.

—Porque agredí a mi profesor de Ética.

Le di un puñetazo. En la cara. A plena luz del día. En medio del patio principal, con treinta testigos o más. Y me sentó de maravilla.

Abrió mucho los ojos, pero esa fue su única reacción.

—¿Por algún motivo en concreto?

Tensé el pecho al sentir cómo el secreto pugnaba por salir a la luz, y al mismo tiempo se aferraba a los restos del naufragio que había sufrido mi alma. Cerré los ojos y me concentré en lo que iba a decir.

—¿Samantha?

—Porque me enteré de que no era la única alumna con la que se acostaba.

Ya. Lo había dicho. Aquel peso implacable desapareció de mi corazón y respiré hondo una vez, y luego otra, y otra. Me sentía más ligera que nunca desde diciembre, más limpia pese a haberme desnudado ante una perfecta desconocida. Abrió los ojos y vi que me estaba mirando con la misma preocupación bondadosa que había visto en su cara antes de decírselo.

—Eso no lo dice en el informe, claro. Solo consta que le pegué.

—Entiendo.

Pasó las páginas de la solicitud de admisión y aguardé el veredicto. Al menos, esta vez las cartas estaban sobre la mesa, no era un hacha gigantesca que podía descargar el golpe sobre mi cuello cuando no miraba. Me enfrentaba a la guillotina, pero la estaba mirando frente a frente.

—¿Dabas clases particulares de Matemáticas?

Me humedecí los labios, que se me habían resecado de pronto.

—Sí, señora.

—En la preparatoria están buscando ayuda, si quieres añadir algo de trabajo voluntario a tu currículum… —«Me está rechazando, me está diciendo que aún no he pagado suficientemente por mis pecados. Estoy muerta»—. Mientras estudias aquí. Empezamos la semana que viene, así que agarra el folleto con los diferentes cursos, está en la recepción. Te tramitaré la admisión y puedes completarla por internet.

Me quedé boquiabierta.

—¿Me…, me admite?

Asintió.

—Todos cometemos errores, Samantha, pero no todo el mundo tiene la integridad de reconocerlos como acabas de hacer tú. Cuando salgas, págale la inscripción a Charlotte, yo me encargo del resto.

Respiré hondo el aire más dulce del mundo y sonreí.

—¡Gracias! ¡Muchas gracias!

No podía dejar de sonreír, ni contener las lágrimas que me escocían en los ojos. Solo sentía alivio, una ligera sensación de alivio que me hacía flotar. La señora Traper me sonrió a su vez.

—Para eso estamos.

Me sequé aquellas lágrimas idiotas a toda prisa y le estreché la mano.

—Le prometo que no se arrepentirá.

Grayson tenía razón. Rendir cuentas era un trago amargo, pero ya había dado los primeros pasos, me estaba alejando de la persona que no quería ser.

—¿Samantha? —me dijo cuando ya estaba a punto de salir de su oficina.

Me di la vuelta. «No me diga que lo pensó mejor, por favor, no me diga eso».

—¿Sí?

—¿Volverías a hacerlo? —preguntó; tenía la cabeza inclinada a un lado pero una mirada amable en los ojos.

—¿Acostarme con él? —Me imaginé a Harrison, su sonrisa, sus manos, el modo en que me hacía sentir especial, digna de arriesgar su puesto por mí; y luego, el final—. No. Jamás.

Asintió.

—Me alegro. Un error no puede definir tu vida.

La señora Traper tenía razón. Él me lo había quitado todo, y yo se lo había permitido, y, cuando el mundo se derrumbó delante de mí, salí corriendo. A él no le pasó nada. Seguía dando clases, conservando un expediente inmaculado.

La marca de mi mano se le borró de la cara como si nunca hubiera existido, pero mi carrera académica quedó aniquilada.

—Lo que sí volvería a hacer es abofetearlo. Pero más fuerte.

Juraría que se le escapó una sonrisa mientras me veía marcharme.

Capítulo nueve

Grayson

Estacioné la camioneta en el punto más alejado de la puerta para que ningún cretino me hiciera una abolladura al abrirla. Llevaba cuarenta y cinco minutos en Fort Rucker, lo suficiente para dejar la maleta en casa y vaciar el contenido en la lavadora.

Pero ahora estaba aquí porque, tras cuatro días rodeado de familia, de amigos… y de Grace, seguía sin poder sacarme a Sam de la cabeza. No debería ser así. La vida de Rucker nunca me perseguía cuando volvía a casa, de la misma manera que mi mundo de allí no se mezclaba con este. Solo así podía sobrevivir, manteniendo el desastre en un compartimento estanco y centrándome en mi futuro. Pero ella me había seguido hasta mi casa, sin siquiera saberlo.

El gimnasio estaba casi vacío los martes por la noche; solo los habituales haciendo pesas y un par de chicas de la zona de *steps*. Entre ellas…

—Hola, Grayson —me susurró Marjorie al pasar junto a mí con una botella de agua en la mano, sin perder de vista mi torso.

Fue hasta Carter, que estaba haciendo pesas en un rincón. El chico se iba a meter en un buen lío.

La saludé con un gesto y paseé la vista por el gimnasio hasta que di con Sam, justo cuando salía de la oficina con un portapapeles en la mano. La camiseta le moldeaba la figura y los shorts que llevaba puestos los había diseñado alguien con el único objetivo de atormentarme. De buena gana se los habría quitado… con los dientes, y luego le habría lamido los muslos…

«Rayos». Se suponía que iba a estar mejor después de estar con Grace, de recordar mis responsabilidades, pero todo se evaporó en el momento en que volví a ver a Sam. Dentro de mí estaba cambiando algo y no podía impedirlo; era como una grieta en una presa, a punto de saltar por los aires y arrasarlo todo a su paso. Cuatro días lejos de ella y lo único que quería era verla sonreír, escuchar su risa. La parte de mí que ella me despertaba, esa parte que anhelaba la luz de Sam en la oscuridad, era mucho más poderosa que la parte cuerda de mi cerebro que me decía a gritos que guardara las distancias.

El viaje no me había servido para alzar las defensas; había agrietado aún más el cemento.

Sam le entregó una toalla a un tipo de la zona y le dirigió una sonrisa al tiempo que se recogía un mechón de pelo tras la oreja. Me puse tenso como un cable cuando el chico le tocó el brazo. Di un paso hacia ellos.

Sam se apartó sin dejar de sonreír, y su sonrisa habría iluminado un estadio entero cuando me vio.

—¡Grayson!

Salvó a la carrera los tres metros que nos separaban y saltó a mis brazos. La sujeté sin el menor esfuerzo y la estreché contra mí, alzándola por los aires. Me abrazó, y su olor a vainilla me llenó de una paz desconocida. Estaba en casa.

—Ay, lo siento. —Trató de apartarse—. ¡Te salté encima!

La estreché con más fuerza, palpando las prominencias de su columna vertebral.

—No me importa. —Se relajó, y apoyó la mejilla en mi cuello—. ¿Cómo está mi cocina?

—La quemé hasta los cimientos. ¡Te extrañaba! —Se apartó entre risas y me dedicó una sonrisa maravillosa—. ¡Adivina qué!

—Contigo, adivinar es muy peligroso.

La agarré con más fuerza por la espalda para evitar que la mano se me fuera más hacia el sur.

—¡Me admitieron en la ESCC! Fui a hablar con la jefa de Admisiones y voy a empezar las clases enseguida. Ya sé que no me lo validarán todo…

Se le desdibujó la sonrisa, como a un niño al que le dicen que su dibujo no tiene nivel para que lo cuelguen en el refrigerador.

—Es genial, Sam. No, es maravilloso.

Había hecho frente a sus demonios y había triunfado.

—Ey, Masters, déjala en el suelo, ¿o vas a hacer pesas con ella? —me gritó Carter entre risas.

Sam apretó los labios y bajó la vista.

—Qué va —le respondí—. Pero podría —susurré, solo para los oídos de ella—. Eres tan menuda…

Me miró a los ojos con los suyos muy abiertos, de un verde imposible, y dejé que se deslizara hasta el suelo mientras me permitía sentir por una vez el contacto de su cuerpo contra el mío, de sus senos contra mi pecho, de las yemas de sus dedos dejándome una estela de chispas al bajar por mi torso. Los dos fuimos muy conscientes de la electricidad que desprendíamos. Había pulsado el interruptor que separaba el «solo amigos» de lo que fuera que había entre nosotros, y ella se había dado cuenta.

Y no me arrepentía.

—Venía a decirte que ya estoy aquí. Vuelve al trabajo; yo voy a hacer ejercicio hasta que termines, y luego vamos a casa.

—No hace falta que me esperes.

Esbozó una sonrisa y me miró a los ojos como si tratara de averiguar qué estaba pasando.

«Pues a ver si lo adivinas tú, porque yo no tengo la menor idea».

—Ya lo sé.

Entrecerró los ojos, negó con la cabeza y me miró perpleja.

—¿Te diste un golpe en la cabeza durante el viaje o qué?

—No. Anda, vuelve al trabajo, no te vayas a meter en un lío.

—Ajá.

Sam volvió a su puesto y yo me cambié y ocupé un banco de pesas junto al de Carter.

—Agua. —Sam me dejó una botella junto al banco, me sonrió con timidez y volvió al mostrador.

La miré alejarse sin disimulo.

—¿Qué se cuece aquí? —preguntó Carter.

Me concentré de nuevo en las pesas, deseoso por sumergirme en el ejercicio.

—Nada, solo cuido de ella.

—Más bien te la comes con los ojos.

Le lancé una mirada de advertencia.

—Oye, no te lo critico. Sam es preciosa, y divertida, y… todo.

Bebió un largo trago mientras la observaba inclinarse sobre el mostrador para limpiarlo.

—¿Y tú qué sabes de Sam? —le pregunté clavando los dedos en las pesas.

Arqueó una ceja.

—Qué carácter, hombre. Pasé un rato con ella en la carne asada, mientras tú… Bueno, mientras estabas fuera. Es un torbellino.

Algo espeso y ardiente muy parecido a unos celos que no tenía derecho a sentir me corrió por las venas.

—Ni se te ocurra, Carter.

El cretino de West Point tuvo la desfachatez de sonreír.

—Ah, esto va a ser divertido. ¿Te da miedo ser tú el segundo plato esta vez?

—Déjala en paz.

Le lancé una mirada asesina, y se echó hacia atrás.

—Calma, amigo. No pienso volver a pelear por una chica. —Suspiró—. Nunca. —Bebió otro trago de agua y miró a Sam—. Además, es la primera vez desde que te conozco que veo que alguien te afecta, Masters. Y eso es decir mucho.

Me miró a la espera de una respuesta.

—No estamos intercambiando confidencias, Carter.

Se rio.

—Que alguien le avise a esa chica lo imbécil que eres.

Se me apareció la cara de Grace, no como la había visto este fin de semana, sino como antes de que sucediera todo. Su sonrisa, su risa, su manera de entrar en el Mustang y apoyar la cabeza en mi hombro. Y ahora… el modo en que me miraba cuando la tenía en brazos, como si me atravesara… Ya no me veía.

Respiré hondo y me dejé invadir por el dolor, le permití que se abriera paso, lacerante. Hacía mucho que había descubierto que reprimirlo solo servía para que volviera con más fuerza. Miré a Sam, que estaba con Avery, las dos inclinadas sobre un libro, riéndose.

—Sí. Que alguien le avise.

Si fuera la mitad de hombre de lo que debería, le avisaría yo mismo.

—Bienvenidos al curso del AH-64. Soy el señor Wolfton, su instructor, y me encargo de la parte teórica.

La luz de la mañana del miércoles entraba por las ventanas y se reflejaba en la superficie reluciente de la tableta que tenía delante mientras los demás pilotos seguían entrando. Éramos treinta en la clase. La estadística decía que muchos no nos graduaríamos.

—Primera norma de la clase: apaguen los celulares. Si suena un celular, al día siguiente tienen que traer dos docenas de donas. No hago excepciones porque es una descortesía distraer a sus compañeros. —Sonrió y arqueó las cejas grises—. Y porque me gustan mucho las donas.

—Ey, Masters —me susurró Jagger, que estaba sentado a mi lado. Lo miré de reojo—. Es ahí. —Señaló el interruptor de la tableta—. Si aprietas, se enciende. Lo digo por si quieres tener aunque sea una oportunidad de ser el primero de la clase —me soltó, esbozando una sonrisa fanfarrona.

—Qué gracia, pues te recuerdo que en el Entrenamiento Básico te vapuleé a la buena —respondí sin dejar de mirar al instructor.

Jagger se rio en voz baja.

Tragué saliva. Tenía que ser el primero en la lista del orden de mérito por dos motivos. El primero era elegir el destino después de la graduación. Fort Bragg estaba a solo cinco horas de casa. Podría ir en coche todos los fines de semana, en lugar de una o dos veces al mes, como ahora. ¿Qué demonios iba a hacer si me tocaba un destino al otro lado del país, en Lewis o, peor aún, en Corea?

Pero ¿qué sería de mi vida si lo conseguía y acababa en Bragg?

Noté un regusto amargo en la boca. Me lo quité con un trago de la bebida isotónica que había traído a la clase y volví a prestar atención al instructor. Escribí las fechas que dictó y traté de no pensar en el segundo motivo por el que necesitaba encabezar la lista del orden de mérito: para que nadie se fijara demasiado en mí.

Pero podía hacerlo. Solo tenía que matarme estudiando e ir al gimnasio para mantener la concentración. Nada de distracciones. Nada en paralelo. Lo había conseguido en el Entrenamiento Básico y podía conseguirlo en el curso de Apache, siempre y cuando trabajara el doble que cualquier otro piloto.

—Como ya saben, el viernes será el primer examen. Si no aprueban, también será el último. —Nos achicharró a todos con una mirada que no se andaba con contemplaciones—. Los que no aprueben no pasarán a la siguiente fase.

—Lo que nos faltaba, Gandalf dando clase —murmuró Jagger—. ¡No puedes pasar!

—Cállate o me cambio de lugar —le repliqué—. A menos que me prestes esa memoria increíble un rato.

Me miró con las cejas arqueadas.

—¿Estás en tus días?

El instructor me la puso fácil para no tener que hacerle caso.

—Una vez que terminen la teoría esta semana, y pasen el examen, el lunes irán a conocer a los pilotos instructores.

Nos dio información sobre las tabletas y los requisitos del curso en general. Mucho PowerPoint, pero eso reducía la cantidad de lo que había que escribir, así que a mí ya me parecía bien. Mi cerebro dio unos cuantos traspiés, pero lo logré.

A las dos de la tarde ya estaba hecho polvo de tanto esforzarme en asimilar la increíble cantidad de información que me había caído encima.

—Vamos a terminar un poco antes de lo previsto. —«Gracias a Dios»—. Pero queda una última cosa. —«Mierda»—. Volteen hacia la persona que tienen al lado y preséntense.

Me giré hacia Jagger, que me había tendido la mano.

—Encantado de conocerte. Soy Jagger Bateman.

—Qué gracioso. —Se la estreché.

—¿Ya están hechas todas las presentaciones? —preguntó el señor Wolfton. Todos asentimos, aunque la verdad es que no habíamos mirado a nuestro alrededor—. Bien. Acaban de conocer a su compañero de cabina para el resto del curso.

—¡Genial! —Jagger alzó un puño en el aire.

Mierda. Si iba a quedar mal al lado de alguien en el aspecto académico, era teniendo que compararme con el señor Memoria Fotográfica. En el aire lo superaba con los ojos cerrados, eso lo sabía bien, pero en cuestión de exámenes escritos no podía competir con él.

—Pues no pareces tan contento como deberías —respondió Jagger con una sonrisa.

—Viva. —Alcé las manos y las agité.

—Oye, es mejor que ir de pareja con Carter, que si te descuidas cuelga el puto anillo de West Point del cíclico.

—Eso sí —respondí.

Le estaba agarrando cariño a Carter, pero no lo quería como compañero de cabina. Ya me dio bastante lata tener que aguantarlo como líder de clase cuando teníamos la misma fecha de nombramiento.

El plan era perfecto. Estudiar. Pilotar. Entrenar. Concentrarme.

—Acérquense, anoten las parejas de compañeros de cabina en la lista y luego se pueden ir. Los veré mañana por la mañana a primera hora.

La clase cobró vida, todos recogimos nuestras pertenencias e hicimos fila ante su escritorio.

—¿Te parece bien que seamos compañeros de cabina? —me preguntó Jagger—. No quiero que haya tensión en casa.

—Tranquilo, cariño, seguiremos durmiendo juntos.

—Increíble. ¿Acabas de hacer un chiste? —Jagger consultó su reloj, que costaba más que mi coche, aunque el chico nunca alardeaba de ello—. Señalemos como fecha histórica el momento del descubrimiento del siglo. ¡Grayson Masters tiene sentido del humor!

—Está bien ser compañeros de cabina. Me harás esforzarme.

—Querrás decir que te haré papilla.

—Eso es mucho decir, viniendo de alguien que acabó en el noveno lugar de la clase.

La fila avanzó.

—Ya, pero el corazón de Paisley está en plena forma, así que la situación no se repetirá.

—Ah, claro, excusas. —Solo teníamos a dos tipos por delante—. Pero, ahora en serio, tengo que aprobar, Jagger. No puedo reprobar ni distraerme. Solo estudiar, pilotar y el gimnasio.

—¿Y la lasaña? Eso no lo olvides.

Esbocé una media sonrisa.

—La comida es vida.

Bajó la voz.

—¿Y Sam?

Giré la cabeza bruscamente hacia él. Ya no estaba bromeando, ahora su rostro había adoptado una expresión seria, de hermano mayor. La reconocí por Mia y por Parker.

—¿Qué pasa con Sam?

El corazón se me desbocó, y tensé todos los músculos. Rayos, si reaccionaba así solo con que mencionaran su nombre, como el protagonista de una telenovela romántica, ¿qué sucedería si la cosa iba más allá? Analicé lo que sentía en el estómago. Por suerte, era hambre, no mariposas.

Jagger soltó un bufido.

—¿Crees que no he visto cómo se miran? Se podría iluminar toda la casa con las chispas eléctricas que saltan cuando están juntos.

—El siguiente —indicó el señor Wolfton, y gracias a eso no tuve que contestar una pregunta para la que no tenía respuesta.

—Alférez Grayson Masters, alférez Jagger Bateman.

—Mucho mejor que Carter —susurró Jagger a mi espalda.

Anotó nuestros nombres en la lista y nos miró sonriente.

—Ah, teniente Masters, tengo anotado que se graduó en Citadel.

Fruncí el ceño.

—Así es, señor.

«El primero de la clase, por cierto».

—Bien. Usted será el líder de la clase.

«No. No. No. Mierda, no».

—¿Perdón, señor?

Me tendió una carpeta color manila.

—Aquí tiene la lista de alumnos. Divídalos en pelotones, mañana quiero la lista con los teléfonos.

Me quedé paralizado con la carpeta en la mano. Se me quedó mirando con las cejas arqueadas, interpelándome en silencio. Jagger me clavó el codo en la espalda.

—¿Algún problema?

«Muchos problemas, sí». No tenía tiempo para aquello.

—No, señor. Ningún problema. Gracias por la oportunidad.

Salí con Jagger, y el calor nos golpeó en la cara. Nos pusimos la gorra y fuimos hacia mi camioneta.

—¿En qué estás pensando? —preguntó Jagger mientras se acomodaba en el asiento del copiloto.

Puse en marcha el motor y encendí el aire acondicionado.

—Ahora extraño a Carter.

Soltó una carcajada.

—Sí, para algunas cosas resulta útil.

Tomamos el camino a casa, pero no podía dejar de pensar en los deberes adicionales que me habían caído encima.

—No te estreses. Seguro que apruebas.

—¿Tan transparente soy? —Agarré el volante con más fuerza.

—Estás estresado.

Entramos en Enterprise.

—Sí, bueno, para mí no es tan fácil. Eso no quiere decir que no vaya a trabajar el doble. Lo conseguiré.

—Pues estudia, empieza esta misma noche. Te ayudaré siempre que pueda. —Empezó a exponer un plan de estudios detallado mientras nos acercábamos a casa, y aún seguía hablando sobre las ventajas de las tarjetas de memoria cuando detuve el coche junto al descapotable de Sam—. Reduciremos las distracciones al mínimo y acabarás en segundo lugar.

—Segundo, ni de chiste —bromeé.

Si Jagger se esforzaba al máximo, con suerte yo acabaría en segundo lugar.

Apenas abro la puerta, sin que me diera tiempo de cerrarla, me llegó el olor a vainilla. A casa.

—¡Ven! —Sam se me acercó corriendo con los ojos muy abiertos, me agarró de la mano y me llevó a la cocina.

—¿Qué pasa? —pregunté—. ¿Estás bien? ¿Está bien tu mamá? ¿A quién tengo que matar?

Las preguntas se me escapaban nada más pensarlas, sin filtro. Solté la mochila en el vestíbulo.

—¿Qué? No, estoy bien. No es por mí.

—¿Entonces?

Tomé su rostro entre mis manos para que frenara un poco y sentí el pulso acelerado bajo mis dedos.

—Llegó hace cosa de una hora y se puso a inspeccionarlo todo, entró en tu cuarto y me interrogó en plan Inquisición. Yo no sé si debería interesarse tanto por mi vida sexual. —Hablaba a toda prisa y a mí me costaba concentrarme para entender las frases—. Y no es que me importe compartir la ropa, pero…

—¿Quién?

—¡Tu hermana! —dijo casi gritando.

—Mi… —«Mierda»—. ¿Cuál?

Sam puso cara de susto.

—¿Cuántas tienes?

—Cuatro. ¿Cuál de ellas vino, Sam?

Todas eran un dolor de cabeza, pero si se trataba de…

—¡Gray! ¡Me encanta cómo tienes tu cuarto! Dejé aquí mi maleta, espero que no te importe. Ay, Dios, ¡eres lo más guapo que he visto en mi vida!

«Dios santo, no».

Me giré muy despacio, siempre delante de Sam para protegerla, mientras mi hermana se comía a Jagger con los ojos.

Josh entró por la puerta de la casa en aquel momento.

—A ver, quiero los detalles. ¿Por qué no puedo empezar las clases al mismo tiempo que ustedes? —Llegó a la cocina con la chamarra del uniforme en la mano, y a mi hermana casi se le salieron los ojos de sus cuencas—. Ah, vaya, hola… —Nos miró a la espera de que se la presentáramos.

—Ay, cielos, ¿todos están tan buenos en el Ejército? Chicos, para este espectáculo se podrían vender entradas.

—Lo mismo digo… —masculló Sam al tiempo que se asomaba tras mi espalda.

—¿Grayson? —dijo Jagger, que se moría de miedo.

Sentí un tic compulsivo en la mandíbula mientras trataba de controlarme. Mi vida se estaba derrumbando en todos los frentes, y este no había manera de sostenerlo. Podría haberme encargado de Parker, de Constance, diantres, hasta de Joey. Pero de ella no.

—Josh, Jagger, ella es Mia, mi hermana pequeña. Es terreno prohibido si no quieren que los mate.

Jagger se rio.

—Ya estás borrando lo de «nada de distracciones».

Capítulo diez

Grayson

—¿Qué haces aquí, Mia?

La arrinconé en la cocina mientras Jagger encendía el asador.

—Quería verte —respondió haciendo un puchero.

—No inventes. Nos vimos hace menos de una semana.

Se meció sobre los pies y miró por la ventana.

—¿Por qué no me dijiste que tus *roomies* eran así de guapos?

—Porque soy un hombre, Mia. Concéntrate. ¿Por qué…? ¿Cómo llegaste?

Medía menos de metro sesenta, pero era perfectamente capaz de destruir la poca paz que había conseguido crearme aquí.

—Pues en avión, claro. Le dije a mamá que quería verte y le pareció buena idea que alguien viniera a echar un vistazo para ver cómo vives, que ya era hora. —Agarró la taza de café de Sam, que aún tenía la marca de su brillo de labios—. Además, quería conocerla.

—¿A quién? ¿A Sam? —Le quité la taza de la mano y la puse de nuevo en la barra. Estaba vacía, así que Sam no tardaría en volver.

—A la chica que te hizo sonreír. —Sonrió a su vez como si se hubiera enterado de un secreto.

—Mia… Esto es mi vida. No necesito que juegues a conseguirme pareja. Les dije la verdad: Sam solo es una *roomie*.

—Te conozco, y sé que no es verdad.

—No puedes contar nada en casa, Mia. Ni a Grace, porque…

—Calma, Gray. No vine a revelar tus secretos. Y eso que no entiendo por qué lo ocultas, pero, si quieres mantener las cosas separadas, por mí…

Sam entró en la cocina y se detuvo en seco. Miró a Mia, y luego a mí.

—Perdón. Ya vendré más tarde.

Levanté la taza vacía.

—No, no vendrás. Te desplomarás de repente o algo por el estilo si no tienes tu dosis. No estorbas, te lo prometo.

Sam se mordió el labio inferior, y habría dado lo que fuera por ser yo quien lo hacía, para luego pasarle la lengua por la diminuta melladura de su diente. Mierda.

—Si estás seguro…

—Estoy seguro. —«De todo».

Miró con timidez a Mia, que la estaba observando sin el menor rastro de rubor, y puso una cápsula en la cafetera. Mientras se hacía el café, pasó junto a mí para abrir el refrigerador.

—Mierda. Se me olvidó que se había terminado la crema.

—Mira detrás de la leche —sugerí.

El grito de alegría que lanzó compensó el esfuerzo que me había costado.

—¿Cómo? —Se giró con los ojos muy abiertos y la botella de crema de menta y moka en la mano—. ¿Tú la trajiste?

Tenía los ojos luminosos como un niño en Navidad, y su sonrisa habría botado mil barcos a la mar sin el menor esfuerzo.

—No es nada.

Solo fue cuestión de documentar una maleta llena de paquetitos de gel y rezar para que en Seguridad no pensaran que estaba mal de la cabeza.

Me saltó encima y le rodeé la espalda con el brazo cuando me dio un sonoro beso en la mejilla.

—¡Gracias! La racionaré, te lo juro.

Resoplé.

—Al ritmo con que inhalas café, esa botella te durará como máximo tres días.

La bajé al suelo y me sonrió.

—Bueno, pues serán tres días gloriosos.

Se me curvó hacia arriba una comisura del labio pese a la orden de mantenerme impávido.

—Dieciocho días gloriosos.

Arqueó las cejas mientras la cafetera silbaba y soltaba las últimas gotas.

—¿Eh?

—Mira en el congelador. —Me apoyé en la barra de detrás e hice caso omiso de los ojos de Mia, que me estaban perforando—. Detrás de la segunda botella de tequila.

Sam se quedó boquiabierta una fracción de segundo antes de abrir la puerta del congelador y ver las otras cinco botellas que le había puesto allí el día anterior.

—¡No es posible! —Dio un saltito de puntitas. Cerró la puerta del congelador, y esta vez le sonrió directamente a Mia—. Tu hermano —dijo al tiempo que me señalaba como si allí hubiera algún otro chico al que se pudiera confundir con el hermano de Mia— es un dios entre los hombres.

—Eso tengo entendido —respondió Mia con una sonrisa que le ocupaba la cara entera.

Sam volvió a pasar junto a mí de camino a su café y me apretó un bíceps.

—Gracias —sonrió, y me lanzó una mirada de reojo antes de concentrarse en la taza.

Jagger abrió unos centímetros la puerta corrediza de cristal.

—¡Sam, tráeme otro plato! —pidió.

—¡Voy! —respondió, y salió al patio con un plato y la taza de café.

Mia se rio con tantas ganas que se quedó sin respiración. Yo me apoyé de nuevo en la barra y me crucé de brazos.

—¿Qué te hace tanta gracia?

—¡Solo mi *roomie*! —Se inclinó hacia delante sujetándose el vientre—. ¡Ay, hermano, estás clavadísimo!

—Solo mi *roomie* —insistí, pero ella salió al patio muerta de risa.

Me daba igual. Que pensara lo que quisiera. Sí, me atraía Sam, muchísimo, pero ¿a quién no? Y no había caído, de ninguna manera.

Abrí el congelador, saqué una botella de crema y busqué el nombre del fabricante. Tal vez, si hacía un pedido grande, lo enviaran a domicilio.

Un momento. ¿Me lo estaba planteando de verdad?

—Rayos —mascullé, y volví a guardar la botella en el congelador.

Clavadísimo, sin duda.

—¡Por favor! ¡Vamos, Gray! —trató de persuadirme Mia desde la alberca de Fort Rucker.

Menos mal que había traído un traje de baño, no un biquini. No me habría gustado tener que matar a alguno de los soldados rasos por pretender a mi hermana. Me habrían bajado la calificación, seguro.

—¡Llevo aquí tres días y no haces más que estudiar! ¡No puede haber una asignatura tan difícil!

Le di la vuelta a otra tarjeta. Iba por la mitad del montón y luego haría otro examen. Ya estaba a menos de tres preguntas de terminar el examen en el tiempo asignado, y lo estaba logrando, cien por ciento de aciertos. Y faltaban dos días.

Dos días más durante los cuales Mia se dedicaría a investigar cada aspecto de mi vida antes de que ambos voláramos de vuelta a Nags Head.

—Es que no tendrías que estar aquí —le recordé, dándole la vuelta a una nueva tarjeta.

—Es que no tendrías que estar aquí —me imitó como hacen todas las hermanas pequeñas; salió de la alberca—. Menos mal que viene Sam.

Eso me hizo apartar la vista de las tarjetas.

—¿Invitaste a Sam?

—Dijo que vendría en cuanto acabara una clase particular.

Mia se arrebujó en una toalla y se secó el pelo.

—¿Le dan clases particulares? Me parece raro. Además, no empieza hasta la semana que viene.

El lunes, para ser exactos. Química a las nueve de la mañana, si recordaba bien su horario. Lo había pegado en el refrigerador con una sonrisa tan boba como adorable.

—No, las clases las da ella. Es muy buena en Matemáticas.

—Y tiene un gran corazón.

Me sonrió y me miró con los ojos entrecerrados por el sol de la tarde.

—¿No estabas estudiando?

Volví a mirar las tarjetas. Clases particulares. Tal vez Sam había cometido errores graves, pero su capacidad para salir de la trayectoria descendente en la que se había metido significaba mucho para mí, más incluso que las causas que la habían abocado a esa situación. Fueran las que fueren.

Para mí, eso era indicativo de la talla de una persona. No se medía a alguien por cualquier mierda que hiciera, sino por cómo reaccionaba después. Como cuando Jagger cargó con la culpa por lo de la maldita estatua del oso polar. En mi vida había hecho algo tan difícil como entrar en aquella oficina, decir la verdad y arriesgarme a perder todo aquello por lo que había luchado, pero no iba a dejar que mi compañero se matara con mi espada.

—Pero ¿qué es eso? —Mia señaló las tarjetas del manual del helicóptero. Mierda.

Iba a meterlas en la maleta, pero las atrapó con sus increíbles reflejos felinos. Eligió una al azar e hizo una mueca.

—Limitaciones en la presión de combustible en… —El resoplido se debió de oír a medio mundo de distancia—. ¿Estás…?

Me miró a los ojos. Yo me bajé los lentes oscuros y me puse en guardia al instante.

—¿Estoy qué? —la desafié.

—Papá te va a matar —me anunció entornando los ojos.

—Hace años que dejé de necesitar la aprobación de papá. —Tendí la mano y esperé, aunque el cuerpo me pedía a gritos arrancarle las tarjetas de estudio por la fuerza. La tensión se me estaba acumulando debajo de la piel—. Ya tienes dieciocho años, Mia. Eres una adulta ante la ley, y en un par de meses te irás a estudiar a la UNC. ¿En serio vas a configurar tu vida en torno a lo que quieran papá y mamá?

Suspiró y me devolvió las tarjetas.

—No puedes mentirles.

Ni siquiera parpadeé.

—Nunca les he mentido.

—Esto es una mentira por omisión.

Se cruzó de brazos.

—Esto fue mi plan desde siempre.

Me levanté. Estaba harto de sentirme como si Mia estuviera en un plano superior, tanto física como moralmente.

—Pero el plan… cambió. —Bajó la voz.

—No. Todo el mundo quería que el plan cambiara. —«Porque, a diferencia de mí, ellos no tienen que demostrar nada». Negó con la cabeza, pero no permití que me interrumpiera—. ¿De verdad quieres meter tu cuchara en esto? Constance, Joey, hasta Parker me han dado ya su divina opinión. ¿Tú también te apuntas al juego? —Se encogió. Mierda. Nunca le había hablado en ese tono. ¿Cómo podía hacer que me entendiera?—. Esto es lo único que me queda. —Incluso se me estaba secando la garganta del esfuerzo que me suponía pronunciar cada palabra—.

Esto y nada más. Me estoy matando para trabajar aquí, y el resto del tiempo vuelvo a Nags Head para ver a Grace. ¿Tan malo es querer aunque sea una sola cosa para mí?

—Gray… —Parecía desolada.

—No te pido que lo apruebes, ni siquiera que lo entiendas. Se lo contaré a todos después de la graduación. Papá querrá que demuestre lo que soy.

Arrugó la nariz en un inconfundible gesto de determinación que adoptaba desde que tenía dos años.

—Está bien.

—Por eso eres mi hermana favorita —concluí mientras recogía las tarjetas.

—Sí, bueno, y porque no hay mucha competencia.

Un imbécil flacucho silbó al pasar junto a nosotros, se bajó los lentes oscuros hasta la punta de la nariz y miró a Mia como si fuera comestible.

Me giré hacia la alberca, le metí el pie, y lanzó un grito histérico cuando cayó al agua. Me coloqué delante de Mia para protegerla de las salpicaduras. El chico salió a la superficie escupiendo agua, y me acuclillé junto al borde cuando se acercó nadando.

—¡Amigo! —gritó el chico al tiempo que se quitaba el agua de los ojos.

—Esa es mi hermana pequeña. ¿Vas a volver a mirarla? —pregunté en voz baja, con los ojos entrecerrados.

—N-n-no —escupió.

—Vamos, Gray, estás asustando al pobre chico. —Mia me dio un golpecito en el hombro, que seguía en tensión—. Seguro que piensa que lo vas a golpear.

Lancé un gruñido, pero acabé dándole la mano al chico y lo saqué de la alberca sin el menor esfuerzo. La ropa le chorreaba suficiente agua como para llenar la alberca infantil.

—¡Ey, Sam! —Mia saludó con la mano.

Ya había visto a Sam incluso antes de oír a Mia gritar su nombre.

Sam sonrió desde debajo del ala ancha del sombrero de paja y los enormes lentes de sol, y aquella sonrisa de megavatios habría bastado para broncearme el alma. El pareo naranja fluorescente que llevaba hacía que su piel pareciera un postre irresistible. La presión que sentía en el pecho se disipó al instante; fue como si ella hubiera jalado el hilo suelto de un suéter viejo para deshacer no solo la tensión, sino también todas mis defensas.

—¡Hola, chicos!

Llegó junto a nosotros y se apoderó de la silla más cercana a Mia. Vaya, hombre. No, un momento. Eso era lo mejor. Rayos, si hasta era incapaz de decidir dónde quería que se sentara. Agité la mano. El ademán más torpe en la historia de la humanidad.

—¿Qué tal la clase? —preguntó Mia.

—Larga —respondió Sam.

Extendió los brazos para que se los bañara el sol. Eran las seis de la tarde y la temperatura tendría que estar bajando de los treinta y cinco grados de máxima, pero la mía en concreto estaba subiendo muy deprisa. «Contrólate, chico, carajo».

—¿Quieres nadar? —le preguntó Mia mientras se quitaba la toalla.

—¡Claro! —asintió Sam con entusiasmo.

Se desabrochó el cinturón y dejó el pareo en la silla.

«Carajo. Qué maravilla. Mierda. Carajo. Carajooo».

Su traje de baño consistía en un top atado al cuello y unos shorts que dejaban a la vista y al sol los tonificados músculos de su vientre y le resaltaban el trasero. Tenía los pechos altos y los pezones se le marcaban por debajo de la tela.

Se me hizo agua la boca ante la idea de quitarle aquella escasa prenda y probar su sabor.

—¿A qué viene esa mirada de desaprobación? ¿Me vas a decir otra vez que me ponga más ropa? Por si no te has dado cuenta, estamos en la alberca, y voy más vestida que tú —exclamó señalando mi pecho.

¿Había puesto cara de desaprobación? Ah, mejor así. Mejor que poner cara de depravado, como el chico al que acababa de arrojar a la alberca… y que seguía allí de pie, a mi lado. Le lancé una mirada, pero no me vio, estaba concentrado en otra cosa. En Samantha.

—Carajo, qué calor —comentó Mia.

—Esa boquita —la regañé por la fuerza de la costumbre.

Me miró con sorna.

—No estoy con mamá. Carajo. Carajo. Carajo.

—Vas a acabar conmigo, Mia. —Me volví a sentar en la silla y saqué las tarjetas del helicóptero para que las manos no se me fueran hacia Sam, pero la silla me quedaba a la altura de su trasero, así que volví a levantarme de inmediato—. Vayan a nadar.

—Sí se me antoja darme un chapuzón. —Sam introdujo un dedo del pie en el agua.

—Y a mí —comentó con un silbido el chico flaco sin dejar de mirar a Sam con un interés excesivo.

Antes de que pudiera contenerme, se me fue el brazo hacia él con la palma abierta y le di un manotazo en el pecho que lo mandó de vuelta al agua.

—¡Grayson! ¿Qué te pasa? —exclamó Sam horrorizada, corriendo hacia el borde de la alberca.

El chico salió a la superficie y escupió agua.

—¿Qué? ¿Ella también es tu hermana?

Me había molestado que mirara a Mia, pero, cuando hizo lo mismo con Sam, la ira me corrió por las venas.

—Vete a la puta mierda.

—¡Gray! ¡Esa boquita! —se burló Mia.

No me molesté en voltear a verla, sino que seguí mirando fijamente al imbécil maleducado hasta que captó la idea.

Deja de silbarles a mis chicas.

«Mierda». Parpadeé. ¿Cuándo había empezado a incluir a Sam entre «mis chicas»? «Cuando la bajaste de la barra».

—Ay, Dios. Espera, te ayudo.

Sam se inclinó sobre el agua con la mano extendida. El tipo la miró como si estuviera loca y nadó hacia la otra punta de la alberca para salir. «Bien pensado».

—Serás cavernícola…

—¡Pero si te estaba…! —Me quedé sin palabras.

—¿Mirando? ¿Tirándome los perros? ¿Tal vez pensando en invitarme a salir? —Se cruzó de brazos, con lo cual alzó aún más los pechos. «Deja de pensar en eso, amigo»—. Oye, Grayson, estoy soltera. ¿No se te pasó por la cabeza que igual quiero que alguien me invite a salir?

—¿De verdad te interesa eso? ¿Alguien que solo te quiere por tu cuerpo? —«Tu perfecto y delicioso cuerpo».

Se frotó las sienes con los dedos.

—No, pero eso lo decido yo, cretino, no tú.

Sorprendí a Mia muriéndose de risa detrás de Sam y le lancé una mirada asesina. La expresión de Sam cambió y una sonrisa dulce como el azúcar iluminó sus facciones.

—De hecho, te conviene enfriar un poco esos ánimos.

Enroscó una pierna en torno a la mía, me clavó el talón por detrás de la rodilla y perdí el equilibrio.

—¡Sam!

Me precipité hacia la alberca y lo vi venir, pero no iba a caer solo. La agarré y la arrastré conmigo.

Toqué fondo con los pies y me impulsé hacia arriba para salir con ella a la superficie. Sam tosió y entonces me echó los brazos al cuello. Estábamos en la zona profunda y yo podía pararme, pero ella no.

—No lo puedo creer. —La miré, asombrado.

Sonrió y se mordió el labio inferior.

—Y yo no puedo creer que me hayas tirado al agua contigo.

—Buenos reflejos.

Dios, cómo me gustaba tenerla pegada a mí, con aquellas curvas resbaladizas al alcance de mis manos; pero tuve buen cuidado de mantenerlas todo el tiempo en su cintura. Se me fueron los ojos hacia sus labios y tragué saliva.

El contacto de sus dedos me provocó descargas eléctricas cuando me acarició el cuello, como distraída. La miré fijamente y me quedé sin aliento. Dejó de sonreír y abrió mucho los ojos, a la espera de algo que yo no sabía si podía darle.

Dios, qué besable era.

La dinámica entre nosotros cambió como si el eje del mundo se hubiera movido. Estábamos en una montaña rusa, a la espera de lo inevitable, sin saber cuándo llegaría el primer descenso.

Sam había pasado del «jamás» al «todavía no» en las cinco semanas que llevaba viviendo con ella. ¿Qué sucedería dentro de un mes o de dos?

«Todo», me susurró una vocecita dentro de la cabeza.

Nos quedamos allí, centrados el uno en el otro, saboreando la nueva situación, hasta que una ola de agua me golpeó de lleno en la nuca.

—¡Así que estaban aquí! —gritó Josh agarrado al borde de la alberca.

Sam apartó las manos de mi cuello y desvió la vista a toda prisa.

—Ey, Samantha —susurró.

Volvió a mirarme, arqueando sus cejas perfectas. La levanté del agua y la lancé hacia lo más hondo de la alberca, donde cayó zambulléndose y soltando unas cuantas maldiciones mientras yo me aguantaba la risa.

—No sé qué te pasa aquí, estás… diferente, más relajado que el Gray de siempre. —Mia miró a Sam, que se había acercado nadando a Josh y estaba hablando con él—. Esa chica te hace bien.

Josh la sumergió y Sam salió a la superficie escupiendo agua y farfullando un grito ahogado.

Se me heló la sangre en las venas. De pronto ya no estaba en la alberca, sino en el canal. No oía las risas de Sam, sino los gritos de Grace. Y después, el silencio. Demasiado silencio.

—¿Gray? —Mia me agarró del brazo y di un respingo—. ¿Estás bien?

Asentí, cerré de golpe la puerta al pasado y observé cómo Sam se apartaba el pelo de la cara. La calidez de su sonrisa lograba devolver a la vida todo cuanto yo ya había dado por muerto en mi interior. Era irritante, cautivadora, desconcertante, y cada segundo con ella valía la pena. Las fronteras se estaban difuminando entre nosotros. Por cada centímetro que yo retrocedía, ella ganaba dos sin tan siquiera darse cuenta. Estar a su lado era más adictivo que la cafeína de la que se nutría, y yo necesitaba un shot constante de…, de Sam.

—Lo digo en serio —insistió Mia—. Te hace bien.

—Ya. Pero yo no le haría bien a ella.

Lo malo era que ya no estaba seguro de que ese argumento fuera suficiente para mantenerme apartado.

Capítulo once

Sam

—¡Hasta luego!

Dios santo, ¿dónde estaba el maldito botón de colgar?

La cara de mi mamá desapareció de la pantalla y apoyé un momento la frente en la computadora. Se había mostrado muy decepcionada por haberme inscrito en una universidad «por debajo de mis posibilidades», pero había accedido a pagarla, que ya era más de lo que me esperaba.

Abrí el correo electrónico y fui mirando los mensajes atrasados hasta llegar a uno de un remitente desconocido. PlayOne@ yahoo.com. Tecleé, distraída. «Vamos, mujer, concéntrate».

Pues eso. Abrí el mensaje y me dio un vuelco el corazón.

¿QUÉ TAL EL ÚLTIMO RECHAZO? PUTA UNA VEZ, PUTA SIEMPRE. LÁSTIMA QUE NO PUDIERAS ACOSTARTE CON ELLOS PARA QUE TE ACEPTARAN. RÍNDETE, CARAJO.

Lo cerré y me puse a temblar de la cabeza a los pies.

Era lo que me merecía, claro. La penitencia por mis pecados. «Ciento un padrenuestros y treinta y dos mensajes de odio».

Pero daba igual. El lunes iba a empezar de nuevo, me volvería a poner en pie. «Sí, hasta que quieras entrar en otra universidad, o le hagas frente a Colorado de una vez».

Iba a hacer un Scarlet O'Hara. Ya lo pensaría mañana. O nunca. Daba igual.

Pero esto… ya podía parar. Tal vez me lo merecía, pero, si quería seguir adelante, no podía hacerle frente cada vez que revisara el correo. Cambié la configuración para aceptar solo mensajes de remitentes conocidos… y de Victoria's Secret. De Vickie's quería saberlo todo. Y del chocolate.

De clic en clic, fui recuperando aquellos aspectos de mi vida.

Y eso exigía celebrarlo en forma de brownies.

Bajé las escaleras a saltos y casi choqué con Grayson, que llegaba en ese momento.

—¡Ey!

¿Me había salido la voz tan jadeante como yo creía? Aquel chico me dejaba sin aliento solo con entrar en la habitación, pero vestido con el uniforme de piloto de combate… Dios santo. Yo, que nunca había querido ver a un militar ni de lejos, en cambio sí quería ver a Grayson muy de cerca. A un aliento de distancia. A un contacto. Desde debajo. Desde encima. Clavada entre sus músculos y la pared.

—Lo mismo digo.

Se le habían iluminado los ojos como si supiera lo que estaba pensando.

—¿Todo bien? —conseguí decir.

—Todo genial. Aprobé el examen.

Le brillaban las pupilas y no pude evitar sonreír como una imbécil enamorada. Nunca lo había visto tan feliz.

—La noticia merece unos brownies. Voy a dejarte la cocina muy sucia.

Arrugué la nariz ante el doble sentido no buscado. Él ni se inmutó. Siguió con su intensa mirada marca Grayson clavada en mí.

—Me voy en una hora. Esta noche partimos hacia Nags Head.

Conseguí mantener la cabeza firme en lugar de encorvarme como un globo desinflado. Pero si ya había estado en su casa el pasado fin de semana.

—Bueno, va a venir Ember, nos tocarán más —dije, esforzándome en sonreír.

—Guárdame uno. Vuelvo a casa el domingo.

Asentí. Me apartó un mechón de la cara y volví a quedarme sin aliento. No sé por qué, pero me parecía más ligero, con menos carga, después de aprobar el examen.

Los dos dimos un paso a la derecha, luego a la izquierda, con torpeza, hasta que por fin pude ir a la cocina y sacar un paquete de mezcla para brownies.

Huevos. Agua. Aceite. Fácil.

Okey, se iba un par de días, ¿y qué? Siempre viajaba a ver a su familia un par de veces al mes, no era una sorpresa, ni un problema, ni nada. Y tampoco tenía derecho a molestarme. Me había enamorado como una idiota con mi sexy compañero de departamento. Nada más.

«Se enamoran las niñas de doce años, no tú».

Casqué el huevo, vertí los ingredientes sobre la mezcla tras encender el horno, y puse en marcha la batidora a velocidad baja. Tamborileé con los dedos en el electrodoméstico mientras los polvos se convertían en delicias, pero el cerebro me funcionaba sin parar.

Ni siquiera pensaba quedarme aquí. Esto era una parada técnica en la recuperación educativa y…, bueno, moral. Grayson tampoco iba a quedarse aquí. En diciembre, cuando se graduara en la academia de vuelo, lo asignarían a algún lugar más cerca de su casa, seguro.

Solo que acababa de decir que Alabama era su «casa». Ya no era «aquí». Además, en caso de que pasara algo entre nosotros, solo tendríamos seis meses para estar juntos… y aún no había pasado nada. «Todavía».

Bajé la mano distraída y toqué la palanca de la batidora.

—¡Carajo! —grité cuando se puso a toda velocidad y la mezcla saltó por todas partes, por las paredes, los gabinetes, por mi cara… Incluso me entró en la boca, y todo sucedió antes de que pudiera pararla.

Limpiar aquello iba a ser una auténtica mierda.

—¿Estás bien? —Grayson entró corriendo con el pelo empapado de la regadera. Puso unos ojos como platos al ver su adorada cocina en aquel estado—. Vaya, así que lo decías en serio.

—Ah, esto. —Sonreí—. Es justo lo que buscaba, una nueva técnica de emulsionado de los ingredientes.

La excusa no me duró mucho, porque la masa de brownies me goteó por la nariz.

—¿En serio? —dijo, y se me acercó tanto que ocupó todo mi campo visual. Me atraganté cuando me pasó un dedo por la mejilla y luego se lamió la masa de brownie del dedo. «Pero qué sexy, carajo»—. Mmm, interesante método. Creo que deja la masa más ligera.

Me quedé boquiabierta.

—¿Te estás riendo de mí?

Esbozó una sonrisa que debía de tener línea directa con mis calzones, porque votaron por bajarse y el resultado fue unánime. Una cosa era ser sexy, y otra ser sexy nivel Grayson lamiéndose el labio inferior con la punta de la lengua, aquello iba un paso más allá de lo meramente hedonista. Percibí un brillo travieso en sus ojos, pero sin perder un ápice de aquella intensidad que me tenía cautiva, incapaz de mirar nada que no fuera su rostro acercándose al mío. ¿Qué…, qué estaba haciendo?

«¿Por qué? ¿Acaso te importa si lo hace? No. En absoluto».

—Voy a probarlo otra vez, para confirmar —dijo en voz baja mientras me recorría la barbilla con los labios—. Mmm. Sí, sin duda.

Un escalofrío me bajó por la espalda. «Dios». Tenía sus labios en mi piel, y no era un sueño.

De pronto presionó el interruptor de la batidora y el chocolate salió volando.

—¡No te habrás atrevido!

Doblé las rodillas para agacharme, de forma que las salpicaduras impactaran en Grayson.

—¡Vaya si me atreví! —Me levantó como si fuera una pluma y la parte trasera de la camiseta se me llenó de salpicaduras de chocolate—. Guau, estás muy resbaladiza. —Hizo ver que yo me escurría de entre sus manos y que tenía que dejarme caer.

Grité y me agarré a su cintura con los tobillos y a su cuello con las manos. Paró la batidora y dejó escapar una risa ronca.

Eché la cabeza hacia atrás para poder verlo bien.

—¡Mira, pero si eres capaz de reírte!

—Siempre que la ocasión lo requiere —respondió con una sonrisa que seguía siendo sexy pese a tener las mejillas y la frente llenas de chocolate. ¿Cómo demonios se podía estar tan sucio y a la vez tan guapo?

—Me gusta —tuve que reconocer.

De pronto, la sonrisa desapareció. Me apretó los muslos con más fuerza sin apartar los ojos de mis labios. Los entreabrí como si acabara de ordenármelo. Nos estábamos alejando peligrosamente de la zona «solo amigos» para lanzarnos como misiles hacia la de «quítate la ropa».

—A mí, también —susurró.

Acercó sus labios a los míos y mis últimas defensas se activaron: apoyé un dedo en su boca antes de dejarme llevar definitivamente.

—Espera. ¿Ya pensaste…?

Sostuvo todo mi peso con un brazo mientras me apartaba los dedos con la otra mano.

—Ese es el problema. Cuando te tengo cerca, no puedo pensar. —Me atrapó el dedo medio entre sus labios y paseó la lengua por la yema hasta dejármela limpia. Sentí cómo se me tensaba todo el cuerpo, y me quedé sin respiración en cuanto empezó a hacer lo mismo con el índice—. Además, ya estoy harto de intentarlo.

Deslizó la mano que no tenía bajo mi trasero hasta el cuello y atrajo mi boca hacia la suya con un beso arrollador. Respondí al instante, abriéndome a él cuando me introdujo la lengua con movimientos seguros. Sabía a chocolate, a pecado, a sexo. A sexo del bueno.

Dejó escapar un sonido gutural mientras me agarraba del pelo para mantenerme aún más pegada a él, aunque yo no tenía la menor intención de alejarme, y menos si volvía a hacer un ruido como ese. El calor que irradiaba su piel penetró a través de mis manos cuando le acaricié el cuello y entrelacé mis dedos con los suyos. Me arqueé sobre él, presioné los pechos contra su torso mientras nuestras lenguas se acariciaban, bailaban, incendiándome cada terminación nerviosa. No existía nada más en el mundo, solo la sensación de tener a Grayson bajo mis manos, su sabor en mi boca. Todo cuanto me rodeaba se eclipsó, hasta el punto de que mi existencia se redujo a aquel beso.

Retrocedió hasta sentarse en una de las sillas de la sala y me puso en su regazo. Bajé los pies, los apoyé en los travesaños de la silla y empecé a mover las caderas, arrancándole un jadeo al frotarme contra su erección.

Carajo. Se le había puesto dura. Ya. Y era por mí.

Me aparté de él, inhalé, y ambos tratamos de recuperar el aliento.

—Grayson —le susurré.

—Más.

Sus ojos lanzaban destellos plateados de tanto que brillaban, y la intensidad de su mirada cortó en seco cualquier protesta que yo hubiera podido balbucir, en caso de que aún conservara un mínimo de lógica para pensar siquiera en detenerme.

Su respuesta me hizo caer en picada de puro deseo. Gemí cuando me estrechó contra él, cuando pasó la lengua y los labios por cada centímetro de mi boca y me mordisqueó el labio inferior. Me aferré a la última brizna de cordura que me quedaba, pero la perdí en cuanto empezó a besarme el cuello, a sorberme la piel, a lamerla para aliviar su ardor. Me mecí sobre su vientre con lascivia, deslicé mis dedos por los cincelados músculos de su espalda. No tenía ni un gramo de grasa, era una escultura perfecta, con la fuerza suficiente para hacer cualquier cosa que le pidiera.

Solo de pensarlo, una nueva oleada de calor recorrió todo mi cuerpo y se instaló en mi bajo vientre.

Dejó escapar de nuevo aquel sonido gutural que le nacía directamente del pecho, me sujetó por el trasero y me estrechó contra sí, ejerciendo la presión justa.

—Samantha.

Mi nombre sonaba a plegaria en sus labios, como si me estuviera adorando. Como si fuera digna de él.

—Dilo otra vez.

Se le nublaron los ojos mientras deslizaba una mano por mi espalda y me agarraba del pelo.

—Samantha.

Arrastró las sílabas de tal manera que sonaron como si me ordenara que me subiera a horcajadas encima de él y lo hiciera mío.

Me hizo arquear el cuello hacia atrás y casi grité cuando pegó su boca a mi garganta, a mis clavículas. Flexionó los músculos de los brazos para levantarme y poder recorrer con la lengua el escote de mi camiseta. ¿Notaría cómo me estaba latiendo el corazón? A un ritmo que me exigía…

—Ey, ¿ya estás listo para ir al aero…? Ay. ¡AY! —exclamó Mia.

Bajé la cabeza de golpe y me di contra la de Grayson con tal fuerza que me castañetearon los dientes. Tuvo mérito que no me soltara de golpe. «Dime que no está pasando esto». El calor que sentía en el vientre me ascendió hasta el rostro. Era como si tuviéramos dieciséis años y nos hubieran descubierto manoseándonos en casa de sus padres.

—Se llama a la puerta, Mia —gruñó contra mi piel al tiempo que me bajaba de nuevo y me sentaba en su regazo.

—Esto es una cocina, Gray.

Apoyó su frente en la mía, cerró los ojos, respiró hondo… Y a continuación le lanzó tal mirada a su hermana que la hizo retroceder. Y eso que a ella no le faltaba razón, o al menos eso opinaba yo también. No la veía por el rabillo del ojo, y no pensaba mirarla, sobre todo ahora que me había encontrado metiéndole mano a su hermano.

—Hum… Voy a comprobar… que no se me olvida nada, ¿de acuerdo? —Salió con tanta prisa que solo le faltó echar a correr.

Grayson se había convertido en piedra debajo de mí. Giró la cabeza poco a poco para mirarme.

—Grayson, ¿qué significa esto? —«Genial, chica, ¿por qué no le propones matrimonio, ya puestos? Eres idiota, Sam»—. No es que tenga que significar nada, claro. O sea, los dos somos adultos…

—Para, por favor, Sam.

Me agarró por la cintura con sus manos fuertes y delicadas a la vez, me puso de pie y aguardó a que recuperara el equilibrio antes de soltarme.

Él también se incorporó muy despacio, y se fue al otro lado de la mesa para que hiciera de frontera entre ambos, tal como hizo la mañana que nos conocimos. ¿Tenía que protegerse de mí? Un momento, era él quien había empezado a besarme. Me pasé los dedos por los labios hinchados.

Tragó saliva y examinó la mesa con atención.

—No sé lo que significa, y sé que, si intento decir algo ahora, los dos lo lamentaremos de una manera u otra.

—¿Qué demonios significa eso? —De pronto, se me había hecho un nudo en la garganta y me costaba tragar saliva—. ¿Que no deberías haberme besado?

La descarga de Grayson estaba convirtiéndose a toda velocidad en un «se está arrepintiendo». Ya debería de estar acostumbrada. Sam, la chica fácil, y a continuación el arrepentimiento. Esa era yo.

—No lo… —Negó con la cabeza—. No lo sé. Nunca actúo de forma impulsiva. Es que… Dios, no lo sé. Tengo que irme. El avión sale en un par de horas.

Asentí, apreté los dientes, traté de transformar en ira el dolor que sentía en el corazón.

—Sí. Tienes que irte.

«No llores. No se te ocurra llorar».

Salió de detrás de la mesa y traté de no apartar la vista de la mancha de masa para brownies que tenía en la camisa.

—Samantha.

Negué con la cabeza.

—Vete.

Me agarró la barbilla para alzarme el rostro y la rabia se evaporó de golpe. Sus ojos decían todo lo que él callaba, lo que no podía decir, con un dolor que yo no entendía, pero que tenía que aplacar de inmediato. La barba incipiente de sus mejillas me rozó las palmas cuando tomé su cara entre mis manos y me obligué a sonreír.

—Oye. No tiene por qué significar nada. Ya soy mayorcita.

—Tengo que irme.

—Siempre tienes que irte —susurré. Me arrepentí de inmediato al ver que cerraba los ojos—. Vete, Grayson. No pasa nada. Cuando vuelvas, podemos hablar, o no. Estaré aquí.

Volvió a mirarme y me hizo prisionera con una sola mirada.

—Estarás aquí.

—Estaré aquí. Te lo prometo. Pero antes tienes que hacer una cosa. —Arrugué la nariz.

—¿Qué?

Por un instante recuperó la sonrisa y solo me faltó cantar el Aleluya.

—Darte otro baño. Estás lleno de masa de brownies.

Bajó la vista como si se hubiera olvidado de la sustancia pegajosa y suspiró.

—Sí. Claro. —Hizo una pausa y fijó la vista en mis labios, que aún me vibraban tras el reciente beso. Entrelazó sus dedos con los míos y apoyó el rostro en la palma de mi mano—. Tengo que irme.

Arqueé las cejas.

—Sí. Tienes que irte.

Asintió, movió la cabeza para darme un beso en la palma de la mano y me dejó en la cocina sucia de salpicaduras de brownie.

—Por si mi opinión te sirve de algo, eres una buena influencia para él —comentó Mia, que estaba mirando el desastre de la cocina por encima de la barra.

—No sé si soy una buena influencia para nadie, y menos para Grayson. Pero valoro mucho tu opinión, Mia. Siento que hayas presenciado esta escena. Me muero de vergüenza.

—Fui a la preparatoria, en serio, esto no es lo peor que he visto. Lo que pasa es que nunca había visto a Grayson en acción. Me encanta verlo tan feliz. —La miré perpleja y ella me sonrió—. Bueno, tan feliz como puede estarlo él. ¡Ay! ¡Casi se me olvida el cargador del teléfono! —Salió corriendo escaleras arriba.

Ellie Goulding sonó a todo volumen en el celular de Mia, que estaba sobre la mesa.

—¡Mia! —le avisé—. ¡Te llaman! —No respondió.

Miré el nombre que aparecía en la pantalla. Parker, la otra hermana pequeña de Grayson.

—¡Mia! —la llamé de nuevo, un poco más alto.

Dudé unos segundos más, pero al final acepté la llamada.

—Hola, Parker, soy Sam. Mia subió al piso de arriba un momento, pero enseguida viene.

Traté de que mi voz sonara alegre. Un momento, ¿qué se acababa de oír al otro lado? ¿Un bufido?

—Sam, Samantha. Claro.

El tono era cualquier cosa menos amable.

—¿Prefieres colgar?

—No hace falta. Dales un mensaje a mis hermanos de mi parte, por favor.

De pronto, su voz se había vuelto dulce como la miel, y mi sentido arácnido empezó a vibrar.

—Claro.

—Dile a Grayson que transfirieron a Grace al hospital de Outer Banks, que tiene una infección renal seria. Sus padres pidieron una habitación con cama plegable. Como ya debes de saber, cuando está aquí no se aparta de su lado. Es tan buen novio…, ¿verdad?

Novio. Se me encogió el corazón. «No. Otra vez, no». Me dejé caer, clavando los codos en la mesa.

—Sí, es genial.

—Bueno, Sam, encantada de hablar contigo. Diles a Mia y a Gray que los recogeré en el aeropuerto.

—Claro.

La voz no me tembló, aunque yo parecía una hoja. Seguía mirando el teléfono cuando volvió Mia.

—¿Sam? ¿Estás bien? ¿Ese es mi teléfono? —Frunció el ceño.

—Te llamó Parker. A Grace le pasa algo en los riñones y la transfirieron al hospital de Outer Banks. Pero hay una cama plegable para que Grayson pueda quedarse con su novia.

Todo había sonado normal, ¿no? Tal vez la voz un poco inexpresiva, pero no lo había dicho gritando. Solo gritaba por dentro.

—Ay, Dios, justo lo que le faltaba. —Mia se frotó la cara con las manos.

—Así que tiene novia —dije, y la voz se me rompió al pronunciar la última palabra.

Se quedó paralizada y volvió a frotarse la cara. Por mucho que tratara de ocultarlo, la verdad brilló en sus ojos.

—Lo de Grace… Lo de Grace es muy complicado. Complicado nivel telenovela, y además no puedo entrometerme. Se lo prometí. —Susurró aquellas últimas palabras como una súplica, y me rogó con la mirada que lo entendiera.

Yo lo entendía. Vaya si lo entendía. «No puedes ser más idiota, chica. Bueno, al menos a este no te lo has tirado».

—Deben irse ya, o perderán el avión.

Salió de la cocina y me agarró la mano, que de repente se me había quedado helada.

—Tienes que permitirle que te lo explique. No saques conclusiones precipitadas. No te dejes asustar por un malentendido. Dale una oportunidad.

—Dame tú a mí una razón por la que deba hacerlo —le repliqué.

—Porque, a tu lado, parece vivo. Eres la razón de que haya vuelto a sonreír después de casi cinco años. Verlo aquí, contigo…, es casi como haberlo recuperado. Tú no lo entiendes, pero yo sí. Por eso vine. En el momento en que dijo tu nombre en el coche fue como si se encendiera una luz. Tenía que conocerte. Por favor, deja que se explique.

¿Qué había que explicar? ¿Que tenía novia en Carolina del Norte? Claro, por eso volvía a casa siempre que podía. Estúpida, estúpida de mí. Aparté la mano y me agarré a la barra.

—¿Mia? —la llamó Grayson mientras bajaba los peldaños de dos en dos—. ¿Lista? Si no salimos ya, vamos a perder el avión. —Dobló la esquina, miró la cocina y sacudió la cabeza—. Siento dejarte con este lío, Sam.

Me eché a reír con un bufido. Fue una risa de hiena.

—Si lo de la cocina te parece un lío…

Se quedó boquiabierto. Era la misma boca que me había besado hacía unos minutos.

—¿Samantha? —Se adelantó para tocarme, pero me aparté.

—Sabe lo de Grace —dijo Mia en voz baja.

Se giró hacia ella como si lo hubiera abofeteado.

—¿Fuiste…?

—Parker —susurró.

—Carajo —dijo con rabia.

Eso hizo que me riera todavía más, casi histérica.

—Vaya, ahora sí que dices groserías.

—Sam, es una situación muy complicada.

Trató de acercarse, pero retrocedí hasta la barra embarrada de chocolate. Se me borró la risa.

—¿Tienes una novia en Carolina del Norte, Grayson?

Se le contrajo el músculo de la barbilla, y flexionó los dedos.

—No es una pregunta sencilla, y para responderla necesito mucho más de cinco minutos.

—Vamos a perder el avión —dijo Mia en voz baja.

¿Por qué me sentía atraída por canallas infieles? «De tal palo, tal astilla».

—Agarra las llaves de mi coche y ve tú, Mia. Este fin de semana no voy a casa.

—Vete, Grayson. —Clavé los dedos en la barra, en la masa para brownies. Mis manos recordaban demasiado bien lo que había sentido al abofetear a Harrison en el patio, el gratificante sonido de la venganza, de la ira. Pero ahora no me salía ira, solo tristeza—. Eres la persona que menos quiero ver ahora mismo, así que vete.

Negó con la cabeza.

—No. No me voy hasta que lo entiendas.

—Vas a perder el avión. —«No te acerques más, por favor».

—Me da igual. Llévate el coche, Mia. Ya lo recogeré mañana en el aeropuerto.

—Tienes que irte. Vete. Tu novia está en el hospital con una afección renal y la chica a la que acabas de besar no quiere saber nada de ti.

Me habían empezado a temblar las rodillas y sentía el estómago revuelto. ¿Cómo demonios tenía el descaro de mirarme como si le estuviera rompiendo el corazón?

Se pasó las manos por el pelo y casi pude ver al diablito y al angelito, uno en cada hombro, tratando de tomar una decisión. Suspiró, cerró los ojos y supe que había ganado Carolina del Norte. Que había ganado Grace. Como era de esperar. Extendió la mano con cautela, como si se la fuera a morder, y me la puso en la cara. Me eché hacia atrás, pero insistió.

—Esta conversación no se ha terminado. En cuanto vuelva, te lo explicaré todo, y me vas a escuchar.

—Los aviones no esperan por nadie.

—Sam —susurró.

—Vete.

Me miró a los ojos con tal intensidad que no pude apartar la vista. Por fin asintió, una sola vez.

—Te llamaré en cuanto aterricemos.

No respondí, tal como pensaba hacer con sus llamadas. Se las podía meter por donde le cupieran.

Salió de la cocina con Mia, y al cabo de un momento oí cómo se cerraba la puerta de la entrada. Luego, la camioneta de Grayson arrancó y se alejó hacia la calle. Perdí la fuerza en las rodillas, me deslicé hasta el suelo y las manijas de los gabinetes se me clavaron en la piel. Me abracé las rodillas y me hice una bola, tan pequeña como pude.

No sabría decir cuánto tiempo estuve allí en esa posición; cuando Ember entró en la casa, tenía el trasero entumecido.

—¡Ya llegué!

—Estoy en la cocina —respondí con voz átona.

Entró, dejó el bolso en la barra y miró a su alrededor.

—¿Estás redecorando esto?

—¡Es un desastre! —exclamé sollozando sin control.

La intensidad de aquella emoción incontenible me sacudió de pies a cabeza. Por mucho que lo intentara, no podía levantarme, no podía salir de toda aquella mierda que seguía amontonándose a mi alrededor.

Ember se sentó en el suelo a mi lado, me rodeó con el brazo y me atrajo hacia ella.

—Lo arreglaremos, Sam. Sea lo que sea.

Lloré en brazos de mi mejor amiga hasta que se me acabaron las lágrimas. Lloré por esa parte de mí que había muerto cuando averigüé la verdad sobre Harrison. Por la expulsión de la universidad, por todas las cartas de rechazo, por las expectativas de mi mamá que no había llegado a satisfacer.

Por la pérdida de Grayson, que solo había sido mío por espacio de un beso.

Se lo conté todo mientras lloraba, lo de Harrison y lo de Grayson, y no dijo nada, se limitó a escuchar mientras yo lo vomitaba todo… Todo menos lo referente a los mensajes de correo electrónico.

—Es mi *roomie*, Ember. Soy idiota.

Apoyó su cabeza en la mía.

—Tú ves lo mejor en todo el mundo, Sam. Siempre has sido así. Tienes un corazón inmenso, y, si eso te convierte en idiota, ojalá todo el mundo lo fuera.

—¿Y lo egoísta que soy? Cuando supe lo de su novia, por un momento, no me importó. Solo quería seguir sintiendo lo que siento cuando estoy al lado de Grayson.

—Eso es porque eres humana.

Tenía que ser más fuerte que mis errores si quería sobrevivir al último tren de mierda al que me había subido. Le dije a Ember que se fuera a cenar con Josh, limpié la cocina de arriba abajo y cambié las cosas de lugar solo para hacer enojar a Grayson. Y cuando me llamó no contesté el teléfono.

Capítulo doce

GRAYSON

—Traigo regalos —anunció Miranda con una sonrisa al entrar en la habitación de hospital de Grace con una bolsa térmica al hombro.

Llevaba el pelo recogido en una coleta, lo cual destacaba su rostro en forma de corazón, tan parecido al de Grace.

—No deberías cargar con tanto peso. —Le quité la bolsa aún caliente.

—Ya, pero pensé que te caería bien un poco de comida casera. —Llegó hasta la silla que había junto a la cama de Grace y se dejó caer—. Dios, me siento como una ballena.

—Estás preciosa.

Arqueó las cejas y no me hizo el menor caso.

—¿Alguna novedad?

Negué con la cabeza.

—Sigue con los antibióticos, ahora hay que esperar a que acaben con la infección.

—¿Y tú cómo estás? —me preguntó. Señaló la bolsa—. Cuéntame mientras comes.

Saqué el plato de comida caliente.

—Ahora, mucho mejor. Gracias, Miranda.

—¿Y la vida por Alabama?

Volví a ver la cara de Sam. Maldita sea. ¿Por qué no me contestaba las llamadas? Tenía que explicárselo. Tenía que entenderlo.

—¿Gray?

Parpadeé.

—Mucho lío.

—Mi mamá me dijo que sigues viniendo una vez al mes, como mínimo.

Asentí.

—Tanto como puedo, pero nunca es suficiente.

—Te… Te lo agradezco. Y ella también. —Suspiró—. Pero tienes que vivir tu vida, Gray. No puedes… desperdiciarla aquí, con ella. Sé que es lo que quieres. Sé que habrías preferido morir tú. Pero no fue así, y te mereces una vida que no gire en torno a… —Hizo un ademán en dirección a la habitación de hospital—. En torno a todo esto.

El apetito se me murió de repente.

—Esto es precisamente lo que me merezco.

Inclinó la cabeza a un lado y se frotó el vientre.

—No fuiste tú quien le hizo esto, Gray. No sé cuántas veces te lo tengo que decir. No me crees, pero no fuiste tú.

Miré a Grace, que tenía los ojos cerrados. Su pecho subía y bajaba con cada respiración. Cuando estaba dormida, era más sencillo, podía fingir que se despertaba e íbamos a tener la misma pelea, porque yo me iría a Citadel, mientras que ella había elegido la UNC. Pero, cuando estaba despierta, en cambio…, no había manera de fingir.

La alarma del teléfono de Miranda emitió un pitido. Suspiró y la detuvo.

—Bueno, tengo que subir al piso de ginecología. Me toca revisión. Esta señorita está a punto de fugarse de la cárcel.

Le ofrecí el brazo para que se levantara.

—Gracias, Gray. Últimamente no tengo nada de equilibrio.

—Tranquila.

—Tenemos muchas esperanzas puestas en la sangre del cordón umbilical —dijo mientras iba hacia la puerta—. He leído mucho sobre las células madre. Si son compatibles, puede que la Universidad de Texas…

—Es genial, Miranda. Me alegro mucho por ti y por James. Esa niña tiene suerte de que sean sus padres.

Necesitaba interrumpirla. Ya no podía permitirme el lujo de tener esperanzas. Habían sido cinco años.

Miranda ladeó la cabeza con un gesto muy de Grace. Hizo una pausa y al final sonrió.

—Te lo dije en serio, Gray. Te has convertido en un buen hombre. Esto no es culpa tuya. De verdad.

Se marchó a la revisión y volví a concentrarme en Grace. Acerqué la silla para tomarle la mano mientras dormía. Tenía los dedos finos, largos, a juego con su cuerpo de bailarina. Bueno, con aquel cuerpo que antes solía bailar.

Dijeran lo que dijeren los demás, yo sabía la verdad.

Era yo quien la había dejado así.

Sam seguía sin contestarme el teléfono. Agarré el celular con tanta fuerza que pensé que lo iba a romper y apoyé la frente en la pared del pasillo del hospital. Estaba desgarrado. Una parte de mí se encontraba aquí, con Grace, como era mi obligación, y otra en Fort Rucker, que era donde tenía que estar.

Pulsé el icono para llamar a Josh y contestó al instante.

—Amigo, no sé qué hiciste, pero me jodiste el fin de semana.

—¿Cómo está ella? —Rayos, ¿se me había roto la voz?

—¿Mi novia? No ha cogido tanto como le gustaría porque tu novia la tiene atrapada con un consumo desaforado de helado y pañuelos de papel. Ah, espera, que estás en Carolina del Norte, con tu otra novia. ¿O besuquearte con tu *roomie* no la convierte en tu novia? Amigo, no me queda claro. —Estaba siendo tan sutil como una puñalada.

¿Qué demonios era Sam? ¿Mi novia? ¿Mi amiga? ¿Mi *roomie*? Mierda. La deseaba, eso saltaba a la vista por la evidente erección en cuanto respirábamos el mismo aire. Pero no era solo deseo sexual. También admiraba su fuerza, su valor, su manera de levantarse tras una caída. Por Dios, si hasta me gustaba su vena impetuosa…, siempre que no se subiera a la barra de un bar. Pero decir que era mi novia implicaba un compromiso, y no podía hacer algo así mientras estuviera obligado a estar con Grace.

—¿Masters?

—Sí.

—¿Es verdad? ¿Tienes una novia allí? —La voz de Josh estaba un punto por debajo de la hostilidad.

¿No debería haber sonado una explosión, algo que simbolizara el choque entre mis dos mundos? Mierda.

Necesitaba consejo.

—¿Nunca le has ocultado algo a Ember? Algo que sabías que no era para hacerle daño deliberadamente, pero… que podría dar al traste con todo.

Ya era oficial, me había convertido en uno de esos borrachos de la universidad que les decían a los demás cuánto los querían a la una de la madrugada.

Josh guardó silencio un instante.

—Sí. Y Jagger también, y los dos estuvimos a punto de perder a la mujer que queríamos por eso. Lo único que te puedo decir es que aprendas del ejemplo y no esperes a que sea demasiado tarde. Nosotros dos la cagamos. No sé exactamente de qué va lo suyo, pero tienes que poner las cartas boca arriba con Sam. Ya ha sufrido demasiado para que ahora le vengas con esto. Explícaselo todo y que ella decida si quiere aguantarte.

—Es que es… muy complicado. —Por decirlo suavemente.

—Claro, si no, no se lo habríamos ocultado, ¿no? ¿Y no fuiste tú quien le dio ese mismo consejo a Jagger no hace tanto?

—Sí, bueno… Cuesta más tener perspectiva cuando estás en medio.

Josh se rio.

—Sí, todo se ve mucho mejor desde la altura de tu pedestal.

Solté un bufido.

—Vete a la mierda. —Una enfermera me hizo señas para indicarme que habían terminado de hacerle los análisis—. Tengo que colgar. Estaré en casa a eso de las cinco.

—Perfecto. Sam trabaja esta tarde, así que no te extrañe si no está aquí cuando llegues.

—Gracias por el aviso.

Al menos seguía de mi lado, así que igual no me estarían esperando con las antorchas y las horcas cuando volviera. Le había hecho daño a Sam, que era su amiga desde mucho antes de que yo los conociera. Colgamos y volví a la habitación de Grace. Solo tenía una hora más o menos antes de salir hacia el aeropuerto.

Estaba incorporada en la cama, con la vista fija en la televisión, viendo *One Tree Hill* por décima vez.

—Hola. —Le di un beso en la frente y parpadeó. Estaba acostumbrado a que esa fuera su única respuesta—. ¿Leemos un rato? Eso siempre te gusta.

Saqué el ejemplar nuevo de *La Odisea* que había pedido por internet. Había visto que figuraba en el programa de clases de Sam, y no me iría mal un repaso de poesía griega. Era lo más difícil de leer para mí, y la mejor práctica. Conseguí pasar de la primera página sin problema, observando a Grace para ver si reaccionaba, si mostraba alguna señal de que comprendía que estaba allí con ella. Pasé la página y empecé de nuevo, pero me detuve. Mi cerebro se negaba a colaborar.

—Era de suponer que con los años la cosa sería más fácil, ¿verdad? —le dije a Grace—. Pero aquí estamos. Te sigo leyendo, como cuando teníamos siete años, y tú sigues escuchándome sin criticarme. —Solo que ya no se sentaba en mi regazo.

Pasé las páginas y empecé a leer en voz alta.

—«¡Ay, ay, cómo culpan los mortales a los dioses!, pues de nosotros, dicen, proceden los males. Pero también ellos por su estupidez soportan dolores más allá de lo que les corresponde...». —Se me rompió la voz. Era mi estupidez lo que nos había abocado a esto—. Lo siento, nena, lo siento mucho. —Cerré el libro y puse la mejilla en el dorso de su cálida mano. Ojalá la otra mano acudiera para acariciarme el pelo, como solía hacer. Ojalá pudiera darme los consejos que solo dan los mejores amigos—. Siento lo que nos ha conducido a esto, y siento con toda el alma lo que te voy a contar.

Me senté en la cama, junto a ella, para mirarla a los ojos aunque ella no me devolviera la mirada.

—Sé que me oyes, y me gustaría… Dios, me gustarían muchas cosas, pero daría lo que fuera porque me hablaras, Grace. —Le acaricié la piel suave, me llevé su mano al pecho, en contacto con mi corazón—. Conocí a una persona, Gracie, y aún no sé lo que es para mí. De verdad. No eres tú —le susurré; se me escapó una risa—. Todo lo que tenías tú de suave lo tiene ella de duro. Todo lo que era tranquilidad contigo, con ella es testarudez. Es fuego, es descaro, es una pizca de locura, eso seguro. Y no sé qué me está haciendo, pero vuelvo a ver el mundo. Le han hecho daño, está tratando de ponerse en pie de nuevo, y creo que puedo ayudarla.

»He cruzado una línea con ella, y no sé si debería haberlo hecho, pero la besé. Lo siento, de verdad. Pero ya no sé dónde están los límites. Cuando se trata de ella, de ti, de todo lo que había…, lo que hay entre nosotros, todo se vuelve confuso. Ya no estoy seguro de nada, solo de lo que siento cuando estoy cerca de ella. Con ella… Con ella estoy vivo como no lo estaba desde que te perdí. Me hace sentir como cuando piloto el helicóptero. Libre. Como al borde de algo que casi no puedo controlar, y que puede ser lo más maravilloso que me ha sucedido nunca o lo que acabe conmigo.

Le apreté la mano. Se me estaba quebrando la voz.

—Dios, Grace, dime qué debo hacer. Has sido mi mejor amiga desde que aprendimos a hablar, la única mujer con la que pensé que iba a estar toda la vida, así que dime qué debo hacer, y lo haré.

Miré aquellos grandes ojos castaños que había amado desde niño, que lloraron cuando se despellejó una rodilla al montar en mi primera bici, que se llenaron de pasión cuando perdimos la virginidad en la preparatoria. Ahora me miraban sin verme, como si no soportara escuchar lo que le estaba diciendo.

Aguardé una respuesta que no llegó. No me iba a absolver de aquel pecado, igual que no me iba a gritar por traicionarla. Solo iba a seguir en silencio, como siempre, por muchos días que pasara junto a su cama. Un silencio que me merecía.

—¿Qué? ¿Estás listo? —me preguntó Mia tras llamar a la puerta con los nudillos.

Controlé como pude las emociones y le di un beso a Grace en la frente. La respuesta fue el parpadeo habitual.

—Hasta dentro de unas semanas, nena.

Mientras recogía mis cosas, Mia saludó a Grace susurrándole algo que no entendí. Contuvo la emoción hasta que llegamos al elevador.

—¿Vas a venir por tu cumpleaños? —preguntó con una sonrisa inmensa, dando saltitos.

—Vendré el Cuatro de Julio con… mis amigos.

—¡Oooh! ¿Y Sam? ¿Vendrá Sam?

—No lo sé, Mia.

—Caray, qué gruñón. ¿No fuiste lo suficiente al gimnasio del hospital o qué? —se burló. Pulsó el botón de la planta baja—. Solo tienes que explicárselo. Lo entenderá.

Suspiré. Sí había hecho ejercicio mientras estaba allí. Cada vez me resultaba más duro estar con Grace, y el gimnasio era el único lugar donde podía ejercitar el cuerpo y la mente hasta el agotamiento.

Las puertas del elevador se abrieron y vi a Parker en una silla de la sala de espera. Carajo. Había conseguido esquivarla todo el viaje, gracias a que mi mamá nos recogió en el aeropuerto.

—Parker. —Apreté los dientes.

—Gray. —Me dedicó una sonrisa luminosa—. ¿Cómo está nuestra chica favorita?

—Con un gotero intravenoso.

Pasé de largo junto a ella, camino al estacionamiento, sin esperar a que se levantara. Salió corriendo tras nosotros, con unas chanclas que hacían más ruido que las aspas del helicóptero.

—¡Espera! —Pulsó el control para abrir el coche y le tendí la mano para que me pasara las llaves—. Ah, no. No vas a manejar mi coche, Gray.

—Lo que no voy a hacer es permitirte que vuelvas a controlar ningún aspecto de mi vida, Parker. Así que dame las llaves o pido un puto taxi.

—¡Esa boquita! —gritó Mia desde el asiento trasero.

Parker me lanzó una mirada asesina, pero yo no pensaba ceder.

—Esto no se lo harías a Constance ni a Joey.

Mis hermanas mayores eran las más sensatas y lógicas de las cuatro.

—Sí, quizá porque ellas no se habrían metido en mi vida amorosa ni habrían hecho polvo a una mujer inocente solo porque no la aprueban.

Sam les habría caído bien a Joey y a Connie, estaba seguro.

—Tu vida amorosa está aquí, Gray. Por si se te olvidó, Grace te necesita.

Al parecer, Parker no iba a estar en el equipo de Sam. Respiré hondo por la nariz y dejé escapar el aire por la boca mientras contaba hasta diez.

—Dame las putas llaves.

—¡Esa bo…!

—¡Cállate, Mia! —le gritó Parker.

—No le hables así. Ella no tiene la culpa, la tienes tú. Te metiste donde no debías y le hiciste daño a Sam. Me hiciste daño a mí.

Abrió mucho los ojos.

—¿Tanto te importa esa chica?

—Sí.

Agachó la cabeza, me dio las llaves, rodeó el coche y se sentó en el lugar del copiloto. Ajusté el asiento a mi altura y puse en marcha el motor.

Parker no dijo ni una palabra hasta que estuvimos en el puente de Roanoke, y a mí me pareció bien el silencio.

—Grace te necesita.

Era un disco rayado. Sacudí la cabeza.

—Ya. Pero a lo mejor yo necesito a Sam. ¿Eso no se te había ocurrido?

—No. Siempre han sido Grace y tú, G al cuadrado, la pareja perfecta de la preparatoria First Flight. Solo tienes que darle tiempo para…

Pisé el freno con demasiada fuerza en un semáforo en rojo.

—¿A ti te parece que estoy en la preparatoria, Parker?

—No —masculló.

—¡Le he dado cinco años! —«Y no fue suficiente»—. ¿Crees que para mí es fácil?

Detuve el coche en el diminuto aeropuerto y me estacioné mientras Parker hervía de rabia.

—Parker, Sam es estupenda. Y, cuando está con ella, Gray parece… feliz —intentó Mia.

Su intención era buena, pero la miré por el retrovisor, instándola a que se callara. Tampoco quería que ella se metiera en mi vida amorosa. Todo sería mucho más fácil con cuatro hermanos varones.

—Así que te vas a rendir con ella. Ahora ya no está a tu altura, claro —me espetó Parker con los brazos cruzados—. Claro, eres el primero de la clase en Citadel, todo un señor teniente del Ejército. Tiene gracia, no sabía que admitían a idiotas que no saben ni leer.

Mia se atragantó.

—¡Parker!

—Claro. —Resoplé—. Bueno, ya me contarás cuándo decides investigar si hay vida más allá de los Outer Banks. Por lo menos a mí no me dio miedo marcharme.

Salí del coche. Solté las llaves en el asiento vacío y Mia me pasó la mochila.

—Gracias. Te quiero mucho, Mia. —Le apreté la mano.

—Te quiero mucho, Gray. Tienes que volver a Alabama y pelear por Sam, porque es fenomenal.

—Sí que lo es, sí. —Volteé a ver a Parker, que estaba haciendo berrinche. ¿Por qué se empecinaba tanto?—. Y a ti también te quiero, Parker, pase lo que pase. Pero madura de una vez y empieza a ocuparte de tu vida, no de la mía.

Cerré la puerta para no escuchar más protestas y entré en el aeropuerto. Mia tenía razón. Sam era fenomenal. Pero, cuando le contara todo lo que tenía que contarle, ¿no saldría huyendo?

Mientras esperaba para abordar, pasé por la diminuta tienda de regalos y vi un mazo de naipes. Josh también tenía razón. Debía explicárselo todo y que ella decidiera. Era aterrador permitirle ver que no estaba a su altura ni de lejos, pero se merecía saber la verdad.

Finalmente compré las cartas.

El gimnasio estaba lleno cuando crucé sus puertas a las cuatro y media de la tarde. Había conducido como un loco para llegar antes de que acabara su turno. Al menos aquí no podría escapar de mí.

Estaba inclinada sobre el libro de Matemáticas, con Avery, y tenía los ojos hinchados y con ojeras. Mierda. Había estado llorando por mi culpa. Como si no tuviera ya bastante. Me apoyé en el mostrador y esperé a que me viera.

—¿Qué quieres, Grayson? —preguntó con voz cansada.

—No soy bueno para ti.

—Eso ya me lo has dicho. —Saludó con una sonrisa a un adolescente que acababa de entrar.

—Me parece que sobro aquí —dijo Avery, y desapareció a toda prisa.

—Sam… —le dije mientras jugueteaba con la tarjeta.

—¿Qué quieres que no puede esperar?

—A ti. —Contuvo una exclamación, y me lancé de cabeza—. Una vez me preguntaste qué hacer para superar los errores, esas cosas que no te dejan dormir y hacen que te levantes con el estómago revuelto.

Asintió.

—Sí, bueno, la verdad es que no soy precisamente un ángel. ¿Y ella? Tu Grace, digo. ¿Es tan perfecta como a ti te gustan? Porque, la verdad, no te imagino con una persona imperfecta. Eres demasiado bueno para eso. Al menos es lo que creía. Todo este tiempo pensando que no estaba a tu altura, y al final fuiste tú el que me besó cuando ya la tenías a ella.

—¿Te quieres callar un momento? —Cerró la boca de golpe—. Gracias. Te dije que comprendía esos errores, como ese del que huyes tú, y sí, pusiste cinco estados de por medio, no me lo discutas. Comprendo esa decisión porque yo hice algo de lo que no puedo recuperarme.

La desconfianza que podía leer en sus ojos me mortificaba. Quería que volviera a confiar en mí, recuperar la relación entre nosotros. Renunciaría a volver a besarla con tal de que confiara de nuevo en mí. «Sí, ahora que conoces su sabor, vas a controlarte y no la tocarás de nuevo, mentiroso».

—No es posible que hayas hecho nada tan grave —me replicó, se dio la vuelta, dispuesta a alejarse.

La sujeté por la muñeca con cuidado de no hacerle daño y le puse un as de picas en la mano, boca arriba.

—Yo tengo la culpa de lo que le pasó a Grace. Maté a la mujer a la que amaba.

Capítulo trece

Sam

A ver… Me dio un naipe, me confesó que era un asesino, giró sobre sus talones y se fue. Pisé el freno en medio del camino de entrada y traté de recuperar la compostura. Seguro que no lo decía en serio. En el Ejército no admitían a asesinos, y estaba claro que iba a visitar a alguien todos esos fines de semana.

Y, además, me apostaría la vida a que Grayson no había matado a nadie.

Abrí la puerta, dejé las llaves en la bandejita de la entrada y colgué el bolso en el clóset del vestíbulo. La casa olía a… ¿entrecot?

—¿Grayson?

—En la cocina —respondió. Claro.

—Hola —dije desde el otro lado de la barra.

Sacó unos camotes del horno y se giró hacia mí.

—Hola.

—Eh… ¿Qué estás preparando?

—Cena de domingo en familia —respondió, y arqueó una ceja como si no hubiera soltado ninguna bomba hacía hora y media—. Ve a lavarte las manos, estará en cinco minutos.

—¿Dónde están Josh y Jagger?

—Nos dejaron el campo libre —respondió, y sacudió la cabeza como si no hubiera sido decisión suya—. ¿Te da miedo estar a solas conmigo?

Negué con la cabeza.

—Claro que no. Ya vi que pusiste dos platos.

Suspiró como si hubiera estado conteniendo la respiración. Parecía más aliviado.

—Claro.

—Bajo ahora mismo.

Subí por la escalera a mi cuarto y me quité la ropa de trabajo, me puse unos pantalones flojos y una camiseta suave, ajustada.

—Nada de pánico. Puedes con esto. —Genial. Ahora me estaba dando ánimos a mí misma delante del espejo como si fuera a jugar un partido.

—¿Empezamos? —preguntó Grayson cuando entré de nuevo en la sala.

Me apartó la silla, me senté, y él ocupó otra junto a mí. El estómago me gruñó, recordándome que no había comido nada decente que no hubiera salido de una bolsa desde el viernes.

—Gracias por hacer la cena.

—Bueno, es domingo. Me costó un poco porque nada estaba donde lo dejé —comentó con una media sonrisa que me provocó un chispazo de puro sexo. Por lo visto, a mi cuerpo no le importaba que tuviera novia… ni que la hubiera matado.

—Lo reorganicé todo un poco. ¿Quieres una cerveza? —pregunté.

Fui hacia el refrigerador, porque yo sí quería. O un shot de tequila. O lo que fuera con tal de que me ayudara a superar lo que iba a suceder.

—No. Esta noche, no.

—Pues yo sí que me voy a tomar una.

«O catorce. Ya veremos». La destapé, me senté de nuevo y me concentré en la cena, como él.

Comimos en silencio; nos miramos de vez en cuando, pero ninguno de los dos tuvo valor para decir la primera palabra. Y había que hablar, ¿no? No se puede ir por ahí confesando asesinatos y luego haciendo como si no hubiera pasado nada.

Un ribeye y una cerveza más tarde, puse el as de espadas sobre la mesa, delante de él.

Sacó un mazo de cartas del bolsillo de los shorts.

—¿Diamantes o corazones?

—¿Cómo dices?

—¿Diamantes o corazones? Elige un palo.

—Corazones.

Porque me había clavado un puñal en el mío, y luego lo había retorcido. Carajo, si estaba sentado en la misma silla donde solo me faltó montarlo.

—Muy adecuado —murmuró.

Me dio las cartas y llevó los platos al fregadero. De pronto, la superficie de madera de la mesa me resultó intimidante. Tuve la sensación de que estábamos a punto de sacar a la luz sus secretos.

—¿Qué vamos a hacer? —pregunté con el pulso acelerado.

Volvió a ocupar la silla, se tocó la visera de la gorra de Citadel y se apoyó sobre los codos.

—Vi cómo Jagger estuvo a punto de tirar por tierra todo lo que tenía porque, por necio, no le dijo la verdad a Paisley desde el principio.

—Ya me acuerdo.

—Tú y yo… no sé qué somos o qué podemos llegar a ser, pero no quiero que nos pase lo mismo. Te voy a contar todo lo peor de mí. Tú me vas a contar todo lo peor de ti. Y luego decidiremos qué hacer con esta locura de atracción.

Me humedecí el labio inferior.

—Ah, así que te parece que existe atracción entre nosotros. Y yo que pensaba que solo éramos amigos.

Me clavó sus ojos grises y su mirada me llegó directamente al alma.

—Samantha, que conste que estamos a punto de discutir sobre nuestros secretos más profundos; de lo contrario, te tendería sobre esta mesa, te arrancaría esos pantalones tan sexis y te metería la lengua entre los muslos, porque bien sabe Dios que no pienso en otra cosa. Si eso es ser amigos… No, es una fuerza de la naturaleza, pero me conformaré con que reconozcas que existe una atracción.

De pronto se me había secado la boca. No iba a poder volver a comer en aquella mesa.

—Existe una atracción —reconocí en voz baja.

—Bien. Eso ya lo hemos dejado claro. —Respiró hondo—. Grace y yo crecimos juntos en Nags Head. Bueno, Owen, Grace y yo. Siempre estábamos juntos, pero ella era mi mejor amiga, y yo el suyo, y un buen día las cosas cambiaron y nos enamoramos. Y así hemos seguido desde los quince años.

Me habría gustado hacer algún chistecito sobre los novios de la preparatoria, pero habría sido un mecanismo de defensa. Él había bajado sus barreras, así que debía corresponderle por mucho que me doliera.

—Okey.

—El verano de mi último año de preparatoria, celebramos una gran fiesta en la playa. Todo el mundo acudió, y todo el mundo estaba borracho. Yo me había tomado un par de cervezas, pero dejé de beber horas antes de volver a agarrar el coche. No era tan idiota como para arriesgarme a nada con Grace.

Me miró a los ojos como si me suplicara que lo comprendiera, pero todavía no me había dicho nada que exigiera mi comprensión. Asentí.

—Claro.

—A Owen le habían regalado una camioneta nueva por su graduación: una Chevy preciosa. No dejaba que nadie se subiera con los zapatos sucios, y ya no digamos conducirla. Se hizo tarde y tenía que llevar a Grace a casa. Le dije a Owen que dejara la Chevy en la playa y que ya la recogeríamos por la mañana, pero se negó rotundamente. —Clavó la mirada en la mesa y respiró profundamente; tenía la respiración entrecortada. Se quitó la gorra y se frotó la frente, como si el dolor de los recuerdos fuera físico—. Tendría que haber insistido más. Tendría que haberle quitado las llaves, o habérmelo llevado atado, pero no lo hice. Me limité a decirle «como quieras». ¿Lo puedes creer? «Como quieras». —Tragó saliva y me miró a los ojos—. Con aquellas dos palabras, maté a Grace.

Se me revolvió el estómago. Grayson se merecía una historia feliz. Aunque me hubiera besado perteneciendo a otra, quería que me contara cómo se habían despertado a la mañana siguiente, y cuánto se rieron de la borrachera que se habían puesto la noche anterior.

—Grace y yo nos pusimos en camino. Mi coche estaba en el taller, así que yo conducía el suyo. Empezamos a discutir sobre la universidad. Me habían aceptado en la UNC, igual que a ella, y estaba dispuesto a ir, pero me insistía en Citadel. Ella sabía que también me habían aceptado, y que yo me moría por ir allí. —Empezó a tamborilear con el pie en el suelo, nervioso—. Antes de llegar al puente, nos detuvimos en un semáforo y, cuando se puso en verde, Owen nos adelantó con la maldita camioneta. Iba demasiado deprisa. Esquivó los coches que venían de frente y volvió a nuestro carril, pero se pasó.

Se le nubló la vista y supe que ya no estaba conmigo. Estaba en aquel puente, con Grace, en el coche… Y yo no quería saber más. Pero tenía que hacerlo.

—Chocó contra la barra de contención y yo maniobré. No quería darle de frente. Nos habríamos matado los dos, el cochecito de Grace no daba para más. Así que maniobré, me desvié, y caímos al agua. Grace gritó y el impacto fue muy fuerte… Saltaron las bolsas de aire, pero yo me golpeé la cabeza contra la ventanilla y creo que perdí el conocimiento un par de minutos. Cuando desperté, nos habíamos hundido, de costado. Qué cosas, siempre había pensado que los coches caían sobre los neumáticos, ¿no? Pues no, y menos si el terreno es desigual. El agua me despertó. Ya me llegaba al hombro. Grace… Grace estaba sumergida. Inconsciente.

Contuve el aliento como si la que estuviera bajo el agua fuera yo; le tomé la mano.

—Grayson…

Hizo caso omiso de mi súplica.

—Por suerte, tenía una de esas cosas para cortar el cinturón de seguridad, menos mal. Era muy paranoica con esas cosas. Me solté, la solté a ella, pero no respiraba y el coche se llenaba de agua tan deprisa que no me dejaba pensar. La agarré con todas mis fuerzas y utilicé el rompecristales para romper el parabrisas. Dios, qué fría estaba el agua. La presión nos empujó hacia el interior del coche. Y todo estaba oscuro, muy oscuro.

»Conseguí salir a la superficie con ella, pero no respiraba. Nadé hasta el pilar del puente y traté de levantarla, pero no tocaba el fondo, no tenía dónde apoyarme, y el boca a boca no estaba dando resultado dentro del agua.

»Para cuando conseguí subirla, me sangraban los dedos de arañar el cemento, y Grace estaba azul. Conseguí ponerme encima de ella, empecé a hacerle las compresiones, y recé. Dios, cómo recé.

Me apretó la mano, pero yo sabía que seguía haciendo presión en el pecho de Grace.

—Al final, escupió el agua por puro reflejo, pero no respiró sola, así que seguí respirando por ella hasta que acudieron en nuestra ayuda.

—¿Cuánto tiempo estuviste allí? —le pregunté con delicadeza. No quería ni pensar en lo que aquello debió de significar para él.

—Una media hora, hasta que consiguieron sacar los botes y venir por nosotros. Las ambulancias estaban en el puente, pero no pudimos subir. Nos llevaron al hospital y me resistí cuando intentaron apartarla de mí, así que me sedaron.

—Dios, Grayson. —Aquello no podía ser peor.

—Pasaron días, luego semanas, y recuperó las fuerzas lo suficiente para que le retiraran la respiración asistida, pero la inflamación del cerebro ya había causado daños. —Alzó la vista. En él no había nada del hombre que yo conocía—. Está comatosa. Estado vegetativo persistente desde hace casi cinco años. Duerme, se despierta…, pero no… No está. La maté. Si le hubiera quitado las llaves… Si no hubiera maniobrado como lo hice… Si no hubiera perdido el conocimiento, la habría podido sacar antes de que nos hundiéramos. Antes de que se ahogara.

—No es culpa tuya. Tú no la mataste, Grayson. Estaban en el peor lugar, en el peor momento, pero no eres responsable de lo que hizo Owen.

—Le dijo a la policía que estábamos echando una carrera. Que, dejando a un lado el nivel de alcohol en sangre, yo tenía tanta culpa como él. No se presentaron cargos, aunque estoy seguro de que la gente le creyó. Hasta mi propio papá.

Se hizo el silencio mientras yo juntaba las piezas.

—Vuelves a casa solo para sentarte junto a su cama.

Asintió.

—Sí. Según los médicos, no hay esperanzas de que se recupere, pero yo sé que sigue ahí dentro, encerrada.

Le acaricié la cara, y dejé la mano en su mejilla. La apoyó en mi palma.

—Y le has sido fiel, ¿verdad? Por eso te entró el pánico cuando nos besamos.

—No he estado con nadie más. No he dejado que nadie se me acerque porque ya no sé cómo se hace. Porque no he querido. ¿De qué sirve amar si duele tanto? Me he pasado cada minuto matándome con el estudio, agotándome en el gimnasio o en casa, con ella. Nunca ha habido nadie con quien quisiera… engañarla. Y ya sé que no sería engañarla. Recibí terapia, me reconcilié con el hecho de que no queda nada de ella, solo el latido del corazón. Pero no puedo olvidar nuestro último beso, y nunca ha habido una mujer que ocupara su lugar. —Me pasó el pulgar por el labio inferior—. Hasta que apareciste tú.

Abrí la boca y se me paró el corazón por un momento, pero al cabo de un instante sentí que se me aceleraba.

—Llegaste aquí y me pusiste nervioso porque derribaste todas las barreras antes de que tuviera ocasión de prepararme para defenderme de ti. Estaba perdido antes de empezar.

Me aparté y bajé la mano. No podía permitirlo, no iba a consentir que me subiera al pedestal de Grace. No estaba a su altura.

—¿Samantha? —Se inclinó hacia adelante.

—No es posible. No podemos… estar juntos.

Negué con la cabeza. Cada palabra me dolió mientras la decía. Abrí el abanico de las cartas de mi palo. Eran trece, pero mis pecados eran muchos más, mientras que el suyo, el único, no era ni una transgresión. Había sido un espantoso accidente, fuera de su control, mientras que lo mío era fruto de elecciones conscientes. Malas decisiones.

—¿Por Grace?

Le abrí la mano y puse en su palma mi as de corazones.

—Porque no te haría ningún bien. Porque no estoy a tu altura. Soy egoísta y malcriada, soy arrogante, tomo decisiones que hacen daño a los demás.

—Sam…

—¿Quieres que te cuente lo peor de mí? ¿Quieres saber por qué me echaron de la universidad, Grayson?

—Sí, pero antes tienes que entender que no importa. No va a cambiar lo que siento por ti.

—A mí me importa, y mucho. Me echaron por un tipo. Adiós a todas mis expectativas universitarias. Pero era simpático, y se interesó por mí cuando estaba sola. Ember se había ido a Vanderbilt, mi mamá estaba en Kentucky, por primera vez no tenía a nadie de mi entorno y… Y no fue tan liberador como me había imaginado. Me sentía muy sola. Me apunté a un curso de verano para matar el tiempo y conocí a Harrison. Tenía todo lo que se suponía que debía interesarme: era un hombre centrado, culto, sofisticado… Cuando estaba con él, me sentía la chica más afortunada del mundo. Llegó el otoño y…

Tragué saliva. ¿Qué iba a pensar de mí cuando lo supiera? ¿Me llamaría puta? ¿Me diría que me merecía los mensajes que no paraban de llegarme?

Grayson me apretó la mano, presionando la carta contra la piel.

—Si es demasiado, no tienes por qué seguir. No hago esto para causarte dolor, ni para tener una excusa con la que darte la espalda. Así que, si no estás preparada, podemos ir más despacio.

Me estaba ofreciendo una escapatoria. Claro. Me estaba apoyando. Me bajaba de las barras de los bares, me sacaba de los clubes de *striptease*. Era justo lo que necesitaba, pero no lo que me merecía.

—¡Deja de ser tan bueno!

Frunció el ceño con el dolor reflejado en los ojos.

—¿Qué…?

—Era mi profesor, Grayson. Me acosté con mi profesor, y no fue un acostón de una noche. Estuvimos juntos durante meses.

Cuatro meses y trece días. Los había contado.

—Okey.

Me acarició el pulgar, y me centré en aquel movimiento para poder seguir.

—No fue solo… sexo. Estaba enamorada de él, o de quien creía que era. No le preguntaba nada cuando me decía que estaba ocupado. Ni siquiera me planteé por qué no quería pasar la noche en mi casa. Estaba claro, era un profesor de Ética de veintiocho años, y yo era una estudiante de veintiuno. Claro que no podíamos pasar la noche juntos. Ya se estaba jugando el empleo solo por estar conmigo. No le podía pedir más, me estaba dando tanto… —Se me escapó una carcajada amarga—. Seguro que te imaginas el final, ¿cierto? Yo soy la idiota que no se lo vio venir.

Cuando reuní el valor suficiente para mirarlo a la cara, por su mirada supe que no me estaba juzgando. No, claro que no. Cuanto más conocía a Grayson, más claro tenía que no era distante porque se sintiera superior. Era distante porque eso lo ayudaba a sobrevivir.

—No eras la única —susurró.

Asentí.

—Todo parecía tan romántico, tan… prohibido… Yo pensaba que debía de quererme de verdad para arriesgar tanto por mí. Pero un día me colé en su oficina con una notita sexi para metérsela en el bolsillo. Y lo vi. Su anillo de casado. Lo tuve en mis manos, sentí en la palma el peso frío de aquel pequeño aro que me paralizó el corazón.

Grayson respiró hondo. Fue lo único que me indicó que me había oído.

—Ya ves. De tal palo, tal astilla —concluí, esbozando una sonrisa impostada.

Me sujetó la barbilla y me miró a los ojos.

—¿Tu mamá?

—Durante muchos años, la detesté porque no me había dado un papá. Era el marido de otra mujer, el papá de otros niños y, tras cuatro años de estira y afloja, eligió a la otra familia. Juré que nunca cometería el mismo error que ella. Tiene gracia, ¿no? ¿Me gané otra carta? ¿La jota o algo así?

Se inclinó hacia mí y me dio un beso en la frente.

—No es culpa tuya. No sabías que estaba casado. No eres responsable de lo que hizo. Él es el único responsable.

El agujero que sentía en el estómago se ensanchó y amenazó con engullirme.

—No lo entiendes. Cuando tenía aquel anillo en la mano, hubo un momento en que pensé… Fue solo un momento, pero se me ocurrió dejarlo donde lo había encontrado y no decir nada. Había sido tan feliz… No quería que aquello terminara. Quería que me eligiera a mí. Por fin entendí por qué mi mamá se había quedado con él tantos años, por qué siguió esperando a un hombre que no iba a mantener su promesa. Me odié a mí misma por ser tan débil, tan egoísta como para pensarlo siquiera.

—Pero cortaste la relación.

—Claro, antes de que lo hiciera Harrison. Antes de que le diera tiempo de prometerme que iba a dejar a su esposa, o a decirme que yo era el mundo entero para él justo antes de abandonarme.

—Como hizo tu papá.

Asentí, incapaz de decir en voz alta lo que Grayson ya sabía.

—Me volví loca en medio del patio. Cuando vino corriendo hacia mí, le di tal bofetada que tuvo las marcas de los dedos en la cara durante toda la clase siguiente.

Grayson esbozó una media sonrisa.

—Me lo imagino.

—Otro profesor lo vio todo y dio parte. Harrison no… presentó cargos, pero, claro, yo tampoco me presenté ante el comité de disciplina. —Bajé la cabeza—. Su familia es toda una institución en la universidad. Su mamá está en la junta directiva, su hermana también trabaja allí. Nadie me iba a creer. Y, además, le había pegado a un profesor.

Me acarició los brazos para calentar mi piel helada, y por fin me agarró las manos.

—¿Y las clases?

¿Cuánto iba a tardar en verme tal como era, en apartarse de mí?

—Dejé de asistir. Lo intenté… una vez. Llegué hasta el estacionamiento, pero cuando vi a los demás estudiantes fui incapaz. Alguien había publicado un video en internet. Harrison hizo que lo borraran porque afectaba a su dignidad, pero todo el mundo tuvo ocasión de verlo. Vieron cómo lo agredía. No podía ir a su clase… No podía ir a ninguna clase, todos los profesores estaban al corriente de mi conducta. Era noviembre. En diciembre no me presenté a los exámenes finales y la carta de expulsión me llegó antes de Navidad.

—Estabas asustada.

—Aterrada. —Más bien paralizada, y hasta ahora no había podido explicar hasta qué punto—. Si le contara toda la verdad a mi mamá, sabría lo que pasó, y no soporto la idea de que me mire mal, de que me vea como un reflejo de sus propios errores.

—No eres la mala de esta película.

—No es lo mismo ser el malo de una película que ser culpable. Podría haber destrozado un matrimonio. Igual me persigue el karma de mi mamá, o puede que todo sea por mi egoísmo, pero sé que, si intentamos algo, lo echaré a perder.

—Eso me corresponde a mí decidirlo. —La silla chirrió cuando la empujó hacia atrás para apartarse de la mesa, pero sin soltarme las manos. Me jaló, me hizo poner en pie y me sentó en su regazo. Me rodeó con aquellos brazos suyos tan fuertes. Mi cabeza encajaba a la perfección en el hueco de su cuello—. Siento de verdad lo que te pasó.

—¿Qué? —me sorprendí—. ¿Por qué vas a sentir nada? Tú has pasado por un infierno, yo soy una adúltera. No tienes nada que sentir. Todo lo contrario, deberías salir corriendo, en lugar de sentarme en tu regazo. —No me hizo el menor caso: acercó una de sus enormes manos a mi cara y me acarició la mejilla con el pulgar—. No sé ni cómo se nos está pasando por la cabeza. Solo te quedan seis meses para graduarte.

—Sí, y ya haremos frente a eso cuando llegue el momento. —Me alzó la barbilla con delicadeza—. Tienes que correr el riesgo, Samantha. Pase lo que pase entre nosotros, tanto si somos amigos como si vamos más allá, decidamos lo que decidamos, voy a estar a tu lado. No te abandonaré, no me importa lo que hayas hecho o lo que hagas en el futuro. Puedes confiar en mí, puedes arriesgarte conmigo. Te lo demostraré.

—¿Por qué? Me acosté con un profesor, bailo en una barra de bar, busco trabajo en un club de *striptease*. No soy la chica que te conviene.

No era Grace. Nunca lo sería.

—Pero eres la única chica a la que quiero.

El corazón se me abrió en dos, de par en par, ante él. Pero ¿podía lanzarme a aquella aventura que solo duraría seis meses? ¿Podía intentarlo, podía tratar de confiar? ¿Y mantenerlo a la suficiente distancia como para recuperar aunque solo fuera una parte de mi corazón cuando todo terminara? Y además, si no corría el riesgo, si lo dejaba escapar, ¿podría perdonármelo algún día?

No.

Tomé el tres de corazones y lo puse boca arriba sobre la mesa.

—Tengo que dormir en el lado izquierdo de la cama.

Arqueó una ceja.

—Es una exigencia egoísta —le aclaré—. No una invitación.

—Con tal de estar cerca de ti, dormiría en el suelo.

Aquello ya no tenía remedio.

Capítulo catorce

Rematé con precisión la última parte de la maniobra de aterrizaje y apreté el puño para contenerme y no alzarlo en señal de triunfo. Pura perfección.

Salí de la pista, detuve el aparato e inicié los procedimientos de parada de motores.

—Bien hecho —dijo el señor Stewmon, el piloto instructor, mientras salíamos de los hangares.

Stewmon era suboficial mayor del rango más alto. Rayaba los cincuenta y era fornido, una mole, y me habría dado de patadas si la cagaba.

Resultaba aterrador y nos interrogaba sin piedad.

—¿Te gané? ¿Verdad? ¿Cierto? —preguntó Jagger con una sonrisa fanfarrona mientras íbamos hacia el coche.

—No, no le ganó —respondió Stewmon, que venía detrás de nosotros. Estudien y pasen buena noche, tenientes —nos dijo a modo de despedida.

—Bueno, ¿cómo va lo tuyo con Sam? —me preguntó Jagger cuando nos pusimos en marcha.

Mierda. No habíamos hecho ninguna declaración de intenciones.

—Amigo, tú haz como si no me hubieras oído, pero te voy a seguir preguntando hasta que respondas.

¿Por qué no dejaba de sonreír? Guardó silencio mientras salíamos de la base, pero no paró de mirarme. Y yo conocía a Jagger. Estaba esperando. Mi amigo, el chismoso.

—No estoy seguro —respondí al final.

—¿Y ella está segura?

—¿Qué? ¿Te dijo algo? ¿Qué te contó? —Carajo. Parecía un adolescente—. Déjalo.

Tuvo la desfachatez de echarse a reír.

—Nada. Pero los hemos visto escabullirse los viernes por la noche, y… orbitan el uno en torno al otro. Tienen algo, eso seguro.

Tragué saliva. Orbitábamos. Era una descripción exacta. Ella era la Tierra, llena de vida, de ríos torrenciales, volcanes en erupción, océanos misteriosos, paisajes impresionantes. Yo era un satélite en su órbita, la miraba florecer desde lejos.

Dios, cómo me gustaba verla brillar.

—Lo está haciendo fenomenal. Le va genial en las clases, igual que en el trabajo, y está ayudando a Avery a aprobar.

Y también parecía más despreocupada, más ligera, como si poner las cartas sobre la mesa aquella noche le hubiera quitado un peso físico de encima.

—Pues sí —asintió Jagger—. Sacan lo mejor el uno del otro.

—Yo no tengo una parte mejor.

—Okey, pues te hace menos estatua y más humano.

—Muy gracioso. —Dudé un momento, pero me lancé—: Estamos… explorando la posibilidad de seguir adelante. Despacio.

—¿Qué te detiene? —me preguntó Jagger. Estábamos entrando en Enterprise.

Lo miré de reojo, y volví a concentrarme en la carretera.

—Vamos, amigo. Tú me viste cuando casi me desmoroné porque estaba a punto de perder a Paisley, y me apoyaste. No te voy a criticar.

Casi me hizo reír.

—Nadie me critica tanto como yo mismo. No me das miedo.

—Ya, bueno, es que tú das miedo a cualquiera. A cualquiera menos a Sam. Es valiente.

Sonreí sin querer.

—¿Verdad?

Valiente, apasionada, fuerte, tierna… y mía. Solo tenía que alargar la mano y agarrarla en vez de dar vueltas y dejar de hacer lo que los dos sabíamos que queríamos. Y se me estaban acabando los motivos.

—Oye, sobre lo del viaje del Cuatro de Julio del que hablamos —dijo, aunque de pronto ya no me miraba—. Igual renté una casa en Nags Head para ese fin de semana.

—Ah.

—¿Te parece bien?

—No me colma de gozo, pero tampoco te mataré por ello. —La verdad era que me daba vértigo que mis padres averiguaran lo que había estado haciendo en realidad—. Pero prefiero que no mencionen lo que hacemos aquí, y no me preguntes por qué.

—Ya sé que te gusta tener tus mundos separados. Ven a vernos cuando puedas, y cuando yo… Pues nada, sé… tú mismo. No nos vamos a enojar por eso.

—¿Nos? ¿Quiénes? —pregunté.

Carraspeó para aclararse la garganta.

—Josh y Ember se van a Colorado a visitar a la familia de ella, así que seremos tú, yo, Paisley, Sam, Morgan, Carter...

Pisé el freno con más energía de la necesaria ante el semáforo solo para ver cómo salía disparado hacia delante, retenido solo por el cinturón de seguridad.

—¿Invitaste a Carter? —gruñí. El semáforo se puso en verde.

—Morgan se empeñó. Dijo que estaba muy solo y no sé qué diablos más. Así que ahora tengo que ir de vacaciones con el ex de mi chica. Qué bien. —Se rascó la parte trasera del cuello—. La verdad, no es mal tipo.

Bueno, eso me arrancó media sonrisa.

—Ya le voy agarrando cariño. ¿Y Josh?

Jagger se rio y negó con la cabeza.

—Qué va, esos dos se lanzan unas miradas asesinas.

Llegamos a la entrada de la casa y casi corrí hacia la puerta al ver el coche de Sam. «Calma. Solo han pasado diez horas». Solté las llaves al cruzar la puerta.

—¡Cariño, estamos en casa! —anunció Jagger a gritos.

—¡Ay! —gritó desde la cocina; pero no la vi cuando miré por encima de la barra—. ¡Llegaron temprano!

—Son más de las cinco —dije, y entré.

«Dios santo». El suelo estaba lleno de agua, y Sam, empapada, con las piernas desnudas que asomaban por debajo del fregadero. Tenía a su alrededor todas las cosas de limpieza que solíamos guardar allí.

—Samantha.

Sujeté sus cálidas pantorrillas y las jalé con delicadeza para sacarla de debajo del mueble. Primero hizo pucheros, pero al instante me dedicó una sonrisa deliciosa mientras agitaba una llave inglesa.

—Grayson.

—¿Qué pasó aquí? —preguntó Jagger asomado por encima de la barra.

Miré a Sam, arqueé una ceja y la ayudé a ponerse de pie. La camiseta roja empapada se le pegaba a la piel y tuve que apartar los ojos de sus pezones erectos antes de que me diera por devorárselos. «Contrólate. Aún no toca».

Extendí la mano. Ella arrugó la nariz, pero al final me dio la llave inglesa.

—¿Samantha? —pregunté de nuevo. Cómo me gustaba el sonido de su nombre.

Se metió la mano en el bolsillo de atrás y me entregó un cuatro de corazones muy mojado.

—Tengo tendencia a hacer más de lo que puedo con tal de no pedir ayuda.

Me miró y parpadeó. Agarré la carta y me la guardé.

—Ya me di cuenta.

Jagger se rio.

—Toda tuya.

Sam me sonrió, desvergonzada.

—Es lo que soy —reconoció.

—Ya lo sé. —Bajé la voz y me quedé mirándola como un idiota un minuto más, a un aliento de distancia de ella, en medio de un gigantesco charco de agua, hambriento de su boca—. ¿Qué pasó?

—Uf, es que… perdí el anillo. —Se humedeció los labios.

—Y por eso desarmaste la cocina.

Asintió con entusiasmo.

—Me pareció la mejor manera de recuperarlo.

—Claro.

Me bajé el cierre de la chamarra del uniforme, la colgué en el respaldo de una silla y ocupé el lugar de Sam bajo el fregadero.

—Unas cuantas vueltas más de la llave y lo habrías logrado. —Terminé de sacar el codo del tubo—. ¿Por qué le tienes tanto cariño a ese anillo?

Me quitó el trozo de tubería de las manos y vació el contenido en un tazón.

—Gracias. —Suspiró y pescó el anillo con el zafiro de entre las sobras—. Era de mi abuela. Mi mamá me lo dio cuando cumplí los dieciséis. Mis abuelos murieron, así que es lo único que me queda de ellos.

—Yo también habría desarmado la cocina por eso —le dije mientras volvía a poner el codo.

Me lavé las manos. Sam se había sentado en la barra de un salto y estaba meciendo los pies.

—Lo podría haber hecho yo, solo tenías que explicarme cómo. No hacía falta que te ensuciarás, ahí, en plan machote.

Hice una mueca, me metí la mano en el bolsillo y le di el ocho de picas.

—Siempre me excedo a la hora de arreglar los problemas de las mujeres que hay en mi vida, y que probablemente podrían solucionar ellas solas. Puede que se deba a que crecí con cuatro hermanas, o a que soy demasiado protector.

—Eso no es precisamente un pecado —dije con una sonrisa—, pero lo acepto. —Se bajó de la barra y se ajustó los shorts hasta que le llegaron a medio muslo—. Bueno, es viernes, ¿salimos esta noche? —preguntó.

Me agarré con fuerza a la barra.

—Ya sé que por lo general salimos los viernes…

—¿Me vas a dejar plantada?

Me miró con tal descaro que estuve a punto de borrarle la expresión a besos.

—Dios, no. Pero quería hacer algo más tranquilo esta noche. Jagger va a estar en casa de Paisley, y Josh…

—¡Se va! —exclamó Josh, que pasaba junto a la cocina en ese momento—. ¡Si salgo ahora mismo, llegaré a Nashville a las diez! ¡Hasta luego!

—Pues eso —concluí.

—¿Qué pasa, acaso quieres quedarte aquí a solas conmigo? ¿Para meternos mano un rato, quizá?

Se me tensaron los músculos del vientre cuando me pasó las uñas por los abdominales.

—Sam, no tenemos quince años. Si solo quisiera meterte mano, te llevaría al piso de arriba y cerraría la puerta del dormitorio.

—Justo lo que quería. O también puedo programar siete minutos en el temporizador y encerrarme contigo en el clóset. —Le brillaban los ojos.

—Cena, peli, clóset. Okey.

Se rio, me rozó los labios con los suyos y se fue a bañar, mientras yo hacía acopio de toda mi fuerza de voluntad para no ir detrás de ella.

—Esto me encanta —dijo un par de horas más tarde con la cabeza en mi regazo, mientras fingíamos ver la película romántica que había elegido.

—Y a mí.

Le pasé el pulgar por el pómulo.

—¿Sabes cómo sería perfecta esta sala?

«Si estuvieras desnuda».

—¿Cómo?

—Con una banca para sentarse junto a la ventana. Es casi la casa de mis sueños: cocina con muebles de madera de arce y barra de granito, columpio en el porche, un buen patio trasero… Casi, casi.

—Y con el espacio para sentarse junto a la ventana sería perfecta.

—Con eso y unas vistas de la cordillera Front. —Sonrió, pensativa.

—¿Quieres vivir en Colorado? —Se me acababa de caer el alma a los pies.

—Es el único lugar donde me he sentido como en casa. Aún conservo la esperanza de poder volver. Valdría la pena aunque tuviera que enfrentarme a él.

—Lo conseguirás. ¿Tienes ganas de ver a tu mamá?

Asintió.

—Se me antoja pasar unos días con ella, aunque tengo que hacer malabarismos con los trabajos de clase. Vuelve de Afganistán como estaba previsto, así que mañana a esta misma hora estaré con ella.

—Y el jueves a esta misma hora te recogeré en Outer Banks —le prometí.

—Me muero de ganas. —Me puso una mano en la mejilla—. Oye, aunque vaya allí no tienes por qué… —Apartó la vista—. O sea, no pretendo que tu mamá me enseñe a hacer brownies ni nada por el estilo.

—Primero, si haces brownies con mi mamá, que te dé la receta. No se la da a nadie. Segundo, Samantha, no te voy a esconder. De hecho, mis padres quieren que vayan todos a cenar. Eres parte de mi vida y quiero que te conozcan.

Una pequeña reunión familiar era la solución ideal para que conociera nuestro entorno enloquecido.

—Me pondré una falda hasta la rodilla —me prometió.

—Solo tienes que ser tú misma, Sam. Es lo único que me hace falta.

Se sentó en mi regazo y me dio un beso dulce, delicado.

—Te voy a extrañar.

Le tomé una mano, le di un beso en la palma, y saboreé su forma de contener el aliento.

—Y yo a ti. ¿Te dije alguna vez que tienes unas manos preciosas? —Todo en ella era precioso, incluidos los dedos.

—Te gustarán más cuando te las ponga encima —me prometió, y se le oscurecieron los ojos.

—Cuando quieras, Samantha.

No habíamos hablado en serio del sexo, y nuestras manos nunca se habían aventurado por debajo de la ropa, pero no estaba seguro de cuánto tiempo más iba a conseguir mantenerlas apartadas de su piel sin volverme loco.

—Pronto —susurró.

—Pronto.

—Oye, deberían estar en el aeropuerto —reprendí a Sam.

Sujeté el celular entre el hombro y la oreja para consultar el reloj.

—Nos estamos estacionando en el aeropuerto en este momento —respondió.

—Bien. Acabo de llegar para ayudar a Jagger a descargar las cosas.

—Me alegro de que hayan salido antes.

—Y yo. —Nos las habíamos arreglado para tomar un vuelo anterior, de modo que tenía un par de horas libres antes de ponerle las manos encima a Sam. Me había pasado seis días sin tocarla, y no aguantaba más.

—¡No seas idiota! —le gritó Morgan a Carter, que se había apoderado de su biquini y lo mantenía en alto.

—Pues ponte algo que te cubra más de dos por ciento del cuerpo.

—¡O nada!

Sam se rio.

—Los oigo desde aquí.

Se hizo un agradable silencio gracias al cual oí cómo se abrían y cerraban puertas.

—¿Te veo en un par de horas?

—Sí… —asintió arrastrando la palabra.

—¿Qué pasa?

—Espera un momento. —Dejó el teléfono mientras se despedía de su mamá y luego lo volvió a agarrar—. Perdón. No se le dan bien las despedidas, así que trato de ponerle excusas para no parecer distante.

—Encantado de ser tu excusa. Pero dime qué es lo que te preocupa de verdad.

Suspiró y me la imaginé con el labio inferior entre los dientes.

—Estuve en la ceremonia de bienvenida y había una mujer con una niña pequeña en brazos.

—Okey.

—Es que esas ceremonias me parecen muy emotivas, y aún más desde que murió el padre de Ember. No es nada, una tontería. —Oí un crujir de papeles—. Roanoke, gracias —dijo al auxiliar de vuelo.

—Así que te emocionaste —insistí. Si no la presionaba, no me diría la verdad.

—Sí. Aquella mamá no era mucho mayor que yo, un año o dos, a lo sumo, pero había tenido que arreglárselas sola mientras su marido estaba destinado fuera. Y yo tuve suerte de no acabar en un club de *striptease*.

—Sigue.

—Vaya fila. Cómo odio pasar por seguridad. —Oí los anuncios de los vuelos mientras Samantha dudaba, así que esperé—. Esa mujer era justo lo que necesitas. Alguien capaz de controlar su vida y apoyarte en la tuya. Alguien que no sea un grano en el trasero.

—No eres un grano en el trasero. De hecho, tienes un trasero precioso.

—Concéntrate, Grayson. Me di cuenta. Estás en el Ejército, y eso implica despliegues, cambios de destino, transferencias temporales y toda esa mierda.

Traté de controlar el pánico que me ascendía por la garganta.

—¿Y eso te preocupa? —Esperé—. ¿Sam?

—A eso me refiero. Es todo lo que siempre había dicho que no quería en mi vida. Nunca había dado con un pro lo suficientemente grande como para compensar todos los contras.

—«Mierda»—. Sin embargo, a pesar de todos los contras, sigo queriendo estar contigo, quiero elegirte a ti. ¿Qué querrá decir eso?

«Que se acabó lo de darle tantas vueltas. Soy tan tuyo como tú eres mía». Carajo, ¿por qué no estábamos teniendo esta conversación cara a cara? Me picaban las manos de tantas ganas que tenía de tocarla, de hacer que se sintiera segura.

—Ven de una vez, Sam.

—¿Para que podamos discutir sobre esto hasta el aburrimiento?

—Para que pueda matarte a besos —respondí con la voz una octava más grave.

—Entonces quizá valga la pena hacer fila.

Solo faltaban dos horas, y entonces dispondría de cuatro días para presentarle a mi familia, para enseñarle mi hogar y, con suerte, para hacerle entender que yo era el único pro que necesitaba en su lista.

—Valdrá la pena, te lo prometo.

Capítulo quince

—¿Qué llevas aquí, un elefante? —le pregunté a Sam mientras subía la maleta hasta el tercer piso de la casa rentada de la playa.

—Ay, vamos, como si no te sobraran músculos para cargar con unos cuantos pares de zapatos —bromeó con una sonrisa coqueta.

El sombrero blanco de ala ancha me había matado, o tal vez había sido el seductor vestido verde claro, o el hecho de verla en los Outer Banks.

—Unos cuantos pares de zapatos, ya.

Entré en su dormitorio, dejé la maleta al pie de la cama gigantesca y me arrepentí mil veces de haberle dicho a mi mamá que iba a dormir en casa. El colchón era enorme, podría engullir el menudo cuerpo de Sam si yo no lo compensaba. «Déjate de excusas y reconoce que matarías por dormir con ella».

Examiné la habitación. Era la típica casa de alquiler de la zona, decorada en tonos blancos y azules.

—Refréscame la memoria, ¿por qué debías tener la habitación más alejada de todas las demás? —pregunté, y me giré para ver cómo abría las puertas del balcón que daba al Atlántico.

La brisa del océano le hizo volar el sombrero hasta la cama. El rostro se le iluminó de nuevo con aquella sonrisa traviesa.

—Tiene las mejores vistas.

Se apartó el pelo de la cara cuando salimos al balcón, a quince metros de altura. Sin mirar hacia abajo, apoyó las manos en la madera pulida del barandal y contempló las olas.

—Esto es una preciosidad.

—Sí. Una preciosidad. —Yo estaba mirando las delicadas líneas de su rostro.

Sam se dio cuenta, sonrió y movió los dedos a lo largo del barandal para salvar la distancia que nos separaba. Apoyé una mano en su nuca, uní mis labios a los suyos y la besé con delicadeza, tratando de decirle sin palabras cuánto significaba para mí verla allí. Tuve que hacer un verdadero esfuerzo para contenerme. Nunca me cansaría de saborear a Sam.

Nos quedamos inmóviles, con los labios apenas separados por un hilo de aliento, hasta que ella tomó la iniciativa, se agarró a mi camisa, se puso de puntitas y arqueó la espalda. Pegó sus curvas a mi cuerpo y me apoderé de su boca sin dudarlo, profundizando cuanto pude en su sabor. Acarició mi lengua con la suya. «Dios». Con qué perfección encajaba entre mis brazos…

Dejó escapar un gemido que acabó con el poco autocontrol que me quedaba. El beso subió de intensidad y me sumergí más en ella, perdiéndome por el camino. Liberé su rostro solo para poder sujetarle los muslos. Tenía la piel caliente y más suave que la seda.

—Samantha —susurré contra su boca.

—Tócame —me suplicó—. No digas nada, Grayson. Solo… tócame.

Estábamos cruzando una línea, pero me importaba una mierda. Dejé que mis manos se deslizaran por sus muslos hasta que se detuvieron en las curvas perfectas del trasero, directamente sobre… Carajo, sobre su piel desnuda. Rocé con los pulgares los finos cordones de la tanga, imaginé con qué facilidad podría romperlos, y se me escapó un gruñido cuando la alcé del suelo para estrecharla entre mis brazos y hacerle sentir mi violenta erección contra su vientre. Tomó mi rostro entre sus manos para descargar en mí todo el peso de su cuerpo y me besó sin control.

Perdí por completo el sentido común al sentir el contacto de mis manos con su cuerpo, el roce de nuestras lenguas, la presión de sus pechos contra mi torso cuando se arqueó para acortar aún más las distancias. Noté cómo me latía la sangre en los oídos, al ritmo de las olas que rompían más abajo. Me puso una mano en la nuca, me lamió los labios, y yo le devoré la lengua. Me acarició el paladar con la suya y me la pasó por la zona más sensible de mi boca, detrás de los dientes. «Carajo. Así, así».

Y, cuando la oí gemir con tanta dulzura, con tanta delicadeza, perdí la última pizca de autocontrol que me quedaba. La levanté en brazos sin el menor esfuerzo, la llevé hasta la cama y la deposité en el centro sin interrumpir el beso en ningún momento.

Tuve buen cuidado de descargar mi peso en los codos mientras le recorría el cuello con la lengua, y me embriagué con aquel aroma a vainilla que se estaba convirtiendo en mi hogar. Le besé las clavículas, y le bajé los tirantes del vestido hasta los brazos.

La miré a los ojos mientras le quitaba el vestido, atento al menor indicio de que ella no quisiera que siguiera adelante. Pero arqueó la espalda para facilitar la maniobra y de pronto el encaje de su sostén sin tirantes quedó a la vista.

—Por favor…

Dios. Aquella mujer maravillosa, inteligente, me estaba pidiendo que la tocara. Se me hizo agua la boca cuando le bajé el sostén lo justo para liberar sus pechos, y me quedé sin respiración. Todo en ella era perfecto, desde sus pezones duros hasta el modo en que sus senos me llenaban las manos.

Hice girar la lengua sobre un pezón y dejó escapar un jadeo que rompió el silencio de la alcoba al tiempo que me clavaba las uñas en la cabeza para que no me apartara de ella. «Haz lo mismo con el otro, para que vuelva a gemir. Vamos». Cambié al otro pecho y repetí el tratamiento, deseoso de saborear su reacción otra vez.

—Dios mío, es increíble —gimió de nuevo.

—Tú eres increíble —le dije, soplando con delicadeza sobre su piel húmeda.

Dio un respingo, y enseguida volví a calentar su cuerpo con mi boca. Separó las piernas, alzó las rodillas y me apretó contra su cintura.

Carajo. Solo tenía que arrancarle una prenda diminuta y estaría dentro de ella. La mera idea de arrebatársela hacía que me doliera la verga de tan dura como la tenía. Embestí su pelvis con las caderas sin dejar de sorberle un pezón, y gimió una vez más.

—Sigue.

«A la orden». Esta vez el gemido salió de mi garganta. Sentí su calor a través de los shorts y tuve que contar hasta diez para controlarme mientras me frotaba contra ella siguiendo un ritmo cadencioso.

Entonces me besó en la boca, y ya no pude seguir pensando. No existía nada más en el mundo, solo Samantha y mi deseo de ser todo lo que ella precisaba. Me agarró una mano, se la llevó hacia el muslo y la deslizó por debajo del vestido.

Rocé con los dedos la prenda de encaje.

—Carajo, qué mojada estás.

—Te deseo —dijo sin el menor atisbo de vergüenza.

Introduje la lengua en su boca anhelante mientras deslizaba un dedo bajo el encaje para acariciarle el…

—¡Oigan, ustedes dos! ¡Que vamos a llegar tarde!

La voz de Jagger nos llegó desde el piso de abajo y se coló por la puerta abierta.

—Mierda. Carajo con Jagger. Puta cena familiar.

Lo único que de verdad quería lo tenía justo debajo.

Apoyé mi frente en la suya y traté de controlar la respiración, pero ella se me quedó mirando con aquellos ojos verdes llenos de deseo, y encima tuvo el descaro de reírse.

—¿Dónde le ves la gracia?

—Nunca te había oído soltar tantas groserías juntas. Nunca. —Sonrió como si realmente le divirtiera la situación, así que finalmente opté por sacar los dedos de su tanga. Se le cortó la risa—. Grayson —susurró, y cerró los ojos.

—A la mierda mis padres. Voto por quedarnos aquí. En esta cama. Todo el fin de semana.

La almohada se hundió bajo el peso de mis brazos cuando hicieron presa en ella.

—Ya, y le contamos a tu mamá que no fuiste a la cena familiar porque…

Eso sí que dio al traste con mi erección.

—Claro. Mi mamá.

—¿Grayson? ¿Sam? Jagger dice que tenemos que salir ya —nos gritó Paisley—. ¡Y no, no pienso decirles eso, Jagger Bateman! —rezongó.

—¡Haz el favor de meterte la verga en los pantalones! —aulló Jagger—. ¡Tenemos que irnos ya, me muero de hambre!

Sam soltó un bufido y yo puse los ojos en blanco.

—Ya quisiera yo haber llegado a sacarme la verga de los pantalones —farfullé. Samantha se rio a carcajadas y en mi vida había oído un sonido más bonito—. Me vuelves loco, Samantha.

—La verdad, no creo que tu mamá tenga que verme las tetas. —Se miró los pechos, bellísimos, aún desnudos.

Si yo volvía a mirárselos, no íbamos a salir de allí.

—Igual deberías guardártelos.

—Si te empeñas…

Me pasé la lengua por el labio inferior, que aún me sabía a ella.

—¡Insisto, carajo, insisto! ¡Vamos! —La voz de Jagger sonó muy cerca esta vez.

Rodé para ponerme al lado de ella y ocultarla en caso de que Jagger entrara; Sam se volvió a embutir los pechos en el sostén y se subió los tirantes.

—¿Vamos? —Me levanté y le tendí la mano.

—Vamos. —Ella me acercó la suya y partimos hacia la guarida del león.

—¿Por qué no te quedas con nosotros? —me preguntó Paisley.

Saqué la maleta de la cajuela del Yukon que Jagger había rentado. Mis padres no habían salido para tenderles una emboscada a mis amigos, así que aún cabía la posibilidad de que aquello no fuera un desastre absoluto.

—No tienen suficientes dormitorios —respondí; miré la casa de mis padres, mucho más pequeña, que tenía exactamente el mismo problema.

Morgan, la mejor amiga de Paisley, se pasó los dedos por el pelo castaño.

—¿Seguro que no estoy de más?

—Tú nunca estás de más, Morgan, nos encanta que vengas. Lo de Carter ya es otra cosa. —Arqueé las cejas.

—Vete a la mierda —me respondió al tiempo que se bajaba del asiento trasero.

—¿Ahora…, ahora hace bromas y todo? —le susurró Morgan a Paisley.

—¿Quién dice que es una broma?

Traté de mantenerme lo más serio que pude. Morgan me miró, y a continuación miró a Will, sin duda tratando de averiguar si había bromeado por segunda vez.

Sí, y no.

Sam me abrazó por la espalda, lo que aplacó de inmediato mi incipiente ataque de nervios titulado «Estoy a punto de presentársela a mis padres».

—Podrías dormir a mi lado.

La atraje hacia mí y le di un beso en la frente.

—Lo tendré en cuenta.

En cuanto decidiéramos tener relaciones sexuales, claro. No podría dormir al lado de aquel cuerpo tan absolutamente delicioso y tener las manos quietas. Ya me provocaba una erección permanente solo con su olor. Y, en cuanto la tocaba, la cosa se disparaba.

—¡Gray! —Mia salió corriendo de la casa, bajó a saltos los escalones y no paró hasta echarme los brazos al cuello—. Tenemos que hablar —me susurró al oído.

Asentí y la dejé en el suelo.

—Okey. Morgan, ella es Mia, mi hermana pequeña. Carter, ni te acerques a ella.

Carter puso los ojos en blanco mientras Mia le daba un abrazo a Sam.

—¡Cuánto me alegro de que estés aquí!

—¡Y yo! Esta casa es preciosa.

—La construyó mi papá cuando nació Connie —le explicó Mia, mientras yo me adelantaba a ellas para subir las escaleras que llevaban al primer nivel. La construcción se alzaba sobre pilones porque, en determinados momentos, había más agua que tierra en la isla—. Gray, tengo que hablar contigo, en serio. —Se me acercó.

—¿Ahora mismo? —pregunté, ya en el porche.

Me jaló de la manga.

—Antes de que…

—¡Grayson!

Mi mamá salió por las puertas corredizas para darme un abrazo. Su cabeza llena de rizos castaños me llegaba por debajo de los hombros.

—Hola, mamá.

Me agarró la cara y me la inspeccionó, como de costumbre.

—Bueno, no te veo mal. Tu papá está cerrando el taller, pero vendrá enseguida. Preséntame a tus amigos.

Sam llegó al porche y el corazón se me aceleró como si fuera un adolescente. No me costaba nada valorar lo que tenía. Se quedó un paso atrás y se mordisqueó el labio. Fui señalando a los demás por orden.

—Ellos son Carter, Morgan, Jagger y Paisley.

Miré a Sam y le tendí la mano. «Vamos, acepta el desafío». Ella tragó saliva y alzó la cabeza para recordarme que se había criado en círculos mucho más sofisticados que los míos. Sonrió, me agarró la mano, y le rodeé los hombros con el brazo.

—Y ella es mi Samantha, mamá.

Sam abrió mucho los ojos y me lanzó una mirada mientras mi mamá la evaluaba antes de sonreír.

—Es un placer conocerte, Samantha. —La atrajo hacia ella, la abrazó efusivamente hasta que Sam pareció más relajada, y por fin la soltó—. Estamos encantados de que hayas venido.

Sam se recogió un mechón de pelo tras la oreja y sonrió con timidez, lo cual me indicó que aún estaba en alerta.

—Por favor, llámeme Sam. Muchas gracias por la invitación. —Volteó a verme y su sonrisa se volvió auténtica.

—Bueno, ahora que ya nos conocemos, vamos adentro. La cena casi está lista.

Mamá nos guio hacia el interior.

—Gray, es urgente —insistió Mia con el ceño fruncido.

—¿Qué te pasa?

—Mia, ve a ayudar a tus hermanas —le ordenó mamá con la voz de «dije ahora mismo».

—A la orden —masculló mi hermana, pero obedeció.

—¡Guau! —susurró Sam al entrar en la sala de estar. El vestíbulo central abierto permitía ver hasta el tercer piso, y por todas partes había grandes lienzos con los barcos de mi papá a toda vela—. ¿Tú los construiste?

—No todos. —Señalé el que estaba más a la izquierda—. Ese es de antes de que naciera yo, pero este de aquí es el que construimos en mi penúltimo año de preparatoria.

—Es increíble —comentó Paisley.

—¿Qué demonios haces pilotando helicópteros? —preguntó Jagger—. Estos barcos son brutales.

Hice una mueca y miré para asegurarme de que mi mamá no lo había oído. Ya estaba en la cocina.

—Mejor no mencionemos los helicópteros.

Todos me miraron como si me hubiera vuelto loco, pero no les dio tiempo de hacer preguntas porque mi mamá volvió en ese momento.

—Lo preparamos todo en la parte de atrás.

«¿Cómo?».

—¿Atrás? ¿En la terraza?

Daba al canal y las vistas eran bonitas, pero allí no cabíamos todos.

—¿No tienen hambre? —preguntó mi mamá sin responder.

—Sí, señora —respondió Carter, y le salió el acento sureño que había conseguido eliminar en West Point.

Mi mamá echó a andar y la seguimos. Agarré a Sam del brazo y la besé, aunque solo fuera porque podía.

—Bienvenida a mi casa.

Miró a su alrededor.

—Me encanta. Parece… sólida. Firme. —Cualquiera habría dicho que era una definición extraña, pero yo la entendí. Sam nunca había tenido un hogar que le durara más de un par de años, así que cualquier cosa sólida le parecía una maravilla. Me dedicó una sonrisa traviesa—. ¿Me vas a enseñar tus fotos de bebé?

—Antes la muerte.

Miré para comprobar que todos habían salido detrás de mi mamá a la terraza, y volví a besar a Sam, mordisqueándole con delicadeza el labio inferior.

—Nos van a ver.

—Que nos vean.

Se echó a reír, y mi casa fue más mi casa que en ningún momento desde hacía cinco años. Me besó con entusiasmo, sin disimulos.

—Vamos, deja de esquivar a tu familia y dame de comer.

Asentí, resignado. Aquello iba a ser una locura. La acompañé por el pasillo, entre las fotos que colgaban de las paredes y que ya miraría más tarde o, mejor, nunca. Hasta hacía unos años había sido un flacucho enclenque, y sabía que a ella le atraía el cuerpo que tenía ahora.

Mamá abrió las puertas corredizas de la terraza con una amplia sonrisa en la cara y los ojos brillantes.

—Vamos, Gray. Tenemos una sorpresa para ti.

Se me hizo un nudo en la boca del estómago.

«No, por favor. Saben que no».

Con Sam de la mano, salí a la terraza, pero estaba desierta. «Carajo, yo los mato». Mamá señaló hacia el barandal, y así, sin más, lo supe.

—Son unas vistas maravillosas —comentó Sam, contemplando el agua mientras el ocaso la teñía de múltiples colores. Y entonces miró hacia abajo—. ¡Eeeh!

—¡Sorpresa! —gritó todo el mundo.

Debía de haber como setenta personas apretujadas en el patio, junto a la alberca, hasta en el camino que llevaba a la playa.

Tragué saliva y le tomé la mano a Sam con fuerza para anclarme en el presente.

—¡Feliz cumpleaños! —gritaron a la vez.

Se me tensaron todos los músculos del cuerpo, y el contenido de mi estómago se revolvió como si quisiera volver a la luz.

Sam me miró con los ojos muy abiertos, un poco ofendida.

—¿Es tu cumpleaños?

Le solté la mano y estiré los dedos. No quería hacerle daño. Tenía que recuperar el control. Espacio. Necesitaba espacio. Me giré hacia mi mamá, que se había quedado boquiabierta al comprender que el plan había fracasado.

Negué con la cabeza y volví a entrar en la casa por miedo a romperle el corazón si decía lo que no debía.

—¡Gray! —me llamó.

No miré atrás.

Capítulo dieciséis

En cuanto Grayson se fue, su mamá se asomó por el barandal y agitó las manos.

—¡Gracias! ¡Que empiece la fiesta!

Parecía alegre, pero le temblaba la barbilla. Algo había fallado. Busqué a Jagger entre la gente y lo vi con Paisley. Alzó una mano para preguntarme qué pasaba, y me encogí de hombros, pero no pensaba quedarme allí como una idiota. Era obvio que Grayson la estaba pasando mal.

«¿Por un cumpleaños?».

La música empezó a sonar por los altavoces que rodeaban la alberca, y todo el mundo comenzó a moverse hacia el bar que habían instalado más cerca de la playa. Vi una red de voleibol casi al borde del agua. Sus padres habían tirado la casa por la ventana, era una fiesta en la playa de primera.

«El verano de mi último año de preparatoria, hicimos una gran fiesta en la playa».

Las palabras me volvieron a la memoria como una estocada y ahogué una exclamación. Mia subió corriendo por la escalera y por fin comprendí por qué había tratado de hablar con él en el porche. Quería ponerlo sobre aviso.

Volteé a ver a su mamá.

—Grayson no estaba preparado.

Era una mezcla de excusa y de acusación, pero lo dejé así para dar tiempo a que llegara Mia.

—Sam… —empezó.

—¿Dónde está su habitación? —la interrumpí.

Por muy bien que me cayera Mia, no estaba de humor para escucharla.

—Arriba, en el tercer piso. Es la de la izquierda —dijo su mamá en voz baja, derrotada.

Le apreté la mano.

—Todo se arreglará.

No tenía derecho a prometerle nada por el estilo. ¿Podía arreglarse algo después de pasar por lo que había pasado Grayson?

Entré en la casa y localicé las escaleras, subí al segundo piso y luego, por la escalera de caracol, al tercero, y enseguida di con su dormitorio. Llamé con los nudillos y entré sin esperar una respuesta que sabía que no iba a recibir.

Estaba sentado en la cama, de espaldas a mí, mirando el agua. Cada línea de su cuerpo parecía tensa, remarcada, como si fuera a estallar de un momento a otro.

El colchón se hundió bajo mi peso cuando me senté a su lado, pero no dijo nada, ni siquiera me miró, así que me limité a aguardar. No quedaba nada del sentido del humor que había ido trabajándose durante los últimos meses. Este era el Grayson al que conocí el primer día: distante, duro, frío.

Pero mi calidez alcanzaba para los dos. Puse la mano en la cama, entre nosotros, sin tocarlo, y esperé. Sesenta y siete respiraciones más tarde, posó su mano sobre la mía y entrelazamos los dedos. Me invadió una oleada de alivio y se la apreté.

—Hace cinco años… Fue en tu fiesta de cumpleaños.

Asintió.

—Lo siento mucho. —Me acerqué más a él hasta que lo rocé con la cadera y apoyé la cabeza en su hombro—. ¿Cuántos años tienes?

—El viernes cumplí veintitrés. Creí que no pasaba nada por venir hoy, que no se les ocurriría… —Tragó saliva—. Estudias Matemáticas, pensaba que sabrías hacer el cálculo.

Un amago de broma, menos mal. Mejor que nada.

—Igual es que quería oír tu voz.

Se giró y me dio un beso en el pelo.

—Pues dio resultado.

—El viernes. La noche que nos quedamos en casa.

—Estar contigo era lo más parecido que quería a una celebración. Hiciste que fuera perfecto sin tan siquiera saberlo.

Pero me habría gustado saberlo. Le habría horneado un pastel, o lo habría comprado. Aunque tal vez eso era lo que Grayson quería evitar.

Dejé que pasaran los minutos sin decir nada, simplemente estando allí con él. No se trataba de hablar, ni de reconfortar, sino de estar a su lado.

Estudié la habitación sin apartar la cabeza de su hombro. Las paredes eran de color azul marino oscuro con rebordes blancos y muchas fotos relacionadas con los barcos de vela. Pero no eran como las de la planta baja, profesionales. Estas eran instantáneas de Grayson, concentrado en el manejo de las velas. Las había tomado de cerca alguien que entendía el valor del momento, que lo estaba viendo crecer, desarrollar ese control ahora tan característico en él.

No me hizo falta preguntar para saber que la fotógrafa era Grace.

En la mesita de noche había una foto de una rubia preciosa, con una sonrisa natural y el pelo al viento contra un fondo de velas de barco. La agarré. Sus ojos castaños irradiaban calidez, bondad, y en la manera de mirar al fotógrafo había… amor. Hacia Grayson.

—¿Cómo era… antes? —pregunté en voz baja.

Me agarró la foto de las manos y pasó el pulgar por la línea del pómulo.

—Bondadosa, tranquila, generosa. Como amiga, insuperable.

«Lo contrario que yo». ¿Cómo podía competir con eso?

Volvió a poner la foto en la mesita y sentí una punzada de incomodidad. «Estás donde no debes». Como si este Grayson perteneciera a Grace y yo no tuviera derecho a sus besos, a tomarlo de la mano.

Tal vez el fantasma de Grace lo persiguiera para siempre. Tal vez nunca pudiera celebrar un cumpleaños con alegría. Tal vez evitaría para siempre esa fecha, se escondería de ella. Y tal vez yo nunca tendría derecho a cuestionarlo.

—Deberíamos bajar —dijo sin dejar de mirar la foto.

—Podemos hacer lo que quieras —le respondí.

Si quería irse, yo misma le quitaría las llaves a Jagger y dejaría tirados aquí a todos los demás.

—No, se tomaron muchas molestias. No quiero herir los sentimientos de mi mamá.

Se puso de pie, rígido, reservado. Se había encerrado en sí mismo, había vuelto a alzar los muros que lo caracterizaban, y me había dejado fuera. Eso me hacía daño, pero ahora no se trataba de mí.

—De acuerdo —dije, y fui tras él escaleras abajo.

No me soltó la mano en ningún momento, ni siquiera al bajar los escalones del porche hacia la fiesta, que estaba en su apogeo.

—¿Conoces a toda esta gente? —le pregunté mientras nos acercábamos.

—Sí. Familia, sobre todo amigos de la familia, gente de la preparatoria. Todos habrán venido por el Cuatro de Julio.

La tensión que irradiaba me recordó a las olas que batían contra la playa.

—¡Gray! —gritó Mia desde el bar de la playa.

Grayson me llevó hasta donde estaba su hermana, y por el camino saludó a todos con los que se cruzaba, pero su falsa sonrisa me pareció más bien una mueca.

Mia estaba con otras tres mujeres que deduje que eran sus hermanas por el parecido.

—Lo siento mucho. —Mia lo abrazó.

Él la estrechó un momento.

—No pasa nada —dijo. «Pero sí pasaba».

—Hasta esta tarde no supe lo que estaban planeando, te lo prometo.

—Tranquila, Mia. —Me atrajo hacia él y procedió a las presentaciones—. Ya conoces a Mia, Sam. Ellas son Joey, Connie y Parker, mis otras tres hermanas.

Sonreí, nerviosa. Joey era unos años mayor, tenía aspecto de chico y una sonrisa fácil. Connie era la mayor y la que más se parecía a la mamá de Grayson. También me sonrió con calidez, y le dio un golpecito en el brazo a Parker. Lo cual no impidió que la hermana menor de Grayson me lanzara una mirada asesina.

«Me parece que no vamos a ser amigas».

—Encantada de conocerte —dijo Connie, y se adelantó para darme un abrazo.

—Mia no para de hablar de ti —me soltó Parker.

—Ni Grayson. —Joey miró a Parker de reojo.

Grayson se puso tenso.

—Es un placer conocerlas —respondí, orgullosa de que no me temblara la voz—. Esto es precioso. —Saludo y cumplido todo junto. Mi mamá estaría orgullosa de mí.

—Sí, bueno, es mejor cuando se va la plaga —respondió Parker, y me lanzó una mirada cargada de intención.

—Parker —la reprendió Grayson con un gruñido—. Se refiere a los turistas. Y no volverá a decirlo.

Me puse roja y me mordí la lengua. Por mucho que quisiera, no podía liquidar a Parker con una réplica aguda. Era la hermana de Grayson.

—No seas antipática —le espetó Joey, y le di un beso para mis adentros.

—Lo que tú digas. —Parker se dirigió a su hermano con una sonrisa empalagosa—. Mañana voy a ir a ver a Grace, ¿me acompañas? ¿O te vas a quedar en el hospital esta noche?

«Aaay». Eso no tenía que escocerme, ¿verdad?

Grayson se puso tenso y me mordí la lengua hasta casi hacerme sangre. Eso era lo que quería Parker, sangre, la mía. Pero no permitiría que le hiciera daño a él.

Le acaricié el brazo por debajo del puño de la camisa arremangada y apreté la mano que sostenía la mía.

—A mí no me importa, tranquilo.

Me miró a los ojos y nos comunicamos sin palabras. Los mantuve abiertos, sinceros, y le sonreí con la esperanza de que no oyera cómo se me estaba rompiendo el corazón ante la mera idea de tener que compartirlo con otra persona. «No seas egoísta». Aquello era una tortura para él, estaba dividido entre Grace y yo, entre el Grayson de Fort Rucker, del que yo me estaba enamorando, y el Gray de Outer Banks, que pertenecía a otra mujer.

—No pasa nada —le susurré—. Como si yo no estuviera.

Abrió mucho los ojos.

—Por mí, perfecto —gruñó Parker, y se alejó.

Conté hasta cinco antes de soltar todo el aire que había estado conteniendo.

—Quiero decir que hagas lo que harías en condiciones normales. Por mí no te preocupes. En serio. Haz lo que tengas que hacer. Al fin y al cabo, vivimos juntos… Como *roomies*, claro.

—«Cállate, mujer, cállate de una vez».

Mia se aclaró la garganta.

—¿Quieres tomar algo? —me preguntó Joey al tiempo que le hacía una seña al mesero.

«Ahora mismo me iría de lujo un tequila».

—Claro. Por favor, un… —empecé a decir.

—¡No! —gritó Grayson al mismo tiempo.

—… refresco. —Parpadeé ante su estallido—. No pensaba pedir alcohol, Grayson —le susurré, pero el pánico no se le borró de los ojos—. No pasa nada.

Todo el mundo nos estaba mirando. Qué situación más incómoda.

—¡Sam! ¡No te pierdas esto! —Paisley se me acercó, me agarró de la mano y me sacó de allí—. Había que detener la hemorragia —me susurró al oído.

—Y que lo digas —respondí. Grayson me siguió mirando, inescrutable, como si fuera un desconocido. Como si no me hubiera metido la lengua en la boca y la mano bajo la tanga hacía una hora—. Encantada de conocerlas —repetí como un loro. Agarré el refresco y me dejé arrastrar playa abajo por Paisley.

—¿Todo bien? —me preguntó ya en la pasarela de madera.

—No sabes cuánto me alegro de ser hija única. —Me callé de golpe—. Carajo, Paisley, lo siento. No sé dónde tengo la cabeza. —¿Es que no podía parar de meter la pata?

Se encogió de hombros.

—Había días en que a Peyton era para darle de patadas. —Les hizo un gesto a Jagger, Will y Morgan, que se habían apoderado de la red de voleibol—. Vamos a olvidarnos de… todo.

Contaba con mi voto.

Jugamos hasta que el sol se puso detrás de nosotros y tiñó de rosa el agua del canal. Hasta Paisley se apuntó unos minutos, sin la aprobación de Jagger. Habían pasado ya tres meses de la operación de corazón, pero seguía cuidándola.

Noté sus ojos clavados en mí incluso antes de verlo, como si la intensidad que irradiaba recorriera los diez metros que había entre nosotros. Estaba apoyado en el barandal de madera de la pasarela y me observaba, encerrado en sí mismo, con todos los muros alzados.

Agarré las sandalias de donde las había dejado, subí por la escalera y fui a su encuentro. Me apoyé en el barandal y lo observé.

—Hola.

—Hola.

Me miró un momento a los ojos antes de volver a clavarlos en el canal. Cada línea de su cuerpo estaba rígida, tensa, imponente. De pronto sentí un escalofrío, y no fue porque hubiera bajado la temperatura.

Le puse la mano en el brazo y se me encogió el corazón cuando se apartó de mí.

—La gente ya se está yendo —murmuró.

—Okey —respondí—. ¿Quieres que nos vayamos? —«Di que no».

Apretó los dientes y dirigió la vista hacia atrás, hacia donde alguien lo llamaba en medio de la fiesta.

—Sería lo mejor. Seguro que no se están divirtiendo.

Nos estaba echando. Porque no éramos parte de este aspecto de su vida. Yo no era parte de este aspecto de su vida.

Hice caso omiso del dolor sordo que sentía en el pecho y me puse las sandalias. Me crucé de brazos y me los froté.

—Está bien, voy a llamar a los demás.

Sentía que me temblaban las piernas, o tal vez se debía a que el suelo bajo mis pies era inestable.

—¿Está bien Grayson? —preguntó Jagger cuando recorrimos la pasarela de vuelta a la fiesta, que estaba a punto de terminar.

—No sé qué decirte. —Pasamos junto al bar y lo vi hablando con Joey—. Aquí parece una persona diferente, y no es solo por la fiesta. Entiendo que lo de la fiesta lo enfureciera, pero por lo demás… No es Grayson. No sé si me entiendes.

Jagger asintió y me rodeó los hombros con el brazo.

—Eres una de las personas más auténticas que conozco, Sam. Muestras lo bueno y lo malo, sin reparos. Pero a otros… Bueno, a otros no nos resulta tan fácil. A veces, somos una persona con nuestra familia y otra cuando escapamos de su protección.

Vi cómo la gente se despedía de Grayson. Parecía rígido, formal, con una sonrisa tensa en los labios. Era el tipo al que había conocido cuando me mudé, pero más acentuado.

—Entonces ¿cuál es el verdadero Grayson?

Jagger miró atrás, hacia donde Paisley iba caminando entre Morgan y Will.

—Según mi limitada experiencia, puede que ni él lo sepa.

—Siempre me ha parecido tan sólido…

—A veces, esa solidez solo es estancamiento, Sam.

—Qué perlas de sabiduría —bromeé, y le di un codazo en las costillas.

—El amor de una mujer te deja así. —Se detuvo antes de entrar en el patio, me puso las manos sobre los hombros y me miró directamente a la cara—. Grayson es mucho más sólido que yo, y a la vez sus heridas son mucho más profundas. Pero nunca lo había visto tan feliz y relajado como cuando está contigo, Sam. No lo olvides.

—¿Están listos, chicos? —preguntó Paisley, y agarró a Jagger por la cintura.

—Sí —respondí.

Me estremecí cuando la mirada de Grayson y la mía se cruzaron por encima de una pareja con la que estaba hablando. La mujer le puso una mano en el brazo, Grayson posó la suya en la de ella y volvió a concentrarse en la invitada.

—¿Por qué no le dices a Grayson que nos vamos? Te esperamos en el coche —sugirió Will.

Asentí. Todos le dieron las gracias a la mamá de Grayson por la invitación y salieron. Me cansé de esperar y fui hacia un extremo donde se distinguía un atisbo de pintura roja de un descapotable clásico bajo los pilones de la casa.

—¡Carajo! ¿Es del 66? ¡Increíble! —susurré mientras acariciaba la inmaculada carrocería.

—Es el Mustang de Grayson —respondió Mia—. No lo conduce casi nunca, pero es suyo.

—Es precioso. —Clásico, fuerte, chapado a la antigua, como el propio Grayson. Incluso la abolladura en el ala derecha. Un poco dañado—. ¿Y eso?

—Un error de cálculo —respondió Grayson detrás de mí.

—Los dejo solos.

Mia me guiñó un ojo sin que Grayson lo viera y se marchó.

—Ya nos íbamos. —Me di la vuelta, pero Grayson avanzó un paso y me arrinconó contra el coche.

—¿Te veo mañana? —preguntó. Todos los muros seguían alzados.

—¿Quieres verme mañana?

—No me gusta que estemos en casas diferentes —admitió amagando una sonrisa—. Quiero tenerte vigilada.

—Ya soy una niña grande.

Se me acercó más, pegó su cuerpo al mío, y sentí una descarga de calor subiéndome por el vientre; mi deseo de estar con él era arrollador, pero quería a mi Grayson, no al Gray que llevaba viendo toda la tarde.

—Eres tan menuda…

Me rodeó la cintura con las manos y su calidez me encendió la piel a través de la tela fina del vestido. Arqueé una ceja.

—Sabes de sobra lo que quiero decir.

—Sí.

Me miró los labios y los entreabrí. Si era la mitad de bueno pilotando que besando, tenía garantizado el primer puesto en la lista del orden de mérito.

Bajó la cabeza y la sangre me cantó en las venas, vibrando a un ritmo que podría acabar en explosión. Cerré los ojos, sus labios rozaron los míos, y susurró mi nombre.

—Samantha.

Y así, sin más, volvió a ser mi Grayson.

Sonreí y me incliné hacia él, lista para un beso de verdad, un beso de los que él me daba y me encendían más de lo que nunca me había encendido el sexo. De los que derretían hasta las últimas reservas con el primer roce de sus labios y me hacían ansiar el contacto de sus manos en mi cuerpo. Y qué maravilla de manos, por Dios.

—Grayson —susurré mientras me…

—¿Gray? —gritó Parker a dos metros de nosotros—. ¿En serio? Mis papás te estaban buscando.

Bajé la cabeza y apoyé la frente en los tersos músculos de su pecho. Tarde o temprano iba a tener que quitarle la camisa.

—¡Mamá! ¡Está aquí! —gritó Parker; nos fulminó con la mirada y se fue.

Genial, justo lo que me hacía falta para dejar de pensar en las manos de Grayson. Dios santo, nunca me había puesto tan caliente un chico.

Grayson me sujetó los brazos para estabilizarme y retrocedió un paso cuando entraron sus padres. El padre era como Grayson, pero de mayor edad y más corpulento, y tenía una sonrisa amable. Llevaba a su esposa agarrada por la cintura, pero sus ojos eran tan inescrutables como los de su hijo.

—Ah, así que la tenías escondida aquí —bromeó.

Grayson apretó los dientes.

—No tenía escondida a Sam, solo quería apartarla de la línea de fuego de Parker.

—No sé si podrás.

Su mamá le dio un golpecito en el vientre con el dorso de la mano.

—¿Por qué no vienes a cenar mañana por la noche, Sam? Solo tú, con Gray. Nos gustaría conocerte mejor.

¿Una oportunidad de conocer a la familia de Grayson? Podía ser la clave para abrir sus cerrojos.

—Me encantaría…

—Vino de vacaciones. Dudo mucho de que quiera.

Lo dijimos a la vez, y nos miramos. Fruncí el ceño. Él apretó los labios.

—De acuerdo, entonces te esperamos. Cenamos a las seis. Fue un placer conocerte. —Sonrió con cautela—. Gray, los Bowden quieren hablar un momento contigo.

—Ahora mismo —dijo sin apartar los ojos de mí.

Se alejaron hacia lo que quedaba de la fiesta. Miré fijamente a Grayson.

—¿No quieres que venga a cenar?

Apartó la vista un instante, pero volvió a mirarme.

—Es un poco complicado. Es que… prefiero estar en la casa de la playa, contigo.

—Claro. Allí puedes ser el Grayson de Rucker, no el Gray de Carolina. Así mantendrás bien separados tus dos mundos.

—No tienes idea.

Di un paso a un lado y me alejé de él.

—Claro, porque no permites que la tenga. No dejas que nadie conozca tus dos facetas. Me has estado rechazando desde que llegué. Mira, si no quieres que esté aquí, entonces yo no quiero estar aquí. Dale las gracias a tu mamá de mi parte y dile que me disculpe.

—Sam.

Negué con la cabeza, di media vuelta y eché a andar hacia el Yukon.

—¡Samantha!

Tragué saliva al oír el tono casi desesperado de su voz. Me detuve un instante y me giré.

—Haría cualquier cosa por ti, Grayson, pero no voy a quedarme donde no me quieres.

Capítulo diecisiete

SAM

El sol me calentó la piel y la brisa del océano me la refrescó. Pasé la página de *La Odisea* en el camastro de la playa mientras Jagger y Paisley iban hacia el agua.

La asignatura de Literatura nunca había sido mi punto fuerte, pero si conseguía terminar el libro antes de empezar las clases iría adelantada. Si quería volver a una universidad grande, tenía que sacar unas calificaciones de primera. En Química y en los trabajos de laboratorio estaba al día.

—¡Sam!

Era la voz de Mia. Me bajé los lentes hasta la punta de la nariz y la vi acercarse vestida con unos pantalones capri y una playera polo sin mangas. Su sonrisa era contagiosa.

—¿Qué haces aquí, Mia?

—Le dije a Grayson que quería enseñarte la zona y me dio la dirección.

«En lugar de venir él». Ni siquiera se había molestado en llamarme después de que me fuera la noche anterior. Pero ¿qué esperaba? Le había dicho que se comportara como si no estuviera aquí, así que no era razonable que me ofendiera si hacía precisamente eso. Pero estaba dolida. Ofendida y dolida, y lo extrañaba… Me había convertido en un caleidoscopio de emociones entremezcladas, cuando habría matado por obtener una imagen clara, bien definida.

—Pues me alegro de verte.

—Genial. Vamos, vístete.

Me quitó el libro de las manos y nos dirigimos hacia la casa sin que me diera tiempo de protestar.

Me puse una falda magenta hasta la rodilla y una camiseta blanca que contrastaba a la perfección con mi piel morena. Salí y me encontré a Mia en la sala, sentada frente a un sonriente Will.

—Es el mejor sitio para bailar de Outer Banks —lo tentó.

—Lo pensaré, no lo dudes —respondió él con una sonrisa.

—Será un placer llevarte…

Ah, no, ni hablar. Le di a Mia un toquecito en el hombro desde detrás de la silla.

—Para tu hermano será un placer llevar a Will al fondo del mar. Vamos a salvarle la vida y que lo lleve Morgan, ¿eh?

Mia obsequió a Will con una sonrisa arrebatadora.

—Qué pena.

Will se rio, y al oírlo Morgan se asomó desde la cocina.

—¿Qué te hace tanta gracia?

—Dímelo otra vez cuando tengas cuatro años más, ¿de acuerdo? —le dijo a Mia.

—¡No lo dudes! —respondió mientras yo la arrancaba de la silla.

—O cuando tengas otro hermano —le dije entre dientes. Salimos de la casa y el sol me dio en la cara—. Bueno, ¿adónde vamos?

Abrió la puerta del Jeep Liberty negro y me indicó que subiera. Me senté en el asiento del copiloto, me abroché el cinturón y ella hizo lo mismo.

—Te voy a dar una vuelta por aquí, pero antes tengo que llevarle unas cosas a Parker. —Señaló el bolso, en el asiento trasero—. Hoy está trabajando como voluntaria e igual quiere comer.

—Claro.

Parker no me parecía de las que entregan su vida a los demás. ¿Dónde era voluntaria? ¿En una cámara de torturas?

—¡Cuánto me alegro de que estés aquí!

Mia empezó a charlar por los codos mientras íbamos hacia el norte, en dirección a Kitty Hawk. Dos semáforos y tres anécdotas más tarde sobre cómo la había plantado su novio porque, total, en otoño se iba a la UNC, nos detuvimos en el estacionamiento del hospital. ¿Quién demonios había enseñado a conducir a aquella chica?

—Además, Gray te necesita —concluyó—. Quiero que todos vean lo que haces por él.

«Vaya situación más incómoda».

—Aquí se porta de otra manera.

Se estacionó, paró el motor y agarró el bolso de Parker del asiento trasero. Qué gracia, era negro, a juego con su corazón. «Seguro que no es tan mala».

—Gray no fue el mismo desde que pasó aquello —dijo Mia—. Solo he vuelto a verlo tal como era antes desde que está contigo.

No supe qué decir, así que guardé silencio. Ella, en cambio, me dio unas palmaditas en la mano como si fuera la mayor de las dos.

—¿Por qué no entras conmigo? No quiero dejárselo en la recepción, así que voy a tener que buscarla y puede que tarde.

Mejor eso que quedarme sentada en aquel coche abrasador.

—Claro.

Las puertas se abrieron y una ráfaga de aire acondicionado con olor a desinfectante nos envolvió.

—¡Hola, Mia! —la saludó la recepcionista.

«Es lo que tienen las ciudades pequeñas».

—Hola, Suzie. ¿Dónde está Parker? Se le olvidó el bolso.

—Creo que hoy le tocaba en el octavo piso. ¿Quién es tu amiga? —Me miró con curiosidad.

Mia exhibió una sonrisa radiante.

—Ah, ella es Sam, vino con Grayson desde Alabama para pasar aquí el puente.

—Eso no es del todo…

—¿Verdad que es preciosa? —me interrumpió Mia, rodeándome la cintura con el brazo y estrechándome contra ella—. Hacen una pareja divina.

Suzie me miró de arriba abajo con cara de aprobación, sin duda para recordar cada detalle más adelante.

—Pues encantada de conocerte.

Mia me empujó hacia el elevador.

—¡Lo mismo digo! —respondí.

Mia pulsó el botón del octavo piso y las puertas se cerraron.

—He pensado que podría enseñarte Kitty Hawk y luego dar una vuelta por el muelle de Jennette.

—Por mí, perfecto —respondí. Era de agradecer que quisiera distraerme.

Las puertas se abrieron y Mia siguió desgranando posibles lugares que enseñarme mientras recorríamos los asépticos pasillos.

—¡Mary! —saludó a una enfermera que llevaba un uniforme con un estampado de chanclas.

—Hola, Mia. —Sonrió, pero era obvio que estaba ocupada.

—¿Has visto a Parker? Vengo a traerle el bolso.

—Me parece que está con la señorita Bowden. —Señaló una puerta más adelante en el pasillo.

—¡Gracias!

Seguí a Mia hasta la habitación y esperé fuera mientras ella asomaba la cabeza… sin llamar.

—¡Mia! —le susurré. ¿Y si la paciente estaba desnuda o algo así?

—No está aquí. —Hizo una mueca—. Okey, quédate un momento con Grace mientras la busco.

Se me cayó el alma a los pies.

—¿Grace? —«Bowden».

Mia asintió mirando hacia el final del pasillo, pues seguía buscando a Parker.

—Sí, está viendo *One Tree Hill,* solo tienes que sentarte con ella. Le pusieron dibujos animados mucho tiempo, pero leí un artículo sobre un chico que había estado en coma doce años o una burrada así, y cuando se despertó estaba hecho una furia porque le habían hecho ver *Barney.* Así que, como le gustaba *One Tree Hill…*

Abrí la boca y volví a cerrarla, como un pez fuera del agua.

—Vamos, mujer. —Me metió en la habitación, donde se encontraba una chica rubia y frágil, semirreclinada en la cama de hospital—. Sam, ella es Grace. Grace, ella es Sam. Vino con Gray a pasar aquí el puente.

—Deja de decir eso —susurré con los ojos clavados en la mirada ausente de Grace, frente a la pantalla plana.

—Qué va. A Grace le encantaría saber que Grayson ha encontrado a alguien. No querría que se pasara la vida así. —Le acarició la mejilla a Grace—. No tiene ni un ápice de maldad. Querría que fuera feliz. —Se giró hacia mí con una amplia sonrisa—. Tú lo haces feliz, Sam. Así que Grace te adoraría. Vuelvo en un momento.

Salió de la habitación. Me quedé paralizada, mirando hacia la puerta.

«Tengo que irme. No puedo estar aquí». Pero no podía irme así como así. Salir y fingir que Grace no existía, aunque aquella situación le diera un nuevo sentido a la palabra «incomodidad».

Me di la vuelta despacio, intenté tragar saliva, pero de pronto tenía la garganta seca por el aire del hospital. «Haz como si no estuviera…, pues eso…, en coma». El sillón. Claro. Me podía sentar un ratito.

El sillón que había junto a la cama era sorprendentemente cómodo excepto por un bulto que noté en el trasero. Metí la mano y saqué una sudadera negra. No tuve ni que mirarla para saber que era de Grayson. Olía a él. También debía de ser suya la mochila que estaba apoyada en la pared.

Me llevé la sudadera a la nariz y respiré hondo. La necesidad me golpeó como un mazo: la necesidad de abrazarlo, de sanarlo, de tocarlo.

—Me gustaría entenderlo de verdad —dije sin hablar con nadie; bueno, hablando con Grace—. Levanta muros que no hay ser humano capaz de saltárselos, o puede que yo no sea el ser humano que necesita. —El dolor se me clavó en el corazón y se propagó hacia los brazos y las piernas hasta que sentí como si me estuvieran apuñalando de verdad. Saber que yo no era lo que necesitaba era una cosa, pero decirlo en voz alta resultaba brutal, aplastante. Doblé bien la sudadera, me la puse en el regazo y miré a Grace—. Creo que te necesita. Ahora lo entiendo, sé por qué viene siempre que puede.

Tenía la boca entreabierta, y la cabeza apoyada en las almohadas.

—Me da la sensación de que estoy loca por hablarte así. Eres su novia, y yo soy su… —Bajé la cabeza, me puse la cara entre las manos—. Dios, ni siquiera sé qué soy. ¿La chica a la que besa porque a ti no te puede besar? No. Sé que eso no es cierto. No es la clase de hombre que le haría una cosa así a otra persona.

»Es… Es Grayson. No solo me salva; también me inspira para salvarme a mí misma, para cambiar. Me deja acercarme lo justo para que empiece a enamorarme de él, para que desee esta vida a la que no tengo derecho a aspirar, y luego me cierra la puerta. No es que me eche. Es demasiado buen chico para hacer eso. Pero se encierra en sí mismo, en ese mundo al que no puedo acceder. Cuando lo hace, lo puedo ver, lo puedo tocar, pero no sé si en realidad está aquí… contigo. Si algún día será mío de verdad.

¿Podía dejarme llevar por él sin reservas sabiendo que solo iba a tenerlo a medias, o ni eso? Una parte de Grayson estaría siempre aquí, con Grace, pero ¿cuán grande era esa parte?

Y yo, ¿cómo podía competir? En el recuerdo de Grayson, ella era la perfección, y mis defectos eran incontables.

Me escocían los ojos y parpadeé para contener las lágrimas.

—No sé, lo que intento decir, aunque no me salga, es que quiero lo mejor para él.

Le tomé la mano. Tenía los dedos largos, elegantes, como debía de haberlo sido ella, sin duda. Me la imaginé bailando en brazos de Grayson, la imagen perfecta del romance de preparatoria convertido en amor para toda la vida. Se habrían complementado el uno al otro, ella tan esbelta, él tan fuerte. Con aquella genética, sus hijos habrían sido preciosos. Pero su cuento de hadas tuvo un final de pesadilla.

Y luego estaba yo, que venía por el príncipe encantador pese a ser el desastre que era, e intentaba ponerme el zapatito de Cenicienta aunque tuviera que cortarme el pie.

—Siento mucho lo que te pasó. Lo que les pasó a los dos. No se lo merecían. Por lo que he oído, sé que tú eres su historia de amor, y sé que yo estoy aquí, con la medalla de plata prendida del corazón. Pero Grayson lo vale. Nunca he conocido a nadie como él. Es fuerte, es inteligente, es leal, y es… Es quien me hace querer ser la persona que él ve en mí. Puede que sea una egoísta por tomar lo que sé que no es mío, pero de verdad quiero hacerlo feliz. —Sonreí mientras una lágrima solitaria me corría por la cara—. Bueno, todo lo feliz que puede ser Grayson, ya sabes. Pero espero de verdad que te parezca bien, si me estás escuchando. Porque sé que te necesita. Lo entiendo. Y yo lo necesito tanto a él…

Parpadeó, y contuve un grito.

—Parpadeaste. Ay, Dios. Parpadeaste.

Se lo tenía que decir a alguien. A una enfermera. ¿Verdad? Sí. Me levanté de un salto y casi me llevé por delante al tipo que entraba por la puerta en aquel momento.

Me agarró por los hombros y me miró con unos ojos castaños llenos de preocupación.

—¿Qué pasa?

—¡Parpadeó! —grité.

Miró a Grace, y luego a mí.

—Sí. Parpadea.

Yo también parpadeé.

—Las personas con muerte cerebral no parpadean.

Inclinó la cabeza a un lado y sonrió. Caray, era de lo más guapo. Tal vez un poco blando, un poco «vecino de al lado» para mi gusto, pero guapo.

—No está en estado de muerte cerebral. Creo. Los médicos tienen distintas opiniones al respecto. —Dio un paso atrás y dejó caer las manos—. Hola, soy Owen, amigo de Grace. ¿Y tú?

«Owen». El nombre me sonaba, pero no fui capaz de recordar de qué. Me obligué a sonreír, todavía un poco nerviosa.

—Soy Sam, amiga de Grayson.

Arqueó las cejas.

—¿De Gray? ¿Está aquí?

¿Era pánico lo que me pareció detectar en sus ojos?

—No. Bueno, tiene sus cosas aquí, pero a él no lo he visto.

—Entonces me quedaré solo un momento. —Me estudió con la mirada—. La verdad, no pareces su tipo.

«Pero qué demonios…».

—¿Porque no soy blanca y rubia?

Se sobresaltó.

—No, no. Eres preciosa. Solo que no… —Se le fueron los ojos de nuevo hacia Grace—. No estás en coma. No se había interesado por nadie desde el accidente de Grace.

Porque aún era la dueña de su corazón. No hacía falta que me dijera lo que ambos sabíamos. Me froté los brazos para quitarme el frío que se me iba colando hasta los huesos a medida que pasaba más tiempo aquí, y cada vez era más consciente de cómo yo misma estaba volviendo a destrozarme la vida. Me estaba enamorando de un tipo que era de otra mujer, y lo peor era que no sabía si estaba a tiempo de detenerme.

Necesitaba tanto a Grayson que tener solo una parte de él incluso era mejor que no tener nada.

Owen fue hasta Grace y le tomó la mano.

—Entonces ¿tú no crees que esté en estado de muerte cerebral? —le pregunté sin poder contenerme.

Negó con la cabeza.

—Los médicos dicen que sí, pero se despierta, duerme, parpadea. Igual soy un iluso. Se pasó el primer año dormida, y cuando se despertó todo el mundo se puso nervioso, pero seguía sin ser ella. Dicen que está en estado de muerte cerebral. Yo prefiero pensar que se está curando, pero puede que sea porque no me hago a la idea de que nunca vaya a recuperarse. —Volteó a verme y me dedicó una sonrisa compasiva—. Y Gray nunca la ha abandonado. Sigue viniendo a verla, pero se ha vuelto muy… duro. Aunque tengo entendido que contigo es diferente.

Entrecerré los ojos.

—¿Quién te lo dijo?

—Parker.

Era amigo de Parker. De eso me debía de sonar el nombre.

—Ah. Ya. No es mi fan número uno.

Se rio.

—Típico de Parker. Que no te afecte. Sigue pensando que volverá G al cuadrado.

—¿G al cuadrado?

Se giró hacia Grace, y le acarició el dorso de la mano con el pulgar.

—Grayson y Grace. Ya sabes, como Brangelina o Bennifer.

Me quedé boquiabierta. ¿Tenían nombre de pareja? Pues claro que lo tenían, eran perfectos. ¿Dónde se había metido Mia?

—Oye, voy a buscar a Mia. Fue a ver si encontraba a Parker…

—Miranda, la hermana de Grace, está de parto. Supongo que habrán ido con ella. ¿Oíste, Gracie? Vas a ser tía.

—¿Qué demonios haces aquí? —retumbó la voz de Grayson antes siquiera de entrar en la habitación.

Di un paso adelante para explicarle por qué me había inmiscuido aún más en su vida y pedirle perdón, pero no me estaba gritando a mí.

Owen, que estaba junto a Grace, se irguió y alzó las manos.

—Solo pasé a verla, Gray. No sabía que habías venido este fin de semana hasta que vi…

Grayson agarró a Owen y lo empujó contra la pared. «Pero ¿qué…?».

—¿Viniste a verla? No vuelvas. Nunca.

Un cuadro enmarcado se cayó del clavo y chocó contra el suelo produciendo un estrépito de cristales rotos. Grayson tenía a Owen sujeto por el cuello con el antebrazo. Por primera vez, su fuerza me aterrorizó.

—Lo siento, Gray —consiguió decir Owen—. Llevo años tratando de decírtelo. Lo siento mucho. Vengo a visitarla cuando estoy en la ciudad.

—¿Que lo sientes? —La voz de Grayson se convirtió en un gruñido ronco, feroz. Nunca lo había visto tan furioso, tan dominado por las emociones. ¿Qué había hecho aquel chico para acabar con el autodominio tan propio de Grayson?—. ¿Que lo sientes, carajo? Avísame cuando tu arrepentimiento la despierte y le devuelva los cinco años que le quitaste. ¡Que nos quitaste a todos!

En ese momento encajaron las piezas. Owen. El que conducía borracho aquella noche. El responsable de lo que le había pasado a Grace. Grayson se inclinó todavía más sobre él y Owen pasó de estar rojo a ponerse amoratado.

—¡Grayson! —grité, corriendo hacia él.

Me miró, y había tanto odio, tanto desprecio en su rostro, que casi no lo reconocí. Ahogué una exclamación, con las manos a escasos centímetros de él.

En cuanto se dio cuenta de quién era, abrió más los ojos y se le suavizó la mirada, pero no aflojó la presa que ejercía sobre Owen. Me acerqué todavía más y le puse una mano en el brazo.

—Tienes que soltarlo. Lo vas a matar.

Liberó todo el aire que había estado conteniendo y relajó el brazo, sin dejar de mirarme. Owen se deslizó hasta el suelo, entre trozos de cristal.

—¿Qué haces aquí?

«Pasarme de la raya. Una vez más». Me encogí.

—Vine con Mia. Me dijo que esperara aquí mientras iba a buscar a Parker.

—Están con Miranda.

Su rostro no expresaba ninguna emoción. Retrocedí un paso para poner entre ambos la distancia física que parecía exigir su distancia mental.

—Owen —dije en voz baja sin apartar los ojos de Grayson—. Deberías irte. Ahora mismo.

Se puso en pie como pudo entre toses y pasó junto a mí de camino a la puerta.

—Lo siento, Gray. Sé que hice mal, pero pensé que estaban muertos, y mentí. Grace y tú fueron mis mejores amigos…

—«Fuimos», en pasado —le espetó Grayson—. No lo olvides.

Owen tragó saliva y me miró.

—Espero que Parker esté en lo cierto y contigo sea diferente. Porque ese… —Señaló a Grayson—. Ese imbécil rencoroso… no es el Gray que yo conocí.

—Puede que lo mataras también aquella noche. —Grayson dio un paso y se interpuso entre Owen y yo, cubriéndome con sus fornidos hombros—. No vuelvas a hablar con ella. En tu vida.

—¿Con cuál de las dos? —El tono de Owen era desafiante pese a haber estado al borde de la muerte.

«No lo obligues a elegir. No estoy preparada para esa respuesta».

Grayson dio un paso adelante.

—Ya le destrozaste la vida a Grace. Si vuelves a acercarte a Sam, terminaré lo que empecé hace cinco años.

«Nos mencionó a las dos. Qué diplomático».

—¿Vas a tratar de embestirme con el coche de nuevo?

—No volveré a fallar, y esta vez Parker no podrá salvarte. ¿Entendido?

—Fuerte y claro.

Mientras las pisadas de Owen se alejaban, yo seguía concentrada en la espalda de Grayson, hipnotizada por el ritmo de su respiración. Al fin se dio la vuelta y me taladró con la mirada.

En sus ojos bullía todo lo que éramos y lo que podríamos ser, pero muy lejano, demasiado como para transmitirme el menor calor, y a la vez tan peligroso como para incinerar lo que quedaba de mi corazón.

—Lo siento, Grayson. No quería pasarme de la raya. Mia me dejó tirada aquí.

Me miró a los ojos, después miró a Grace y a mí de nuevo.

—No… No puedes estar aquí. Es demasiado.

Negó con la cabeza, como si respondiera a una pregunta que nadie le había hecho, y salió de la habitación, dejándome de nuevo a solas con Grace.

Parpadeé con los ojos llenos de lágrimas. «Te aguantas. Por meterte donde no debías». Porque esto era lo que quería, ¿no? Conocer al Grayson que había tras las defensas de las que se había rodeado. Pero no pensaba que la revelación me iba a doler tanto.

—¿Ves lo que te decía? —le pregunté a Grace. Recogí los trozos más grandes del cristal roto—. Levanta muros que sería un milagro que alguien consiguiera saltar.

Porque yo no era ella. Y nunca lo sería.

Capítulo dieciocho

Sam

El mensaje de texto iluminó la pantalla del celular mientras terminaba de maquillarme.

—Vaya disculpa de mierda —masculló.

—Grayson es… un poco difícil de entender —comentó Paisley, que estaba tirada en mi cama, concentrada en pasar las páginas de una revista.

—Si existiera un manual de Grayson, estaría escrito en un dialecto muerto del arameo y publicado en braille. Es imposible.

Me miró y sonrió.

—Estás espectacular.

Cerré los labios para distribuir mejor el brillo. La ropa la había elegido con cautela, tras una parada en los grandes almacenes para comprar un vestido nuevo con tirantes más anchos, corpiño más ceñido y falda insinuante, pero con clase.

—Gracias. Casi me dan ganas de decirle que se meta esta cena por el trasero.

Paisley se sentó y le vi la cicatriz de la operación a corazón abierto que le asomaba por el cuello de la camiseta. Era un recordatorio constante de lo cerca que había estado Jagger de perderla. La amaba con tanta devoción que se percibía en el aire cuando estaban en la misma habitación. En la misma ciudad.

—Yo aprovecharía la ocasión para husmear. Si él no se abre, hazle preguntas a su familia sobre lo que quieras saber.

La miré con los ojos entrecerrados.

—Miss Curiosidad Sureña 2015. Pero si tú nunca has curioseado sobre Jagger. Serías incapaz.

Se mordió el labio inferior un instante.

—Tienes razón. Pero Jagger y yo nos ocultamos demasiados secretos. Tendríamos que habérnoslo dicho todo antes, y las cosas habrían sido más fáciles. ¿Estás enamorada de él?

«¿Qué?».

—¿Enamorada? Yo no diría tanto. Me importa, mucho. Adoro algunas cosas de él, pero sería precipitado utilizar la palabra «amor».

No, ni hablar. Esa palabra me había jodido en el pasado, y no solo en el sentido literal.

—Ya.

—¿Cómo que ya? —Me puse las plataformas.

—Me recuerdas a alguien.

—¿A quién? ¿A Morgan? —Más de una vez nos habían comparado por ser tan directas a la hora de expresarnos.

—A mí, cuando empecé a salir con Jagger.

Antes de que me diera tiempo de procesarlo, oí que Grayson gritaba mi nombre.

—¡Que te diviertas! —me deseó Paisley mientras se iba corriendo.

Grayson me estaba esperando al pie de las escaleras. Llevaba unos pantalones caquis y una camisa azul claro desabrochada a la altura del cuello y arremangada justo por encima de los codos.

Me detuve dos escalones antes de llegar a la base para quedar a su altura y me humedecí el labio inferior. Estaba impresionante.

—Guau —dijo al mirarme.

Fijó los ojos en mi boca e inclinó la cabeza, pero yo retrocedí un paso.

—Ah, no, ni hablar —dije—. No creas que con un simple beso compensarás todo lo que pasó hoy.

Esbozó una sonrisa.

—No pensé que fuera a compensarlo.

—Uf. Y no me vengas con esa media sonrisa. Me sugiere que vuelves a ser mi Grayson y eso me hace sentir… cosas.

Subió el primer escalón.

—Siempre soy tu Grayson. Háblame más de esas cosas.

Le puse las manos en el pecho para frenar el asalto y casi se me escapó un gemido al notar los músculos que se movían bajo mis dedos.

—No, que luego me echas para atrás. Vamos a esa cena. No voy a empezar de nuevo contigo para que luego nos quedemos a medias.

Ni hablar. Me encantaba el sexo, lo adoraba, y tenía tantas ganas de Grayson que le arrancaría la ropa en medio de la escalera. Pero era egoísta y lo quería entero, todo para mí, cada pensamiento, cada centímetro de su piel. No quería compartirlo ni un segundo, y, después de ver lo que había visto aquel día, no sabía si eso era posible, o si yo sería capaz de separar el sexo de lo que sentía por él. Porque en este caso para mí ambas cosas eran indisolubles.

Me sujetó por los costados y me levantó del peldaño.

—La próxima vez que te toque, no pienso detenerme, Sam. Así que, si no estás segura de lo nuestro, de esto, pues… ya estás avisada.

Le eché los brazos al cuello mientras él me bajaba de las escaleras. Pese al enojo, lo deseaba demasiado como para no disfrutar de aquel fugaz momento.

—Es difícil estar segura de nada cuando no me dejas acercarme a ti.

Juro que vi en sus ojos cómo volvía a alzar el muro.

—Llegaremos tarde.

El viaje en coche hasta la casa de sus padres solo duró diez minutos, pero disfruté de cada instante. Me señaló lugares que tenían importancia para él y me agarró de la mano.

—¿Vamos a hablar de lo de hoy? —le pregunté mientras jugueteaba con el dobladillo del vestido en el camino que llevaba a la casa.

Se estacionó y volteó hacia mí.

—Sí. Te lo prometo. Primero, sobrevivamos a la cena y luego hablaremos.

—¿De verdad embestiste a Owen con el coche? ¿Por eso tiene esa abolladura?

Apretó los dientes.

—Le di al poste de la valla que tenía al lado.

—Aquí eres muy diferente —le susurré cuando tomó mi cara entre sus manos—. No me gusta.

Su respuesta fue un delicado beso.

—Luego. Te lo prometo.

—Está bien. —Asentí.

Me dio la mano y subimos por la escalera que conducía a la puerta, pero se detuvo antes de entrar.

—Sam, eh…

—Eh, Grayson. —Sonreí y me empapé de aquel momento durante el cual aún era mi Grayson.

—Por favor, no se te ocurra mencionar la academia de vuelo. —Tenía el ceño fruncido.

—Ah. Sí, claro. ¿Por qué…?

Me besó de nuevo, y esta vez rozó mi lengua con la suya. Me olvidé hasta de mi nombre, y de lo que iba a preguntarle, claro.

—¡Ejem! —carraspeó Mia—. Entren antes de que mamá salga a buscarlos, ¿okey?

Grayson apartó la boca tras un último beso apresurado.

—Luego.

Asentí y sacudí la cabeza para despejarme.

—Para de hacer eso.

—¿Qué? —me preguntó haciéndose el inocente.

—Lo de besarme para que deje de preguntar.

—Es que estás muy besable cuando preguntas —respondió mientras entrábamos.

—Excusas —le repliqué con una sonrisa.

—¿Dónde están todos? —le preguntó Grayson a Mia, que nos miraba sonriente.

—Ah, mamá está fuera, poniendo la mesa. Somos demasiados para el comedor. Solo la familia, te lo juro —se apresuró a aclarar al ver la cara de Grayson.

—Bien —dijo Grayson, y fuimos hacia la parte de atrás de la casa.

Me detuve en el marco de la puerta de la cocina.

—¡Tienen uno de estos!

—¿A qué te refieres? —quiso saber Grayson.

Pasé los dedos por las marcas de tinta con nombres y fechas.

—Sus estaturas. A medida que iban creciendo.

—Sí, claro —comentó Mia.

Se me encendieron las mejillas.

—Es tan bonito ver que crecieron en esta casa… Todo queda reflejado aquí. Es la historia de la familia. —Me enderecé. Me escocían los ojos y me quité una pelusa imaginaria del vestido—. Pensarás que soy idiota.

Grayson me levantó la barbilla.

—Mia.

—¿Sí?

—Vete.

Sin esperar a que respondiera, me empujó contra el marco de la puerta y me besó hasta dejarme sin aliento, con nuestras bocas formando el ángulo más marcado, y más dulce, posible.

Cuando terminó, yo tenía la cabeza en las nubes y estaba a punto de arrancarle la ropa.

—¿Y esto a qué viene? —acerté a preguntarle sin poder apartar los ojos de su boca.

—Ahora, aquí también está el próximo capítulo de mi historia. Nunca volveré a mirarlo sin acordarme de tu sabor.

«Discúlpame un momento mientras se me evapora la tanga». Tragué saliva, y tuve que hacer un esfuerzo para controlar mis impulsos.

—¡Grayson Masters! —lo llamó su mamá desde la parte trasera de la casa.

—¡Ya voy! —respondió, pero le brillaban los ojos de una manera que no le había visto desde el desastre de la fiesta.

Tal vez besarlo fuera mi mejor arma, la clave para conservar a mi Grayson en un mundo que exigía la presencia de Gray.

—No tienes un acento tan marcado como el de ellas.

—Mi papá es del norte, y siempre traté de imitarlo, así que me imagino que también copié su acento.

Salimos a la terraza y le apreté la mano sin darme cuenta. La familia estaba de pie alrededor de una mesa con temática marina, y Grayson me condujo hasta donde había dos sillas libres, de manera que yo me colocaría entre Mia y él. Me apartó la silla y me la acercó mientras los demás se sentaban, y luego hizo lo mismo con la de su mamá.

La caballerosidad no había muerto en Carolina del Norte.

—Sam, ya conoces a mi papá, a Constance y a Bryan, su prometido. —Pasó por alto las dos sillas que quedaban vacías—. Y a mi mamá y a Parker, claro.

—Hola.

Sonreí y saludé a todo el mundo, sobre todo a Parker. No me iba a sacar de quicio aquella noche. Necesitaría todas mis energías para hablar más tarde con su hermano.

—¿Quién más viene? —preguntó Grayson.

—¡Perdón, llegamos tarde!

Una pareja de unos cuarenta y tantos años subió las escaleras del porche, detrás de nosotros. La mujer me recordó a Gillian Anderson en rubio, y el hombre parecía tener un nervio pinzado de forma permanente. En el trasero.

—¡Ian, Tess! Gracias por venir. —El papá de Grayson les dio la bienvenida y les señaló unas sillas vacías—. ¿Cómo está Miranda?

—¡Una niña muy sana! Amberly Grace. —Ian sonrió—. Estamos encantados.

—Deberían estar celebrándolo. —Connie pasó la botella de vino.

—Claro, pero no íbamos a dejar pasar la ocasión de ver a Gray. —Tess le sonrió a Grayson y agarró la botella.

Él los saludó con un movimiento de la cabeza.

—Me alegro de verlos.

¿Serían sus tíos? Grayson me agarró la mano por debajo de la mesa.

—Sam, te presento a los Bowden. Son muy amigos de mis papás y nuestros vecinos de al lado.

—Y son los padres de Grace, así que forman parte de la familia —añadió Parker con una sonrisa—. Pensé que querrían conocerte, Sam. Así que le pedí a mamá que los invitara.

—Siempre que quieran, están invitados —añadió su madre.

Se me cayó el alma al patio, a siete metros por debajo de nosotros. Parker los había invitado, claro. ¿Qué mejor manera de dejar bien claro que no me querían en su vida? Como si el recordatorio de hoy no hubiera sido suficiente. Grace estaba presente en cada detalle de su vida aquí.

La emoción de conocer mejor a la familia de Grayson y tal vez averiguar algún detalle sobre él se esfumó por lo incómoda que me resultaba la presencia de los padres de su novia… Un momento, ¿seguía siendo su novia?

«Lo único que importa es que te elija a ti». Enderecé la espalda, eché los hombros hacia atrás y miré de reojo a Grayson por el rabillo del ojo. Yo era hija de una coronel del Ejército de Estados Unidos. Había mantenido el temple en fiestas con gente mucho más poderosa y con dobles intenciones bastante más crueles que las que Parker podría siquiera imaginarse. Podía hacerle frente. «Gracias, mamá».

Me rozó la oreja y me dio un delicado beso.

—No lo sabía —me susurró—. Lo siento mucho.

Asentí y traté de recordar lo que me había dicho antes. «Siempre soy tu Grayson». Pero ¿cómo podía serlo, si allí todo el mundo esperaba ver al Gray de Grace?

Las fuentes circularon por la mesa al estilo familiar, con muslos de pollo, papas asadas, ejotes y un puré que parecía delicioso. Todos se enzarzaron en una charla intrascendente mientras yo me servía una porción de puré. Llené un tenedor y me lo llevé a la boca.

—¡No! —gritó Grayson.

Me arrebató el tenedor de la mano, y el cubierto se estrelló contra la mesa de tal manera que estuvo a punto de volcar la copa de vino.

Bueno, adiós a la charla intrascendente.

—¿Gray? —Su mamá lo miró con los ojos muy abiertos.

—Lleva nueces —me explicó con el pánico reflejado en sus ojos. Cambió mi plato por el suyo, puesto que Grayson no se había servido puré.

—Gracias —le dije, y él me acarició la mejilla con delicadeza.

Respiró hondo para recuperar el control.

—Sam es alérgica a los frutos secos.

—Ay, Sam, cuánto lo siento.

—No se preocupe, cómo iba a saberlo. —Carajo. Habría sido muy grave—. Precisamente hoy había olvidado la epinefrina —le dije a Grayson—. En la casa de la playa. ¿Dónde tengo la cabeza?

Me apretó la mano por debajo de la mesa.

—Tranquila, yo llevo siempre.

—¿Qué? ¿Desde cuándo?

—Desde que estuve a punto de darte un panqué de plátano y nueces.

—Debes de estar bromeando —masculló Parker.

—No es broma —replicó él con aspereza.

Seguimos comiendo en relativo silencio. ¿Siempre llevaba epinefrina consigo? ¿Por mí? Rayos, cada vez lo quería más.

—Bueno, Sam, ¿cómo se conocieron Gray y tú?

Tragué lo que tenía en la boca. Empezaba la batalla.

—Somos *roomies*.

—¿Estás viviendo con esta joven? —Ian dejó el cuchillo de golpe sobre la mesa. «Bueno, mejor eso a que lo empuñe».

—Tiene gracia —respondió Grayson—. Me preguntaron si me parecía bien compartir la casa con alguien más y dije que sí porque pensé que era un chico. —Me miró de un modo que me dejó sin respiración—. Y, como ven, era una mujer increíblemente guapa.

—Así que están viviendo juntos. Tienen una relación y viven juntos —comentó Tess alzando la copa de vino con mano temblorosa—. Qué bien.

—¿Y tú, qué estudias, Sam? —preguntó Connie, tratando de mantener la paz.

Se lo agradecí con una sonrisa.

—Matemáticas.

—¿Quieres dedicarte a la enseñanza? —preguntó su mamá. Volteé hacia el otro extremo de la mesa y le respondí:

—No, señora. Ahora doy clases, pero enseñar no es mi fuerte. Me interesan más las Matemáticas aplicadas.

La señora Bowden se aclaró la garganta.

—Grace quería ser maestra —dijo Ian Bowden—. Pensaba que sería la situación ideal cuando Grayson volviera a casa para hacerse cargo del taller.

¿Hacerse cargo del taller? Eso no lo había mencionado nunca.

Joey se irguió en la silla y solo le faltó clavarle el cuchillo al pollo. Sin duda, aquello iba en camino de convertirse en la cena más incómoda de mi vida. ¿Qué podía decir a eso?

—Seguro que habría sido una maestra maravillosa.

Eso pareció apaciguarlo.

—Matemáticas, ¿eh? —Parker arqueó las cejas y se inclinó hacia adelante para asegurarse de que la veía—. Eso debe de ser muy útil para ayudar a Grayson con sus estudios, ¿no?

Mierda. Tendría que haberle preguntado qué le había dicho a su familia. Grayson, a mi lado, se puso tenso.

—¿Parker?

—Ay, perdona, Gray, no te lo había dicho. Encontré tus fichas de estudio en el hospital. —Tiró sobre la mesa las tarjetas del helicóptero.

—¿Qué es eso? —preguntó su papá en tono amenazador.

Estiré el brazo, las agarré y me las puse en el regazo.

—Lo siento. Debí dejarlas en la habitación de Grace.

—Sí, claro, porque te dedicas a pilotar helicópteros. —Parker se rio.

—¿Helicópteros? —gritó el papá de Grayson—. ¿Gray?

Grayson mantuvo la vista fija al frente, mirando al vacío. Observé a Mia, y parecía destrozada.

—¿Gray? —insistió su mamá.

Se hizo el silencio. Ni siquiera se oía el sonido de los cubiertos contra los platos.

—Dime que no es verdad, Grayson. Te lo prohibimos. Estuviste de acuerdo.

—Nunca dije que estuviera de acuerdo —replicó Grayson en voz baja. Por fin, alzó la vista hacia su papá—. Lo diste por sentado, y después no me preguntaste qué cuerpo había elegido tras la graduación. Te imaginaste que era el de ingenieros porque era el que tú querías.

«Ahora mismo estaría más a gusto explicando mi situación académica: "Pues yo me acosté con mi profesor"».

Su papá dio un puñetazo en la mesa y los platos temblaron.

—Lo dejarás de inmediato. Sin discusiones.

—Esto no es algo que pueda dejarse así como así. Tengo un contrato con el Gobierno.

La voz de Grayson sonaba tranquila, pero me dio más miedo que el estallido de aquella mañana.

—¡Pues busca el modo de hacerlo!

—No.

Su mamá contuvo un sollozo.

—Te licenciaste en Biología Marina. Masters e Hijo, ¿no te acuerdas? Ibas a pasar unos años en el Cuerpo de Ingenieros del Ejército mientras te esperábamos en casa. Eso fue lo que acordamos. Volverías a casa y dirigirías el taller con Joey. En ningún momento hablamos de que te dejarías matar jugando a los pilotos.

«Un momento. ¿Estaba utilizando a Joey para presionar a Grayson?». Joey dejó el vaso sobre la mesa de golpe. «Pues sí».

—Eso no ha cambiado. Pero siempre he querido volar y servir a mi país. Y es lo que estoy haciendo.

Si no fuera por cómo me apretaba la mano, habría pensado que aquello no le afectaba en absoluto.

—¿Qué pasará cuando te estrelles, Gray?

—Pondré todo de mi parte para que no llegue ese momento, papá.

Era como ver un macabro partido de tenis. Todo el mundo los estaba mirando.

—Pero ¿y cuando pase? ¿Cuando leas mal un indicador, cuando te mates?

—Llegado ese momento, te sugiero que optes por la cremación y me pongas en una urna sobre la repisa de la chimenea, y así podrás controlarme. Mejor todavía, llévame contigo al taller.

¿Por qué nadie ponía fin a aquello? Su mamá y sus hermanas lo miraban horrorizadas, pero no intervenían.

—No disgustes a tu mamá.

—Pues ten un poco de fe en mí, papá. No pido gran cosa.

El señor Masters apretó los dientes igual que hacía Grayson cuando estaba a punto de perder el control.

—¿Cómo entraste en la academia de vuelo? ¿Cómo demonios te admitieron?

—Soy un buen piloto.

Grayson disminuía cada vez más el tono de su voz, mientras que su papá no paraba de alzarlo.

—Enseñarte a conducir el coche fue una pesadilla, ¿y ahora te crees capaz de pilotar un helicóptero? ¡Respeta tus jodidas limitaciones, Grayson! ¡No eres capaz!

—Esa boquita —susurró su mamá, como si aquella palabrota fuera lo peor que había dicho.

Yo ya había tenido más que suficiente. Abrí la boca antes de que el cerebro me diera permiso.

—Es tan capaz que acabó el Entrenamiento Básico en el primer lugar de su clase y es el mejor piloto de su generación. Tan capaz que pudo elegir un Apache, y tan capaz que lo nombraron líder de su clase.

La presión de Grayson me resultó casi dolorosa.

—No, Sam.

—¿Quién lo va a decir si no? —susurré.

—Entonces ¿no vas a volver a casa? Pensé que estarías fuera tres años después de graduarte —inquirió Tess en tono acusador.

—Mi contrato es de seis años después de la graduación. Estoy intentando que me asignen a Fort Bragg, que está solo a cuatro horas de aquí. Así podré venir a casa los fines de semana. —Miró a Joey—. Y mantendré mi promesa.

—¿Por qué no a Virginia Beach? —insistió Ian.

Claro. El papá de Grace quería tenerlo aún más cerca.

—Ahí solo tienen estacionados Blackhawks, y yo piloto Apaches. Tengo que ir a una base de Apaches.

Cinco meses. Solo iba a tenerlo cinco meses.

—¿Y por qué no elegiste un Blackhawk? —La voz de Tess subió de tono y de volumen.

—Porque quiero pilotar un Apache. Me he matado estudiando para eso, carajo.

—Esa boquita —lo reprendió su mamá.

—Mamá, creo que este no es el momento —le dijo Constance.

Se iría después de Navidad, volvería a Carolina del Norte, estaría más cerca de la mujer que amaba. Mientras tanto, yo… ¿Qué iba a hacer? ¿Vivir en la casa vacía de Jagger, ir a la universidad pública mientras todos mis amigos se iban?

Me quedaría sola. Otra vez.

—¿Y qué pasa con el taller? —rugió el señor Masters—. Todo lo que he hecho, todos los barcos, fue por ti, por nuestro futuro.

Joey resopló y Grayson volteó a verla.

—Joey hizo un trabajo excelente, es más que capaz de encargarse. Tenemos los mismos estudios y ella cuenta con mucha más experiencia que yo.

—No necesito que me defiendas, Gray —le espetó ella.

Por lo visto, la testarudez era cosa de familia.

—¿Quién quiere postre? —preguntó la señora Masters.

Pero Tess no dejó que nadie respondiera.

—Así que no vas a volver a Nags Head.

Miré su copa de vino para cerciorarme de que no estuviera borracha. ¿Es que no lo había dejado suficientemente claro?

—No —respondió Grayson.

—Quieres decir que todavía no. —El tono del señor Masters habría bastado para cortar en dos a Grayson.

—Quiero decir que no en un futuro próximo, y puede que nunca. Aún no lo he decidido.

Se hizo tal silencio que yo solo oía el latido enloquecido de mi corazón en los oídos.

Todos los ojos estaban clavados en Grayson, pero él se limitó a llevarse un trozo de papa a la boca con indiferencia.

—Están buenísimas, mamá.

«Acepten la ofrenda de paz».

—Pero… Pero… —tartamudeó Parker. Me preparé para el golpe—. No puedes decir que no vivirás aquí. ¿Qué pasa con Grace?

«¡Bum!». No había en el mundo vino suficiente para hacer frente a aquella cena.

—Yo también me merezco una vida. Un futuro.

Grayson pronunció despacio cada palabra, con una ternura que yo no habría sido capaz de transmitir en aquellas circunstancias. Una chispa de esperanza se prendió en mi corazón, lo justo para mantener a raya mis peores miedos, al menos por el momento. «Un futuro».

—¿Y qué se merecía mi Grace? —le replicó Tess.

—¿Qué pasa con tus compañeros pilotos, Gray? —El señor Masters entró a matar—. ¿No crees que también se merecen vivir? No tienes derecho a estar en la cabina. Vas a matar a alguien…, como ya pasó.

Me quedé boquiabierta. Su papá le echaba la culpa. No era de extrañar que Grayson tuviera su vida tan compartimentada. En casa siempre estaba recibiendo ataques. Noté cómo se le tensaban los músculos bajo mi mano.

—¡Se acabó! —La señora Masters se levantó tan de golpe que derribó la silla—. Es tu vida, Gray. Puede que no nos guste lo que decidas, pero eres un adulto. Tú, cariño, vas a tener que superarlo. Joey lleva años dirigiendo el taller contigo y se ha ganado de sobra su puesto, tanto si te gusta como si no. Tess, Ian, los quiero, son como de la familia, pero, si vuelven a insinuar que Grayson es responsable de la… situación de Grace, ya no serán bienvenidos en esta casa.

Grayson se apartó de la mesa y lo seguí, sobre todo porque aún me tenía agarrada la mano. Con mi otra mano apretaba firmemente el material de estudio que había dado origen a todo.

—Mamá —susurró, y besó a su mamá en la mejilla. Se giró hacia la mesa y miró a los demás, que se habían quedado paralizados—. Nos vamos.

Me puso una mano en la espalda y me acompañó al interior de la casa. En la mesa reinaba un silencio escalofriante.

Me senté en el Mustang, arrancó el coche, y nos alejamos de la casa de sus padres. El rostro de Grayson era una máscara de ángulos duros y líneas rectas. Quise tomarle la mano, pero la apartó.

No volví a intentarlo.

Llegamos a la casa rentada, y no paró el motor, ni siquiera miró en mi dirección. Tenía la vista fija al frente y la cabeza sin duda en el pasado, en Grace, en todo lo que le habían echado en cara aquella noche. Estaba tan cerca como mi próxima inhalación, y a la vez tan inalcanzable como el ayer. Debía llegar a él como fuera.

—Quédate conmigo esta noche.

Apretó las manos sobre el volante y esperé.

—Sí. Tengo que ir a recoger mis cosas de casa de mis padres y… encargarme de todo.

Posé la mano en su mejilla y noté la aspereza de su barba incipiente.

—Te esperaré. Y, oye…, eres asombroso y te mereces volar, Grayson. Si no se dan cuenta, lo siento mucho, pero es así. Y, si no lo aceptan, yo misma te pondré la insignia con las alas.

—¿Prometido?

—Palabra.

Se merecía lo mejor. Sí, se iría en cinco meses, y sí, aquel físico asombroso ocultaba un caos emocional inimaginable. Pero, quizá, si conseguía dejar a un lado mis problemas por un momento, fuera capaz de ayudarlo igual que él me había ayudado a mí desde que llegué a Alabama.

No me miró a los ojos, pero me dio un beso en la palma de la mano a modo de despedida, y en cuanto me vio abrir la puerta de la casa se alejó con el coche.

Las dos vidas de Grayson estaban enfrentadas. Era tan obvio que parecía que fueran dos personas distintas. Y no sabía cuál de ellas iba a volver aquella noche.

Pero yo ya estaba demasiado entregada como para que me importara. Tal vez podría salvarlas a ambas.

Capítulo diecinueve

—¡Vamos! —me suplicó Morgan desde el asiento del copiloto del Yukon—. Ven a bailar, mujer, si es lo que quieres. Grayson está de un humor de perros, y estamos de vacaciones.

—Suena genial… —«Y es lo mío»—, pero no puedo.

—¿Me dejas tirada con él? —Señaló con la cabeza a Will, que aguardaba cruzado de brazos.

—Intuyo que les irá de maravilla.

Sonreí. Como si no hubiera visto las chispas que saltaban entre ellos. Eran más bien chispas de metal contra metal, que de esas que encienden fogatas, pero chispas, sin duda.

Jagger ocupó su lugar en la puerta abierta mientras Morgan agarraba a Paisley del brazo y entraban en el bar.

—Quién te viera, ahí, toda madura, diciendo que no cuando vamos a beber.

—Ya, bueno, no querría que Grayson tuviera que bajarme de otra barra de bar. —«Si es que se molestaba en venir a buscarme».

—¿Estás segura de que no quieres venir?

El reloj del tablero marcaba las once. Habían pasado cuatro horas desde que Grayson volvió a casa de sus padres.

—Sí.

—Las murallas que levanta ese chico son peores que las de China.

—Yo creo que nadie ha intentado de verdad derribarlas. Se merece que llegue alguien con ganas y una buena excavadora.

Y cien kilos de dinamita, y de paso una bomba nuclear. Jagger suspiró.

—El año pasado, en cierta ocasión, Grayson me dijo una frase: «A veces, decir algo en voz alta da a ese algo poder sobre ti». Yo pensaba que era muy sabio...

—¿Y ahora?

—Después de lo que he visto este fin de semana, creo que es tan callado porque tiene muchos demonios que quieren apoderarse de esa voz. El chico está siempre en modo supervivencia, Sam. En un constante luchar o huir. Siempre fue así, y tú representas una amenaza para la poca paz que ha conseguido tras esos muros.

—Vale la pena ir con la excavadora, Jagger.

Cada vez estaba más convencida, cada vez más decidida a pelear por él.

—Claro que vale la pena, y tú también. Pero... ten cuidado.

Asentí y cerré la puerta.

Aquellas palabras me acompañaron mientras conducía, siguiendo las indicaciones del GPS, hacia el lugar que me dijo Mia cuando vi que Grayson no volvía. Crucé el puente de Roanoke y me dirigí hacia Manteo. Unas cuantas maniobras más tarde, estacioné el vehículo enfrente del malecón. En el cartel que colgaba en el gran almacén decía MASTERS E HIJO.

Apagué los faros y con ellos mis incertidumbres, y salí del coche. Llamé con los nudillos y, cuando nadie me respondió, giré la manija y entré a una oficina pequeña, en la que había luz.

—¿Grayson?

Abrí otra puerta y entré en una zona de trabajo gigantesca donde había un barco de gran tamaño cargado en un remolque. Allí la única luz reinante provenía del propio barco, y proyectaba una serie de sombras siniestras en el suelo y las paredes. En otros puntos podían apreciarse las primeras etapas de otros barcos en construcción, pero el del centro era, evidentemente, la obra maestra, y en la parte trasera podía leerse Alibi.

—¿Grayson? —llamé de nuevo.

Vi movimiento en la parte alta del barco.

—¿Sam? —Grayson estaba sentado en la borda, recostado en el barandal y con los pies colgando—. ¿Cómo me encon…?

—Mia —admití—. ¿Te molesta que haya venido?

Se me quedó mirando un instante y me preparé para lo peor.

—No. Hay una escalerilla en popa, en la parte de atrás del barco.

Se levantó, me quité las plataformas y subí por la escalerilla. Tuve que utilizar los asideros en el último tramo, pero al final logré llegar arriba.

—Es precioso —susurré mientras lo observaba todo.

Las líneas eran elegantes, se había prestado una atención exquisita a todos los detalles. No era un barco de vela cualquiera, y desde luego yo no podría comprarlo en la vida. Las cubiertas pulidas brillaban bajo las luces, los asientos de lujo eran del cuero más suave, todo estaba rematado, abrillantado. Y, en el centro, Grayson. Tan guapo, tan musculoso, tan generoso y complicado.

«Me llevo un yate y al marino, por favor».

—¿Esto lo construyó tu familia?

—Es el orgullo de mi papá. Empezamos el diseño hace un par de años, pero a construirlo, lo que se dice construirlo, comenzamos este año. Yo ayudé con el diseño y siempre que venía a casa. Bueno, cuando no estaba…

—Con Grace —terminé por él. Acaricié el timón—. No pasa nada porque digas su nombre, Grayson.

Puso su mano encima de la mía. El contacto me paralizó y me dejó sin respiración por un instante.

—No quiero hablar de ella.

Ni la penumbra conseguía suavizar su expresión. Tenía la mandíbula tensa, rígida, y los labios apretados formando una línea firme.

—¿Quién eres en realidad? —le pregunté en voz baja, mientras apoyaba mis manos en su pecho—. ¿Eres el hijo obediente? ¿El que vuelve a casa y se hace cargo del negocio familiar? ¿El que diseña barcos de vela?

—Sí.

Me puso una mano en la cadera. El corazón me dio un vuelco.

—¿Eres el piloto del Ejército, el primero de tu clase, dispuesto a que te envíen a cualquier lugar? ¿Al extranjero?

—Sí.

Le miré el pecho, y subí la vista hacia sus ojos.

—¿Eres el chico que me besó cuando estaba llena de masa para brownies? ¿O el que lanzó contra la pared al que había sido su mejor amigo?

—También.

Presionó mis caderas contra las suyas, y sentí una oleada de deseo arrasadora. Sujeté el timón con más fuerza.

—No puedes ser las dos personas, Grayson. Aquí eres alguien distinto. En casa pareces un tipo más bien duro, pero aquí… estás enojado, eres peligroso, y sufres mucho.

Retiró la mano que tenía puesta encima de la mía, y que yo seguía manteniendo aferrada al timón, y me sujetó por las caderas con ambas manos.

—Lo entiendo. He visto cómo te tratan, lo que esperan de ti. No puedo ni imaginarme lo culpable que debes de sentirte por lo que le pasó a Grace, pero sé que todo lo que pasa aquí…, lo que eres, tiene su origen en este suceso.

—Sam…

—No, deja que lo suelte todo. —Respiré hondo para controlar los nervios y di un paso atrás a fin de escapar de entre sus brazos—. No tienes nada que ver con lo que yo había planeado. Aunque, a decir verdad, tampoco es que tuviera un plan. Pero apareciste. Sé que te graduarás en la academia de vuelo dentro cinco meses, y que luego te irás. Lo nuestro no es permanente. ¡Pero apareciste! Y, aunque no tengo derecho a nada, me estoy enamorando de ti. Eso es… muy peligroso. —Se le suavizó la mirada, la expresión de la boca, todo él—. Venir aquí y verte así me duele en el alma. Daría cualquier cosa por que te sucediera un milagro, por que recuperaras a tu Grace, pero no puedo.

—No te lo he pedido —dijo en voz baja, dando un paso hacia mí.

Retrocedí.

—Basta. Cuando me tocas, no puedo pensar.

Esbozó una media sonrisa.

—Okey.

Dio otro paso.

—Es que, cuando estás en casa, en Rucker, eres mío. Bueno, mío mío no, pero sé que tenemos algo. En cambio, aquí… —«¿Por qué me cuesta tanto decirlo?»—. Aquí, le perteneces a ella. No hablo en el sentido romántico, aunque eso también lo entiendo. Aquí, sigues pagando, cumpliendo penitencia por algo que no fue culpa tuya. Tengo la sensación de que la única persona que puede derribar tus muros está en coma. Aquí, eres suyo, no mío, y me estoy enamorando de ti, Grayson.

Extendí las manos para detener su avance, pero solo tuvo que introducir las suyas por debajo de mis brazos para sujetarme de las caderas y alzarme hasta que estuvimos a la misma altura. Era tan fuerte que podía conmigo así, a pulso, sin necesidad de echarse mi peso sobre los hombros. Dios, qué bueno estaba.

—Grayson.

—Shhh. Ahora me toca a mí. —Me sentó en la silla del capitán y mantuvo su cara a un suspiro de distancia de la mía. Posó sus cálidas manos en mis mejillas —. Tienes razón, soy todas esas personas. Aquí soy lo que necesitan que sea. Soy el hijo para mis padres y el hermano para mis hermanas. Soy el punto de unión con Grace para sus padres y cuido de ella para aliviarles parte de la carga que soportan. Asumo la culpa que me atribuyen de forma inconsciente, porque me la merezco. —Yo iba a decir algo, pero me puso un dedo en los labios—. No, es verdad. Nunca me perdonaré haber permitido que Owen condujera, no haberle quitado las llaves. Eso me perseguirá el resto de mi vida, y ahí está Grace para recordármelo. Cuando estoy aquí, sigo siendo su mejor amigo. Continúo rezando para que ocurra un milagro porque, si alguien se merece una vida plena y feliz, es Grace.

Se me cayó el alma a los pies. Pensar que siempre iba a pertenecerle a ella y oírselo decir eran dos cosas muy distintas. Me acarició los pómulos y me contuve para no apoyarme en él, para no aceptar cada momento que quisiera darme, aunque fuera una egoísta por robárselo a Grace.

—Pero da igual dónde esté, Samantha. En casa, en Rucker o aquí, paseando por la playa. Sigo siendo tuyo. Cuando estoy sentado junto a Grace, soy tuyo. Cuando estoy estudiando para el próximo vuelo, soy tuyo. Cuando discuto con mis hermanas, con mis padres, con los Bowden…, soy tuyo. No lo dije en voz alta, pero, si tú me encontraste, yo también te encontré a ti, vaya si te encontré. Me desafías, me transformas un día tras otro. Me da igual lo que vean los demás, o qué papel tenga que representar, porque te llevo bajo la piel, cuando estoy aquí, me acompañas. Esto que hay entre nosotros no es temporal, no tiene fecha de caducidad. Soy tuyo. Siempre.

Me besó con delicadeza, y recorrió mi labio inferior con la lengua.

—Puedes soltarte si quieres, puedes dejarte caer. Se me da bien recogerte.

Le clavé los dedos en la espalda y pegué mis labios a los suyos. Él me sujetó por las caderas y me estrechó contra sí, y el fuego que habíamos tenido bajo control hasta ese momento empezó a rugir, y cobró vida. Dios, cómo deseaba que me consumiera.

Lo besé con más intensidad, buscando su lengua, pero él tomó el control y me hizo girar la cabeza para tener mejor ángulo. Bajó las manos, me agarró del trasero y me levantó de la silla.

Le eché los brazos al cuello, le rodeé la cintura con las piernas y entrelacé los tobillos alrededor de su espalda.

Deslicé los dedos por su pelo. Nuestros labios se acariciaron, nuestros dientes se mordieron, las lenguas se tocaron, se devoraron… Aquel beso me consumió todos los sentidos. Primero introdujo una mano por debajo de mi vestido, luego la otra, y así sus dedos pudieron acariciar directamente mi piel. Me presionó la cara interna de los muslos, y acercó los dedos tentadoramente a la tirita de encaje que los separaba.

—Adoro tu piel —susurró contra mi boca.

Y me besó el cuello, la garganta, devoró la delicada piel de mi clavícula.

—Y tu olor… —musitó, pasando la nariz por mi cuello—. Me gustaría quedarme a vivir aquí, Sam.

Lo jalé del pelo, obligándolo a ofrecerme su boca y le devoré la lengua sin permitirle escapatoria alguna. Gimió, me sujetó los muslos con más fuerza y echó a andar conmigo a cuestas. Apartó la boca apenas un instante para que apoyara la cabeza en su hombro mientras me conducía escaleras abajo, hacia el camarote del barco.

En cuanto el techo me permitió volver a alzar la cabeza, me apoderé de nuevo de su boca, y los besos se volvieron más violentos, más desesperados. Jalé su camisa, pero la tenía atrapada bajo las piernas.

—¿Impaciente? —susurró con los labios pegados a mi boca.

—Quítatela. No sabes el tiempo que llevo esperando este momento.

Se me hizo agua la boca ante la idea de recorrer con la lengua cada línea de aquel cuerpo tan espectacular.

—Yo estaba pensando lo mismo.

Me sostuvo con una sola mano y abrió la puerta que había a mi espalda con la otra. Un paso más y me depositó sobre una cama con las sábanas más suaves que había tocado en mi vida.

—¿La cama está hecha?

—Esta mañana realizaron una sesión de fotos para el folleto. ¿Quieres que te lo enseñe todo? —Señaló hacia atrás.

—Quítatelo todo, absolutamente todo, lo que llevas debajo de la ropa también. —Me puse de rodillas al borde de la cama—. Ahora mismo.

Se sacó la camisa por encima de la cabeza y lo ayudé a liberar los brazos, demasiado concentrada en lo que tenía delante como para ver dónde la arrojaba.

Se me agarrotaron todos los músculos del vientre. Grayson estaba hecho para el sexo, no solo tenía los músculos bien definidos, también estaban muy desarrollados, y eran grandes, fuertes. Lucía una piel bronceada, divina, de una suavidad increíble.

—Eres… Dios, no tengo palabras para describirte.

Apenas podía respirar. Le acaricié los pectorales, y él contuvo el aliento en cuanto le rocé los pezones con los pulgares. Me incliné sobre su pecho y empecé a lamerle un pezón. Él dejó escapar un gemido, deslizó los dedos por mi pelo y me sujetó la cabeza mientras yo lo mordisqueaba, lo besaba.

Me senté sobre los talones y devoré con los ojos cada centímetro de su cuerpo increíble. Noté cómo se le tensaban los músculos del vientre al contacto con mis manos y, cuando alcé la vista, me topé con la mirada más intensa y hambrienta que jamás me había dedicado nadie.

—¿En qué estás pensando?

—En que cada pesa que he levantado, cada kilómetro que he corrido, ha valido la pena si me miras así.

Me acarició la mejilla y a continuación deslizó la mano por los tirantes del vestido.

Crucé los brazos sobre el estómago y de pronto sentí un escalofrío, en contraste con la calidez de su mirada.

—Grayson… Yo no soy… —Señalé su torso.

Arqueó una ceja mientras jugaba con el cierre del costado.

—Confía en mí.

Nunca me había avergonzado de mi cuerpo hasta entonces. «Pero ¿qué dices?, si tienes unas curvas estupendas».

Nos miramos de nuevo, levanté los brazos para que terminara de bajarme el cierre; parpadeé, autorizándolo a proseguir con la mirada y él me quitó el vestido con delicadeza.

¿Aquello fue un gemido ahogado o una exclamación? Abrí los ojos de nuevo y me estaba mirando. Su mirada me hacía cosquillas en la piel, y, allí donde sus ojos se detenían para admirar mi cuerpo, yo sentía un calorcito y un cosquilleo. Se quedó extasiado contemplando mis pechos bajo el sostén de encaje, el vientre, la tanga de encaje rojo.

—Samantha. Eres perfecta. —Extendió la mano, pero se detuvo—. Si empiezo… Si te toco ahora… —Sacudió la cabeza.

Ya estábamos en el umbral, pero él seguía ofreciéndome la posibilidad de decidir. «Como si yo no estuviera más que decidida». Ansiaba hacerlo. Necesitaba sentir el peso de Grayson, sus gloriosos músculos encima de mí, sus manos fuertes sobre mi cuerpo. Lo necesitaba tan dentro de mí que pudiera notar su sabor por la mañana, que lo oliera en mi piel. Estaba harta de esperar.

Deslizó una mano por mi espalda, me desabrochó el sostén de encaje rojo y me bajó los tirantes, primero uno, después el otro. No apartó la vista en ningún momento, y así pude percibir el instante en que el deseo se impuso a cualquier otro pensamiento racional. Mi propio deseo era tan intenso que me dolía, nada me había puesto nunca tan caliente como aquella expresión posesiva, depredadora, que vi en sus ojos.

Mi sostén fue a reunirse con la camisa que había tirado al suelo; me incliné y puse su mano en uno de mis pechos.

—Tócame. No te preocupes por nada, y no pares. Lo estoy deseando. Te deseo a ti.

Y estalló.

Un segundo antes lo tenía enfrente, y al cabo de un instante estaba encima de mí, me tenía clavada en la cama, besándome hasta dejarme sin aliento, descargando todo el peso de su cuerpo sobre un codo y acariciándome los pechos con la otra mano. Contuve un gemido cuando me pellizcó un pezón. Una sonrisa traviesa le iluminó el rostro, y por un momento pensé que se me iba a parar el corazón. Dios santo, Grayson siempre estaba guapo, pero cuando sonreía resultaba arrebatador.

Capturó un pezón entre sus labios y me arrancó un grito de placer. Empezó a girar, y a hacer vibrar la lengua alrededor, al tiempo que me pellizcaba el otro pezón con los dedos. Cerré los ojos para tratar de asimilar todas aquellas sensaciones, mientras una sucesión de descargas eléctricas se abría paso por mis venas.

Se acomodó entre mis piernas y me besó en la boca. Me aplastó los pechos con el torso y arañó mi delicada piel con las uñas mientras me sujetaba el trasero con firmeza. Le rodeé las caderas con una pierna y me pegué a su cintura para frotar mi clítoris contra su erección, moviéndome compulsivamente.

—Fuera esto —farfullé, al tiempo que deslizaba un pie por sus pantalones.

Se los quitó a toda prisa, sacó un condón de la cartera y lo puso junto a la cama, a nuestro lado. Hasta los muslos de Grayson eran bellos, con aquellos músculos perfectamente delineados.

—¿Mejor así? —preguntó.

Me besó el cuello y fue bajando hacia los pechos.

—Mucho mejor.

Sonrió, y al hacerlo pude apreciar una nueva definición de mi Grayson. Ansioso, feliz, hambriento… Mío.

Me besó cada centímetro de la piel del vientre, mordisqueó la zona donde se hundía bajo las costillas. Me trató como si fuera el examen más importante que debía estudiar, repasó los lugares donde más me hacía estremecer, anotó mentalmente lo que me gustaba, lo que me hacía retorcerme de placer.

Fue deslizándose lentamente por mis piernas, se detuvo detrás de las rodillas cuando oyó una exclamación ahogada y presionó los arcos de mis pies con sus pulgares. Caricia a caricia, beso a beso, con la paciencia de quien lleva mucho tiempo planeando algo, me estaba dejando hecha un charco de deseo hedonista. En cuanto su aliento acarició el encaje de mi tanga, empecé a mover las caderas.

Me miró a los ojos y esperó a que asintiera para quitarme la prenda, deslizándola a lo largo de mis piernas. Volvió a ascender, prodigándome nuevas caricias, y para mi tortura se detuvo a escasos centímetros de donde necesitaba que me tocara.

Si no hacía algo de inmediato, iba a estallar en llamas.

—Me estás matando, Grayson.

Mi cuerpo se negaba a permanecer quieto, necesitaba contacto, fricción.

—Ya. Pues yo estoy muriéndome desde la mañana que vi tu trasero en la barra de la cocina.

Me lo apretó para subrayar sus palabras y a continuación me besó. Gemí directamente en su boca, y él aprovechó para mordisquearme con delicadeza el labio inferior.

—Samantha.

Mi nombre en sus labios me supo casi tan bien como los dedos que me abrieron el sexo y se deslizaron entre sus pliegues hasta rozar el clítoris.

Fue increíble. Me arqueé contra él.

—Más. Por favor. Más.

—¿Sabes cuánto tiempo llevo pensando en esto? ¿Cuántas noches me he pasado en la cama, al otro lado del pasillo de la tuya, soñando con cómo sería tocarte? ¿Cuántas veces te he visto agacharte y he tenido que controlarme para no ponerme detrás de ti, para no entrar en ti al momento? —Dibujó otro círculo con los dedos en torno al clítoris y dejó escapar un gemido—. Imaginando lo húmeda que estarías. —Se le aceleró la respiración, apretó los dientes, y me introdujo un dedo. Todos mis músculos se tensaron a su alrededor y no pude contener un grito. Me metió otro dedo, me besó, entró en mi boca con la misma deliberada parsimonia con que movía los dedos—. Lo apretado que lo tendrías —susurró contra mis labios.

Dentro de mí, todo se enroscó, se tensó en el bajo vientre, vibrando más y más con cada palabra, con cada presión de sus dedos. Me apretó el clítoris con el pulgar mientras seguía trabajándome por dentro con los otros dedos.

—Dios, Sam, las veces que he soñado con esto, que he tenido un millón de fantasías, abrazarte, explorarte, acostarme contigo, hacerte el amor… —Me besó con delicadeza y me derretí un poco más pese a la tensión que amenazaba con romperme por dentro—. Cogerte.

Solo Grayson podía hacer que esa fuera la palabra más sensual que había oído en mi vida.

Aceleró el movimiento de los dedos, los curvó hacia arriba, y el beso se hizo más exigente. Acompañé el gesto de su mano, me arqueé hacia él con cada embestida, le clavé las uñas en la piel de la espalda. Cerré los ojos. Todos mis sentidos estaban sobrecargados de placer.

—Grayson…

Su nombre se convirtió en una súplica mientras me acercaba al punto sin retorno.

—Mírame —me ordenó—. Quiero ver cómo te vienes.

Abrí los ojos y en ese momento me presionó el clítoris al tiempo que me frotaba el punto G. Lancé un grito mudo cuando el orgasmo me partió en dos e incendió cada célula de mi cuerpo con una explosión de puro placer.

Trazó círculos con el pulgar alrededor de mi botón rosado para acompañarme en el descenso, ejerciendo una ligera presión que me hizo tensarme de nuevo. Sacó la mano. Acababa de tener el orgasmo más increíble de mi vida, pero sentí que otra chispa se me encendía por dentro cuando se lamió la yema del dedo medio. El que había tenido dentro de mí.

Se le escapó un gruñido.

—Sabes aún mejor de lo que me imaginaba, y me he imaginado muchas cosas, de verdad.

Tenía los ojos como enloquecidos, estaba perdiendo su proverbial autocontrol. Por mí. Yo lo había puesto al borde del abismo, pero no era suficiente.

Quería que se volviera loco.

Apoyé una mano en su hombro y lo obligué a acostarse de espaldas, no sin antes apartar a un lado el condón. Y ahora fue él quien contuvo un gemido cuando le lamí el pecho, saboreando cada línea, inhalando su olor mezclado con el mío.

Me entretuve en la sensual V que conducía hacia su ropa interior, besé sus músculos tensos mientras él deslizaba los dedos por mi pelo.

—Sam —gimió.

—¿Sabes cuánto tiempo llevo esperando poder hacer esto? —contraataqué—. Me vuelves loca en el gimnasio, en casa, cada vez que te quitas la camisa. Cada vez que desnudas un centímetro de piel es como si tuvieras una conexión directa con mi tanga. —Le mordisqueé el pezón, y también se lo besé—. No es justo.

—Sam —me susurró, lo miré a los ojos y estos desprendían un brillo salvaje—. Para que lo sepas, tú tienes todo el poder, todo el control. Siempre. Se me pone dura en cuanto te veo sonreír, cuando dices una grosería, cuando estás en la misma habitación que yo.

—A ver si es verdad.

Palpé su erección por encima de la tela de los calzoncillos y arqueó las caderas al tiempo que ahogaba una exclamación. Aquello me envalentonó. Así que recorrí con los dedos el elástico, los metí y le quité la prenda sin romper en ningún momento el contacto visual. La intimidad de lo que estábamos haciendo resultaba casi abrumadora.

Me humedecí el labio inferior con la lengua y tanteé su miembro con la mano. Era grande. Claro. ¿Qué parte de Grayson no tenía la constitución de un dios griego? Gimió y apretó los dedos contra mi pelo.

Lo noté caliente en la mano, suave, duro, delicado en la punta cuando la acaricié con el pulgar para secar la gota de humedad que ya había brotado. Y me rendí a la necesidad de probar su sabor. Pasé la lengua por la base del miembro y subí hasta la punta. Lo sujeté con firmeza, me lo metí en la boca y ronroneé de placer cuando pronunció mi nombre.

—Samantha. Carajo. Sí… No. Dios, no. Me voy a venir. —Le temblaban las piernas.

—Bien —susurré, y seguí recorriéndolo con la lengua.

—Quiero estar dentro de ti —rugió, y se incorporó sobre los codos.

Abrí la envoltura de papel de aluminio y le puse el condón.

—Sí.

No hizo falta que se lo dijera dos veces. Me dio la vuelta y me acostó sobre la espalda. Aquel no era el hombre paciente, controlado, que acababa de llevarme hasta el orgasmo. Apenas le quedaba un ápice de autodominio. Lo noté por la tensión de los músculos, por la presión de los labios.

Tenía que vencer aquella última resistencia.

Se acomodó entre mis muslos y yo alcé las rodillas cuando lo sentí cerca de mi sexo.

—Grayson —le supliqué al ver que se detenía.

Me miró a los ojos durante un momento que resultó agónico y negó con la cabeza.

—No.

«¿Qué?». ¿Iba a parar precisamente ahora? ¿En serio?

Buscó mi boca con la suya, me introdujo la lengua y al mismo tiempo empezó a hacer magia con los dedos sobre mi clítoris hipersensible.

—Carajo, cómo me gusta tocarte —susurró al percibir que mi cuerpo respondía de inmediato—. Me muero por estar dentro de ti, Sam. Te montaré hasta que te vengas gritando mi nombre. No podrás volver a mirarme sin recordar las mil maneras que tengo de ponerte al rojo vivo, y te aseguro que puedo ser muy creativo.

Aquellas palabras me dispararon aún más.

—Tienes una boca muy sucia.

Le devoré el labio inferior mientras proyectaba las caderas hacia su pelvis. Necesitaba algo más que un mero estímulo externo. Lo necesitaba dentro.

—Tengo una mente muy sucia. Y apenas te estoy dejando asomarte.

El corazón se me paró por un instante. Había derribado sus muros, se había abierto a mí.

—¿Sam? —inquirió, inmóvil de repente.

Tiré por la ventana todas las reservas, todas las inhibiciones, y lo besé como si mi vida dependiera de mezclar nuestros alientos. Me entregué a las sensaciones que me provocaban sus dedos, y entonces me besó los pechos hasta que ya no pude controlar el movimiento de mis caderas.

Grayson tenía la frente perlada de sudor.

—Grayson, por favor. Por favor. —¿Cuánto más pensaba hacerme esperar?

Se puso encima de mí, aguantando el peso de su cuerpo con los codos, y estuve a punto de ahogarme en la marea de sus ojos.

—Lo que tú quieras es tuyo, Samantha. Porque yo soy tuyo. Todo yo.

Me penetró centímetro a centímetro. Noté cierto escozor cuando se abrió camino, pero no fue nada comparado con la exquisita sensación de sentirlo dentro.

—Dios mío —gemí cuando entró por completo.

Abrió mucho los ojos.

—Esto es… Eres… —Apoyó su frente en la mía—. Es más que perfecto. —Me besó con dulzura y se me llenaron los ojos de lágrimas—. Mi Samantha.

Roté las caderas y los dos gemimos a la vez. Luego, alzó una rodilla y me penetró todavía más a fondo, me tocó un punto que me hizo gritar, y grité aún más cuando empezaron las embestidas rítmicas, poderosas.

Cada una me llevaba más alto, me tensaba más los músculos. Respondí a sus arremetidas con movimientos de las caderas hasta que los dos estuvimos empapados de sudor. Entre tantos movimientos, manos y lenguas, perdí la pista de donde empezaba él y dónde terminaba yo.

—Grayson… —susurré cuando sentí que se me tensaban todos los músculos.

Estaba a punto, al borde del precipicio. Cambió de ángulo para que las siguientes embestidas me presionaran el clítoris y caí al vacío, me agarré a él, mi único terreno sólido.

Se tensó sobre mí y gritó mi nombre al venirse, con los ojos entregados mientras palpitaba dentro de mí. Y, en ese momento, sentí que era como él decía: mío.

Se derrumbó a mi lado, y me cubrió el hombro de besos.

—Es… Fue… No tengo palabras.

Conseguí sonreír.

—Ni yo. Sugiero que descansemos antes de que me convenzas para el segundo asalto.

Se rio.

—Te gustará, te lo prometo.

Me apoyé en un codo para quedar por encima de él y le di un beso, saboreándolo para tratar de memorizar cada segundo.

—Cuando quieras. Donde quieras.

Me acarició el labio inferior con el pulgar. Tenía en los ojos un fuego que pensé que ya se habría extinguido.

—Te tomo la palabra. Antes te dejaré dormir… unas horas.

Se limpió, jaló las cobijas para taparnos y me atrajo hacia su torso. Encajábamos a la perfección, por supuesto. El calor de su cuerpo y el latido rítmico de su corazón me hicieron conciliar el sueño en cuestión de minutos.

Joey me despertó bruscamente al gritar el nombre de Grayson.

—¡Grayson Masters, yo te mato! ¡Vi los zapatos de Sam, sé que no estás solo!

La luz del sol entraba por el pequeño ojo de buey.

«Ay, Dios mío».

—¡Mierda! —gritó Grayson. Se incorporó de golpe y me tapó con la sábana—. ¡Ni se te ocurra entrar, Josephine!

—¡Serás idiota, Gray! ¡El fotógrafo va a llegar en menos de media hora!

—¡Eso fue ayer!

—Cambiamos la sesión a hoy. —Estaba tan cerca de la puerta que la oí suspirar—. Espabila. Dejaré los zapatos de Sam aquí. Pero…, por lo que más quieras, cambia las sábanas, hay otro juego en el armario.

Oímos los pasos que se alejaban. Grayson me besó.

—Buenos días. Igual deberíamos darnos prisa.

—¿Tú crees?

Solo me faltó gritar. En mi vida me había vestido y había cambiado unas sábanas tan deprisa. Llevé los zapatos en la mano mientras Grayson me ayudaba a bajar por la escalerilla. Una vez abajo, me puse las plataformas.

Cruzamos la puerta lateral y vimos a Joey, de pie, vestida con jeans y una playera polo.

—¿Están locos o qué?

Grayson me tomó de la mano, se la llevó a los labios y me dio un beso en la palma.

—Sí.

Puso los ojos en blanco.

—¿Y ahora qué hago yo con un barco que huele a sexo?

Su hermano se encogió de hombros.

—¿Subir el precio?

Volteó a verme con una sonrisa traviesa que se expandió al mirarme. El sol de la mañana le arrancó destellos plateados a sus pupilas y —juro que estaba soñando— apareció un hoyuelo en su mejilla. «Un puto hoyuelo». Irradiaba… felicidad.

El corazón se me calentó tanto que estuvo a punto de estallar en llamas. «Oh, no».

Me estampó un sonoro beso en la boca.

—Tengo que ir a recoger mi cartera. Espérame en el coche.

Asentí, incapaz de decir nada.

Joey tenía la boca tan abierta como estaría la mía si no estuviera paralizada.

—Guau. —Salvó la distancia que nos separaba y me abrazó, como si yo fuera algo precioso, sagrado—. Sam. *Cool*. Gracias. Ese era Gray, el verdadero Gray. Hacía años que no lo veía. Sabía que por algo me caías bien.

—¡Deja en paz a Sam, Joey! —le gritó Gray desde la puerta con la cartera en la mano.

Joey me soltó, fue hasta él, le dio un abrazo y se metió corriendo en el barco.

—¿Estás bien? —me preguntó tras otro beso y una sonrisa aún más amplia.

El pecho se me hinchó de un modo que no podía negar… ni permitir.

Asentí y me obligué a sonreír como él mientras caminábamos hacia el coche.

No. No estaba bien. Ni mucho menos. Para derribar sus muros, había acabado demoliendo también los míos.

Me había enamorado de Grayson Masters.

Capítulo veinte

—Te queda bien un bebé en brazos —comentó Miranda desde el sillón de la esquina de la habitación de Grace.

—Algún día. —Jalé un poco el sombrerito de rayas rosas y azules para que no le cayera sobre los ojos a la niña. Amberly Grace. El nombre le quedaba. ¿Cómo sería tener una hija? ¿Heredaría mi terquedad? ¿La chispa de su mamá? ¿Mis ojos grises, o color verde avellana como los de ella? ¡Y pobre de mí si le daba por usar unas faldas tan cortas! Nada de faldas, ni pensarlo. Y nada de chicos. Eso es. Y me iba a hacer falta una pistola más grande. O podría estacionar el Apache en el patio de la casa. Seguro que eso asustaría a los pretendientes.

Qué iluso. Si teníamos una hija, estaba jodido, porque, si se parecía lo más mínimo a su mamá, no iba a poder mantener a los chicos a raya ni amenazándolos con los misiles Hellfire de un Apache.

«¿Hijos con Sam?».

Se me estaba desbocando la imaginación.

—Tierra llamando a Grayson —me reclamó Miranda con una sonrisa. Tenía el pelo recogido en un chongo despeinado, y, a pesar de las ojeras, estaba muy hermosa. Agotada pero guapa.

—Deberías estar en la cama —la reprendí—. Si no tiene ni un día.

—Quería que Amberly conociera a su tía —dijo, sin poder contener un bostezo.

Mecí a la niña, y traté de centrarme más en la nueva vida que sostenía en brazos que en la que había junto a mí, sumida en el coma.

—¿Sabías que Owen viene a visitarla?

Apartó la mirada. Sabía que había venido a ver a Grace.

—Cumplió la condena, Gray. Sé que mintió y que no estaban echando una carrera. Pero era un chico estúpido de dieciocho años y cometió un error.

—Un error imperdonable. —Escupí las palabras una a una.

Miranda ladeó la cabeza como solía hacer Grace, pero la semejanza entre ambas ya no me resultaba tan dolorosa como antes.

—¿Acaso hay algo que no se pueda perdonar, Gray?

«No le quité las putas llaves».

—Sí.

—No creo que Grace estuviera de acuerdo, independientemente de lo que digan nuestros padres. Ella te pediría que dejaras de sufrir más de lo necesario. Te diría que no hay nada malo en seguir adelante; que es lo más sano, y que lo necesitas. Te diría también que tu nueva vida, la academia de vuelo, esa novia nueva que tienes… te sientan muy bien.

«¿Novia?». Sí, Sam era mi novia. ¿Tenía razón, entonces? ¿Había seguido adelante?

—Y hablando de Sam —se interesó—. ¿Dónde está?

—¿Cómo sabes su…?

—Mis papás no escatimaron detalles de la épica cena de anoche. —Se le cerraban los ojos. Me acerqué a ella y le pasé otra cobija.

—Ah, sí. Qué noche. Pues ahora mismo está con mi mamá. Quería almorzar con Sam, porque nos vamos mañana. —Le eché un vistazo a mi reloj—. Si sobrevive, supongo que llegará en cualquier momento.

Miranda no respondió. La busqué con la mirada y vi que se había quedado dormida con la cabeza reclinada en el respaldo del sillón.

—Pues nada, más tiempo para ustedes dos, señoritas —le susurré a Amber.

La deposité en la cama con suavidad, frente a Grace, que estaba acostada de costado. Luego la acurruqué contra ella, cara con cara.

—Grace, te presento a Amber. Amber, ella es tu tía Grace.

Sujeté a Amber por la espalda para que no rodara debido a la suave inclinación de la cama. De haber sido un idiota romántico, habría dicho que Grace dirigía los ojos hacia su sobrina, y que sus miradas se encontraban. «Pero no eres un idiota, y sabes que pusiste a Amber en la línea de visión de Grace».

—¿Qué te habría parecido la chica de ayer, Gracie? —Me eché crema en la mano y, tras alguna que otra acrobacia, logré frotarle a Grace la piel seca de la mano sin dejar de mantener sujeta a Amber. Qué complicado era eso de los bebés…

Me quedé allí, absorbiendo cada detalle de Grace, su cuerpo menudo, la mirada vacía. Aún me quedaba un rescoldo de amor por ella. Lo sabía, lo notaba. Pero no era lo mismo que sentía por Sam. Grace era una persona sólida, dulce, que se dejaba llevar, satisfecha de que yo siguiera mi camino, siempre dispuesta a apoyarme en mis elecciones. Y, aunque era mi mejor amiga y la extrañaba mucho, el dolor se había mitigado un poco.

—¿Qué me aconsejarías que hiciera? —Me dolía el corazón, porque sabía la respuesta. Acaricié su pálida mejilla con el pulgar—. Me dirías que fuera feliz. Que no malgastara el amor…, si es que es eso lo que hay entre Sam y yo. No es como amarte a ti, Grace; es una sensación distinta. Ella es un fuego que me quema justo como yo lo necesito. No se traga mis tonterías, y puede llegar a ser un auténtico dolor de cabeza. Pero, cuando la beso… Puedo respirar. No sé si eso me convierte en un idiota o no, pero cuando estoy con Sam todo se desvanece. El dolor, la soledad, la indecisión. —Froté entre los dedos unas hebras de su cabello—. Hasta la culpa se apacigua. Es como si fuera el sol de mediodía, y mi sombra no solo se oculta, sino que se reduce. Desaparece.

«Y el sexo…». Cuando nos tocábamos, Sam me arrancaba hasta la última brizna de pensamiento consciente. No era solo por haber estado cinco sin pareja. Recordaba el sexo a la perfección, y Sam lo trascendía en cualquier sentido de la palabra. Y no es que no hubiera recibido abundantes ofertas, incluso en Citadel, donde la proporción de hombres y mujeres estaba muy a favor del sexo femenino. Pero Sam fue la primera mujer que me hizo mirar más allá de Grace y… verla tal como era.

Y Sam me vio también a mí, con una profundidad que nadie había alcanzado jamás.

«Ni siquiera tú, Grace». Solo de pensarlo me sentí un completo imbécil.

Amber se quejó, y de pronto dejó escapar un grito agudo. Miranda se despertó y parpadeó.

—Yo me encargo —dijo. Le puse a la pequeña entre los brazos—. De todas formas, tengo que volver a mi cuarto. James me va a traer la cena. La comida del hospital es asquerosa.

—Fue un placer verte, Miranda.

Depositó a Amber en la cuna con ruedas y me dio un apretón en el brazo.

—Lo mismo te digo. Oye, Gray… Quizá deberías plantearte vivir tu propia vida por un tiempo. Tómate unos meses de descanso antes de regresar. Céntrate en la academia de vuelo. Pilota ese pedazo de helicóptero tan hermoso. Te mereces conocer ese mundo que te espera ahí fuera, si te da por salir de aquí y dejar de encerrarte en este lugar.

—Pero Grace…

Enarcó una ceja.

—No se va a mover de aquí. Y a ella le gustaría que tú sí lo hicieras.

¿Alejarme unos meses? ¿Quedarme en Rucker y estudiar? ¿O en casa, con Sam?

Miranda suspiró y me dio un puñetazo afectuoso en el hombro.

—Despierta, hombre. No estás cambiando a una por la otra, no vas a abandonar a Grace para irte con Sam. Grace nos dejó hace ya mucho tiempo. Así que escógete a ti mismo. Escoge seguir con tu vida. Escoge salir de la tormenta que se abate sobre ti y sécate al sol.

Parpadeé, confuso.

—Lo oíste todo.

Sonrió y palmeó el hombro que acababa de golpear.

—Hace mucho tiempo que me tienes preocupada. Te he visto ahogarte día tras día. Pero a partir de ahora ya no. Ahora vas a estar bien, vas a ser feliz. Con Sam. Te lo mereces. —Empujó la cuna de Amber casi hasta el pasillo y luego volteó a verme—. Te conozco desde que naciste, así que te comprendo bien y sé que lo siguiente que dirás es que no es justo para Sam, ¿verdad? Que se merece a alguien que no tenga el corazón dividido.

Abrí la boca, pero la cerré sin decir nada. Tenía razón.

—Tu corazón no está dividido, Gray. Piensa en lo que acabas de decirle a Grace. Que la amabas.

Fruncí los ojos.

—Es verdad. La he amado desde que éramos unos niños.

—Cierto. Pero ya no la amas. —Contempló a Grace con una sonrisa melancólica y luego se giró y me miró de nuevo—. Al decírselo a Grace usaste el pasado. Seguro que ni te diste cuenta, pero tu inconsciente sí. Ella es tu pasado, y siempre lo será. Sam es tu futuro, y lo seguirá siendo mientras logres retenerla con esa pose taciturna tuya en plan Heathcliff.

«¿Taciturna?».

—Gracias, Miranda.

—No quiero volver a verte hasta octubre, Gray. —Hizo una mueca y yo me eché a reír—. ¿Qué pasa?

—No hace ni veinticuatro horas que eres mamá y ya dominas a la perfección «la mirada». —Sonreí. Fue una sensación agradable.

—Te libras de esta porque hacía años que no te oía reír. Octubre, Grayson Masters. Lo digo muy en serio.

Se fue. Saqué el celular.

Grayson: ¿Dónde estás?

Samantha: ¿Ya me extrañas?

Grayson: Desde el primer minuto.

Samantha: Guau. ¿Crees que te va a tocar la lotería otra vez hoy?

Grayson: Estoy seguro.

Samantha: Ja, ja, ja. Puede que tengas razón. Mia me trajo y se acaba de ir.

Tomé el elevador y bajé a la recepción. Sam entraba en ese momento, mordiendo una galleta de chocolate. Su sonrisa fue instantánea; la mía me salió con facilidad.

Con ella, todo era más fácil.

—Hola, piloto. —Se puso de puntitas para besarme. Le lamí los restos de chocolate del labio y luego me obligué a apartarme de su boca. Seguro que no entraba en sus planes que la arrastrara hasta el primer consultorio que encontráramos vacío. Porque cerraría la puerta, le bajaría esos shorts que apenas le tapaban nada y le clavaría la lengua, como llevaba meses fantaseando que haría. Anoche me salté esa parte; estaba demasiado ansioso por penetrarla al fin. «Amigo, concéntrate, que estás en un hospital».

Carajo. Creía que acostarme con ella apagaría un poco el fuego que me consumía, pero más bien lo había alimentado. Ahora ya no tenía que imaginar cómo sería poseerla… Ahora lo sabía, y era mejor de lo que me habría atrevido a soñar.

Mierda. Teníamos que salir de allí enseguida.

—¿Lista para que nos vayamos? —pregunté.

—¡Para ir a ver las vistas! Tu mamá me dijo que hay un hermoso faro aquí cerca.

—Lo siento, no quería dejarte a solas con ella, pero insistió mucho.

—Se portó muy bien, te lo juro. Hizo muchas preguntas y no me contó nada de tu sórdido pasado. —Me clavó el dedo—. Pero sí le eché un vistazo a tu anuario escolar…

Se me escapó un quejido, y no fue porque acabáramos de salir al sol del atardecer.

—¡Eras muy lindo! —se rio, tapándose los ojos con los lentes oscuros.

—¿De verdad te estás burlando de mí? —Intenté sujetarla, pero se adelantó y se puso fuera de mi alcance.

—Casi ni te reconocí —dijo, mientras caminaba de espaldas.

—Bueno, pesaba ochenta kilos con ropa.

—Lo que dije, eras muy lindo. —Retrocedió hasta apoyarse en el cofre del Mustang con ambas manos.

Tragué saliva. La imagen que tenía frente a mí me dejaba sin respiración. Las piernas de Sam, extendidas, más largas de lo que parecía humanamente posible, asomaban bajo unos shorts que casi les suplicaban a mis dedos que exploraran el dobladillo… y más allá. Sonreía, y yo me moría por arrancarle esa sonrisa a besos. Los botones de la camisa se le habían abierto un poco, lo justo para sugerir las curvas que yo sabía que se escondían debajo. Allí, apoyada en mi coche, era la chica más atractiva que había visto jamás. «Y puedo tocarla».

Supuse que había notado mi cambio de humor, porque su sonrisa se desvaneció y entreabrió los labios; le acaricié la mejilla con una mano y el trasero con la otra.

—¿Sigo siendo lindo?

—Puede. Cuando tenga un veredicto, ya te lo haré saber. —Se subió los lentes oscuros y se los acomodó en el pelo.

Maldita sea, aquella chica sabía cómo hacer saltar todos mis resortes. Se humedeció el labio inferior con la punta de su lengua, de un intenso color rosa, y me abalancé sobre ella. Tras darle unos cuantos toques a esa lengua en cuestión, me olvidé de que estábamos en un estacionamiento. Qué diablos. Me olvidé hasta de mi nombre.

La besé hasta que gimió, y casi perdí el control. Se me llenó la cabeza de imágenes en las que la acostaba sobre el cofre, o ella se me sentaba encima a horcajadas en el asiento del conductor.

—Si no paras, voy a acabar cogiéndote aquí mismo, en el estacionamiento —gemí sin apartar los labios—. Este pantalón es demasiado sexy.

Me respondió con una carcajada.

—¿Qué hay de ese legendario autocontrol tuyo del que tanto hablan?

—Sobrevalorado.

—No creo que un arresto por exhibicionismo te ayude en tu carrera, así que igual sería buena idea saltarse lo de las vistas e ir directo a la casa de la playa.

Ya que podía, le di otro beso antes de soltarla.

—Mira quién se controla ahora…

El último botón de la camisa entró en el ojal. Me remangué hasta los codos. Unos shorts, y listo. Estaba anocheciendo, así que faltaba poco para que empezaran los fuegos artificiales.

A juzgar por los shorts y la camisa tirados por el suelo, Sam ya se había vestido. Los recogí y los eché al cesto de la ropa sucia mientras sacudía la cabeza. Tampoco me iba a enojar. Había aprendido, hacía ya mucho tiempo, que la gente nunca cambiaba. O los aceptabas tal y como eran, con sus defectos, o no quedaba otra que despedirte de ellos.

Sam era desordenada. Pero, si ese era su peor defecto, entonces no podía quejarme de mi suerte.

Bajé las escaleras y estaba atravesando el pasillo cuando me llegó una voz masculina, y la respuesta de Sam, que cada vez hablaba más alto.

—Si quiere que sepa algo, me lo contará él mismo. Que haya sufrido un trágico accidente de coche no significa que vaya a fracasar como piloto.

«Mierda».

¿Por qué no podía largarse papá de una vez? Era lo que siempre había hecho.

—Si a ti te importa su vida, hazme caso. Para él es peligroso volar. —La voz de mi papá resonó en la sala.

Aceleré y salté el último peldaño.

—Llevo un año volando con Grayson, y no hay nada de que preocuparse. Tiene unos reflejos inigualables y aprobó todos los exámenes. Se mata estudiando, algo de lo que deberías estar orgulloso.

Genial, ahora me estaba defendiendo Jagger. ¿Cuánto tardaría papá en abrir la boca?

—¿Orales o escritos? —quiso saber.

—Ambos —respondí, antes de que destruyera mi carrera. Me acerqué a Sam por detrás, le rodeé la cintura con los brazos y ella se apoyó en mí. Saludé con un gesto a Parker, que estaba de pie con los brazos cruzados, junto a nuestro papá—. Y tú, deja de acosar a mi novia.

Sam se puso tensa. Parker casi se atragantó.

—¿Tu novia?

—Mi novia —repetí.

Sacudió la cabeza.

—Da igual. Mira, si vinimos es porque no te presentaste a la carne asada de los Bowden y tampoco respondías los mensajes de texto.

Entrecerré los ojos.

—Estaba en la regadera, tengo el celular arriba y no vamos a ir.

—Pero es una tradición. —Me miró como si me hubiera salido otra cabeza.

—¿Y si los llevo a todos a la playa para los fuegos artificiales? —se ofreció Jagger. Me dio una palmada en la espalda—. A veces la familia es lo peor —añadió en un susurro.

—Bien lo sabes tú —respondí.

Sam se dio la vuelta sin salir de entre mis brazos.

—Voy a bajar con ellos, a menos que me necesites aquí. —Su voz reflejaba preocupación.

—No, lo tengo todo controlado. Nos vemos en un rato. —Le besé la frente y aspiré la cordura y la serenidad que ella desprendía. No se merecía presenciar la pelea que se avecinaba. Me dedicó una sonrisa tranquilizadora y, tras darme un fugaz apretón en la mano, salió detrás de Jagger.

Unos momentos después, la puerta se cerró. Ya teníamos la casa a nuestra disposición para poder gritarnos a gusto. Alterné la mirada entre Parker y papá, sin acabar de decidir con cuál quería empezar.

—¿Tu novia? —Parker disparó el primer reproche.

—Sí, Parker. Tengo novia. Se llama Sam, y por primera vez en años soy feliz. ¿Qué tiene eso de malo? ¿Estás en contra de que sea feliz?

Boqueó, insegura.

—Pero Grace…

—¿Qué pasa con Grace? —grité—. Yo amaba a Grace, y sin duda una parte de mí la amará para siempre, pero no va a volver, Parker. Seguro que no querría que me pasara la vida en el hospital, con su cuerpo, aunque su alma ya no esté. Si yo puedo aceptar ese hecho, tú también.

—¡Eso no es verdad! —replicó—. ¡Está…!

—Ya basta. —Mi papá ni siquiera tuvo que alzar la voz—. Parker, Gray ya ha sufrido bastante. Se merece ser feliz, y que lo amen. Tras ser fiel a Grace durante cinco años, yo creo que se ha ganado casi que lo canonicen. No te metas con él, ni con esa encantadora joven, solo porque albergas alguna fantasía idealizada en tu mente.

Vaya, qué placer volver a ver a mi papá.

—Papá —suplicó Parker. Volteé a verla.

—¿Por qué es tan importante para ti, Parker? —quise saber, mientras me esforzaba en mantener la calma.

Parpadeó para contener las lágrimas y se me encogió el corazón.

—Porque ustedes dos siempre fueron inseparables. Cuando éramos pequeños, en la escuela. Grayson y Grace. Verlos me hacía creer en las almas gemelas, en el amor. Y luego llegó aquella noche…

Los gritos de Grace, el choque, el horror inenarrable de verla bajo el agua cuando salí… Todos esos recuerdos me invadieron de repente. Cerré los ojos y respiré con dificultad. «Sam». Recordé sus ojos verdes, la sensación de tenerla en mis brazos, el modo en que me excitaba y a la vez me llenaba de paz. Por fin, abrí los ojos.

—Perder a Grace fue una tragedia. Pero ¿qué quieres? ¿Que muera con ella?

—No. —Apartó la mirada.

—Entonces tienes que dejarme vivir. Y Sam, te guste o no, me hace sentir más vivo que nunca. Te quiero, Parker. De verdad. Pero no voy a permitir que estropees lo mejor que me pasó jamás.

—Entonces ¿no vienes esta noche?

—Ya basta, Parker. Sal y espérame en el coche —le ordenó papá.

Parker me abrazó y retuvo el abrazo un instante de más.

—No abandones a Grace. Sé feliz con Sam, pero no la abandones.

—Nunca la voy a abandonar. Siempre estaré allí cuando me necesite. —Parker asintió y se encaminó hacia la puerta—. ¿Parker?

—¿Sí?

—Tampoco te abandonaré a ti, pase lo que pase.

Asintió y cerró la puerta tras de sí cuando salió.

—De mí no te vas a librar con tanta facilidad —exclamó papá.

—Desde luego que sí. No tienes derecho a interferir en mi carrera, papá. Ninguno en absoluto. Todo lo que he conseguido, me lo he ganado. He demostrado lo que valgo. Soy un piloto excepcional.

—No puedes hacerlo. No te lo voy a permitir.

—Ya no tengo cinco años.

—¡Sigues siendo mi hijo! —gritó—. Por Dios, Grayson. Te quiero. ¿Tanto te cuesta entenderlo? Quiero que estés a salvo, y tú te empeñas en suicidarte.

—¿Eso es lo que crees? ¿Que pretendo morir?

—Lo quieras o no, es lo que va a pasar. Si no eres capaz de respetar tus propios límites, ¿cómo vas a tratar a ese helicóptero con respeto? —Se cruzó de brazos.

Esa tensión en la mandíbula, esa forma de flexionar los brazos haciendo un esfuerzo por controlarse… Era yo. Y yo era él. No había forma de ganar esa discusión.

—Está claro que no nos pondremos de acuerdo. Ahora mismo soy el primer piloto de la clase, lo cual no es poca cosa, diría yo. O confías en mí, por primera vez en mi vida, o no confías. Por eso no te lo conté. No me vas a convencer de que renuncie a las alas incluso antes de que me las concedan.

La línea de batalla estaba trazada.

Nuestro enfrentamiento de voluntades había desembocado en un empate técnico. Al pasar por mi lado, en dirección a la puerta, me apretó el hombro con firmeza.

—Te quiero, Gray. Todo lo que he hecho fue por esa razón.

—Lo sé, papá. Yo también te quiero. Ven a la graduación, a verme volar. Cambiarás de opinión.

Frunció los labios y se tragó lo que quería decir.

—Nos veremos pronto, Gray.

Se fue y yo salí a la terraza para respirar el reconfortante aroma del océano. Casi había anochecido, pero aún se distinguían las olas que rompían una tras otra.

Este era mi hogar y a la vez no lo era. Sam tenía razón. En Rucker era una persona, y aquí otra distinta. Me saludó con un gesto de la mano mientras recorría el puente de madera de la playa y atravesaba las dunas. Puede que hubiera dos versiones de mí, pero ambas le pertenecían.

—¿Está todo bien? —Se apoyó en el barandal, a mi lado.

—Ahora sí. —Tenerla cerca me reconfortaba de un modo que no me atrevía a analizar.

—¿Así que tu novia?

—Eso es.

—¿Le pusimos una etiqueta a esta situación, entonces? —Apartó la vista. Tomé su barbilla con suavidad y le levanté la cabeza hasta que nuestras miradas se encontraron.

—¿Acaso asusté a Samantha Fitzgerald?

Le aparté el pelo de la cara. Qué suave era. Inclinó la cabeza para reclinarla sobre la palma de mi mano; un gesto sencillo, pero su confianza en mí hizo que mis sentimientos se volvieran aún más profundos. No sabía hasta dónde podían llegar antes de quedarme sin palabras para describirlos.

—Esa etiqueta… Yo solo… —Cerró los ojos y respiró con fuerza—. Te gradúas dentro de cinco meses, Grayson. Si la uso, si empiezo a depender de ti y te vas…

—Sam. —Abrió los ojos, y el temor que vi reflejado en ellos casi me destrozó. Yo no era el único que se arriesgaba. Ella confiaba en mí—. Ya encontraremos el modo. —No tenía intención de dejarla, pero aún no estaba preparada para oírlo.

—¿A ti no te asusta?

—Todo lo que tiene que ver contigo me asusta, pero llamarte mi novia es lo que menos me da miedo. No cambia lo que significas para mí, ni define nuestra relación excepto de cara a los demás, para que lo entiendan. —Le deslicé el pulgar por el labio—. Eres mi Samantha, y yo soy tu Grayson. Para mí eso significa muchísimo más que llamarte «mi novia», como si aún estuviéramos en la preparatoria.

—Pero soy tu novia.

—¿Quieres que te dé mi chamarra deportiva como prueba? —Logré decirlo sin sonreír—. Podría ir a casa de mis papás a buscarla.

—¿Te parece buen momento para empezar con chistecitos? —El pánico le asomó a los ojos.

—Eres. Mi. Novia. —Enfaticé cada palabra—. Mi. Samantha.

—¿Y qué pasa con todas estas personas? ¿Con todo lo que tienes aquí? —Bajó la voz al pronunciar la última palabra—. Por favor, no me ofrezcas algo que no puedas darme. No puedo volver a pasar por eso.

Cerré el puño, y me entraron ganas de darle una buena paliza al profesor que se había aprovechado de ella, que casi la había roto para siempre.

—Desde que me fui a la universidad, siempre he tenido un pie aquí; he estado dividido entre ambos mundos. Mañana por la mañana tomaremos un vuelo a Alabama. Lo que hay aquí, la gente, todo, se queda aquí. Por primera vez me voy por completo, me voy a casa contigo.

Se levantó de un salto y posó sus labios en los míos. La abracé y saboreé la perfección absoluta de Sam mientras los primeros fuegos artificiales se alzaban desde el muelle, iluminando el cielo con un caleidoscopio de colores.

Y después la llevé al dormitorio para poder ver los fuegos artificiales que estallaban en sus ojos cuando yo estaba dentro de ella.

Capítulo veintiuno

—Plátano, fresa, proteína en polvo y kale.

Le tendí el licuado de proteína a Grayson en cuanto entró en la cocina, aún sudoroso tras haber estado corriendo esa mañana. Traté de no fijarme en las gotas de sudor, porque, si no, lo seguiría a la regadera y llegaría tarde a clase… otra vez.

—Ajá —susurró muy cerca de mi cuello mientras trataba de servirme un café en un vaso con tapa—. ¿Y si en vez de eso te desayuno a ti?

Añadí miel y crema, y lo cerré antes de darme la vuelta.

—Ni hablar. Ya me comiste ayer de postre y de tentempié de medianoche. Tengo el examen final del curso de verano dentro de veinte minutos.

Le puse las manos en el pecho —que la camiseta deportiva apenas le cubría— y tuve que contenerme para no gemir. El mes anterior habíamos tenido tanto sexo que apenas podía caminar.

Y, en vez de estar harta, cada vez tenía más hambre.

—Está bien. Ve a concentrarte en la química.

Se quitó la camiseta y a mí se me secó la boca.

—Eso… —Lo señalé con el dedo—. Eso es jugar sucio, Grayson.

Se encogió de hombros, sonrió, y volvió a aparecer el hoyuelo.

—En fin, me voy a la regadera.

Me puse de puntitas con la muy escasa ayuda de unas chanclas y le di un beso rápido.

—¿Cómo pude vivir hasta ahora sin esa sonrisa?

La exhibió de nuevo y me derretí por dentro. Dios, cómo lo quería. Ahora solo me faltaba reunir el suficiente valor para decírselo. Pero ¿qué íbamos a hacer con ese amor? Él se iría dentro de cuatro meses. Las dos últimas cartas de rechazo, ambas de universidades de Carolina del Norte, no me habían acercado al objetivo de reanudar mis estudios. «Es lo que tiene atacar a un profesor, ya no te aceptan en ninguna universidad».

Grayson me besó el pelo.

—Yo tampoco sé cómo sobreviví antes de conocerte. —Me dio un beso en la frente y se alejó, pero volteó un momento—. Que tengas un buen día en clase, cariño.

—Lo mismo digo —respondí procurando que mi voz sonara normal.

Cuando me decía esas cosas, casi me hacía creer en un futuro juntos.

—¿Y mi licuado? —preguntó Josh cuando me crucé con él, camino a la puerta.

—Muy gracioso. —Le saqué la lengua—. ¿Cuándo volveré a ver a mi mejor amiga?

—Este fin de semana. —Sonrió—. Yo ya sabía que no verla durante un mes entero por culpa de esa excavación de antropología en la que participó iba a ser un horror, pero resultó aún peor.

Agarró la chamarra del uniforme que estaba sobre el brazo del sofá y se la puso.

—A veces se me olvida —dije en voz baja.

—¿Se te olvidan las excavaciones?

Señalé el uniforme.

—Que el suyo no es un ejército normal. Que algún día estarán separados durante mucho más que un mes.

Hacía poco más de un mes que mi mamá había vuelto, pero ya sabíamos que el año siguiente tendría que irse de nuevo.

—Y ustedes, por lo que he visto de Masters.

Iba a agarrar mi mochila, pero me detuve en mitad del gesto.

—No sé qué planes hay a corto plazo… o si los hay… —Sacudí la cabeza—. Debería hablar de esto con él, ¿verdad?

Apoyó una mano en mi hombro. Qué cosas. Hacía un par de años, me habría prendido a más no poder que me tocara Josh Walker, el chico guapo de la preparatoria, la estrella del equipo de hockey. Ahora solo era el chico de mi mejor amiga, y bueno, sí que era guapo, pero nada en comparación con Grayson.

—Lo has convertido en humano, Sam, y no era tarea fácil. Está loco por ti, así que no tienen por qué preocuparse.

—Se van a graduar dentro de cuatro meses.

Se me encogió el corazón como cada vez que pensaba en ello.

—En menos tiempo se han firmado acuerdos de paz entre naciones en guerra. Grayson y tú encontrarán el camino.

—¿Y Ember y tú?

Hizo una mueca.

—Bueno, quiere quedarse en Nashville y cursar el posgrado allí, y yo…

—Quieres ir a Fort Bliss para estar más cerca de tu familia.
Ya me lo dijo.

—¿Te parece mala idea?

—Salgo con Grayson, que se está esforzando al máximo para
ser el primero en la lista del orden de mérito, y así poder elegir
destino y estar más cerca de su novia comatosa. No soy la más
indicada para opinar. Pero encontrarán el camino. —Empezó a
sonar la alarma del celular—. ¡Mierda, llego tarde! —Corrí hacia
la puerta—. ¡Tu licuado y el de Jagger están en la cocina!

—¡Gracias, mamá! —me gritó Josh mientras cerraba la puerta.

Arrojé la mochila al asiento trasero y ya estaba a punto de
sentarme tras el volante cuando Grayson salió de la casa con los
pantalones del uniforme y una camiseta café que le marcaba
los músculos del pecho. ¿Cuándo iba a dejar de acelerarse mi
corazón al verlo?

—¿Cielo?

Alzó la libreta de Química y corrió hacia el coche.

—La dejaste en el buró.

—Ufff, habría sido un problemón. —La agarré—. Gracias.

—La verdad, me encanta ver tus cosas tiradas por mi habitación, pero pensé que te haría falta.

—Oye, me limito a mi lado de la cama.

—Ya, claro.

Me lanzó una mirada de intensidad diez, me atrajo hacia él
como si yo tuviera todo el tiempo del mundo y me besó. Aún tenía la piel húmeda tras el baño. Me tambaleé cuando me soltó.

—¿Y esto?

—Nunca había sido tan feliz, y me gusta. —Me besó de
nuevo y me derretí, sin importarme que la libreta cayera al

suelo—. Vete a clase —me susurró con los labios aún pegados a los míos, y me dejó allí, encendida y caliente. Maldito hombre.

Sonreí. Era feliz gracias a mí. «Te quiero», susurré mientras se alejaba y cerraba la puerta de la casa.

Iba a llegar tarde a clase, pero me senté en el coche y sonreí.

Yo tampoco había sido nunca tan feliz.

—¿Todavía estás estudiando? —le pregunté a Grayson tres semanas más tarde, apoyada contra el marco de la puerta de su habitación.

Tenía las tarjetas extendidas sobre la cama y estaba sentado en el centro, e iba eligiendo preguntas al azar para responderlas. Llevaba una camiseta azul claro que le abrazaba el torso, tal como yo también me moría por hacerlo, y unos shorts color azul oscuro que me ofrecían unas buenas vistas de sus piernas.

—Sí.

Oooh, estaba en modo Grayson concentrado.

—Llevas así desde que me fui esta mañana, y son más de las ocho.

—Sí. —Dio la vuelta a otra tarjeta.

—¿Ya comiste?

—Sí.

—Así que en todo el día no hiciste más que estudiar, comer y entrenar. —Lo había visto en el gimnasio hacía unas horas; de hecho, había estado salivando por él mientras hacía como que trabajaba.

—Sí.

—¿Puedes responder con algo que no sean monosílabos?

—Sí. —Solté un bufido y me sonrió—. Tranquila, cielo. Es que tengo que dominar esto. Tenemos un examen el martes.

—Es jueves, y hay un puente largo. Si sigues a este ritmo hasta el examen, te vas a quemar.

Me lanzó una mirada tan ardiente que tuve que apretar los muslos.

—Tranquila, también tendré tiempo para estudiarte a ti. Ya casi termino, te lo prometo.

—Bueno.

Volví a mi habitación, cerré la puerta, me quité la ropa de trabajo y tras un baño me sentí preparada para enfrentarme al desafío de Grayson en modo estudio. No quería distraerlo, pero es que le iba a estallar el cerebro. Solo tenía cinco configuraciones: modo trabajo, modo estudio, modo ejercicio, modo sexo y modo sueño.

Yo al menos podía colaborar con los dos últimos.

Terminé de prepararme diez minutos más tarde. Gracias a Dios por el aire acondicionado: sin él sería imposible sobrevivir a finales de agosto.

—¿Estás listo? —pregunté, asomando la cabeza por la puerta.

—Sí, dame dos minutos. Ha habido mucha presión esta semana y el estrés me está matando.

Me senté al borde de la enorme cama con cuidado de no mover las tarjetas de estudio.

—¿Todo bien?

Su fuerte era volar. Si tenía problemas con eso, podía perder puntos, y Jagger le iba pisando los talones.

Alzó la vista, con el cansancio reflejado en sus hermosos ojos grises.

—Sí. No es fácil pilotar con la cabina sin luces, pero me estoy acostumbrando. Lo que pasa es que me provoca dolor de cabeza y no puedo concentrarme cuando estudio. Además, esta semana perdimos a Pritchards. Lo apartaron esta mañana.

—Lo siento. Hiciste todo lo que pudiste por él. ¿Lo van a transferir a otro aparato?

Era el segundo piloto que perdía la clase, y, como Grayson era el líder, se lo tomaba de manera personal, como si él les hubiera fallado. Se pasó los dedos por el pelo.

—No lo sé. Pensé que lo ayudaría si le daba más horas.

—No es culpa tuya, Grayson. —Volvió a concentrarse en las tarjetas—. ¿Quieres que te ayude a estudiar?

—¿Me haces las preguntas? —Arqueó las cejas como si me hubiera consultado si podía tomar helado de postre.

Se me dibujó una sonrisa en la cara.

—Sí, eso mismo estaba pensando. —Junté las tarjetas, me levanté y fui hasta el pie de la cama—. Recuéstate en la cabecera.

—¿Qué? —Frunció el ceño—. ¿Y por qué traes pants? Estamos a treinta y seis grados en la calle.

—Ya me oíste. Apóyate en la cabecera. Yo te preguntaré encantada, pero no tienes permiso ni para respirar cerca de mí hasta que te lo ganes —le advertí con la voz más autoritaria que fui capaz de poner.

—Okey.

Se sentó con la espalda apoyada en la cabecera y una sonrisa traviesa en la cara. Dijera lo que dijera, conocía bien a Grayson, y yo solo tenía el control cuando él me lo permitía.

—Así me gusta. —Sonreí y leí la primera tarjeta—. Fallo de ambos motores/Baja velocidad aerodinámica y de crucero.

En cuanto se concentró, se le borró la sonrisa.

—Autorrotación. Apagado de emergencia. Rearmar solo si se recibe un mensaje de motor desconectado. El rearme lo puede llevar a cabo cualquiera de los tripulantes. Expulsar la carga de los pontones solo si es necesario.

—Un punto para Grayson.

Se quedó boquiabierto cuando me bajé el cierre de la sudadera de la Universidad de Colorado, la tiré al suelo y me quedé en camiseta.

Se le iluminaron los ojos cuando lo entendió; se inclinó hacia delante y empezó a preguntar:

—¿Estás…?

Pero yo negué agitando el dedo.

—Recuéstate. Aquí las preguntas las hago yo.

Obedeció, aunque parecía tenso. Conocía bien su lenguaje corporal: iba a saltar de un momento a otro.

—Autorrotación. Fallo de ambos motores.

—El mando cíclico debe ajustarse según sea necesario para alcanzar y mantener la velocidad aerodinámica deseada de 77 a 107 KTAS, velocidad verdadera en nudos. En autorrotación, a medida que la velocidad aerodinámica aumenta por encima de 70-80 KTAS, la velocidad de descenso y la distancia de planeo aumentan significativamente. Por debajo de 70 KTAS, la velocidad de descenso también aumenta, pero la distancia de planeo disminuye.

Carajo, se le daba muy bien.

—Otro punto para Grayson.

Me quité los tenis.

—¿Eh? ¿Los tenis? No es justo. Esa respuesta valía mucho más que unos tenis.

Ladeé la cabeza.

—Ah, pero si yo pensaba que necesitabas estudiar más tiempo.

Entrecerré los ojos.

—En este caso, menos es más.

Arqueé una ceja, pero me quité los calcetines y los tiré al suelo, al lado de la sudadera.

—Y no hay más, piloto.

—Hazme otra pregunta.

Dios santo. Su manera de mirarme hacía que se me derritiera la tanga.

—Límite N-gearbox.

—105.1 es el máximo, a más de 105.1 estás en zona roja. De 102.3 a 105.1 estás en una zona transitoria (amarilla) y tienes un límite de 12 segundos. De 63.1 a 102.2, operación normal, color verde. La advertencia mínima de motor sale al bajar de 63.0.

Me quité los pantalones del pants y los aparté de una patada.

—¡Eso es trampa! —gritó señalando los shorts de deporte.

Me encogí de hombros.

—El juego es mío, y se juega como yo diga.

—Mierda. Hazme otra pregunta.

Cambió de postura, pero no se lanzó al ataque.

—Velocidad aerodinámica.

—La velocidad aerodinámica máxima con una carga simétrica de tanques de combustible externos (2 o 4) instalados es de

130 KTAS, velocidad verdadera en nudos, para evitar daños estructurales en el fuselaje.

Me aseguré de que me estuviera mirando mientras movía las caderas para bajarme los shorts de licra. La respiración silbante que provenía de la cama me indicó que no se había perdido detalle.

—¡Otra! —rugió.

—Limitaciones de operaciones con la unidad de potencia auxiliar.

—Evite operar de forma prolongada con un fallo de 94 a 96 por ciento en la turbina de cola si la unidad de potencia auxiliar está en marcha. La caja de cambios de la unidad de potencia auxiliar oscilará entre «conectada» y «desconectada», lo cual generará cargas en la caja de cambios que es necesario evitar.

Crucé las manos por delante del torso, me subí la camiseta y me la saqué por el cuello.

—Carajo, nena. —Me estaba devorando con la mirada, se comía con los ojos la lencería de tonos plateados que había comprado porque me recordaba a sus pupilas. Me humedecí los labios cuando se tuvo que cambiar de postura para acomodar la erección en los pantalones.

Había empezado con aquello para distraerlo, pero mi motor estaba rugiendo a trescientos por hora. Dos preguntas más.

—Velocidades aerodinámicas de autorrotación.

No había dejado de recorrerme con los ojos, de la cabeza a los pies, una y otra vez.

—Grayson.

Pareció despertar.

—¿Qué?

—Velocidades aerodinámicas de autorrotación.

—Esto no es justo. Te desnudas y solo puedo pensar en desatar esos lacitos de las caderas y lamerte hasta que grites mi nombre.

Qué boca tenía ese hombre, era increíble, y también era increíble cómo me ponía. Mis terminaciones nerviosas cobraron vida como si me hubiera tocado con la lengua de verdad y mi necesidad de él se volvió atroz. A duras penas pude recoger la camiseta.

—Velocidades aerodinámicas de autorrotación.

Hasta yo noté que me salía la voz jadeante. Siguió sin responder, así que empecé a ponerme la camiseta.

—Máximo145 KTAS. Velocidad mínima de descenso 77 KTAS. Distancia máxima de planeo 107 KTAS.

La camiseta volvió al suelo y me desabroché el sostén reluciente. Nos miramos a los ojos mientras me lo quitaba y lo dejaba caer. El aire frío y su ansia salvaje me pusieron duros los pezones.

Elegí una última tarjeta, me subí a la cama y me puse a horcajadas encima de él.

—Tienes un cerebro increíblemente sexy.

Me agarró por las caderas y me jaló hasta que acabé justo encima de su erección.

—Viniendo de la mujer más lista que conozco, me lo tomaré como un cumplido fantástico. —Enredó los dedos en los listones de mi tanga—. La última pregunta, Samantha.

Leí la tarjeta.

—Límites de maniobra.

Se incorporó, pegó el torso a mis pechos y el contacto me provocó una descarga eléctrica que recorrió todo mi cuerpo.

Cuando me rozó el cuello con los labios, se me erizó el vello de los brazos.

—La velocidad máxima hacia atrás/vuelo lateral es de 45 KTAS, velocidad verdadera en nudos, para todos los pesos brutos.

No esperó a que le dijera que había acertado. Se apoderó de mi boca, desató los listones de las caderas con dedos hábiles y deslizó los dedos por entre mi pelo, como si lo consumiera una necesidad irrefrenable de poseerme, de marcarme como suya.

Y ya era suya. Todo mi ser se había enamorado de Grayson, de él por entero, desde su manera de luchar por seguir a la cabeza de la lista del orden de mérito hasta su forma de combatir a sus demonios y cuidar de mí al mismo tiempo. Era perfecto. Hasta sus silencios, sensuales y distantes, me daban ganas de acurrucarme junto a él, de cavar un túnel bajo el muro con el que trataba de mantener las distancias. Era un enigma delicioso para el que debía encontrar una respuesta.

El amor.

Solo tenía que reunir el valor suficiente para decírselo.

Lo sujeté por los hombros y él apartó su boca de la mía el tiempo justo para quitarse la camisa. En cuanto su piel rozó la mía, perdí el control: me despojó de todo atisbo de pensamiento lógico, tal como hizo con mi tanga.

Recorrió mi cuerpo con las manos, me sujetó los pechos, los acarició y los apretó, como a mí me gustaba. Pegué mis labios a los suyos para ahogar un gemido.

—No sé qué tenía en la cabeza —susurró al tiempo que enterraba un dedo entre los pliegues de mi sexo.

Me mordí los labios, atenta a los movimientos de sus dedos, que me estaban volviendo loca. De pronto se detuvo, deslizó las manos bajo mis muslos, me levantó y quedó acostado en la cama.

—De rodillas —me ordenó. Puse una rodilla a cada lado de su cuello—. Sujétate a la cabecera.

Me aferré a la madera oscura, con el pulso acelerado.

—Grayson…

Empezó a lamerme con los ojos cerrados… Y, cuando me introdujo la lengua, grité y clavé las uñas en la cabecera.

—Adoro tu sabor.

Fue lo último que dijo antes de acariciarme a fondo con la boca. Me lamió, me besó, me acarició hasta que empezaron a temblarme los muslos. Era demasiado, resultaba abrumador. Cuando empecé a sentir los primeros estremecimientos, me agarró las piernas con las manos para inmovilizarme, tomándose su tiempo. Me succionó el clítoris, y grité de placer.

A continuación presionó mi botón del placer con la lengua, haciéndolo vibrar.

Y de pronto estallé mientras él me miraba.

Grayson salió de entre mis piernas y aproveché para recuperar el aliento, sujetándome la cabeza con las manos. Su ropa fue a parar al suelo, y entonces oí el sonido del envoltorio del condón cuando lo rasgó detrás de mí.

Me atrajo hacia él, presionando mi espalda con el torso, y deslizó su erección por entre mis muslos. Me giró la cabeza con delicadeza para besarme en la boca.

—Me encanta ver cómo te vienes, Sam —me dijo al oído—. Es lo que más me gusta de hacerte el amor.

—¿Te digo qué es lo que más me gusta a mí?

—Dios, sí.

—Ese primer momento en que me penetras, cuando te tengo entero. Entero. Toda tu atención, tu cuerpo, tu deseo… Todo entero.

Moví las caderas contra su pelvis y él se abrió camino dentro de mí, centímetro a centímetro.

—¿Así?

Gemí, apoyando la cabeza en su hombro.

—Sí.

—Siempre me tienes entero, Sam. Cada segundo que vivo, soy tuyo.

Entró en mí con una embestida y grité su nombre. Volvió a besarme, acariciando mi lengua con la suya al ritmo de sus acometidas.

—La cabecera —me susurró, y obedecí, apartándome un poco para agarrarme a la cama.

—Dios, qué sexy eres. Cómo me gusta verte así.

Me clavó los dedos en las caderas, estaba segura de que esta vez me dejaría marcas, pero no me importaba. Empezó a embestir a un ritmo de vértigo, friccionando el punto perfecto. Aquel ángulo era casi divino.

—¡Más! —grité, restregando las caderas contra su vientre al mismo ritmo. «Dios, Dios». Se me tensaron todos los músculos—. Grayson… Necesito… Tengo que…

Gruñó y embistió una vez más antes de salir de mí, y casi sollocé al sentir su ausencia. Me acostó de espaldas como si yo fuera una pluma, me levantó las piernas, las acomodó sobre sus hombros y volvió a entrar en mí.

—Tengo que verte —jadeó en mis labios—. Carajo, Sam. Cómo me gusta sentirte así.

Aceleró el ritmo, y tuve que apoyar una mano en su hombro al tiempo que con la otra me anclaba a la cabecera de la cama para afianzarme. Posó su mano en mi mejilla y me acarició el labio inferior con el pulgar.

—Estás hecha para mí.

Aquellas palabras cortaron el último hilo de mi resistencia. Me consumió entera, mi cuerpo, mi mente, mi corazón. Sus ojos me acariciaron, derribaron las últimas defensas y me llegaron al alma misma. Estaba encima de mí, dentro de mí, a mi alrededor, todo mi mundo era Grayson y aquel amor arrollador que me abrasaba como la más adictiva de las drogas. Un amor que exigía ser reconocido, pero que al mismo tiempo era tan fuerte que no demandaba reciprocidad.

Lo miré a los ojos.

—Te amo, Grayson. Estoy enamorada de ti.

Se detuvo, jadeante, y una miríada de emociones cruzó por su rostro mientras me miraba a los ojos.

—Sam…

—No —le susurré, y sonreí derramando unas pocas lágrimas que habían escapado a mi control—. Solo déjame amarte. No me hace falta nada más. —«No estropees el momento».

Me dio un beso intenso, dulce, y al mismo tiempo tan abrasador que la casa hubiera podido arder a nuestro alrededor. Y entonces cambió el ritmo, y me hizo el amor.

Despacio, pero de forma enérgica, nos llevó a ambos al límite, se tomó su tiempo para ir acumulando la presión más maravillosa que había sentido en mi vida. Grité su nombre, me besó, me acompañó hasta la cima del orgasmo y durante los espasmos que lo siguieron.

A continuación sumó su placer al mío, se tensó encima de mí, entre mis brazos. Le clavé los dedos en la espalda, y en cuanto hubo recuperado el aliento me besó y fue a limpiarse.

Debería de haberme preocupado, ¿no? Le había desnudado mi alma, y a continuación le había dicho a él que no hiciera lo mismo. Debería de estar asustada ante la posibilidad de que no correspondiera a mi amor, de que yo siguiera ocupando un segundo puesto en su corazón. Pero no lo estaba. El amor que sentía por él me llenaba demasiado, y a todo ello cabía sumar la alegría de haber tenido el valor de decírselo, y el miedo de haberlo echado todo a perder.

Volvió a la cama, me apretó contra él y me ovillé en su pecho.

—Sam. Tú… lo eres todo.

Sentí que el corazón se me calentaba, se me ensanchaba para poder amarlo más todavía.

Me quedé dormida en sus brazos, y me desperté encima de él, como una cobija.

—Buenos días, dormilona. —Sonrió y me pasó los dedos por la columna, de arriba abajo, una vez, y otra—. Me encanta dormir contigo. Tendríamos que hacerlo permanente. Dejar de ir de una habitación a otra.

«Sí. Un momento…».

—¿Es por lo que te…?

Me besó en los labios.

—No. Es porque te quiero a mi lado siempre, hasta cuando dormimos.

Entrecerró los ojos, pensativo.

—En la mía. Es más grande.

—Puedo convertirla en un caos.

Asintió.

—Ya. Pero estoy dispuesto a correr el riesgo de tropezar con tu ropa si eso significa que duermes aquí.

—¿Seguro?

Ya compartíamos la casa, pero pasar a compartir la habitación era como…, bueno, como vivir juntos.

—Seguro. —Sonrió y me dio una nalgada—. Anda, prepárate, vamos a ir al mercado. Quiero preparar osobuco para la cena.

—Buen plan. —Le estampé un sonoro beso y corrí a bañarme.

Una vez aseada y envuelta en una esponjosa toalla, limpié el vaho del espejo y empecé con mi cuidado rutinario de la piel. Qué diferencia con respecto a la primera vez que me bañé aquí, cuando me daba miedo ocupar una parte demasiado grande de su espacio. Ahora, cada centímetro de mi cuerpo estaba deliciosamente dolorido por obra de Grayson.

Lo cual me parecía perfecto.

—El baño es todo tuyo, piloto —le dije al entrar en mi habitación para arreglarme.

El teléfono de Grayson sonó y contestó el buzón de voz. Oí el sonido de la regadera mientras me ponía una falda vaporosa que me llegaba por debajo de las rodillas y una blusa preciosa, anudada al cuello.

El teléfono de Grayson volvió a sonar otra vez, y luego otra. El agua de la regadera dejó de correr, entré en su…, en nuestro dormitorio y lo agarré de la cómoda justo cuando empezaba a sonar de nuevo. Tres llamadas perdidas de Parker.

Había pasado algo.

—Grayson. —Llamé a la puerta del baño—. Es Parker, parece importante.

La puerta se abrió y salió una vaharada de vapor. Agarró el teléfono.

—¿Qué mosca le habrá picado ahora?

Me apretó la mano y se metió en su habitación para llamarla mientras yo buscaba la pareja de un zapato en el caos demencial que me servía de armario. Dos sandalias romanas más tarde fui a llamar a su puerta.

—¿Grayson?

—Entra.

Tenía la voz tensa, seca.

—¿Todo bien? —pregunté al entrar—. ¿Qué? —Había puesto una mochila de lona en la cama y estaba llenándola a toda prisa, metiendo la ropa de cualquier manera—. ¿Adónde vas? —pregunté con un hilo de voz.

—A casa. Acabo de hacer la reservación. —Ni siquiera me estaba mirando, concentrado únicamente en meter la ropa interior en la mochila.

La cerró y se la echó al hombro. Caminó hacia mí sin verme, aturdido.

—¡Grayson! —Lo agarré de la mano cuando pasó por mi lado para salir al pasillo. Se dio la vuelta y se miró la mano, como si estuviera sorprendido de ver la mía—. ¿Qué pasa? —Le acaricié la piel áspera de la mejilla sin afeitar—. ¿Puedo hacer algo? ¿En qué te ayudo?

Sacudió la cabeza y dio un paso atrás para que lo soltara.

—Era Parker.

—¿Y?

Echó la cabeza atrás con una expresión de perplejidad y de alegría al mismo tiempo, indescifrable.

—Tengo que irme. Preguntó por mí.

La aprensión se apoderó de mí, absorbiendo el oxígeno y la gravedad de la habitación.

—¿Quién? ¿Parker?

—No. Grace. Se despertó.

Se fue antes de que consiguiera llenarme los pulmones de aire otra vez.

Capítulo veintidós

Dejé el coche rentado en el estacionamiento del hospital. Parker se había ofrecido a recogerme en el aeropuerto, pero, sin saber por qué, necesitaba estar a solas.

La sal del aire sabía a recuerdos. Había estado en este hospital docenas de veces: la mañana que nació Mia, el día que me rompí el brazo, cuando le extirparon la vesícula biliar a mamá… La noche que perdí a Grace. Pero nunca tan aturdido, tan paralizado.

Ni tan asustado.

Porque ya había pasado por algo así antes, cuando recibí la llamada de que había despertado y pedí un permiso especial de fin de semana en Citadel. Todo, para llegar cuanto antes a su lado, y comprender por fin que, aunque había abierto los ojos, seguía en coma.

Esa fue la última vez que dediqué un minuto de mis pensamientos a la esperanza de recuperar a Grace.

Respiré con dificultad, y al entrar en la recepción saludé con la mano al recepcionista. Sonó el timbre del elevador y entré. Esperé durante lo que me parecieron horas interminables hasta que llegó al octavo piso. Se abrió la puerta mientras me preparaba para que me dijeran que se trataba de un error. Que no estaba despierta, que solo habían malinterpretado un parpadeo.

O igual me despertaba de una maldita vez.

—¡Gray!

Parker se me echó encima, con los brazos abiertos. La atrapé sin dificultad, pero esa muestra de afecto no hizo sino consolidar la sensación de que estaba inmerso en un sueño, de que nada de aquello era real.

—Hola, Parker.

Hacía años que no veía su cara iluminada con una sonrisa así.

—Es un milagro. No hay otra explicación… Un milagro.

—Sin duda —respondí.

Estaban todos reunidos junto a la puerta de la habitación: Constance, Joey, mamá, papá, los Bowden. Cuando atravesé el grupo me sonrieron y me dieron palmadas en la espalda como si hubiera marcado un punto en el partido de principio de curso. Hablaban todos a la vez, pero solo capté palabras sueltas: «ensayo clínico», «células madre», «milagro».

—¿Estás bien? —La voz de Mia, que se interponía entre la puerta de Grace y yo, me sacó de mi ensueño.

—Claro. —Porque nada de todo aquello era real.

—Gray. —Chasqueó los dedos delante de mi cara y por fin la miré.

—¿Qué?

—Escúchame. Está despierta, al menos ahora mismo. Suele dormir muchas horas, pero los médicos dicen que es señal de que está progresando. Así que, si se queda dormida, no te asustes.

—Suele dormir muchas horas… Pero, Mia, me llamaron hace apenas ocho horas. ¿Cómo saben lo que es normal y lo que no? —Por fin, el aturdimiento que embargaba mi mente empezó a despejarse. Parecía que llevaba despierta el tiempo suficiente para haber establecido pautas.

—Quería que esperáramos hasta sentirse con fuerzas suficientes para verte.

Entrecerré los ojos.

—¿Cuánto tiempo lleva despierta?

Mia tragó saliva.

—Yo no quería ocultártelo, pero Parker dijo…

Me habría gustado sentirme otra vez aturdido. Cualquier cosa habría sido preferible a la erupción de rabia que se me empezaba a acumular en el vientre, que luchaba contra la náusea que me advertía de que aquello era demasiado bueno para ser cierto, y que al mismo tiempo pugnaba con un resquicio de esperanza de que todo fuera real. Sí, estar aturdido habría sido un maldito alivio en comparación con mi estado actual.

—¿Cuánto tiempo? —grité.

Mia se estremeció.

—Casi tres semanas —intervino la señora Bowden.

Me di la vuelta para encararme a las personas allí reunidas, cuyas sonrisas se habían borrado de repente. No estaban allí para ver a Grace. Estaban allí para verme a mí viendo a Grace. Todos lo sabían, y solo habían venido para ser testigos de aquel momento, como si estuviéramos en un espectáculo circense.

Oí el sonido de la puerta a mis espaldas; Mia la había abierto.

—Tres semanas —gruñí.

—Era lo que ella quería —susurró Parker—. Sentirse con fuerzas suficientes cuando te viera por primera vez.

Los miré a los ojos, uno tras otro, y todos bajaron la mirada.

Había imaginado aquel momento tantas veces que ya había perdido la cuenta. La alegría, la maravilla, el asombro de verla despertar y pronunciar mi nombre. Pero eso, que todos lo supieran y me lo hubieran ocultado…

Eso no era un sueño, era una pesadilla.

—¿Gray? —La voz que resonó detrás de mí me dio un puñetazo en el estómago y casi me hizo caer de rodillas. Me quedé sin aliento. Llevaba cinco años soñando con esa voz, clara como una campanita, dulce como la miel, un compendio de todo lo que definía a Grace.

Me giré muy despacio; no estaba preparado para despertar de aquel sueño.

Mia me dio una palmadita en el hombro. Entré en la habitación y cerré la puerta. Atravesé el metro y medio de pasillo restante, y por fin la vi.

Grace estaba sentada en la cama. La melena rubia le caía por los hombros formando unas ondas perfectas. Sus dedos jugueteaban con los bucles; solía hacerlo cuando estaba nerviosa. En los labios se adivinaba una sonrisa trémula, y los ojos… Dios del cielo. No solo estaban abiertos, sino brillantes, y me miraban a mí.

—Hola, Babor —dijo; su voz era casi un susurro.

—Hola, Estribor —respondí de modo automático. Nunca le habíamos revelado esos apodos a nadie. Jamás. Así que o era un sueño increíble… o era verdad.

En el fugaz instante que tardé en cruzar la sala y llegar hasta ella, un torrente de recuerdos me cayó encima. De niños, en la playa, construyendo castillos de arena entre risas, o aprendiendo a navegar. Nuestro primer beso, la primera vez que nos dijimos «te amo». La discusión. El accidente. El tono azulado de su piel cuando la saqué del agua. Los gritos de sus padres cuando los médicos sugirieron donar los órganos. Mi voz quebrada suplicándole que volviera conmigo, que le prometía retirar todo lo que había dicho y arreglar las cosas; rogándole a Dios, o a quienquiera que tuviera el poder de devolverle el alma a su cuerpo. Cinco años de agonía que estallaron mientras me desplomaba sobre la silla que había junto a la cama.

—Estás aquí de verdad —susurré, y le agarré la mano. Me devolvió el apretón, y entonces me desmoroné, y mi alma se desangró.

—Estoy aquí de verdad.

Mi mejor amiga no había perdido su acento sureño.

Me dejé caer hacia adelante, y apoyé la cabeza en su regazo. Ella me pasó los dedos por el pelo, como si no hubieran transcurrido cinco años. En aquel instante tuve seis años, y diez, y dieciocho, y veintitrés.

—Estoy aquí de verdad —repitió con dulzura.

Me sentí abrumado por el regalo que acababa de recibir. Había vuelto. Viviría.

Era lo único que importaba.

—Quiero una explicación —exigí a la familia. Nos habíamos reunido en una sala de espera unas horas después, en cuanto Grace se durmió. Ver que se le cerraban los ojos y se rendía al sueño me dejó al borde del pánico. Se parecía demasiado a su estado anterior.

—¿Por qué no lo hablamos en privado, Gray? —sugirió la señora Bowden.

Miranda le pasó la bebé a su marido y nos siguió a una sala vacía. La distribución era idéntica a la de la habitación de Grace. La recorrí a grandes zancadas una y otra vez, de la pared al pie de la cama, y viceversa.

—Quiero una explicación —repetí.

—Las células madre de Amberly —me aclaró Miranda—. Al principio del embarazo contactamos con un programa piloto de la Universidad de Texas. Las células de Amberly eran compatibles, así que admitieron a Grace en el ensayo clínico. Ella fue su primer éxito.

—¿Y no se les ocurrió contármelo? —Por Dios. Necesitaba correr, o un costal de boxeo, cualquier cosa, lo que fuera, para descargar toda la energía acumulada. Me sentía como un tigre enjaulado, encerrado tras unos barrotes y desesperado por reducirlo todo a jirones.

—No queríamos darte falsas esperanzas —respondió la señora Bowden.

—De acuerdo, eso lo entiendo. Pero ¿y cuando despertó? ¿No se les ocurrió que tenía derecho a saberlo? ¡Tres semanas! —Las señalé con el dedo y ambas retrocedieron.

Miranda miró de reojo a su mamá y por fin fijó los ojos hacia mí.

—Ha despertado poco a poco —me explicó—. Al principio solo eran periodos de media hora, con suerte. Y tampoco hablaba, eso le llevó casi una semana. Todavía le cuesta decir más allá de unas pocas frases seguidas.

—Ya me di cuenta.

Antes de hablar pensaba detenidamente lo que quería decir. La situación era casi idéntica a cuando aprendí a leer; ella se sentaba a mi lado, armada de paciencia. Ahora me tocaba a mí ese papel.

—Aún está reaprendiendo las cosas más básicas. No puede caminar, ni estar de pie más de unos cuantos segundos. —Miranda jugueteaba con los dedos, un gesto propio de su familia.

—¿Y qué demonios tiene eso que ver con que me hayan mantenido al margen?

—No sabíamos el alcance de los daños, Gray, ni si recordaría algo, o si sería capaz de razonar. No queríamos crearte expectativas hasta conocer su estado con certeza, y en cuanto empezó a hablar… —Otra mirada de reojo a su mamá.

—¿Qué? —grité. Ambas se estremecieron.

—Nos pidió que esperáramos. Dijo que, antes de verte, necesitaba un poco de tiempo. No quería que la vieras tan débil.

—¿Débil? La sostuve en mis brazos, moribunda, mientras esperaba a que vinieran a rescatarnos. ¡La he girado en la cama para que no se le hicieran llagas, le he cambiado la bolsa del catéter, he comprobado el suero intravenoso y los tubos de alimentación durante cinco años! ¡Me merecía que me lo contaran, y lo saben!

Miranda asintió, pero no bastó para desactivar el temporizador de la bomba que albergaba en mi pecho, lista para estallar.

—Tres semanas —seguí diciendo—. Nunca me he pasado más de tres semanas sin verla… —Un silencio mortal se adueñó de mi interior. Clavé los ojos en los de Miranda—. Lo sabías. Cuando me dijiste que viviera mi vida, que me empapara de sol y que no volviera hasta octubre, sabías que este era el plan.

—Sí —admitió en voz baja; tuvo la sensatez de apartar la vista—. No sabíamos si el ensayo tendría algún efecto. Grace es un milagro, un auténtico milagro, Gray. Nuestra Santa María.

—Llena de gracia —susurré para mí mismo.

La señora Bowden intervino:

—El equipo de la universidad fue muy amable al permitirnos permanecer aquí y ser ellos quienes se desplazaran. El mes que viene iremos a Texas a hacer unas pruebas, claro, pero sus médicos van y vienen continuamente.

—¿Cuánto tiempo se quedará en el hospital?

—Eso lo decidirán los médicos.

Asentí; estaba intentando procesarlo todo y a la vez me esforzaba por no perder la calma.

—¿Cuánto tiempo te puedes quedar tú? —quiso saber Miranda.

Una bofetada de realidad. Llevaba tanto tiempo rezando para que despertara que no me había parado a pensar qué pasaría después.

—Tengo cuatro días libres.

—¿Viniste con Samantha? —preguntó la señora Bowden.

Volteé a verla casi sin querer. «Sam». Cerré los ojos unos instantes y dejé que su recuerdo me atravesara como un bálsamo que me calmara y me permitiera respirar.

Las consecuencias del milagro que tenía ante mí se materializaron de pronto, golpeándome más fuerte que el falso terrorista del entrenamiento del SERE. Sam. Mi Samantha.

«Grace te necesita».

De repente, no había suficiente oxígeno en la habitación. En el planeta.

—¿Gray? —insistió la señora Bowden.

—No, no la traje. —Estaba en casa, con mis manuales de estudio, mi helicóptero, mis amigos…, mi corazón. Y Grace estaba aquí. «Carajo». Luché por aplacar los gritos que resonaban en mi mente, al menos el tiempo necesario para articular un pensamiento coherente—. ¿Lo sabe Grace? ¿Sabe que existe Sam?

Los ojos de Miranda rebosaban compasión.

—No. Ninguno de nosotros le dijo ni una palabra.

La señora Bowden me tocó el brazo con suavidad.

—Pensamos que era mejor que se sintiera feliz. No estamos seguros de cómo reaccionará, ni el efecto que pueda tener en ella el estrés. Sabe que estás aquí siempre que tienes oportunidad, pero nada más. Nos gustaría… Nos gustaría que le dieras tiempo para para que se recuperara, antes de que… Bueno, de lo que sea.

—¿Quieren que le mienta? ¿O que, así, como si nada, me olvide de que tengo un hogar y una novia en Alabama? —gruñí, con el estómago revuelto.

—No. —Miranda negó con la cabeza, mirando a su mamá—. No, Gray, no es eso. Pero tenemos que averiguar qué piensa ella, qué se imagina…, qué necesita. Hablarle de Sam, o no, es asunto tuyo. Y lo que vayas a hacer, ahora que ella está despierta… Eso también es asunto tuyo.

Asentí con la cabeza, pasé entre ellas y salí por la puerta. No hice caso a las voces que me llamaban por mi nombre desde la sala de espera, ni en el pasillo, ni de la persona que estaba allí plantada. Abrí la puerta que daba a las escaleras de un empujón y bajé a toda prisa los ocho pisos.

Sam. Grace.

Mi futuro. ¿Mi pasado?

Todo lo que siempre había deseado había ocurrido de repente. Pero no podía tenerlo todo. Debía escoger entre el Grayson de hacía cinco años, que amaba a Grace con cada fibra de su ser, y el que era ahora, tan enamorado de Sam que la necesitaba más que el oxígeno.

Incluso en ese momento, mientras recorría el último tramo de escalera y llegaba a la planta baja, cada célula de mi cuerpo llamaba a Sam a gritos, anhelaba oír su voz, su risa, sentir el latido de su corazón en la palma de la mano. Pero, ocho pisos más arriba, Grace estaba despierta, en respuesta a todas nuestras plegarias, feliz en su ignorancia de que me había enamorado de otra mujer mientras ella no podía presentar batalla. Grace, que había sido mi mejor amiga desde que empezamos a caminar. Grace, que hasta aquella noche siempre había sido mi futuro. Grace, que me necesitaba.

Atravesé la puerta de la planta baja y no me detuve hasta salir del hospital. El aire me golpeó el rostro. Respiré intensamente para calmar mi corazón desbocado. Se me llenó la boca de saliva y sentí el estómago revuelto. Logré llegar hasta un seto antes de vomitar todo lo que había comido; cuando terminé seguía teniendo arcadas, aunque ya no había nada que expulsar.

—Oh, Gray. —Mamá me dio unas palmaditas en la espalda, como si tuviera once años y una gastroenteritis.

Agarré la botella de agua que me ofrecía y me enjuagué la boca para eliminar el sabor acre de la bilis. Me agarró del brazo y me guio hasta una banca que había en la glorieta. Nos sentamos uno junto al otro y permanecimos en silencio hasta que me sentí capaz de hablar.

—Grace está despierta.

—Sí. —Me estrechó la mano.

—Estoy enamorado de Sam. —Al pronunciar aquellas palabras en voz alta me embargó un sentimiento agridulce que se propagaba desde el corazón hacia mis extremidades y me provocaba un cosquilleo en los dedos. Creía que decirlas por primera vez sería una experiencia liberadora.

Creía que la primera vez que las dijera sería Samantha quien las escuchara.

—Lo sé.

—No se lo dije. Me daba miedo que pasara algo si lo decía, si me permitía amarla de verdad y planear una vida con ella. O perderla, como perdí a Grace. Llevo cinco años pagando por aquella noche, y Sam es la primera cosa buena que me pasó en todo ese tiempo. ¿Quizá sea el precio que he de pagar? —Se me revolvió el estómago de nuevo. Me incliné y apoyé la frente en los puños—. Quizá sea cosa de Dios, o de un destino irónico, vete a saber… Puede que todavía tenga que arrancarme ese último rescoldo de dolor, y que me lo merezca. Es muy posible. Pero Sam no. Ni Grace tampoco.

—Mírame. —El tono afilado de sus palabras me obligó a levantar la vista hacia ella—. No te lo mereces. No eres responsable de lo que le ocurrió a Grace. Le salvaste la vida. Ni de que Owen condujera aquella noche. Nada de lo que está pasando es culpa tuya. No puedes echarte sobre los hombros todos los males del mundo. Ni siquiera tú eres lo bastante fuerte.

Pero sí había sido culpa mía. Sabía que estaba demasiado borracho para conducir, y no le quité las llaves.

—¿Qué voy a hacer? Decida lo que decida, alguien saldrá herido.

—Primero vas a liberarte de parte de esa culpa, Gray. Vas a pasar el resto del fin de semana con Grace, y luego volverás a casa, con Sam. A partir de ahí tendrás que pensar cómo quieres que sea tu vida, ahora que Grace vuelve a estar en ella. Ah, y además me acompañarás a casa mientras Grace duerme. Necesito que me ayudes a mover unos muebles.

Sabía que eso último se lo había inventado para distraerme, para sacarme del hospital y que tuviera tiempo de despejar la mente.

—Conque muebles, ¿eh?

—Pago con brownies —dijo, adoptando una expresión de fingida inocencia.

—Trato hecho.

—Gracias —susurró Grace. Tenía la cabeza apoyada en mi hombro mientras contemplábamos el océano desde el asiento delantero de mi Mustang. Si alguien me hubiera preguntado hacía cinco años y medio dónde me veía a mí mismo en el momento actual… Pues sería justo allí.

—Tenemos cinco minutos, y luego hay que volver. Si no, se van a dar cuenta de que desapareciste y enviarán a la caballería a buscarte.

Entrelazó los dedos con los míos.

—Y además tienes que tomar un avión.

—Sí. —Miré nuestros dedos unidos. Algo que antes era natural, ahora me parecía que no encajaba del todo, como una pieza de rompecabezas arrugada por la humedad.

—¿Eres feliz allí, en Alabama?

Se me encogió el corazón al imaginar la sonrisa de Sam, la sensación de despertar por las mañanas con su cuerpo ovillado junto al mío porque no entendía que pudiéramos compartir la cama sin adoptar el papel de una cobija.

—Sí.

—Tengo miedo. Han pasado cinco años, Gray. ¿Qué voy a hacer ahora? Mientras mi vida estaba en pausa, el mundo siguió girando.

Ladeé la cabeza y la apoyé en la suya; aquel era un gesto familiar en el que me resultaba fácil recaer.

—No tienes por qué tener miedo, Grace. Todos seguimos estando aquí.

—Pero tú no. Me dijeron que venías muy a menudo. —Respiró profundamente, y yo esperé. Sabía que le costaba un esfuerzo supremo organizar cada frase—. En cierto modo, tú también pusiste tu vida en pausa, pero vives a más de mil kilómetros de aquí. —Se estremeció. Jalé la cobija de hospital para cubrirle mejor los hombros.

—Puedes llamarme cuando quieras.

Asintió.

—Sí, pero… es diferente. Cuéntame algo. Lo que sea. No sé, sobre volar.

Le hablé de la academia de vuelo, le conté que había derrotado a Carter y a Jagger durante el Entrenamiento Básico, que había sido el primero de la lista del orden de mérito, y ahora era el líder de la clase.

—Estoy esforzándome al máximo para graduarme como el primero de mi clase. Así podría elegir destino y, si pido Fort Bragg, estaría cerca de aquí.

—¿Es seguro…? Ya me entiendes, lo de volar. ¿Te cuesta?

La pregunta era comprensible.

—Sí, es seguro. Mis reflejos compensan el tiempo que pueda perder con los instrumentos. Hasta ahora no he tenido ningún problema.

—¿Es duro?

—A veces. Me mato estudiando. —La imagen de Sam, sentada a horcajadas sobre mí, haciéndome la pregunta de la última tarjeta de repaso antes de dejarme que la tocara, atravesó mi mente como un fogonazo—. He tenido ayuda.

—Entonces… ¿Tienes amigos allí? —Se retiró un poco y me miró con los ojos muy abiertos, enormes y sinceros.

Tragué saliva.

—Tengo amigos, sí. —Tenía el nombre de Sam en la punta de la lengua. No era justo que Grace no lo supiera, pero quizá su mamá tenía razón. Primero debía recuperarse. Si me hacía una pregunta directa, no le mentiría, pero conocía a Grace y sabía que, si no me lo había preguntado, era porque no quería saberlo.

Asintió y dejó caer la cabeza de nuevo sobre mi hombro con un bostezo como para desencajarse la mandíbula.

—Creo que deberías llevarme de vuelta. Si mi mamá se da cuenta de que me fui, se va a poner furiosa.

Conduje hasta el hospital y me colé por la puerta de atrás con ella en brazos.

—¿Desde cuándo estás así? —dijo mientras subíamos en el elevador. Señalaba mi torso—. No es que me queje, pero ahora te ves… muy musculoso.

—Debías de llevar ya un año aquí, más o menos. La primera vez que creyeron que habías despertado…, digamos que acabé con mucha rabia que canalizar.

—¿Me he perdido verte con unos shorts de color púrpura? —Me miró y parpadeó, justo cuando sonaba el timbre del elevador.

Tardé unos instantes en entenderlo.

—No soy el Increíble Hulk.

—Mmm. —Me lanzó una mirada cargada de intención, y los últimos cinco años se desvanecieron.

—¡Por fin aparecen! —exclamó Parker cuando la puerta se abrió en nuestro piso. Su alegría era tan exagerada que parecía que hubieran agarrado a mi punzante e irritable hermana y la hubieran zambullido en relleno de ositos de peluche.

—Quería ver el mar —explicó Grace con una sonrisa.

—¡Por supuesto! Gray, ¿puedo hablar contigo antes de que te vayas?

—Claro. —Llevé a Grace a su habitación y la acomodé en la cama. Cuando terminé de taparla, tomó mi mano entre las suyas.

—¿Cuándo volverás?

Tuve que hacer un esfuerzo para poder hablar.

—No estoy seguro. No entraba en mis planes regresar hasta octubre, pero intentaré venir antes.

Le cambió la cara. «Mierda».

—Claro. Lo entiendo. Pero ¿puedo llamarte? —Alzó el iPhone 6 que le había dado su papá esa mañana—. No creo que sea muy distinto del 3, ¿verdad?

Fruncí los labios.

—No, no lo es. Tienes mi contacto en la agenda, así que llámame, mándame mensajes de texto, lo que necesites. Estoy a tu disposición.

Asintió.

—Te extrañaré.

Me incliné y, al besarle la frente, respiré el aroma a lavanda de su champú.

—Te he extrañado durante cinco años, Grace. Dios, cuánto me alegro de que hayas vuelto.

Esbozó una sonrisa forzada mientras yo le apretaba la mano.

—Nos vemos pronto, Gray.

—Claro. Hasta la vista. —Al salir agarré la mochila y me la eché al hombro.

—¿Y…? —Parker me clavó el dedo en las costillas.

—¿Y qué, Parker? —Pulsé el botón del elevador.

—¡G al cuadrado, más fuertes que nunca! ¡Es perfecto! ¡Un final de cuento de hadas! Quiero disfrutar de esa felicidad por un rato.

En cuanto se abrió la puerta del elevador, entré y volteé a ver a Parker, feliz como una lombriz con su uniforme de voluntaria.

—Tengo que volver a casa, Parker. A Sam. Puede que tú te hayas olvidado de que tengo una vida en Alabama, pero yo no.

Sujetó las puertas del elevador para que no se cerraran, boquiabierta.

—No lo dices en serio. Grace es un milagro, Gray. Tu milagro. Manda a la mierda tu otra vida y vuelve a casa. Te necesitamos. Grace te necesita.

Hasta el último músculo de mi cuerpo se puso en tensión.

—Tengo que irme.

—Claro, cómo no, como siempre. Vete. Huye. Déjanos aquí tirados. Deja tirada a Grace. Es lo que mejor se te da, ¿no es cierto?

—Bueno, ya veo que al menos vuelves a ser tú misma.

—Y a ti te han dado el puto zapato de cristal y sigues portándote como un imbécil. —Apartó las manos y la puerta se cerró.

Cuando abrí la puerta principal, la casa estaba sumida en la oscuridad. Tampoco esperaba otra cosa a las dos de la madrugada.

Subí las escaleras con el corazón desbocado; mis manos estaban ansiosas por llenarse de Sam, por absorber la paz que solo ella me brindaba. Seguro que estaría enojada. Ni siquiera la había llamado. Pero ¿qué le iba a decir? «Oye, perdón, pero estoy haciendo malabarismos: finjo que no existes, y al mismo tiempo le miento en la cara a mi mejor amiga».

Me colé en el dormitorio y me quité la ropa en silencio para no despertarla. Me metí en la cama, pero estaba vacía. «¿Qué diablos…?». No se había mudado a mi cuarto. «Claro que no. La dejaste plantada en el vestíbulo y te largaste a toda prisa a ver a tu novia, que ya no está en coma. Exnovia. O lo que sea».

Crucé el silencioso pasillo en calzoncillos, entré en su cuarto y me abrí paso hasta su cama, con cuidado de esquivar el campo de minas de ropa tirada por el suelo. La luz de la luna se colaba por la ventana e iluminaba sus curvas sobre el colchón. Dormía con los labios entreabiertos y una mano pegada a la mejilla. Me quedé sin aliento. Qué hermosa era, qué regalo había sido que cayera en mis brazos.

La necesitaba. En aquel mismo instante. Necesitaba estar dentro de ella, conectar con ella de una forma tan profunda que nunca me dejara salir.

Retiré la cobija y luego, con mucho cuidado, la abracé.

—Mmm —murmuró, con los labios sobre mi cuello—. ¿Grayson?

—Sí, regresé. —Apagué la luz del pasillo, abrí la puerta del dormitorio con una leve patada y la deposité con dulzura sobre la cama que ya era de ambos. «Donde debería estar, maldita sea».

Me incliné sobre ella y la besé en la clavícula mientras le bajaba el fino tirante del camisón. Abrió los ojos, adormilada.

—Grayson, ¿qué estás haciendo?

—Sé que estás enojada, y con razón. Te lo explicaré todo, te lo juro. Pero ahora mismo… Dios, te necesito. —Se me quebró la voz.

Me sujetó la cara entre sus manos y me apartó con suavidad para poderme mirar a los ojos.

—¿Sam?

Todo un abanico de emociones cruzó por su rostro mientras yo esperaba un veredicto. La ira y la rebeldía que habían empezado a asomar a aquellos ojos verdes se fueron suavizando conforme me acariciaba las mejillas.

—¿Estás bien? —me preguntó, más preocupada de lo que yo me merecía.

—Te necesito, Sam. Necesito conectar contigo, que me ancles, que me ames. —«Que me apartes del borde de ese precipicio que podría destruirnos a ambos».

Nuestros ojos se dijeron cosas que las palabras jamás podrían transmitir. Los suyos se dilataron, con una expresión cercana al pánico, mientras deslizaba los dedos por mi pelo.

—Todavía me deseas —dijo, como si creyera que ya no existía ni la más remota posibilidad de que fuera así.

—Siempre te desearé.

Se le humedecieron los ojos, pero asintió y me besó lenta, suavemente.

—Te amo —murmuró, pegando sus labios a los míos, y a partir de ahí perdí el control. Le hice el amor con suavidad, con dulzura, y disfruté de cada línea de su cuerpo, saboreé cada jadeo, cada gemido. Cuando empezó a estremecerse, la penetré muy poco a poco, hasta el fondo, hasta sentirme totalmente envuelto por su calidez. «En casa». Nuestras lenguas y nuestros alientos se mezclaron, nuestros cuerpos vibraron al unísono, y, cuando se vino en mis brazos, balbuciendo mi nombre, aspiré hasta su último suspiro. Yo también me vine al cabo de unos instantes.

La acurruqué en mi pecho y le acaricié la espalda hasta que se durmió, cálida y satisfecha; tenía la piel suave como los pétalos de una flor. No podría vivir sin esto, sin ella.

¿Qué podía hacer?

Grace me necesitaba.

Y yo necesitaba a Sam.

Capítulo veintitrés

Sam

La luz entraba por la ventana. Escondí la cara en la almohada para negar el hecho de que había amanecido. Me invadió el olor de Grayson, embriagador, y tuve que abrir los ojos. Estaba en su habitación, en su cama vacía. En nuestra cama.

¿O no era nuestra cama? ¿Había algo «nuestro»? ¿Había un «nosotros»?

La noche anterior, cuando vino a buscarme después de tres días y medio de silencio, casi pensé que era un sueño, pero el delicioso dolor que sentía entre los muslos me decía que Grayson estaba en casa, o bien que había tenido unos sueños muy sucios.

El reloj dio las siete y media. Ese día no tenía clase, pero solo faltaban un par de horas para ir a trabajar. Combatí las ganas de dormirme de nuevo. El fin de semana había descansado fatal y todo gracias al señor de las llamadas inexistentes, pero no iba a dejar que me encontrara dormida cuando volviera.

Ni tan conforme con su comportamiento como la noche anterior. «Básicamente, dejaste que te cogiera una vez más antes de romperte el corazón».

O tal vez me había estado despidiendo para mis adentros, preparándome para las inevitables noches durante las cuales no lo tendría en mi cama, en mi vida. Pero me había mirado a los ojos cuando me dijo que me necesitaba, me había suplicado como si yo fuera la única persona del mundo capaz de ayudarlo. Y no pude hacer nada. Bueno, pues eso se iba a terminar. Sobre todo ahora que Grace se había despertado.

Recogí la pijama y la ropa interior, me vestí y bajé a la cocina.

—¿Café? —me preguntó Ember, indicándome con un gesto la silla frente a ella, al otro lado de la mesa, donde me esperaba mi taza favorita—. Crema de menta y miel, como te gusta a ti.

Me dejé caer en el asiento, me llevé a los labios la taza humeante y aspiré su aroma antes de beber el primer sorbo.

—Gracias. Me alegro de que estés aquí, aunque solo sea esta semana.

Puso los pies en la silla contigua a la mía y se apoyó en el respaldo, a la espera.

—¿Te acuerdas del baile de fin de clases, en el último año de preparatoria? —le pregunté.

—Claro —dijo—. Fui con Riley y organizamos una fiesta brutal en Strawberry Fields. ¿Adónde quieres ir a parar?

—¿Te acuerdas de con quién fui yo?

Frunció el ceño para hacer memoria.

—¿Con Dustin McClair? Fue justo después de que…

—Justo después de que Corey rompiera conmigo, la semana anterior. Tenía tanto miedo de estar sola, de perderme el baile del último año, que fui con Dustin, que no me interesaba para nada y me estropeó el vestido porque me echó cerveza encima en la limusina, y que apestaba a ajo. Ah, y lo encabronado que se puso cuando no me quise acostar con él.

—Una noche memorable. —Se inclinó hacia delante—. ¿Sam?

—¿Recuerdas lo que me dijiste cuando te conté que iba a ir con él a la fiesta?

—No muy bien. Sería algo del tipo «¿Estás segura...?».

—Me dijiste: «Nunca te has conformado con las sobras».

Bebió un sorbo y asintió.

—Bueno, y es cierto.

—Claro. De eso se trata. Sobre Grayson... Estoy tan enamorada de él que no me imagino un futuro en el que no me despierte a su lado. No hay nadie en el mundo que me haga sentir lo que me hace sentir él, que saque a la luz lo mejor de mí. Es complejo, inteligente, y tiene un corazón que no le cabe en el pecho. Y no olvidemos que es guapísimo y que en la cama es una fiera. Es lo primero para mí.

—Ya.

—Pero para él yo soy su segunda opción. Y la que ocupa el primer puesto acaba de hacer una reaparición estelar. En esta carrera, me lleva tanta ventaja que está a punto de doblarme.

—No, Sam, Grayson te ama. He visto cómo te mira, cómo te habla, cómo es cuando está contigo.

—Me aprecia mucho, Ember, pero no sé si es amor. No sé si puedes amar a otra persona cuando tu corazón sigue prendado de la que ostenta la medalla de oro en el podio. Ama a Grace. Siempre ha amado a Grace. Una cosa era competir con un fantasma. Ya me había hecho a la idea. Pero no con la Grace real, la de carne y hueso. Esa batalla la perdí antes de empezar a librarla.

—Te estás subestimando. Y lo subestimas a él. —Se levantó para preparar más café. La adicción compartida a la cafeína era tan fuerte como nuestra amistad—. ¿Qué pasó anoche, cuando volvió?

Me sonrojé.

—Bueno, hablar, lo que se dice hablar, no hablamos. Me… Me acosté con él, y esta mañana me desperté en su cama.

Se apoyó en la barra mientras en la cafetera silbaba otra dosis de energía.

—Así que volvió a casa en el último vuelo y lo primero que hizo fue llevarte a su habitación, a su cama, y hacer que te vinieras.

Casi escupí el café.

—Carajo, si hasta ya hablas como Josh.

Se encogió de hombros.

—Yo solo digo que eso no parece propio de un chico que prefiere a otra.

—Ni siquiera me llamó en todo el fin de semana.

—De acuerdo, eso no queda bonito en su expediente. Pero dale un respiro al pobre tipo. Debe de estar en estado de shock.

—¿Y si se acostó con ella?

Solo de pensarlo, un dolor paralizante me desgarró el pecho. Ember ladeó la cabeza.

—Grace estuvo cinco años en coma. Dudo mucho que se haya despertado en plan «Vamos, quiero un poco de acción».

—Pero tal vez es lo que quería Grayson. —Aquello era insoportable. Las inseguridades no paraban de asomar en mi cabeza y me estaban arrancando la esperanza del alma—. Anoche fue diferente. Me sentí como si me estuviera diciendo adiós. —Hice una mueca y me froté la frente—. Voy a tener que renunciar a él, ¿verdad?

Oímos cómo se abría la puerta de la casa y tragué saliva para recuperar la compostura. Jagger y Josh entraron en la cocina, los dos sudando como cerdos. Cerdos muy atractivos, pero cerdos.

—¿Cómo? ¿Hoy no hay licuado? —bromeó Josh antes de darle un beso a Ember—. Buenos días.

Jagger sacó dos botellas de agua del refrigerador y le lanzó una a Josh.

—¿Dónde está Grayson? —pregunté sin conseguir que mi voz sonara indiferente.

Los chicos se miraron, y me di cuenta.

—Hablando por teléfono —contestó Jagger antes de vaciar la botella dando unos largos tragos.

Bebí un sorbo de café. Ojalá lo hubiera preparado con algo más fuerte.

—Por mí, perfecto —oí decir a Grayson mientras se cerraba la puerta de la casa—. Ya lo sé. Yo también, pero no puedo. Según el calendario, no tengo otro puente largo hasta mediados de octubre. —Hubo una pausa, y en la cocina todos apartaron la vista de mí—. Ya lo sé —repitió con un tono de voz afectuoso que yo creía que solo utilizaba conmigo, y entonces lo supe. Supe que estaba hablando con ella—. No, no es posible, no puedo faltar o me bajarán de categoría. Lo intentaré dentro de unas semanas, pero no te prometo nada. Dile a Miranda que te configure el Skype y así podremos hablar más tarde.

Se me encogió el corazón. Fue como una herida que lo absorbía todo a su alrededor, un agujero negro. Aquello no podía doler más. Fue mucho peor que quedarme sola cuando todos mis amigos se fueron a la universidad. Peor que cuando mi mamá se fue a Afganistán. Peor que cuando Harrison me dejó tras descubrir su anillo de casado.

Grayson estaba en la casa, pero ya se había ido.

No sé cómo, lo había hecho de nuevo. Y yo volvía a ser la otra, la que se queda atrás, la que se olvida.

Noté cómo los ladrillos de mis defensas volvían a juntarse para alzar un muro. Era como si un diminuto ejército me invadiera el corazón y tratara de detener la hemorragia desconectando todos los sentimientos.

—Siento perdérmelo, Estribor, pero no puedo irme de aquí.

Carajo. Pero si tenía apodo y todo. El superserio Grayson, que a mí me llamaba Samantha, tenía un apelativo cariñoso para ella. Clic. Clic. Clic. El diminuto ejército del corazón puso el cemento y colocó el último ladrillo.

En la lucha por el control de mis emociones, la ira derrotó al dolor.

Grayson apareció al otro lado de la barra que separaba la sala de la cocina. ¿Por qué tenía que ser tan guapo? Me miró a los ojos y se me hizo un nudo en el estómago.

—Okey. Luego hablamos. Adiós.

Se lo había dicho a ella, pero tuve la sensación de que se dirigía a mí.

—¿Vuelves otra vez a casa? —le preguntó Jagger.

—No. Al menos no hasta dentro de un par de semanas.

Eso lo dijo mirándome.

—Al parecer ahí te necesitan —conseguí decir.

—Fue Parker, ella filtró la noticia. No pienso formar parte de este circo ni desempeñar el papel que me han asignado.

—Entró en la cocina y atrapó al vuelo la botella que Jagger

acababa de lanzarle—. No entiendo por qué a la prensa puede interesarle semejante noticia.

—Chica guapa despierta tras cinco años en coma junto al atractivo y fiel novio que nunca se apartó de su lado. Ya deben de estar haciendo la película.

Tras soltar aquella frase imposté una sonrisa, y él me miró con los ojos entornados.

—Sam. —Sacudió la cabeza con ese gesto que significaba que habría querido decir algo más, pero no iba a hacerlo.

Yo, en cambio, sí. Esta vez no me abandonarían. Ni hablar. Pensaba tomar la iniciativa.

—No pasa nada, de verdad. Ya tienes lo que siempre habías querido, y hasta tuvimos sexo de despedida anoche.

Inclinó la cabeza hacia atrás como si lo hubiera abofeteado.

—Yo creo que aquí sobramos, gente —dijo Josh.

Todos salieron de la cocina. Grayson me miró de arriba abajo. Ni siquiera parpadeé, pese a las chispas de energía que circulaban entre nosotros.

—Samantha.

Dio un paso hacia mí. Alcé las manos.

—No te molestes.

—Elige. Ven arriba conmigo y hablamos de esto con calma o te llevo cargando, pero no vas a decir la última palabra. Tenemos que hablar.

Hubo unos segundos de tensión, y al final suspiré.

—De acuerdo.

Los pies me condujeron hasta su habitación sin necesidad de que yo les diera instrucciones, y Grayson cerró la puerta tras de sí. Antes de que tuviera tiempo de decir nada, me puso contra la puerta, me sujetó las manos por encima de la cabeza con una de las suyas y me inmovilizó ejerciendo presión con su cuerpo, desde el pecho hasta los muslos.

Y mi cuerpo traidor se derritió, el muy cabrón. ¿Por qué era tan fina la línea que separaba la ira de la excitación? Me miró a los ojos, luego a los labios que entreabrí de forma espontánea.

Y me besó, devorando cada línea, cada recoveco de mi boca. Me sujetó el cuello con la mano que tenía libre, me giró la cabeza para que su beso fuera más profundo, y yo respondí, me apreté contra él, le devolví todo lo que me estaba dando. Si había de ser el último beso, quería que le quedara marcado en el alma, que no volviera a besar a nadie sin dejar de pensar en este, en mí. Deslizó uno de sus fibrados muslos entre los míos, aumentó la presión y todo mi cuerpo vibró. Tuve que hacer un esfuerzo para no frotarme contra su muslo.

Se me escapó un gemido y él se apartó. Solo pretendía que dejara de resistirme, y vaya si lo había conseguido.

Cuando abrí los ojos, estaba muy cerca de mí, casi tocándome la nariz, con la mirada fija en mis pupilas.

—Para empezar, ayer no tuvimos sexo, Samantha. Te hice el amor, que es muy diferente. Y, en segundo lugar, incluso cuando «solo» tenemos sexo, cuando el sexo es sucio y sudoroso y caliente, cuando lo único que quiero es arrancarte ese sonido agudo que emites cuando te vienes, también te estoy haciendo el amor. Nunca te tocaría si no pusiera toda mi alma en ello. No le restes valor a lo que hacemos. En tercer lugar, ¿por qué demonios no has traído tus cosas a esta habitación? Te quiero en mi cama. Dormida o sin dormir, eso ya lo decidirás tú. Y, por último, lo de anoche no fue una despedida. No me voy a ninguna parte.

«¿Que traiga mis cosas?».

—¿Te metiste algo o qué? No pienso mudarme a vivir contigo después de lo que acaba de pasar. Tienes novia, Grayson.

—Sí. La estoy mirando ahora mismo.

—No me llamaste. Te fuiste con ella, y no me llamaste.

Cerró los ojos como si le doliera todo el cuerpo y apoyó su frente en la mía.

—Fui un imbécil, lo siento. Mi mente era un manicomio. Pero te juro que, aunque no te llamara, no dejé de pensar en ti. Es que no sabía qué decirte. No sabía qué decirme a mí mismo.

—O tal vez estabas pensando en cómo romper conmigo.

Me volvió a besar, esta vez con ternura.

—No voy a romper contigo. No me voy a ninguna parte.

—Todavía. No te vas todavía. Pero te irás. —Era inevitable. Me escocían los ojos—. ¿Por qué no te vas ya y nos ahorramos el dolor?

Grayson me soltó las manos y me acarició las mejillas con los pulgares.

—¿Ahorrarnos el dolor? ¡Como si romper ahora no fuera a dolernos! Carajo, Sam, no… —Tragó saliva—. No sé si podría sobrevivir si te pierdo, y puede que eso sea egoísta por mi parte. Ya sé que me voy a graduar. Aún no hemos decidido qué haremos a partir de diciembre. Pero no pienso dejarte.

—¿Ni por ella?

No le quité la vista de encima, pero, más que ver, presentí que bajo la superficie se estaba librando una guerra: lo noté por su rigidez, por el tic de la mandíbula, por su manera de acariciarme la piel distraídamente.

—Estoy contigo.

—¿Por cuánto tiempo? ¿Hasta que vayamos a Carolina del Norte? ¿Hasta que te des cuenta de que soy un desastre y que no puedo ni cuidar de mí misma, que no se me puede comparar con la reina de Outer Banks? ¿Qué pasará entonces, Grayson? ¿Qué sucederá la primera vez que vea en tus ojos que te diste cuenta de que cometiste un error? ¿O cuando comprendas que, si no hubiéramos cedido a los impulsos, no te encontrarías en esta situación? Unos meses. Lograste serle fiel cinco años, y yo lo eché todo a perder en unos pocos meses.

—No has echado nada a perder. Me devolviste la vida. ¿Por qué estás tan segura de que voy a dejarte? ¿No puedes tener un poco de fe en mí?

Nos miramos a los ojos, en medio de un silencio tan tenso, tan cargado, que venía con pronóstico meteorológico incluido. Puede que tuviera razón y yo debería tener más fe. Puede que estuviera siendo injusta con el hombre al que quería. Puede que fuera la excepción, el que no se iría.

—¿Qué te dijo cuando le contaste lo nuestro?

Se puso pálido y me apartó las manos de la cara. Mi pequeño ejército de alzadores de muros no pudo hacer nada por ayudarme.

—No se lo has dicho —susurré.

—Mierda. —Se frotó la cara—. Quería hacerlo, pero su familia me pidió que esperara, que le diera tiempo para adaptarse. Su vida ha cambiado por completo, y no quería añadirle una carga adicional. La he querido toda mi vida, es mi mejor amiga.

«La he querido toda mi vida». No solo me había rebasado en la pista, sino que ya le habían dado la medalla y el ramo de flores. Me había derrotado.

Le di un empujoncito en el pecho y retrocedió un paso.

—Y yo solo soy la chica que duerme en tu cama.

¿Cuánto dolor podía soportar una persona? ¿De cuántas maneras podía romperse un corazón antes de secarse y morir? Ojalá el mío se muriera de una vez. Al menos, así dejaría de sentir lo que siento.

—Samantha, por favor.

Trató de agarrarme, pero me hice a un lado.

—Déjame.

Lo dije en más de un sentido, y por el modo en que negó con la cabeza supe que lo había entendido.

—Te amo, Grayson. Pero, ahora mismo no quiero ni verte.

Se apartó lo justo para permitirme abrir la puerta.

—Esta conversación no ha terminado —me dijo mientras yo cerraba la puerta de mi dormitorio.

—Tienes una pinta espantosa —me dijo Avery cuando entré en el gimnasio.

Su dulce acento sureño no suavizó aquel abrupto comentario. Llevaba la playera del gimnasio y unos pantalones capri, y el pelo rubio recogido en la nuca.

—Yo también me alegro de verte, bonita —respondí desde mi puesto tras el mostrador.

Subió el peldaño de la zona de oficinas y dejó la mochila en el suelo.

—Lo digo en serio. Hasta llevas los tenis desparejados.

Solté un bufido y miré hacia abajo.

—Qué tontería, no… —«Mierda»—. Son del mismo color. Un error lo tiene cualquiera.

—Solo que uno es Adidas, y el otro, Saucony.

Sacó los libros y los puso en la mesa que había junto al teléfono.

—Fue una mañana complicada.

—¿Problemas con el piloto? —Abrió el libro de Trigonometría y el cuaderno. Al ver que no respondía, me miró y parpadeó—. Vaya. ¿En serio?

—No te preocupes por eso, Avery. ¿Qué tal esa tarea? —le pregunté, mirando por encima de su hombro.

—Confusa. Tampoco ayudó mucho que me pasara la clase haciéndole ojitos a Grady Alexander. En mi defensa, he de decir que esto es un galimatías. Llegó un momento en que ni siquiera oía al profesor.

—Y te habría gustado prestarle tanta atención como a Grady, ¿eh?

—Ja, ja. Me muero de risa contigo. Solo falta un mes para el baile de inauguración de clases y aún no sé con quién voy a ir. Esto es mucho más importante que la Trigonometría.

Dio un golpecito en la hoja de papel en blanco con la goma de borrar.

A mis veintiún años, sabía que eso no era verdad. Pero estaba decidiendo mi futuro universitario en función de los planes de mi novio, dependiendo de adónde lo destinaran para estar cerca de su otra novia. Tenía cuatro años más que Avery y un barullo igual de monumental en la cabeza.

Y, además, me acordaba de lo que era tener diecisiete años.

—¿Por qué no se lo pides a Grady?

Me miró como si fuera un bicho raro.

—Ya, seguro. No. No soy su tipo de chica, te lo digo yo. Solo nos comunicamos cuando me pide un lápiz. Todos los días me pide un lápiz. ¿Tengo cara de tienda de lápices? Pero el día que se acuerde de traer el lápiz no volveremos a hablar nunca más.

—Qué lindos. Tienes algo que necesita, y te lo pide todos los días porque sabe que te ocuparás de él.

Arrrg. Ahora me daba por analizar romances de preparatoria.

«Pero ¿qué necesita Grayson? ¿Cuál es tu lápiz?». La fe. Algo que nadie más tenía. Grayson necesitaba que tuviera fe en él. «¿Pero a qué precio?».

Avery sacudió la cabeza.

—Las computadoras son más fáciles que los chicos. Si me das una buena conexión a internet, puedo hacer que cambien mis calificaciones. En cambio, si me das un baile de inauguración de clases, no puedo cambiar mi destino. Doy pena.

Rodeé sus esbeltos hombros con mi brazo.

—Qué va. ¿Hoy vendrá?

Se encogió de hombros.

—Es martes, igual viene a hacer pesas tras el entrenamiento de futbol.

—Bueno, pues empecemos ya con la tarea, porque tengo el presentimiento de que esta tarde te hará ojitos él a ti.

—¿Me ayudarás? —me preguntó en voz baja.

Acerqué mi silla a la suya.

—Concéntrate.

Me pasé una hora explicando las diferencias entre coseno y tangente, y utilicé como ejemplos las paredes y el equipamiento deportivo. Avery funcionaba mejor con imágenes que con la memoria repetitiva.

—Dime una sola vez en la vida en la que esto me vaya a hacer falta.

—Yo lo voy a utilizar mucho.

—Ya, claro, pero yo no tengo intención de estudiar Matemáticas ni nada por el estilo. Oye, y tú también tendrás que hacer tareas, que tus clases empezaron la semana pasada. —Se le fueron los ojos hacia el reloj—. Son casi las cinco.

Había sacado dos sobresalientes en el curso de verano, y ahora me tocaba conseguir cuatro más antes de diciembre.

—Puede que Grady llegue pronto —le dije con una sonrisa.

—Y el piloto —me respondió ella con otra.

Las dos suspiramos.

—¡El correo! —anunció Maggie al tiempo que cruzaba la puerta con un fajo de sobres en la mano—. Me tropecé con el cartero, así que lo traigo yo.

—Hola, mamá.

Maggie le dio un sonoro beso en la mejilla a su hija.

—¿Qué tal la tarea?

—¡Terminada! —respondió con entusiasmo.

Maggie arqueó las cejas.

—¡Muy bien! —Se acercó a mí—. Gracias —me susurró mientras clasificaba las cartas.

Le sonreí y descolgué el teléfono, dispuesta a responder por décima vez en lo que iba de día a una pregunta sobre nuestros horarios.

—¿Maggie Norman, Advantage University? ¿Qué demo…?

Fue a abrir el sobre, pero se lo quité de las manos.

—Ese es para mí. Perdón. —Me lo puse en el regazo.

—¿En serio? ¿Qué estás planeando?

—Quiero ver mi expediente en la Universidad de Colorado. Voy a mandar solicitudes para el primer trimestre del año que viene, y no sé qué pone…

Sonreí de nuevo. Por fin me había decidido a leer el texto íntegro del informe disciplinario. Así podría escribir una solicitud más precisa para aumentar mis posibilidades de entrar en alguna universidad de Carolina del Norte.

Por si acaso.

—Vaya, me alegro de que te estés preparando. ¿Te llevo a casa antes de irme al bar, Avery?

Negó con la cabeza.

—No, me voy a quedar con Sam para ayudarle a limpiar el equipamiento, si te parece bien. Dice que luego me lleva ella.

Sonreí como si todo aquello estuviera planeado de antemano.

—Por mí, perfecto. Gracias, Sam.

Le dio otro beso a Avery en la mejilla y se fue. Yo le di un golpecito con el dorso de la mano.

—Eso se avisa.

—Perdón.

Se mordisqueó el labio inferior. De pronto, miró detrás de mí y le cambió la cara. Abrió mucho los ojos y se puso a juguetear con unos clips que tenía a la mano encima de la mesa.

—¡Hola, Avery! ¿Qué tal? —la saludó Grady mientras firmaba la hoja de entrada.

Avery tardó mucho en responder, pero el chico aguardó sin dejar de mirarla.

—Muy bien, gracias. —Su voz era un susurro, pero ella también lo miró.

—Me alegro.

Le sonrió y se fue a los vestidores con la mochila negra colgada del hombro.

—Se me ocurre que podrías hablar con él, por ejemplo —la regañé.

—Es que me pone muy nerviosa —respondió.

—Ponte a limpiar algo para que no se te note tanto que lo miras.

Señalé la zona del gimnasio. Dejó escapar una risita y se puso a limpiar cerca del escritorio, sin duda para esperar a ver dónde se ponía el chico.

Se abrió la puerta y Grayson entró con la bolsa de deporte en la mano. Se quitó la gorra y firmó la hoja, pero yo no aparté la vista del escritorio.

—Samantha.

Negué con la cabeza. No pensaba hablar con él en este lugar.

Grayson suspiró y se fue al vestidor.

—Se me ocurre que podrías hablar con él, por ejemplo —me provocó Avery.

—¿Quieres que le meta una caja de lápices a Grady en la mochila? —respondí en voz tan baja que solo ella me escuchó. Se quedó boquiabierta—. Lo supuse.

Me sacó la lengua y se puso a limpiar el siguiente aparato, un poco más lejos.

En cuanto estuvo a cierta distancia, abrí el sobre y desdoblé el expediente.

«Pero qué demonios…». Mis calificaciones del primer año estaban bien, pero las del segundo aparecían reprobadas cuando en realidad había sacado sobresaliente en todas las asignaturas hasta el primer trimestre de tercero. No todo eran reprobadas, también había algunas aprobadas con lo justo y en otras figuraba como no presentada. Aquello no era correcto.

Claro que no me admitían en ninguna universidad.

Pasé la página para ver el documento adjunto que más temía. Se me encogió el corazón y me puse colorada, como si todo el gimnasio supiera de repente lo que había hecho.

INFORME DISCIPLINARIO: SAMANTHA FITZGERALD

Un cargo de agresión a un profesor. Noviembre de 2014.

Un cargo de mala praxis académica. Noviembre de 2014.

Un cargo de plagio. Septiembre de 2014.

Un cargo por copiar en un examen final. Mayo de 2014.

Parpadeé. Aquello era falso. Lo habían alterado a propósito.

Un rugido retumbó en mis oídos, y de repente se acabó la vergüenza. Iba a hacer pedazos a quien me había hecho aquello. Harrison. El muy cerdo. Tenía acceso al sistema, me había cambiado las calificaciones. Ya me había dicho que jamás me libraría de él.

Fui a la computadora, entré en el correo electrónico y me fui directo a la carpeta de spam. Había cuatro mensajes marcados como sospechosos. En todos, el asunto era el nombre de universidades a las que había enviado solicitudes. Los tres primeros me llamaban puta y me decían que nunca iba a librarme de la vergüenza por lo que había hecho.

—Ya, como si no lo supiera —masacullé.

Abrí el último.

Puta de mierda,

¿Aún no lo entiendes? No puedes hacer nada, y, cuanto más lo intentes, más me voy a divertir destrozando tu futuro, igual que tú destrozaste mi vida. Lástima que no te quedaras aquí, donde te pudiera ver. Por si eres tan idiota como creo, te lo voy a deletrear. Cada solicitud que mandas sirve para que tu pasado te represente mejor, de rechazo en rechazo.

Deja de intentarlo.

—Hijo de puta —susurré, y cerré el correo electrónico.

Grayson salió del vestidor y me lanzó una mirada anhelante antes de irse hacia el banco de pesas.

Durante una fracción de segundo, sopesé la posibilidad de contárselo.

Pero iba a matar a Harrison, lo meterían en la cárcel y le destrozaría la vida a él también. «Más material para la película del milagro de la chica en coma».

No. Me iba a encargar yo misma. No podía seguir escondiéndome y rezar para que las calificaciones que sacaba compensaran un expediente catastrófico. Ni siquiera tenía un modo de impugnar el expediente.

Intenté acceder al sistema para sacar las calificaciones anteriores, pero el sistema me había bloqueado, lo cual no me extrañó. Cerré la pestaña y me recosté en el respaldo de la silla.

Se me fueron los ojos hacia donde Grayson estaba levantando pesas.

Los músculos de los brazos se le marcaban con cada repetición, y se me secó la boca al recordar las veces que me había levantado como si no pesara nada, las veces que me había lostenido en el aire contra la pared mientras me volvía loca. Miré el espejo para ver su rostro en el reflejo y contuve una exclamación. Me estaba mirando a los ojos, me había visto observarlo, y le gustaba. El modo en que arqueaba la ceja me confirmó que una sola palabra mía bastaría para que me empotrara contra los casilleros del vestidor.

Pero yo no le convenía. Era incapaz de tener el dormitorio ordenado, lo cual era algo que lo sacaba de quicio. Si fuera tan organizada como Grayson, tendría una copia impresa de mis calificaciones en orden cronológico.

Como mi mamá.

Saqué el teléfono y pulsé su nombre.

—Hola, nena.

—Hola, mamá. Estoy en el trabajo, no puedo hablar, pero quiero preguntarte una cosa.

—Dispara. —Por el tono cortante de su voz deduje que ella también estaba en el trabajo.

—¿Guardas mis calificaciones de la UCCS? —le pregunté conteniendo la respiración.

—Claro. ¿Te hacen falta?

«Gracias a Dios».

—Sí. ¿Me las puedes escanear y me las mandas?

—Esta misma noche. Te quiero.

—Y yo a ti. Gracias, mamá.

Colgamos y me fijé en que Avery seguía limpiando el mismo aparato y que llevaba diez minutos frotándolo mientras observaba a Grady haciendo ejercicios de piernas en otra máquina.

—Avery —la llamé con discreción.

Hice una mueca cuando tropezó, distraída. Consiguió recuperar el equilibrio y no caerse, pero se puso muy colorada.

—¿Qué pasa? —me preguntó, ya junto al mostrador.

—¿De verdad se te dan tan bien las computadoras?

Una sonrisa le iluminó el rostro.

Capítulo veinticuatro

Sam

Cambié de postura en el asiento mientras el profesor de Inglés seguía con su monótono discurso. Quizá era porque no me gustaba la literatura. Me gustaba leer, pero no analizar. Las Matemáticas eran mucho más fáciles. Un problema, una solución, ya está.

—Se trata de ser fiel —dijo alguien con acento sureño a mi izquierda, en respuesta a una pregunta que no había oído.

—¿Y qué lección se desprende de ello? —insistió el profesor.

—Que la fidelidad tiene su recompensa —respondió una chica a mi espalda.

—Hasta que matan a tu marido y tienes que casarte con otro, como Penélope —murmuré.

—Bien dicho, señorita Fitzgerald. Entonces, si la fidelidad no es la lección que podemos extraer, ¿cuál sería?

Se subió los típicos lentecitos de profesor hasta el puente de la nariz. Sacudí la cabeza.

—No lo sé. Que no hay que molestar a los dioses. Que no hay que hacer cosas que te provocan más dolor del que te tenía reservado el destino, porque después es el cuento de nunca acabar.

«Y te joden el expediente».

—¿Y si obedeces a los dioses? ¿Sigue habiendo sufrimiento?

«Si obedeces a los dioses, despiertan a la novia comatosa de tu novio para entretenerse».

—El sufrimiento siempre existe —respondió un chico sentado unas filas delante de mí—. Lo importante es cómo le hacemos frente.

—Es una idea muy interesante.

La discusión siguió igual de aburrida hasta que el profesor dio por terminada la clase. Recogí los libros y salí con los demás. El sol me cegó de camino al estacionamiento.

—Sam.

Me giré de inmediato. Grayson estaba apoyado en una columna, tan comestible como siempre, vestido de uniforme.

—¿Qué haces aquí?

Sacó la mano que ocultaba tras la espalda y me dio un ramillete de flores.

—Grayson. —Lancé un suspiro y acepté el obsequio. Me las llevé a la nariz y luego acaricié los pétalos blancos y azules—. Aquilegias azules. ¿De dónde las sacaste?

—Es la flor oficial de Colorado, ¿no? —preguntó.

Asentí.

—Me encantan.

—Sí, me acordé —asintió con una sonrisa que derribó mis murallas.

—Gracias, pero tendrías que estar en clase, ¿no? —Eran las diez de la mañana.

—Sí, tenemos Teoría ahora mismo.

«¿Qué?». ¿Se estaba saltando una clase teórica?

—¡Vete, corre! Te vas a meter en un lío.

—Me da igual. Te voy a demostrar que no me voy a ninguna parte. Si para eso tengo que venir todos los días cuando salgas de clase, pues eso haré. No puedo pagar el envío urgente de flores a diario, pero ya se me ocurrirá algo.

Apreté los delicados tallos con las manos.

—No puedes. Vas a perder tu puesto en la lista del orden de mérito, te reprobarán, te echarán de la academia. Lo sabes muy bien. No podrás irte a Carolina del Norte.

Tiraría por tierra todo aquello por lo que había luchado.

Apretó los dientes una vez, dos, y luego negó con la cabeza.

—Me da igual —repitió—. Quiero estar donde tú estés; y, si no me crees, tendré que demostrártelo. No pienso dejarte, Sam.

—¿Qué pasa con Grace? —susurré.

Apartó un instante la vista, pero volvió a mirarme enseguida.

—No lo sé. La próxima vez que vaya a verla, le contaré lo nuestro. Estoy siendo todo lo sincero que puedo contigo, no sé qué pasará. Llevo cinco años viviendo sin Grace y estoy encantado de recuperarla. Es mi mejor amiga. Pero no podría vivir ni cinco días sin ti. Dios, si apenas han pasado veinticuatro horas y ya me tienes de rodillas.

Se me dibujó una sonrisa en la cara. Este era el Grayson que me había sacado del camino de la autodestrucción, el que no se había alejado de mí ni tras conocer mis peores secretos. Tenía fe en mí. Lo mínimo que podía hacer era corresponderle.

—Okey —asentí.

—¿Okey, vas a confiar en mí, u okey, quieres que venga todas las mañanas?

Sabía que iba contra las reglas, pero me puse de puntitas para darle un beso en los labios, y casi se le cayó la gorra.

—Okey, creo en nosotros.

Me cargó y me besó con mucha más lengua de la que se le permitía estando de uniforme. Pero yo no pensaba protestar.

—Corre, Grayson, vete a clase.

—¿Te veo luego en casa? —Aún había cierto temblor en su voz.

—Allí estaré, prometido.

Me robó otro beso apresurado con una sonrisa que le habría bajado la ropa interior a cualquier mujer del campus. Lo sabía por el efecto que producía en la mía.

—¡Vete!

Le di un empujoncito y retrocedió sonriente antes de darse la vuelta y correr hacia la camioneta.

A la mierda los dioses, el destino y el sufrimiento; amaba a aquel hombre.

—Cariño, por favor, saca las papas del horno —gritó Grayson desde el patio al tiempo que les daba la vuelta a las chuletas.

—Cómo no, cielito —le respondió Jagger.

Paisley le dio un golpe en el pecho con el dorso de la mano.

—Creo que me hablaba a mí.

Me reí y abrí el horno. Las cenas en familia de los domingos por la noche eran mi momento favorito de toda la semana. Ojalá Ember viviera más cerca para compartirlas.

—No pongas en duda nuestro viril romance, Sam. Este año hemos hecho grandes progresos. Ahora hasta dice frases de varias sílabas.

Hizo ademán de brindar con la cerveza abierta mientras yo ponía las papas sobre la estufa.

—Y ya no gruñe —añadió Josh.

Me ofreció una cerveza y le dije que no; no quería provocarle ninguna tensión a Grayson. Llevábamos semana y media de vuelta a la normalidad, y era genial. Aún no me había trasladado a su habitación, pero dormía todas las noches en su cama. En nuestra cama.

Si exceptuábamos alguna que otra llamada de teléfono y los mensajes de texto, que yo hacía lo posible por encajar con una actitud madura, éramos… nosotros mismos, en una burbuja maravillosa aunque todo me decía que estaba a punto de estallar. Mi tradicional pesimismo.

—Esto ya está —dijo Grayson mientras la carne reposaba en la mesa.

Josh se encargó de la ensalada y yo puse las papas en una fuente para servir. Iba de camino hacia la mesa cuando el teléfono de Grayson sonó anunciando otro mensaje de texto. Se me encogió el corazón, pero no hice caso. O intenté no hacer caso.

Lo vi fruncir el ceño y teclear una respuesta.

—¿Qué pasa? —La verdad era que no quería saberlo, pero tenía que ponerme el uniforme de novia comprensiva.

—Es Grace, me pregunta que qué hago.

—¿Te traigo algo de beber? —le pregunté, pasando directo a la parte en la que soñaba despierta con quitarle el teléfono y aplastarlo a pisotones.

—¿Hay té? —respondió sin alzar la vista.

—En camino. —Serví dos vasos y los puse sobre la mesa.

—¿Que si tenemos qué? —casi gritó Grayson.

—¿Eh?

—¿Grace pregunta si tenemos lugar para dos en la cena del domingo?

Todas las miradas se dirigieron hacia Grayson y luego hacia la puerta cuando sonó el timbre. «No puede ser. Carajo, no puede ser». Grayson me miró a los ojos en un auténtico estado de pánico, y a mí se me cayó el alma a los pies. Sentí cómo todos mis sistemas se colapsaban.

Tal vez huir o luchar no fuera la única respuesta posible. Tal vez cerrarse y negarlo todo podría ser una opción viable.

—Ve a abrir —dije.

Asintió y fue hacia la entrada.

Me senté junto a la silla de Grayson mientras Jagger y Paisley se situaban en las de la izquierda. Jagger me agarró la mano que tenía ocupada jugueteando con los cubiertos y me la apretó. Si ni siquiera él le veía el lado gracioso era porque aquella velada iba a ser un infierno.

—¡Vaya, estás de pie! —le oí exclamar a Grayson.

—Pero no aguanto mucho —respondió una voz dulce.

—Ayúdala, Gray, hombre —le espetó otra voz, y apreté con fuerza la mano de Jagger.

—¿Parker? —preguntó Paisley en voz baja. Asentí y ella contuvo un suspiro—. Voy por el extintor, no sea que le prendas fuego sin querer. Si quieres, te traigo un encendedor.

Jagger soltó una risotada y la besó en la mejilla.

Vi a Grayson aparecer al otro lado de la barra y todo se me enfrió por dentro, se me congeló, se me rompió en mil pedazos. Llevaba en brazos a Grace, con las delicadas manos de ella en torno a su cuello. Grace tenía puesto un vestido blanco y el pelo trenzado y recogido, y entre eso, las sonrisas bobas y su forma de sostenerla… «Ante ustedes, los recién casados». Mierda. Me dieron ganas de vomitar.

—Respira —me dijo Jagger entre dientes.

Cuando estaba en coma ya había entrevisto la posibilidad de su belleza, pero la Grace despierta era mucho más hermosa de lo que me había imaginado. Agitó en el aire sus diminutos pies y la sonrisa contagiosa que exhibía era la de una persona tan feliz que en ese instante supe que yo estaba bien jodida.

Y no me veía capaz de reunir las suficientes fuerzas para detestar a la mujer que me estaba quitando al hombre al que amaba.

—Hola. —Grace nos miró a todos. Al fijarse en mí, abrió más los ojos durante una fracción de segundo—. Gracias por recibirnos así, tan de repente.

Los modales sureños de Paisley acudieron al rescate.

—No pasa nada. Yo soy Paisley, tú debes de ser Grace —respondió—. Grayson, acomódala en la mesa.

Arrastró hacia atrás la silla para ir a buscar más platos al armario.

—¿Dónde pongo esto? —preguntó Parker al tiempo que señalaba una maletita—. Mia dice que te gusta la crema de menta y moka para el café, y nos hizo traer un montón.

Grayson sonrió.

—Es para Sam.

—Yo la agarro. Gracias, Parker.

Di la vuelta a la mesa para hacerme cargo de la maleta.

—Ah, no sabía que seguías viviendo aquí, Sam.

Vaya, estaba enseñando las garras.

—Parker —gruñó Grayson mientras depositaba a Grace en la silla más cercana a la suya.

—No por mucho tiempo —me susurró Parker al oído, y de inmediato se fue hacia Grayson y le dio un abrazo—. ¡Cuánto te he extrañado, Gray!

—Tú puedes aguantar esto y más, y Grayson te adora, Sam —dijo Paisley.

Me apretó la mano mientras yo guardaba la crema en el congelador. Asentí, incapaz de decir nada.

—A ver si adivino quién es quién —dijo Grace cuando Paisley les puso los platos delante a Parker y a ella—. Tú debes de ser Jagger, y entonces tú serás Josh. —Se dirigió a mí con una sonrisa amable, curiosa—. Y tú eres Sam, ¿no? La otra *roomie* de Grayson.

Paisley estaba equivocada. No iba a poder aguantar aquello.

Grayson me sonrió.

—Bueno, Grace, en realidad… —empezó.

Pero negué con la cabeza. No iba a acabar con la pobre chica estando todos sentados a la mesa. Esa conversación debían tenerla en privado. A Grayson le cambió la expresión. Bajé los ojos y pasé por detrás de él para dirigirme a mi silla.

—¿Qué? —preguntó Grace.

Josh salvó la situación.

—¿Sabes que, cuando se mudó aquí, Grayson pensó que Sam era un chico? No supo que era una chica hasta que la conoció.

Grace se quedó boquiabierta.

—¿Y qué pasó?

Se me escapó la primera sonrisa sincera desde que habían llegado.

—Básicamente, dio a entender que me estaba acostando con estos dos. —Señalé a Josh y a Jagger—. Luego, me resbalé de la barra y me caí.

—Se había subido para llegar al café —explicó Grayson. Le sirvió el plato—. Ahora lo pongo en el estante de abajo, claro.

—Pero no te lastimaste, ¿no? —me preguntó.

—No —dije con un hilo de voz. Él me sostuvo la mano por debajo de la mesa—. Grayson me agarró a tiempo.

Grace lo miró con una sonrisa.

—Bien. Tiene buenos reflejos.

Me estaba acariciando la mano a mí, pero la sonrisa que le dirigió a ella me hizo sentir como si me hubiera entrometido en un momento íntimo. Me sentía como si me estuvieran pasando un rallador de queso por el corazón.

—Qué bonito es verlos juntos —gorjeó Parker—. ¡Todo vuelve a ser como cuando estaban en la preparatoria!

Grayson me pasó el pulgar por la palma de la mano y me la soltó para servirse.

—Ya. Solo que no estamos en la preparatoria, Parker.

Parker cortó la carne con movimientos rápidos, airados.

—¿Te sirvo un poco, Sam? —me ofreció Grayson acercándome el plato.

—¿Qué te pasa, perdiste el apetito? —La voz de Parker era tan dulce que le habría provocado caries a un dentista.

Agarré un trozo solo por fastidiarla.

—Oye, es mucho viaje para hacerlo así, por impulso —comentó Josh tratando de romper el silencio.

—No, vinimos en avión —respondió Grace—. Quería ver a Gray en su nueva vida, y Parker tuvo la amabilidad de traerme. Los médicos nos dieron permiso, claro.

—Así que lo tenían todo planeado —señaló Jagger.

Grace miró a Parker, y luego a Grayson.

—Desde hace una semana, sí. Parker dijo que te encantaría la sorpresa. Que llevabas una temporada con la moral baja.

—Me encanta verte, Grace —respondió.

—Genial, ¡porque estaremos tres días! —anunció Parker.

«Quiero morirme. Ahora mismo. Que me caiga un rayo y me mate».

—¿Qué tal si yo duermo en el sofá y Grace contigo? —Parker le dedicó una gran sonrisa a Grayson.

Me salió el té por la nariz y Grayson me sostuvo la taza mientras tosía.

—¿Estás bien, Sam?

Asentí.

—Se me fue por el otro lado —conseguí decir.

Paisley alargó la mano y agarró el encendedor azul que Grayson utilizaba para el asador. Se me escapó la risa y mi amiga se encogió de hombros.

—Parker está bromeando. No se me ocurriría invadirlos así. Hay un hotel muy cerca, nos alojaremos allí.

Mierda. Grace me caía cada vez mejor.

—No, si casi no puedes tenerte en pie. Yo me dormiré en el sofá, Parker y tú ocuparán mi habitación.

Mierda. Mi novio me caía cada vez peor.

Tras la cena más incómoda de la historia, ayudé a Grayson a cambiar las sábanas de su cama.

—No sabes cuánto lo siento —dijo mientras ahuecaba el edredón.

—No hay nada que sentir.

—Se lo contaré esta noche —me anunció, agarrándome las manos.

—Eso puede arruinar tus posibilidades de seguir con ella.

La broma no me salió como esperaba.

—Quiero seguir contigo —me aseguró.

No lo dudaba, pero no era cuestión de querer.

—¿Y no hay una parte de ti que quiere estar con ella? Porque basta con verlos juntos. No estoy enojada. Celosa... Bueno, puede, sí. Pero lo entiendo.

«Por favor, dímelo ahora, antes de que aún esté más loca por ti». La había querido toda su vida, él mismo me lo había contado. Pero a mí no me había dicho que me quisiera.

—No hay ninguna parte de mí que no quiera estar contigo —respondió. Me alzó la barbilla y me dio un delicado beso—. Acuérdate de lo que te dije. Ten un poco de fe.

—Ey, ustedes —masculló Parker desde la puerta. Llevaba dos maletas pequeñas en las manos—. ¿Y si fuera Grace? ¿Les importaría mucho no...? Puaj.

Grayson se giró hacia ella.

—En primer lugar, estamos en mi casa, no en Carolina del Norte. Y, en segundo, has invadido mi vida, pero no voy a dejar que la dirijas. Y Grace no puede subir las escaleras. Pero, sobre todo, ¿y qué? Se merece saber que estoy con Sam. No voy a mentirle para que sigas viviendo en esta fantasía demencial.

Parker se puso pálida.

—No se lo puedes contar. No sabemos cómo afectará a su salud. Es muy frágil, Gray, y tú eres lo único que la mantiene en pie. No puedes dejarla.

—No es idiota, sabe que las cosas cambian en cinco años. Pero es fuerte. Y se adaptará.

—¿Y si no? Tú no la has visto estas semanas. No sabes lo duro que fue para ella ver cómo todo el mundo había seguido adelante con su vida mientras la suya se detenía. Si le dices que la olvidaste, que no hay esperanza de que vuelvan a estar juntos, para ella será el final.

—Eso no es justo, Parker —intervine—. No puedes venir a nuestra casa y acusar a Grayson de algo de lo que no tiene la culpa.

Me miró de reojo y se acercó a Grayson.

—Es lo mínimo que le debes. Sabías que Owen estaba borracho. Lo supiste en cuanto intentó darte un puñetazo porque le pediste las llaves. ¿Y qué hiciste? Lo mandaste a la mierda y te largaste. Tienes que darle tiempo a Grace para que se recupere antes de destrozarla.

Apoyé mi mano en su espalda. Habría dado cualquier cosa por aliviar el dolor de aquellas palabras. Tuve que hacer acopio de toda mi fuerza de voluntad para recordar que era la hermana de Grayson y morderme la lengua.

—No es verdad, Grayson. Tú no tuviste la culpa.

—Sí la tuve —me respondió sin tan siquiera voltear a verme—. Si me hubiera mantenido firme, no habría sucedido nada.

—Exacto —asintió Parker—. Exacto. Si no hubiera sucedido nada, serían felices. Los dos juntos.

—Te estás pasando de la raya. —Grayson hablaba más bajo cada vez.

—Puede, pero es verdad, y lo sabes. ¿Verdad, Sam?

Se me hizo un nudo en el estómago. Fue como si me saliera de los rieles en una montaña rusa a toda velocidad.

Si no hubiera sucedido nada, Grayson habría ido a la UNC con Grace. Se habrían casado al graduarse, habrían tenido bebés perfectos, todos con nombres que empezarían por G, y los criarían en las playas de Outer Banks. Pero aquella vida perfecta se había ido a pique.

Grayson nunca se lo perdonaría, y Grace siempre tendría esa parte de él.

Jamás sería del todo mío.

—No se lo digas.

Mi voz sonó inexpresiva, como si no fuera la mía. Grayson se giró de golpe y me sujetó por los hombros.

—¿Qué?

—Parker tiene razón. —Las palabras me supieron a ácido, pero tenía que hacer algo para mitigar la culpa que lo estaba asfixiando—. No sabes cómo le afectará. Y sus médicos están muy lejos. Se encuentra a mil doscientos kilómetros de casa y le vas a romper el corazón. No se lo merece.

—Ni tú tampoco.

Él acababa de ponerme al nivel de Grace. No me lo merecía, pero eso hizo que lo quisiera todavía más.

—Soy fuerte, puedo soportar unos días de ambigüedad. Pero, ya sabes…, mantén las manos…

Su rostro parecía impasible, pero sus ojos me lo dijeron todo.

—Mis manos solo te quieren a ti.

Me obligué a sonreír.

—Pues todo arreglado.

Apenas acerté a ver la expresión triunfal de Parker cuando salí casi a tropezones de aquel dormitorio. De su dormitorio. Nuestro dormitorio. Donde iba a dormir ella. En su cama. En nuestra cama.

Mientras Grayson estaba organizándolo todo, me metí en mi cuarto a estudiar.

—¿Sam?

Parker llamó a la puerta y entró sin esperar respuesta.

—¿En qué puedo ayudarte? —le pregunté cerrando el libro.

Paseó la vista por el caos de mi dormitorio, esbozó una sonrisa forzada y se sentó en mi cama.

—Ya sé que no nos llevamos bien.

—Eso es quedarse muy corto.

Debía tener cuidado de no traspasar la línea que me separaba de matar a Parker y recordarme a mí misma que Grayson la quería.

—No es que no me caigas bien…

—No, no te caigo bien, pero es que, además, no tienes motivos. A ver, tú no me caes bien porque tratas fatal a Grayson. No le perdonas algo que pasó hace cinco años, cuando no era más que un niño. Algo que ni siquiera fue culpa suya, pero tú le sigues dando vueltas porque quieres a Grace y necesitas echarle la culpa a alguien.

Agarró el lápiz que había dejado sobre el cuaderno y le dio vueltas entre los dedos.

—Sí.

—Así que la agarras contra Grayson, y por eso no me caes bien. Tiene lógica. Yo en cambio no te caigo bien porque tengo la desfachatez de amar a tu hermano.

—Lo vi rezar para que llegara un milagro. Estuvo a su lado durante años, suplicando. Y ahora el milagro llegó. La recuperó, y lo tira todo a la basura… por ti. Tú eres lo que acabará con él. Si lo amaras de verdad, no serías egoísta, dejarías que se fuera. Pero no lo harás. Vas a permitir que sufra, desgarrado entre las dos, para conservarlo un poco más de tiempo.

«Egoísta». Había dado en el clavo con una precisión que dejaba al descubierto todas mis terminaciones nerviosas.

—Grayson quiere estar conmigo.

Me dolía hasta el alma. Todas mis inseguridades habían quedado expuestas ante la última persona del mundo que habría querido que las viera.

Me miró, ya sin asomo de burla de amenazas.

—Hazme un favor. Mientras están aquí, obsérvalos. Mira cómo encajan, cómo se complementan. Fíjate bien y lo verás.

—¿Qué tengo que ver? —pregunté con la voz rota.

—El futuro de Grayson. El de los dos. Quiere estar contigo, sí, pero la ama a ella. Tienes en las manos su felicidad, Sam. Deja que se vaya.

Me dio unas palmaditas en la rodilla como si fuera un perro y me quedé a solas con mi corazón desmoronándose poco a poco.

A medianoche, Grayson vino a mi cama con sigilo, como si fuéramos adolescentes. La risa no me duró ni lo que el primer beso. Me hizo el amor como si tuviéramos toda la vida por delante, sin prisas, saboreando cada instante, prometiéndome con el cuerpo cosas que no sabía si su corazón podría cumplir.

Dios, cómo ansiaba creerlo.

Nos quedamos dormidos, hechos una maraña de brazos y piernas y, cuando salió el sol, me besó con delicadeza y volvió a bajar al sofá sin hacer el menor ruido.

Como si hubiéramos hecho algo malo. Sucio.

Ya en la regadera, me froté enérgicamente y, cuando salí en bata al pasillo, tuve que hacerme a un lado para que Grayson pasara con Grace en brazos.

Grayson me lanzó una mirada anhelante, pero nada más.

—¡Buenos días, Sam! —me saludó Grace.

Tenía el pelo en perfecto desorden y los ojos llenos de felicidad cuando Grayson saltó los dos últimos escalones para llegar al vestíbulo. Ambos soltaron una carcajada.

«Lo hace feliz».

Volví a entrar en el dormitorio, aturdida, y me quedé mirando la cama. La segunda almohada aún olía a él y la sostuve unos momentos pegada a la cara. Quité toda la ropa de cama y la tiré al suelo para ponerla a lavar.

¿Qué había hecho? Me había mudado a Alabama, había conseguido un trabajo, había entrado en una universidad, aunque fuera una pequeña. Creía que había crecido, cambiado, evolucionado, pero no era así. Todo había cambiado en mi vida menos lo más importante: yo.

Había pasado casi un año y seguía igual que en Colorado, en una relación con un hombre que pertenecía a otra.

Y, por primera vez, me sentí tan puta como me decían en los mensajes de correo electrónico.

Capítulo veinticinco

GRAYSON

El lápiz me golpeó en la coronilla.

—No te despistes —masculló Jagger.

Mierda. Llevaba diez minutos soñando despierto. Rebusqué a toda prisa en las notas para ver por dónde iba el instructor. ¿Cómo me había podido distraer tanto? Ah, claro. Porque en ese momento tenía en casa a tres mujeres: una que creía que aún éramos pareja, otra que fingía que no lo éramos, y una tercera a la que me encantaría meter a toda prisa en el primer avión que despegara.

Y las quería a las tres.

El entrenamiento nocturno empezaba el lunes; no era momento para despistes. Aparté de mi mente cualquier pensamiento que no fuera estrictamente académico y me centré en prestar atención. Helicópteros: algo que entendía a la perfección. Eran máquinas que hacían lo que les pedías, siempre que no hubiera condicionantes externos.

Los condicionantes externos lo jodían todo.

De un modo u otro, me las arreglé para terminar la clase sin más despistes ni distracciones.

—Tierra llamando a Grayson. ¿Estás ahí? —me preguntó Jagger mientras nos dirigíamos al estacionamiento.

—Sí, estoy aquí.

—Menos mal, porque necesito que me ayudes —dijo.

Se subió al asiento del copiloto de mi camioneta. Ojalá lleváramos cada uno nuestro coche. Así podría parar en el gimnasio para ver a Sam. Grace se iba esta noche y ya estaba más que harto de tener que actuar a escondidas. Amaba a Sam y no veía por qué tenía que ocultarlo.

Pero ella me lo había pedido. Qué desastre.

Iba a mandarle un mensaje de texto y se me escapó una grosería. El celular estaba sin batería.

—¡Masters! —Jagger me pasó la mano por delante de la cara.

—Lo siento, estoy un poco distraído.

—Ah, ¿sí? No lo había notado. ¿Quieres que yo maneje? —me dijo mientras nos incorporábamos a la carretera.

—No.

—Mejor, porque me fastidiaría morir sin tener la oportunidad de pedirle a Paisley que se mude a vivir conmigo.

—Cierto —convine con él. Conduje hasta casa con el máximo cuidado mientras Jagger me contaba hasta el último detalle de la planificación de su propuesta. Casi llegué a sospechar que llevaba el último ejemplar de *Alabama Bride* en la mochila de vuelo.

—¿Crees que podrás ayudarme? —me preguntó mientras metía el coche en el camino de entrada a la casa.

—Por supuesto. —Jagger era como un hermano. Claro que lo iba a ayudar.

—Genial —dijo. Saltó de la camioneta y cerró la puerta—. Voy a verla ahora, así que deséame suerte.

—¡Buena suerte! —Le hice el saludo militar y entré en casa.

—Hola, Babor —me saludó Grace desde el sofá. Tenía los ojos medio cerrados.

—Hola, Estribor. ¿Estabas durmiendo la siesta? —Cerré la puerta con suavidad.

—Más o menos. Parker hizo las maletas y luego salió a hacer no sé qué. ¿Quieres leerme algo? —dijo con voz de estar deseándolo.

—Claro, dame un minuto. —Subí al dormitorio y me puse unos shorts, una camiseta y una sudadera con capucha, y volví a bajar con *La Odisea* en la mano.

Cuando me senté en el sofá, ella se movió y se acostó sobre mi regazo como si no hubieran pasado cinco años. Era la postura de «Grayson va a leerme algo» que usábamos desde que teníamos siete años.

—¿Te sigue ayudando leer? —me preguntó.

—Sí. Si leo cada día, me resulta más fácil.

Empecé por el principio, y me atasqué en los primeros párrafos, como siempre. Frunció el ceño.

—Vete a la parte que todavía no has leído.

«¿Qué?».

—Okey. —Busqué el canto noveno y empecé a leer. A Grace le entró un escalofrío, así que me quité la sudadera y se la puse—. ¿Mejor? —le pregunté mientras le subía el cierre.

—Sí, mucho mejor, gracias —contestó—. Extrañaba que me leyeras algo.

Le aparté el pelo de la cara con la mano libre.

—¿Qué recuerdas?

—¿Mientras estaba inconsciente?

—No, de antes del accidente. —Se mordió el labio—. Tranquila. Solo intento hacerme a la idea de dónde terminan tus recuerdos. De los huecos que tienes. —Le pasé los dedos por la frente, y se relajó. Algunas cosas nunca cambiaban.

—Recuerdo que estábamos navegando. Tú, Owen y yo.

—Eso fue el día anterior. ¿Es lo último que recuerdas? —le pregunté. No se acordaba de la discusión… ni de lo que pasó después. Dios, me iba a tocar experimentarlo todo de nuevo, porque ella tenía que saberlo.

Negó con la cabeza.

—No. Recuerdo enojarme contigo porque querías renunciar a Citadel. Creías que tu responsabilidad era quedarte conmigo en la UNC.

—Sí. Me dijiste que, si nos queríamos, cuatro años no eran nada.

—¿No han sido nada estos cinco años? —Se reclinó sobre mi pecho.

—Grace, estos últimos cinco años no fueron normales. Me cambiaron en algunos aspectos que no te habrían gustado. Que siguen sin gustarme a mí mismo.

—No digas eso. Me gustas tal y como eres. —Se sentó en mi regazo y nuestros ojos quedaron a la misma altura—. Siento mucho lo que ocurrió, y todo lo que has tenido que pasar. Pero, por lo que veo, la experiencia te hizo más fuerte, más centrado. Quizá un poco menos bromista, y te ríes menos que antes. Pero sigues siendo mi Gray, mi Babor. Y yo sigo siendo tu Estribor.

—Las cosas no son tan sencillas.

Me pasó las manos por el pelo.

—Podrían serlo, si lo permitimos.

Sabía hacia dónde iba la conversación, y no me sentía con fuerzas para seguir por ese camino. La tenía demasiado cerca, y no en el buen sentido de la palabra, sino en uno que me retrotraía a cinco o, peor aún, a seis años atrás, a una época en que la amaba sin comprender de verdad lo que significaba eso. Al tiempo en que me enamoré de mi mejor amiga porque parecía el siguiente paso lógico. Y ahora, solo con tocarme, me había devuelto a aquellos momentos en los que confundía estar enamorado con amar a alguien de verdad.

Ahora comprendía la diferencia. Ahora tenía a Sam.

Grace era un anacronismo en mi vida; por mucho que la hubiera extrañado, por fácil que me resultara recordar cómo me había sentido entonces, no era lo que necesitaba, porque yo no era el mismo tipo que la había querido en la preparatoria.

Le acaricié la mejilla y me dispuse a hacerla pedazos. Otra vez.

—Han pasado cinco años, y sé que es difícil de explicar, pero mis sentimientos hacia ti… —Respiré hondo y me preparé para lo peor—. Grace, estoy enamorado… —«De Sam».

—Lo sabía. —Me besó antes de que pudiera evitarlo. Oí un chasquido suave.

Me quedé inmóvil. La sensación de sus labios sobre los míos me resultaba familiar, y a la vez extraña; la textura incorrecta, la presión incorrecta, el sabor incorrecto. Porque era la mujer incorrecta.

Aparté la cabeza para interrumpir el beso.

—Grace, no podemos.

—Oh, por favor, no paren por nosotros —dijo Josh a mi espalda, con una voz seria y apagada. «El chasquido había sido la puerta que se abría».

Me di la vuelta, despacio, al tiempo que dejaba caer la mano que acariciaba la mejilla de Grace.

Sam estaba junto a Josh, con los ojos muy abiertos; le temblaba el labio inferior. Josh se interpuso y la guio con el brazo hasta situarla detrás de él, mientras me lanzaba una mirada asesina. ¿La estaba protegiendo de mí? Puede que lo hiciera porque yo tenía a Grace sentada en mi regazo, con las manos en mi pelo, con mi sudadera puesta, y Sam acababa de entrar y me había sorprendido sosteniendo el rostro de Grace mientras me besaba.

«Vaya mierda de suerte la mía».

Más que la vida real, aquello parecía una escena de una película.

—Sam, no es lo que…

—Cállate de una vez. —Josh pronunció cada palabra con toda claridad. Se giró para que no pudiera ver a Sam, la rodeó con el brazo y se la llevó al piso de arriba.

Casi tiré a Grace en el sofá con mis prisas por correr tras ellos.

—¡Sam!

Josh hacía guardia frente a su puerta.

—No. Da media vuelta y vuelve abajo.

Me sacaba cinco centímetros, pero yo tenía a mi favor quince kilos de músculo, por lo menos.

—Apártate. Tengo que hablar con ella.

—Te quiero como a un hermano, pero estoy a un suspiro de darte la paliza de tu vida —respondió Josh.

Di un paso hacia él.

—No te ofendas, pero ambos sabemos cómo terminaría esa pelea. Si es necesario, acabaré contigo para llegar hasta Sam.

Grace me besó y no le devolví el beso. Entraron en el peor momento posible.

—Y, si esa pobre chica se hubiera resbalado y te hubiera caído por accidente encima de la boca, me seguiría importando un carajo, Masters. Sam era amiga mía mucho antes que tú. —Se cruzó de brazos.

—Déjalo entrar, Josh —dijo Sam en voz baja desde el interior de la habitación.

—¿Puedo darle un puñetazo antes?

Fruncí el ceño, pero, si mi objetivo era intimidarlo, fracasé.

—No —respondió Sam—. Déjalo entrar. No pasa nada.

—Estaré abajo —le dijo Josh sin quitarme el ojo de encima.

—Soy el tipo que compartió contigo la culpa por lo del maldito oso polar, Walker. ¿De verdad crees que haría algo así, que le haría daño a propósito?

—No me importa cómo fue, solo que lo hiciste. —Se hizo a un lado y entré en la habitación.

Encima de la cama había una maleta y dos grandes mochilas de viaje, que Sam estaba llenando de ropa.

—¿Adónde vas?

—Lejos de ti —respondió. Sacó más prendas del clóset y las metió en la maleta, con ganchos y todo.

—Lo que pasó no es lo que parecía. Sí, ya sé que suena a cliché.

—Cierto, es un cliché. Como lo fue llegar y encontrarlos a ti y a tu novia juntos. Dios, qué imbécil soy. Lo sabía. ¡Lo sabía! Y, aun así, dejé que ocurriera.

—Para, Samantha. Hablemos.

Se dio la vuelta. Las lágrimas hacían que sus ojos verdes brillaran aún más. La tristeza se reflejaba en cada línea del rostro.

—¿Para qué?

—No puedes irte así.

—¿Cuándo, entonces? ¿La próxima vez que entre y vea a tu novia con tu sudadera? ¿Tus calzoncillos? ¿Tu boca?

—¡Me besó y yo la detuve!

—Bravo —exclamó batiendo palmas—. Ganaste unos puntos extra por frenarla, después de haber dejado que se sentara en tu regazo y se colgara de tus brazos.

«Maldita sea, es verdad».

—Tienes razón, Sam. Por Dios, tienes razón. Tendría que haberla parado cuando se acomodó en mi regazo para que le leyera. En ese momento tendría que haberle hablado de nosotros.

—No debería haberte pedido que esperaras —dijo. Frunció los labios y volvió a llorar.

—Los dos hemos cometido errores y hemos manejado mal todo este asunto. Déjame que la lleve de vuelta a Carolina del Norte y luego podemos buscar una solución a todo esto entre nosotros.

Negó con la cabeza.

—No hay «nosotros». Terminamos.

Dejé escapar todo el aire de golpe, como si me hubieran dado un puñetazo. Carajo, cómo dolió. Parpadeé. No me habría extrañado que Sam me hubiera arrancado el corazón y lo estuviera sosteniendo en la mano, aún palpitante.

—¡No la besé!

—Te creo.

Boqueé como un pez, incapaz de dar con las palabras que buscaba.

—Entonces ¿qué diablos estás haciendo?

—Que no la hayas besado hoy no significa que no vaya a ocurrir. Llevo tres días viéndolos juntos. Se tocan sin darse cuenta. Anoche, durante la cena, cuando se le acabó el té dulce, bebió del tuyo. Ni te inmutaste. ¡Le diste un sorbo y se lo volviste a dejar junto al plato!

Apenas podía respirar.

—Supongo que he recaído en los viejos hábitos.

—¿Y cuánto tardarás en recaer en el hábito de acostarte con ella? Llevas toda tu vida amándola. Tú mismo me lo dijiste.

—No me voy a acostar con ella. Jamás.

Traté de acercarme a ella, pero retrocedió y chocó con la cómoda.

—Esta mañana habría jurado que jamás la ibas a besar. Y la semana pasada habría dicho que ella jamás dormiría en tu cama. ¿No ves la evolución? Tendría que ser idiota para quedarme a verlo. ¿Tengo que esperar hasta que, «por accidente», le pongas un anillo en el dedo? —Se rio, burlándose de sí misma; aquel sonido me resultó odioso—. Claro que, dado mi historial, es probable que el anillo tampoco me detuviera. Dejaría que me cogieras mientras tu mujer dormía al otro lado del pasillo, y que te escabulleras en cuanto saliera del sol.

—Sam…

—Porque ese es el efecto que tienes sobre mí. Estoy loca por ti… Te amo. Lo sacrificaría todo con tal de pasar unos momentos contigo. Lo sé, porque ya lo estoy haciendo ahora mismo.

¡Y yo me merezco mucho más! —Pronunció la última frase entre sollozos y yo me morí un poco por dentro.

—Te lo mereces todo.

Negó con un gesto.

—Pero tú no puedes dármelo todo. Siempre habrá una parte de ti que le pertenezca a ella.

—No es cierto. Soy tuyo por completo.

Estaba seguro de que durante los últimos días se lo había demostrado sobradamente.

—Vamos, por el amor de Dios, ¡fíjate en tu vida! Todo lo que has hecho, lo hiciste por ella. Los vuelos continuos a casa. Ese impulso irrefrenable de ser el primero de la lista del orden de mérito para poder escoger destino, para ir a Carolina del Norte y poder estar a su lado. Me crie en el ejército, Grayson, y sé que no hay mucha gente que escoja Carolina del Norte, pero tú te matas trabajando por si casualmente hubiera alguien que reclamara ese destino. Y todo por ella. En tu vida no hay espacio para mí.

—¿Cómo va a haber espacio, si siempre estás a un paso de irte? —contraataqué.

—¿Tú te quedarías, sabiendo que te harían pedazos poquito a poco? ¿Que tu corazón se marchitaría y moriría con cada llamada de teléfono, con cada mensaje de texto, con cada beso accidental?

—Por ti soportaría el infierno. —El fuego, los castigos, todo. Sin dudarlo un instante.

—Grayson, te amo demasiado para pedirte algo así. Y ahí radica la diferencia.

Me pasé las manos por el pelo, desesperado por encontrar algo a lo que aferrarme.

—No lo hagas. No me dejes. Me pondré de rodillas, si hace falta. Pero no des por perdida nuestra relación.

—Dame una sola razón.

—¡Porque te amo, carajo! —Las palabras resonaron en la habitación, en el pasillo, en la casa, por toda mi alma—. Estoy enamorado de ti, Samantha. Eres la dueña de mi cuerpo, de mi corazón, de mi mente, de mi alma; todo cuanto pueda ofrecerte es tuyo.

Sam abatió los hombros; en vez de sentirse aliviada por mi confesión, parecía derrotada.

—Llevaba tanto tiempo esperando que lo dijeras… —me susurró.

—Debería habértelo dicho antes. —Me arriesgué a acercarme a ella y apoyé mi mano en su mejilla húmeda. Le enjugué un nuevo reguero de lágrimas con el pulgar.

—¿Antes? ¿Desde cuándo lo sabes?

—Desde aquella noche en casa de mis padres, cuando te levantaste y le gritaste a mi familia. —El recuerdo me hizo sonreír—. Nadie me había defendido nunca.

—¿Y por qué esperaste tanto? —me preguntó, y en sus ojos percibí una chispa de esperanza.

—Al principio, porque no comprendía lo que sentía. Era mucho más fuerte que cualquier otra cosa que había experimentado antes, y me asusté. Luego, Grace despertó y… supe que no podía decírtelo sin antes tenerlo todo claro. Te merecías a alguien que tuviera las ideas claras, que supiera qué camino quería emprender. —De pronto, la esperanza se apagó en sus ojos—. ¿Qué? ¿Qué dije?

—No sabías a quién ibas a escoger, si a Grace o a mí… —Me apartó el brazo.

—Yo no dije eso.

—No hacía falta. Y no te culpo. Todo esto no es culpa tuya, Grayson. Eres asombroso. Fuerte, tierno, inteligente, amable, y lo bastante soberbio como para no aguantar mis tonterías. Eres justo lo que necesito. Me salvaste cuando yo misma creía que no quedaba nada que salvar. No voy a interponerme entre tú y tu milagro.

—¿Qué?

—Sé que la amas. Sé cuánto te afectó perderla la primera vez, y no pienso ser la responsable de que te vuelva a ocurrir lo mismo. La besaste por accidente, pero esas cosas no ocurren si no hay emociones detrás. ¿Cómo puedes decirme que me amas unos minutos después de encontrarla entre tus brazos? El amor no funciona así.

—Sam, no lo hagas.

—Ya está hecho, Grayson. Me enamoré de ti, y entonces ocurrió un milagro y tu amor perdido volvió a la vida. ¿Cómo podría decir que te quiero si no hago lo que sé con certeza que es mejor para ti?

—No lo has hecho aún. Tus cosas siguen aquí. Yo estoy aquí. Y tú también.

—¡Grayson! —gritó Parker desde abajo—. ¡Hora de salir para el aeropuerto!

—¡Que las lleve Josh! —respondí con otro grito.

—¿En serio? —dijo desde el umbral—. ¿No vas a llevarnos tú? —Se dio cuenta de lo que pasaba y retrocedió—. Vaya. Supongo que por fin comprendiste cuál es el futuro de Grayson, ¿no es así? —preguntó con suavidad, sin su habitual tono punzante.

—Lárgate de aquí, Parker.

—Llévalas —me suplicó Sam.

—Te espero abajo —dijo Parker mientras retrocedía.

—Esta conversación no ha terminado.

Estábamos en un punto muerto. Sam se secó las lágrimas.

—Es mejor así. En diciembre te graduarás e irás a Carolina del Norte. Yo no. ¿Qué sentido tiene sufrir así solo para prolongarlo unos cuantos meses más, si ambos sabemos que de todas formas se va a acabar? ¿No es mejor así? Una ruptura limpia ahora, y tú puedes tener a Grace. Puedes ser feliz.

Tomé su rostro entre mis manos de nuevo.

—No quiero estar con Grace. Quiero estar contigo.

—Ya he esperado demasiado. No puedo permitirme caer y caer y seguir cayendo.

El pánico me atenazó la garganta.

—Ya te dije que siempre te recogería.

—Pero esta vez no lo hiciste. —Otra lágrima le corrió por la mejilla sin que pareciera notarla.

—No hemos tocado fondo, Samantha. Ten un poco de fe. —La besé, absorbí la perfección de su boca en la mía, y puse en ese beso hasta la última gota de mi amor por ella—. Estás hecha para mí. Esto que tenemos lo es todo. —Separó los labios, la besé y nos fundimos de la única forma que me era posible. Nuestros cuerpos siempre se habían comunicado mejor que nuestras palabras, así que les cedí el paso. Se fundió conmigo, y estuve a punto de alzar el puño en señal de victoria. Pero me contuve y la besé con más fuerza, más a fondo, me entregué, tanto si ella quería como si no, y ella me respondió con todo cuanto definía su ser: dulzura, pasión, plenitud.

Me aparté antes de que ella lo hiciera, y volví a besarla enseguida una última vez, porque era imposible mirarla y no hacerlo.

—No hagas las maletas. Ya hablaremos cuando vuelva a casa.

Sacudió la cabeza.

—Te amo, Grayson Masters.

Cuando se apartó, tuve la sensación de que la distancia que nos separaba se había convertido en un abismo.

—Siempre te amaré, Sam.

Me di cuenta de que necesitaba que la tranquilizara.

—Lo sé. Pero ¿puedes decirme, con sinceridad, que nunca volverás a quererla a ella? ¿Estás seguro?

Parpadeé y me quedé mudo. Sabía cuál era la respuesta correcta, pero no me salía. ¿Volver a querer a Grace? Nunca había dejado de quererla, pero no sentía por ella lo mismo que por Sam. No había comparación posible.

—Eso no es justo.

—Porque no puedes decir que no. Y no te culpo. —Me pareció que se encogía.

—¡Grayson! —aulló Parker.

—No puedo quedarme. El segundo puesto ya no me sirve.

Me costaba tragar saliva.

—Espérame y hablaremos cuando vuelva. No te vayas.

Frunció los labios y asintió.

—De todas formas, tampoco puedo hacer las maletas y largarme en una hora.

—No sigas haciendo las maletas. Espérame. Volveré tan pronto como pueda. —Me acerqué y le di un beso fugaz en la frente—. Estoy enamorado de ti. Confía en mí —le susurré. No me respondió, y yo tampoco esperé a que lo hiciera.

Durante todo el trayecto al aeropuerto Grace y Parker permanecieron en silencio, pero no me importó. Lo único que tenía en la cabeza era Sam, qué podía decir o hacer para que nuestra relación se asentara en terreno firme. Al menos, la puerta seguía entreabierta.

Deposité a Grace en la silla de ruedas, documentamos las maletas y las acompañé al control de seguridad del pequeño aeropuerto.

—¿Listas para el viaje? —pregunté.

Parker asintió y a continuación se apartó para que pudiera despedirme de Grace.

—Me encantó verte, Grace, pero voy a necesitar algo de tiempo.

—¿Estás enamorado de Sam? —Tenía los ojos llenos de lágrimas.

—Sí. Y siento de verdad lastimarte. Me pasé cinco años esperando. Creía que estaba esperando a que despertaras, para que pudiéramos estar juntos por fin, pero, cuanto más lo pienso, más me convenzo de que estaba esperando que ella me despertara a mí. No puedo vivir sin ella.

Asintió y me sonrió, llorosa.

—Lo entiendo. Solo quiero que seas feliz, Gray. Es lo que siempre he querido.

Me agaché para poder mirarla cara a cara.

—Lo sé. Eres mi estribor, mi mano derecha. Pero ella es mi tempestad, una tormenta desatada que no vi venir. No puedo dejar que pase. Tengo que agarrarme, aguantar y navegar hacia donde ella se dirija, porque, después de haberla amado, no hay nada que pueda compararse.

Me apretó la mano.

—Es muy afortunada. Ambos lo son. Siempre seré tu amiga, y siempre podrás contar conmigo. Adiós, Gray.

—Adiós, Grace.

Las dejé en el aeropuerto y conduje a casa tan rápido que me salté todos los límites de velocidad entre Dothan y Enterprise. El camino se había despejado para nosotros y las complicaciones quedaban atrás. Haríamos funcionar la relación. Detuve el coche en la entrada y corrí hacia la puerta principal casi antes de apagar el motor. La abrí de un empujón y subí corriendo las escaleras.

—¡Sam, regresé! —grité, llamando a la puerta—. ¿Sam? —Llamé otra vez y por fin la abrí poco a poco.

«Maldita sea. No. No. No».

No podía respirar; por mucho que forzara los pulmones, no entraba el aire.

La habitación estaba completamente vacía. No quedaban ni los muebles. Crucé las manos tras la nuca y recorrí la estancia trazando un círculo. Solo había estado fuera dos horas y media. Nada más. En ese tiempo, ella se había volatilizado por completo, como si jamás hubiera estado allí.

Pero las cicatrices de mi corazón destrozado demostraban que sí había estado.

Se había rendido. Se había ido. Ella no confiaba en que fuera capaz de amarla.

¿Cómo diablos iba a poder luchar por alguien que no tenía fe en mí?

Capítulo veintiséis

—Ya estás aquí, vampiro —me saludó Avery cuando me vio entrar en el gimnasio.

—Hola —respondí, y puse la mochila sobre el escritorio.

La descripción me cuadraba bien, porque me sentía como una muerta viviente. Había dejado a Grayson hacía tres días, y Maggie había tenido la amabilidad de pasarme al turno de noche, cuando Grayson estaba pilotando, tal como me había dicho Jagger.

Mi horario giraba en torno al suyo, sí. Al menos, así no había peligro de que me tropezara con él, que era justo lo que necesitaba. También ayudaba que Paisley no le hubiera dicho que me había quedado con su habitación, y ahora estaba viviendo con Morgan. Aunque, a decir verdad, Grayson tampoco había preguntado. Ni enviado un mensaje. Ni llamado. Ni… nada.

—¿Qué te hizo salir a la luz del día? Es el turno de Connor —me preguntó sin tan siquiera molestarse en apartar la vista de Grady, que estaba haciendo ejercicios de laterales.

—Tu mamá me pidió que le ayude con los horarios.

Y yo le había dicho que sí, claro, pero solo si podía venir después de las seis y media de la tarde.

—Ya —respondió.

—¿Qué tal la tarea? —Esperé a que me respondiera; cuando saltó a la vista que no pensaba hacerlo, le di un golpecito en la cabeza con el lápiz—. Avery. La tarea.

—¡Aaay! —Se frotó la cabeza y por fin me miró—. ¡Caray! Pareces… Estás… —La miré con una ceja arqueada—. ¿Como hinchada? —acabó la frase con una sonrisa.

«Es lo que tiene pasarse tres días sin dejar de llorar».

—Han sido días duros. Pero no hablemos de eso, ¿qué hay del baile?

Se le fueron los ojos hacia los aparatos.

—Nada.

—¿Ya se lo pidió a otra?

Negó con la cabeza y se recogió un mechón de pelo detrás de la oreja.

—La verdad, no sé por qué mantengo las esperanzas. Para él solo soy una… tienda de artículos de escritorio.

—No digas tonterías —respondí—. Eres preciosa, y muy lista. Grady tendría mucha suerte si vas al baile con él.

—Claro, si le gusta salir con lo más bajo de la cadena alimentaria social.

Dio unos golpecitos con el lápiz en el libro de Trigonometría y suspiró. No pude disimular una sonrisa.

—¿Qué pasa? ¿Te parece gracioso? Es mi vida —me replicó, pegando la frente al libro.

«Quién tuviera diecisiete años».

—Para empezar, deja de ser tan dramática. Estaba pensando que me recuerdas a mi mejor amiga. En el segundo año de preparatoria, estaba loquita por el jugador de hockey más popular. Él era del último año, así que mi amiga pensaba que no tenía nada que hacer, y no hizo nada, y él se fue a la universidad.

Giró la cabeza de forma que ahora apoyaba la mejilla directamente en el libro.

—Debe de ser la historia más deprimente del mundo, pero gracias.

—No lo es. Resultó que a él siempre le había gustado.

Se sentó y se inclinó hacia mí.

—¿De verdad? ¿Y qué pasó?

—Volvieron a encontrarse en la universidad y están locamente enamorados. Un amor de esos de película. Ya llevan más de un año juntos.

Se le fueron los ojos hacia Grady.

—¿Entiendes? Todo es posible, así que no desesperes. Y deja de dar por hecho que tu posición o la opinión de los demás es lo que te define; si lo haces, serás mucho más feliz.

Terminé con el correo electrónico y empecé a preparar el horario de la semana siguiente.

—¿Feliz como tú? —contraatacó antes de centrarse en el siguiente problema.

—¿Conmigo misma? Aún no, pero empiezo a comprender que tal vez no lo sea nunca. Soy un proyecto maravilloso en vías de desarrollo, Avery. No te me pegues mucho, en cualquier momento puedo entrar en combustión…

—¿Y las lágrimas?

Respiré hondo y solté el aire poco a poco.

—Ya, bueno, a veces el amor es… complicado.

Le lanzó otra mirada a Grady y dejó escapar un sonoro suspiro.

—Sí, ya lo entiendo.

Esta vez disimulé mejor la sonrisa y encendí la computadora para entrar en Excel.

—Oye, ¿ha habido suerte con nuestro problemita informático?

Se le iluminaron los ojos.

—Van uno tras otro, cada uno es responsable del siguiente, así que solo tengo que encontrar la fuente del mensaje de correo electrónico, del primero de la cadena. Lo que sí te puedo decir es que todos vienen de Colorado.

«Harrison, hijo de puta».

—Gracias, Avery.

Se encogió de hombros y me dedicó una sonrisa traviesa.

—Me encanta hacer estas cosas.

Se oyó el sonido de una pesa al caer al suelo y Grady saltó sobre un pie.

—¿Pasa algo? —le pregunté.

—¿Estás bien, Grady? —inquirió Avery al mismo tiempo.

El chico se puso colorado y levantó la pesa.

—Sí, no pasa nada.

No se me escapó que apartaba la vista de Avery al recoger la mancuerna. «Que interesante». Se retiró a toda prisa hacia los vestidores.

Terminé enseguida los horarios para todo el mes e imprimí la página justo cuando Grady salía de los vestidores con la mochila negra colgada del hombro.

—¿Es la misma mochila que lleva a clase?

—Sip. —Avery chasqueó los labios al pronunciar la «p»—. La misma para todas las clases.

—Bien, ya terminé. ¿Vas bien con la tarea? —Me levanté a toda prisa.

—Sí, creo que lo estoy entendiendo.

—¡Genial! —dije.

Casi corrí hacia la entrada y abrí la puerta de cristal con más energía de la que había tenido en cuatro días.

Vi a Grady dos coches más allá; estaba registrando la mochila y mascullando algo acerca de las llaves del coche. Perfecto. Me acerqué con todo el sigilo del mundo hasta estar a un palmo de él.

—¡Hola, Grady! —grité.

Dio un respingo, se le cayó la mochila y el contenido se desparramó por el suelo. Docenas de lápices rodaron debajo del coche.

—¡Ay, cuánto lo siento! Espera, te ayudo. —Recogí todos los lápices, pero me guardé uno sin que se diera cuenta—. Vaya, te gustan los lápices, ¿eh?

—No pasa nada, señorita Samantha, es… Eh…, sí.

Se levantó sonrojado y solo le faltó lanzarse de cabeza al coche.

Cuando lo vi alejarse del estacionamiento, volví al gimnasio.

—¿Se te olvidó algo? —me preguntó Avery.

Me incliné por encima del mostrador, agarré el marcador permanente de punta fina y escribí «¿Baile?» en el lápiz.

—Mañana, cuando te pida un lápiz, dale este.

Lo agarró y soltó un bufido.

—Sí, seguro.

—Vamos, confía en mí. De mujer a mujer: para él tú no eres una tienda de artículos de escritorio.

Una tibia esperanza le iluminó los ojos. Sonreí. El primer amor era tan liberador… como un pajarito que agita las alas por primera vez tras caerse del nido.

El que te arrancaba las plumas hasta que ya no podías volar era el otro, el amor caótico, casi adulto.

Volví a salir, esta vez con las llaves, y casi me estampo con Josh, que entraba por la puerta.

—¡Ey!

—Hola, Sam. —Me examinó, seguro que buscando indicios de mi corazón roto, como ojos hinchados, ojeras y un desaliño general. Yo tenía matrícula de honor en los tres—. ¿Estás bien?

Asentí. «No».

—Sí, claro. Morgan es superdivertida. Gracias por sacarme de allí tan deprisa el otro día. No sabía que podías mover muebles a esa velocidad.

—Soy un hombre de infinitos talentos.

—Eso tengo entendido. —Me di un manazo en la frente—. Perdón, se me escapó. Lo siento.

Se rio.

—Se lo contaré a Ember. —Dejó de sonreír—. Ahora en serio, ¿cómo estás?

A mí también se me borró la sonrisa.

—¿Cómo está él?

—Ha levantado todos los muros.

—Ya me imagino. Tampoco esperaba que abriera el bote de helado y volcara su corazón con ustedes.

—Ya, no me lo imagino.

—No se le ha ocurrido que estoy en casa de Paisley, menos mal. No es que me esconda de él, pero ahora mismo no soportaría verlo. Todavía no.

Josh me acarició el brazo.

—Sí lo sabe, Sam. Jagger se lo dijo. En la misma conversación en la que lo llamó idiota, terco, imbécil y estúpido.

—Ah. ¿Lo sabe? Pero si no ha… —«No ha tratado de verme».

Josh tragó saliva.

—Dijo algo así como que «sin fe no se puede luchar», y luego salió a correr. Quince kilómetros. Bajo la lluvia.

Me obligué a sonreír para no llorar.

—Bueno, entonces asunto zanjado.

—Sam…

Pasé de largo porque necesitaba con desesperación la soledad del coche.

—Tranquilo, Josh. Es lo que yo quería. Lo que le pedí. —«Solo que es como una puñalada»—. Nos vemos luego.

No me derrumbé hasta estar tras el volante.

«Ten un poco de fe en mí». Eso había dolido. ¿Cómo podía pensar que me faltaba fe?

Tenía toda la fe del mundo. Ese era el problema. Me prometería que estaría a mi lado, y lo diría en serio. Se quedaría junto a mí, dando muestras de una lealtad inquebrantable…, mientras el corazón se le moría despacio, agonizante, anhelando a todas horas su milagro.

Yo no podía permitirlo.

Grayson se merecía algo mejor. Y yo también.

La brisa del océano me agitó los rizos que me había hecho en el pelo. Me apoyé en el coche y contemplé el muelle donde tenía que estar dentro de diez minutos exactamente.

«¡Dijo que sí!». Me aferré al mensaje que Avery me había enviado el día anterior, ese era el pensamiento positivo. Ya solo me faltaba un poco de polvo de hadas, y con suerte un corazón nuevo.

—¿Seguro que estás bien? —me preguntó Ember, que iba a mi lado.

—Claro. A ver, vinimos aquí por Jagger, ¿no? No se trata de mí. —«Ni de mi corazón roto».

Me rodeó los hombros con el brazo y apoyó su cabeza en la mía.

—Eres sensacional, de verdad.

—Y tú eres mi mejor amiga. Tienes la obligación moral de decir esas cursilerías. —Pero me sentó bien escucharlo.

—Qué va. ¿Ya lo has visto?

Negué con la cabeza. Habían pasado dos semanas, dos días y (consulté el reloj) veintitrés horas. Faltaban once semanas para que se graduara.

—Me siento como entumecida por dentro. ¿Tú crees que se me pasará?

—Sí —respondió. Josh estaba cargando la última de las enormes cajas para subirlas al muelle—. Y, cuando se te pase, lo lamentarás.

—No hay nada de él que no extrañe.

—Y él te extraña a ti. Te lo digo yo, Sam. Es el tren descarrilado más estoico de la historia. No sé cómo describirlo… La estatua de un tren descarrilado. Lo ves y da pena.

—Vivir da pena. Cuando rechazaste a Josh, pensé que eras la mujer más idiota que había visto jamás. Era obvio que te quería, como yo lo quiero a él. ¿Estoy siendo idiota? ¿Debería haber seguido con Grayson?

Suspiró.

—No sé qué decirte. La situación no tiene nada que ver. Si Josh hubiera querido antes a alguien, y ese alguien reapareciera en su vida…

—La mataría de tu parte —le prometí.

Ember se rio.

—Yo también puedo. Aún no he conocido a esa mujer perfecta, así que puedo odiarla sin problema.

Me vino a la mente el rostro de Grace, su sonrisa sincera, su risa natural… La manera en que parecía una extensión de Grayson cuando la llevaba en brazos.

—No puedo ni odiarla, Ember. Es encantadora y no hizo nada para merecerse esto.

—Tú tampoco. —Ember alzó la cabeza y se giró para mirarme—. No hiciste nada para merecerte tanto dolor, Sam. Esto no es por lo que pasó con Harrison. No es una especie de venganza del destino. Lo que estás pasando va mucho más allá del karma.

—No estés tan segura —dije con un hilo de voz.

—Pues lo estoy, y tengo suficiente fe por las dos hasta que tú también lo estés.

Cuando Josh se nos acercó procuré controlarme.

—¿Ya llegó?

—No. Tenía que hacer no sé qué antes. ¿Segura que no pasa nada? —me preguntó al tiempo que abrazaba a Ember. Eran incapaces de compartir el mismo espacio físico sin tocarse.

—Sí, claro. Vamos a hacer esto por Jagger, así que tiene que salir bien.

Guardé el dolor en la caja donde lo había tenido encerrado las dos últimas semanas. Ahí estaba bien, bajo llave.

Subimos al muelle y ocupamos el lugar que cada uno teníamos asignado tras el barandal. Todos debíamos abrir una caja cuando nos dieran la señal. Examiné la mía, decidida a no cagarla.

—Es ahí, esa palanquita —me dijo una chica delgada que llevaba unos lentes oscuros enormes—. La giras hacia abajo y luego jalas.

—Gracias —le respondí sonriente. El óvalo de su rostro se me hacía familiar.

—Soy Anna Mansfield… Bateman… Bueno, es un poco complicado. —Me sonrió con los labios apretados y me tendió la mano.

—¡Ey! —Se la estreché—. La hermana de Jagger, ¿no? Yo soy Sam Fitzgerald. Soy su amiga desde hace unos años, éramos vecinos en Colorado. Y me alegro de conocerte, reconozco que sentía curiosidad.

Me estudió desde detrás de sus lentes.

—Bueno, soy la hermana gemela de Jagger y solo me dieron un permiso de fin de semana. Después tendré que volver a rehabilitación. Me encantan las drogas, pero resulta que no me caen tan bien como yo a ellas. —Suspiró—. Lo siento, pero es más fácil decirlo sin más que ver cómo la gente se cuenta al oído tus sucios secretos.

Ni siquiera parpadeé.

—Yo me acosté con mi profesor, descubrí que estaba casado, le di una cachetada delante de todo el mundo y me echaron de la universidad.

—¿Disfrutaste al darle la cachetada?

—Sí.

Se rio.

—Me caes bien.

—Lo mismo digo.

—¡Ahí están! —susurró Josh, apremiándonos.

Todos nos sentamos en la cubierta con la espalda apoyada en el barandal.

—Ember, señora Donovan, ¿todo bien con la pancarta?

—Joshua Walker, hemos repasado esto quince veces. Ya sé cuándo la tengo que soltar, la señora Donovan sabe cuándo tiene que soltarla. Cualquiera diría que eres tú el que se está declarando. —Lo miró con los labios apretados.

—¿Eso fue una invitación? Porque me caso contigo ahora mismo.

Josh sonrió y Ember se rio.

—Presta atención a las palomas y calla —lo regañó, pero se lo dijo con una sonrisa.

Examiné la palanca que tenía delante.

—Girar y jalar —me repetí, tocando la palanquita.

—Es esta de aquí. La presionas, la levantas y luego la jalas.

Su voz me envolvió, y sentí que me ardía el pecho por el esfuerzo de tener que mantener en su sitio la tapa de la maldita caja de los sentimientos.

Alcé la vista poco a poco a lo largo de los shorts azules y la camiseta blanca ceñida que lucía el logo de MASTERS E HIJO hasta llegar a sus ojos. Me quedé sin respiración.

—¿Podrás? —me preguntó con voz amable a pesar de que su rostro exhibía la expresión más rígida que jamás le había visto.

Sus rasgos, de líneas duras, imperturbables, parecían tallados en piedra. Pero en su mirada estaba él, mi Grayson. La corriente chisporroteó entre nosotros como si me hubiera tocado. Dios, y cómo necesitaba que me tocara. Que me besara. Que me recordara por qué valía la pena apostar por el amor incluso cuando el resultado estaba decidido de antemano. Entreabrí los labios y la vista se le fue hacia mi boca antes de mirarme a los ojos de nuevo. En su mirada había hambre, esa hambre que antes saciaba poniéndome de espaldas contra la superficie plana más cercana.

El pulso se me aceleró al recordar sus manos sobre mi cuerpo, su lengua idolatrándome, su manera de gemir mi nombre cuando le pasaba los labios por el vientre. Toda yo vibré solo de pensarlo.

—Las palomas —susurró—. ¿Tienes la palanca?

¿Cómo demonios quería que hablara? Asentí con la cabeza, sin articular una sola palabra, y él asintió a su vez antes de seguir caminando.

—Carajo, qué miradas, eso fue sexo puro —comentó Anna, abanicándose—. ¿Siempre son así?

—Sí. —Suspiré.

—¿Y el sexo? ¿Siempre es así de ardiente?

—O más.

Traté de contenerme, pero mis ojos lo siguieron sin permiso, sedientos de él.

—Un poco más de fuego y aquí hay un incendio —murmuró.

—¿Listos? —Josh hizo la señal—. ¡Pancarta!

Ember y la señora Donovan desplegaron la pancarta y todos nos levantamos a la vez. Jagger y Paisley estaban en el agua, abajo, y el corazón casi me estalló al ver el amor, la perfección de aquel momento que estaban viviendo.

—¡Dijo que sí! —gritó Jagger, y todos los aclamamos y aplaudimos.

Me concentré en la caja. Presionar. Levantar. Jalar. Las trampillas se abrieron y mis palomas salieron volando para unirse al resto de la bandada. El cielo se cubrió de blanco y me empecé a reír, incapaz de contener la alegría pura del instante.

Bajamos por el muelle para ir a recibirlos a la playa. Sentía mis pisadas ligeras, relajadas. La brisa me agitó la falda y me sujeté el tejido de encaje con ambas manos.

Jagger sacó a Paisley del agua en brazos. En cuanto la depositó en la arena, Paisley corrió hacia sus padres, que la abrazaron como si fuera su posesión más preciada, y también abrazaron a Jagger. Jagger agarró a Anna de la mano y la condujo hasta ellos.

Nunca había visto nada tan bonito. Las mejillas me dolían de tanto sonreír, y el momento resultaba tan abrumadoramente feliz que las lágrimas me escocían en los ojos. Aquello era la viva imagen del amor en toda su belleza.

En estado puro. En bruto. Total.

Me enjugué una lágrima y miré a Grayson. Él me devolvió la mirada, y el amor que tanto necesitaba manó de sus ojos, y estos me dijeron todo lo que no podíamos decirnos con palabras. «Nosotros también podríamos tener algo así; aún podemos tenerlo».

«Ten un poco de fe en mí».

La necesidad de hablar con él mandó al demonio toda lógica, pero, cuando llegué junto a Grayson, el general Donovan ya había empezado a entablar conversación.

—La semana pasada presentaron la solicitud de destino, ¿no?

Me quedé cerca del papá de Paisley para escuchar la respuesta de Grayson.

—Sí, señor.

—Jagger me dijo que eres el primero en la lista del orden de mérito. Si sigues así, podrás elegir.

—Sí, señor.

—¿Qué opciones elegiste?

Contuve el aliento. «Al menos una, Grayson. Solo una».

—La primera es Fort Bragg, en Carolina del Norte, señor.

Controlé el repentino dolor en el pecho que me produjeron aquellas palabras. Me las esperaba.

—Buena base. ¿Tiene contactos en la zona?

—Es mi hogar, señor. Mi gente está allí.

Sentí un rugido en los oídos más fuerte que el del océano.

—¿Y las otras dos?

—Fort Campbell, en Kentucky, y Fort Stewart, en Georgia, señor.

La diminuta chispa de esperanza que había prendido en mí tras ver la proposición de Jagger se extinguió, convirtiendo mi corazón en un doloroso montoncito de cenizas.

—Bueno, si no consigues destino en Carolina del Norte, esas son las más cercanas, sí…

La voz del general Donovan se perdió cuando me alejé. Mi pecho lanzaba gritos de protesta con cada paso que daba por la playa. Grayson sabía que yo quería volver a Colorado, y, de las tres opciones, ninguna contemplaba esa posibilidad, ni siquiera había una sola que estuviera cerca.

Ya estaba harta de todo aquello.

—¡Sam! —me gritó, pero no me detuve.

Si me paraba, caería rendida a sus pies, y eso no podía permitírmelo.

Me giré y lo miré a los ojos; era tan alto que casi me tapaba el anochecer. Pero ¿qué podía decirle?

—Te extraño —le confesé—. Cada vez que respiro, me duele el pecho de lo mucho que te extraño. Me duele de verdad, Grayson. Todo me duele, todo el tiempo.

—Sam —susurró; me aparté para que no me tocara.

—No. Si me tocas, estoy perdida.

Me precipité hacia la puerta entreabierta de mi coche, y él captó a la primera que se trataba de una maniobra de evasión.

—Sabes que debía pedir Carolina del Norte. No tenía elección —protestó.

—Sí, lo sé, pero ahora me dejaste a mí sin elección. No nos obcequemos más, Grayson.

Volví a ponerle la tapa a la caja de los sentimientos y me fui de allí a toda prisa.

Capítulo veintisiete

Sam

—¿Quieres helado? —me ofreció Morgan.

Puso un bote grande sobre la barra de la cocina y sacó unas cucharas del cajón.

—¿Por qué no? Total, a este trasero no lo va a ver nadie en mucho tiempo…

Me encogí de hombros y quité la tapa del helado de masa de galleta con chispas de chocolate. El viaje a la playa de hacía dos días había sido sin duda el último de la temporada de biquini.

—Si te hace falta algo más fuerte, podemos ir al bar —me sugirió—. Y al diablo la alerta de tornado.

Hacía un año, me habría abalanzado sobre esa oferta con tantas ganas que incluso habría rebotado, pero regar las penas con alcohol quería decir que por la mañana me levantaría con resaca y con el corazón aún más roto. «No, gracias».

—No, esto es lo que me hacía falta.

—Bueno, el helado es lo más sensual que he tenido a mano últimamente, así que soy una experta. —Se llevó una cucharada a la boca.

En ese momento mi teléfono vibró.

Casi a modo de respuesta, la rama de un arbusto de hortensias que había en el exterior golpeó el cristal de la ventana de la cocina. El cielo estaba muy oscuro para ser las seis de la tarde y el viento rugía anunciando la tormenta que se aproximaba.

—Mejor, con la tarde que amenaza. —Morgan cerró el seguro de la ventana—. Yo me voy a quitar el sostén. ¿Se te antoja un maratón de Netflix?

—Genial. Lo que sea, menos *One Tree Hill* —respondí de forma casi automática; no podría volver a ver esa serie sin pensar en Grace sentada en la habitación del hospital.

Respondí al mensaje de Avery.

La curiosidad tendría que esperar. No quería que Avery saliera con aquel tiempo.

—Igual que Grace —se rio Morgan.

Alcé la cabeza de golpe.

—¿Qué?

Agitó la cuchara en el aire.

—Lo de *One Tree Hill*. Un día, mientras estabas en clase, fui a la casa con Paisley, y cuando le pregunté si quería ver algo en la tele, me dijo lo mismo que tú.

«Qué cosa más rara».

—Me extraña. Mia dijo que era su serie favorita.

—Pues no me lo pareció. —Morgan se encogió de hombros—. Comentó que la última temporada no le había gustado nada, que estaba muy sobreactuada. Mira, yo me voy a poner la pijama. Nos vemos en el sofá.

No podía huir de Grace ni en mi propia cocina. Estaba por todas partes.

El teléfono vibró de nuevo y asentí en respuesta a Morgan. Lo de la pijama no era mala idea. Iba a estar más cómoda que con los jeans, eso sin duda.

Avery: Yo ya estoy aquí.

El viento rugió afuera y el celular sonó con una alerta meteorológica.

«Alerta de tornado, condado de Coffee, Alabama, hasta las 9:00 p. m. Busquen refugio de inmediato.

Se ha detectado una nube embudo cerca de Kinston. Puede aparecer un tornado en cualquier momento. El radar Doppler muestra una tormenta peligrosa que avanza hacia el nordeste a más de 70 kilómetros por hora. Las localidades de máximo riesgo son Enterprise […] Fort Rucker. Pónganse a cubierto de inmediato».

Mierda. Por lo visto, íbamos a tener que ver la tele entre las acogedoras paredes del baño de la planta baja.

Sam: Oye, hay alerta de tornado.

Avery: Ya lo vi. Mamá cerró el gimnasio.

Agarré una cucharada de helado y saboreé la sensación de frío en la lengua. Desde la proposición de la playa, había estado como entumecida por dentro. Nada de lágrimas, nada de dolor, nada de nada. Hasta la alerta de tornado me dejaba indiferente.

Tal vez mi cuerpo había agotado todas las emociones posibles, me había secado por dentro, hasta que lo único que me quedaba era una sobredosis de lidocaína que únicamente me permitía morderme la lengua.

Y puede que eso fuera lo mejor. Así sería más fácil seguir adelante.

Se me encogió el corazón.

¿Sola? Ni hablar.

Consulté el mapa meteorológico. Si la tormenta provocaba un tornado, no dispondría de una hora. Miré por la ventana. ¿No decían que el cielo se ponía verde? Mi mamá y yo habíamos ido corriendo al refugio en Kansas, así que no llegué a ver nada.

Unos pocos clics me pusieron delante de la pantalla de un canal local en el que el meteorólogo se había adueñado de las noticias de las seis.

—… lejos de las ventanas y de cualquier riesgo de derrumbamiento. Repetimos, se ha avistado un tornado que se desplaza hacia el nordeste a unos cincuenta kilómetros por hora. Si se encuentran en la ciudad de Enterprise, pónganse a cubierto, amigos, porque avanza directo hacia ustedes.

Se me cayó el control de la mano.

—¡Morgan! —grité.

Corrí al vestíbulo, donde había dejado los zapatos de cualquier manera, y me los puse.

—¿Qué pasa? —preguntó mientras bajaba por la escalera ya en pijama.

—Se acerca un tornado.

Me puse la capucha y volví corriendo a la cocina para agarrar el celular de la barra.

—¿Confirmado? ¿Ya tocó tierra?

—Sí. Métete en el baño.

Mis dedos volaron sobre la pantalla.

> **Sam:** Voy para allá. Deja abierta la puerta y aléjate de las ventanas.

—Y tú también. —Morgan agarró del vestíbulo el kit de emergencia.

—Tengo que ir con Avery. Está sola en el gimnasio.

¿Dónde demonios había dejado las llaves? ¿En la mesita de la entrada? ¿Y la mochila? En la sala. Sí.

—Si el tornado ya tocó tierra, no puedes salir.

—Dicen que va a cincuenta por hora y calculan que está a veinte kilómetros, así que dispongo de media hora. Al gimnasio se llega en cinco minutos. Estaré de vuelta antes de que aparezca el tornado.

—Voy contigo.

—No, en mi coche solo cabe una persona ahora mismo, tengo el asiento trasero lleno de cajas. Quédate aquí, a salvo.

—Pues llévate esto. —Me pasó el kit—. Y ten cuidado.

—Claro.

Cuando la lluvia me azotó la cara, entendí por fin las consecuencias de lo que estaba a punto de hacer. Hacía una década, un tornado estuvo a punto de destruir aquella ciudad. Era una estupidez dar por hecho que no iba a suceder de nuevo.

Aventé la mochila en el asiento del copiloto y arranqué. Ya estaba en Rucker Boulevard cuando mi teléfono se sincronizó con el coche.

—Llama a Avery —dije con claridad mientras la lluvia azotaba el parabrisas.

—¿Ho…, hola? —La vocecita salió por los altavoces.

—Voy para allá. Mantente lejos de las ventanas, pero sal en cuanto veas mi coche.

—No quiero que salgas con este tiempo, pero tengo miedo.

Las ramas de los árboles se agitaron por encima de mi cabeza cuando me detuve en un semáforo. Oí el crujido de los troncos.

—Yo también. —Un relámpago hendió el cielo—. ¿Tienes la radio encendida, Avery?

Me incliné sobre el tablero para ver mejor el cielo. ¿No estaba más claro que antes? Eso no podía ser.

—Sí. Están diciendo que hay que buscar refugio.

—Ya voy, te lo juro.

Semáforo en verde. Pisé el acelerador y rebasé al único coche que había en la calle. Sonó el pitido de la llamada en espera y miré la pantalla el tiempo justo para ver el nombre de Grayson.

Él sabría qué hacer. Siempre sabía qué hacer. Pero no podía cortar la llamada con Avery, que estaba sola.

—El cielo está amarillo —dije en voz baja.

—¡Eso es mala señal! —Estaba aterrorizada.

Mierda, lo había dicho en voz alta.

—Tranquila, Avery. Todo va a salir bien.

Ojalá pudiera creerlo…

—¡Carajo! —grité, y pisé el freno de repente cuando una rama enorme cayó delante de mí.

Aspiré bocanadas de aire rápidas y profundas. No podía dejarme llevar por el pánico.

—¿Sam? —La voz de Avery sonaba aguda, se notaba atemorizada.

—No pasa nada.

Me eché de reversa para esquivar la rama. Unas pocas manzanas de edificios más adelante, pasé a toda velocidad por el cruce de calles más importante, y de pronto vi la nube embudo.

—Carajo. Avery. Vamos a tener que refugiarnos allí. No llegaríamos a mi casa a tiempo.

—Okey. —Le noté la respiración entrecortada.

Otro relámpago hendió el cielo y todas las luces de la calle se apagaron a mi alrededor, incluidos los semáforos y los carteles de las tiendas.

—Sam…

—Ya lo sé. Estoy llegando.

Nunca había sido tan consciente de la poca protección que podía brindarme el techo flexible del descapotable.

Con una mano en el volante, abrí el cierre de la mochila, busqué a tientas la linterna y me la metí en el bolsillo de la sudadera.

Otro mensaje de Grayson. «Estoy bien. Te necesito. ¿Dónde estás? ¿Estás a salvo? Ten cuidado, por favor». Me moría de ganas de responder, pero no podía hacerle aquello a Avery.

—Treinta segundos —le dije.

Entré en la zona de estacionamiento y pisé el freno antes de rozar la orilla y parar el motor. El freno de emergencia se me clavó en el vientre cuando me incliné para recoger la mochila de lona.

—¡Ya estoy aquí!

—¡Te estoy viendo!

Colgué el teléfono y me lo metí en el bolsillo trasero mientras salía del automóvil tan precipitadamente que caí de rodillas sobre el pavimento. El sonido del metal aplastado se mezcló con los gritos de Avery. A mi alrededor llovieron fragmentos de cristal cuando la rama de un árbol destrozó la ventanilla de mi coche y no me alcanzó a mí por poco. «No pasa nada. No pasa nada».

El rugido era ensordecedor, pero el sonido del metal y el cristal era mucho peor.

—¡Sam!

El grito agudo de Avery me hizo ponerme en pie y correr hacia la puerta abierta, donde me esperaba. La agarré del brazo y la jalé hacia dentro.

—¿Qué habitación se encuentra más en el centro? —le pregunté.

En mi bolsillo sonaba la melodía de *Rocket Man*. Avery tropezó conmigo y el sonido cesó. Examiné el gimnasio de un rápido vistazo. Con tanto equipamiento deportivo, multitud de proyectiles volarían por los aires.

—El almacén.

Corrió delante de mí y yo la seguía cuando, de pronto, un ventanal estalló en mil pedazos, haciendo volar cristales por todo el gimnasio. Sentí un aguijonazo en el brazo y me cambié de lado la mochila de lona justo cuando Avery abría la puerta del almacén. Una vez dentro, cerró la puerta, saqué la linterna del bolsillo y la encendí.

—¿Te encuentras bien? —le pregunté.

—¡Estás sangrando!

—¡Avery! ¿Te encuentras bien? —pregunté alzando la voz y apuntándole a la cara con la linterna.

—Sí —respondió.

Me puse blanca. Detrás de ella había estanterías enteras hasta arriba de pesas y equipo deportivo.

—¡Mierda!

¿Qué era aquello, una película de terror? La cosa podía acabar en una masacre.

Abrí la puerta y jalé a Avery hacia los vestidores. En ellos había cubículos.

—¡Tenemos que ir a los vestidores! ¡A las regaderas! —grité para hacerme oír por encima del rugido arrollador que nos estaba envolviendo.

Cruzamos la puerta, la cerré de golpe y eché el cerrojo. Avery iba delante de mí, dobló la esquina hacia las regaderas, resbaló y cayó al suelo. El rugido se hizo más ensordecedor, por imposible que pareciera.

—¡Avery!

Dios mío. Es muy joven. Yo soy muy joven. Grayson, te amo. Ojalá esté bien. Ojalá todos estén bien.

—¡Sam! ¡Cuidado!

Miré hacia atrás y me cubrí la cabeza con las manos.

Dios. Los casilleros. Se nos iban a…

Capítulo veintiocho

GRAYSON

—¡Sam! —Al ver que se cortaba la comunicación grité su nombre. Un instante después estaba frente a la puerta principal, con las llaves en la mano. Sam había contestado la llamada sin darse cuenta.

Lo había oído todo.

La nube embudo se dirigía hacia el nordeste. Nos había esquivado por un kilómetro o poco más. El viento casi me tiró de espaldas, pero pude recuperar el equilibrio. Corrí hacia la camioneta. Seguía en su lugar, intacta.

«Gracias, Señor, por los pequeños milagros… Eh, ¿qué mierda es eso?».

A mi izquierda, un escombro enorme cayó del cielo y destrozó el coche deportivo que estaba estacionado dos casas más abajo. Carajo. Era un automóvil, que había caído encima de otro. Dos coches.

«Contrólate». En cuanto me subí a la camioneta y salí hacia la rotonda, inhalé profundamente y traté de serenarme. El celular se conectó al Bluetooth del coche.

—Llama a Sam.

—Hola, llamaste a Sam. Déjame un mensaje y puede que te devuelva la llamada, si me caes bien. ¡Adiós! —«Bip».

—No sé si oirás esto, pero sé que estás en el gimnasio. Escuché la conversación. Todo. Voy de camino, Sam. Voy a buscarte. Te amo tanto, tanto… Resiste. Tú eres lo bastante fuerte, solo es una maldita tempestad, nada puede contigo, así que aguanta.

Los quince minutos que duró el recorrido hasta el gimnasio fueron los más largos de mi vida. Atravesé media docena de patios, y en un momento dado incluso me bajé del coche para ayudar a tres tipos que trataban de apartar un árbol caído.

Los camiones de bomberos pasaron con las sirenas a todo volumen.

La destrucción era… «Carajo». No había palabras. Casas con los tejados arrancados, árboles derribados, personas que vagaban aturdidas por sus patios, evaluando lo que había sobrevivido al desastre. Activé la tracción en las cuatro ruedas de la camioneta, pasé por encima de los restos desperdigados sobre la carretera, y al llegar a lo que quedaba del gimnasio eché el freno de mano. Puede que hubiera gente bajo los escombros. Sam podría estar dentro.

Los vidrios de las ventanas habían saltado en pedazos y el techo había desaparecido. Solo quedaba la estructura del edificio; lo único que permanecía intacto eran las vigas de soporte. Vi varias caminadoras colgando de los árboles que rodeaban el gimnasio.

—¡Avery! —oí gritar a Maggie a mi espalda.

Se había estacionado detrás de mi camioneta.

—Está con Sam —le respondí.

—Oh, gracias a Dios. ¿Dónde están?

Señalé con la cabeza el montón de escombros.

—Ahí dentro. Llegaron a los vestidores antes de que se derrumbara el edificio.

Se inclinó hacia delante y jadeó, tratando de recuperar el aliento.

—Quédate aquí, Maggie —le ordené; quería consolarla, pero no sabía qué decir.

Trepé por los escombros y los exploré con la mirada, mientras avanzaba poco a poco hacia el gimnasio. Un chorro de agua salpicaba una esquina cercana. Las regaderas. Me abrí camino entre los distintos equipamientos, procurando fijarme en dónde ponía las manos.

Estaba allí. Seguía viva. Seguro que sí.

No había ninguna otra opción posible.

Arrinconé el terror en lo más profundo de mi mente. En ese momento no le sería de ninguna ayuda a Sam. Se me coló un pie en un agujero entre los escombros y la madera me arañó el tobillo, arrancándome un gemido de dolor. Empecé a sangrar. Liberé la pierna y me limpié la sangre. Solo era un rasguño.

Tras un par de minutos me encontré frente a la puerta del vestidor. Giré la manija, pero la puerta no se movió. Supuse que habría puesto el seguro. Chica lista.

Excavé con la mano entre la madera y el metal retorcido para llegar al suelo y poder abrir la puerta. Tenía que sacarla de allí.

—¡Sam! ¡Avery!

—¡Aquí! —me llegó un grito apagado; casi me desmayé de alivio.

—¡Avery, enseguida llego! ¿Sam está bien?

—No… No lo sé. No se mueve, y hay sangre. Mucha sangre.

Tenía que entrar de inmediato. ¿Qué podía usar para romper la ventana?

«¿Dónde estaba el maldito martillo de emergencia que guardaba en el coche? ¿Dónde? El agua iba subiendo y ella seguía sin respirar».

Parpadeé para desechar ese recuerdo. Sam no era Grace. Era más fuerte, más dura, menos dispuesta a encajar los golpes del destino sin presentar batalla. Era una luchadora. Y estaba viva, carajo.

Levanté la vista y vi un trozo de acero corrugado sobresaliendo de un tabique bajo entre las regaderas. Me agaché para tomar impulso y salté. Logré aferrarme al metal. Protestó, pero resistió mi peso. Me icé a pulso y pasé la pierna por encima de la pared. Aterricé en una regadera, procurando amortiguar el impacto.

—¿Avery? Soy Grayson.

—¡Aquí! —El sonido me llegó desde la izquierda, así que me dirigí hacia allí y vi un rayo de luz que salía de debajo de un montón de cemento.

«Está viva. Solo tienes que cavar. Está ahí».

El sonido del celular me sobresaltó. Lo saqué de la chamarra. Jagger.

—¿Qué pasa? —exclamé.

—¿Estás bien? Dios, está todo destruido. Bueno, la casa no. Estamos bien. Paisley, Josh, estamos todos bien. Pero, Grayson… No podemos contactar con Sam.

Se me hizo un nudo en la garganta. Sostuve el celular entre la oreja y el hombro mientras retiraba bloques de cemento.

—Lo sé. Estoy excavando para liberarla.

—Carajo. ¿Está…?

—No lo sé, pero es grave. Jagger, me da igual si tienes que llamar a tu maldito padre, pero necesito que me consigas una ambulancia. Estamos en el gimnasio. Por favor. Hazlo por mí. Hazlo y nunca más te volveré a pedir nada. Reprobaré el próximo examen para que seas el primero de la lista del orden de mérito. Lo que sea, pero ayúdame. —Tenía los dedos despellejados de sacar escombros de cemento de encima de la pila. De encima de las chicas.

—Haré todo lo posible por conseguir una ambulancia, pero la ciudad está en ruinas. —Tragó saliva—. Sam es como una hermana para mí, Grayson. Te enviaremos a alguien. Estoy con Josh, y ya llegamos a la intersección de Rucker Boulevard con la Ochenta y cuatro. Llegaremos en un par de minutos. Déjame que haga unas llamadas.

Colgué antes de que terminara de hablar. Lo que tenía que hacer era enviar una puta ambulancia, y no preocuparse por mis sentimientos.

—¿Avery?

—¿Sí? —respondió con voz temblorosa.

—Necesito que me avises si sientes más presión, ¿de acuerdo? Si hago algo que pueda aplastarte. —Aparté otro bloque.

—De acuerdo.

—¿Qué tienes encima? ¿Es duro? ¿Pesa? Tengo que hacerme una idea de lo que te retiene.

Se quedó callada.

—¿Avery? —Moví los bloques con más rapidez.

—Sam.

—¿Qué? —Me detuve.

—Lo que hay encima de mí es Sam. Cuando se cayeron los casilleros, me cubrió con su cuerpo para protegerme.

Cerré los ojos; el dolor que me atravesaba el pecho pugnaba en mi interior con lo abrumadoramente orgulloso que me sentía de ella.

—Claro que sí —dije—. Ella te quiere, Avery.

—Lo sé —gimió.

Excavé y excavé hasta que otras manos se unieron a la tarea. Josh y Jagger.

—Carajo, Grayson, mírate las manos —exclamó Jagger, jalándome de los brazos.

Tenía los dedos en carne viva, ensangrentados.

—No me duele. Y no me importa.

—Deja que nos encarguemos nosotros —insistió. Josh había empezado a jalar las vigas de soporte para apartarlas del montón de escombros.

—¿Tú lo harías si fuera Paisley?

Vi cómo el miedo le velaba los ojos. Me apretó el hombro con fuerza.

—Vamos a sacarla de ahí.

Seguimos excavando y pronto se nos unieron más personas, algunas con uniforme, otras no. Por fin alcanzamos los casilleros de metal azulado.

—Está justo debajo —dije, para que no la cagaran y le hicieran daño.

Entre seis personas agarraron el mueble por los extremos y lo levantaron con cuidado mientras yo me agachaba para mirar. Al levantarlo, vi sus dedos colgando.

—¡Alto! Está atrapada en uno de los casilleros. —No podía jalar a Avery sin saber si tenía un traumatismo cervical—. Muévanse un metro hacia las regaderas.

Así lo hicieron y yo me arrastré hasta quedar justo debajo de Sam, que colgaba en una postura siniestra, con los ojos cerrados. «No pienses en ello. Ni te atrevas». En cuanto vi uno de sus brazos retorcido en un ángulo imposible empecé a salivar. «Es superable». El otro brazo tenía un corte del que manaba sangre, pero no a chorros. «Superficial». Lo que sí me preocupaba era el flujo constante de sangre que le recorría la línea del pelo, le atravesaba la mejilla y le goteaba por la barbilla.

Le liberé las caderas con cuidado y luego los hombros, primero uno, después el otro. Lo hice poco a poco, con muchísimo cuidado, para no mover nada que pudiera partirle la columna. Si es que no estaba ya rota. «Cierra la boca, carajo». La gente que sostenía a pulso los pesados casilleros no se quejó ni una sola vez.

Cuando liberé el último centímetro de su hombro, se desplomó como unos dos palmos y aterrizó en mi pecho con un golpe seco.

—¡Ya está libre!

Levanté las manos con cuidado y le tomé el pulso.

Firme y constante. «Gracias, Dios».

Tenía la nariz sobre mi garganta y la frente apoyada en mi barbilla. Notaba cada una de sus exhalaciones y, sin darme cuenta, acompasé el ritmo de mi respiración con la suya, como si yo pudiera hacer el esfuerzo por ella. Los casilleros se movieron poco a poco hasta que el cielo azul quedó a la vista.

La tormenta ya había pasado.

—¿Está bien? —preguntó Avery, que estaba acostada a mi lado.

—No te muevas. Los paramédicos te sacarán de aquí, pero no te muevas, por si tienes daños en el cuello o la columna.

—¿Ella está bien? —repitió.

—No lo sé. Mientras estaban aquí atrapadas, ¿se despertó en algún momento? —«Por favor…».

—No.

Cerré los ojos con fuerza para contener el pánico que me recorría la espalda, y que ordenaba a cada uno de mis nervios que luchara, que hiciera algo. Lo que fuera.

Los paramédicos se llevaron primero a Sam. Pusieron la camilla encima de ella y luego pasaron unas correas por nuestros cuerpos hasta que la tuvieron bien sujeta. No dejaban de preguntarme si yo estaba bien. ¿Estaba herido? ¿Sentía alguna molestia?

¿Y qué más daba?

Sam no estaba consciente.

Mantenía el calor corporal, pero permanecía inerte. Nada iba a despertarla, nada la traería de vuelta a la vida. Le aparté un mechón de pelo rubio y largo de los ojos y recé. Habíamos logrado salir del vehículo, del agua, pero de allí no podía sacarla. Me sentía impotente.

Carajo. Sam no era Grace. No podía compararlas, pero mi cerebro parecía empeñado en hacerlo.

Seguí a los paramédicos al exterior. Pasamos junto a Maggie, que estaba siendo retenida por un socorrista.

—Avery está bien —le dije.

Metieron a Sam en la ambulancia y yo subí tras ella.

—Señor…

—Donde vaya ella, voy yo.

No dejé de fulminarlo con la mirada hasta que asintió y me dejó pasar.

—Oí en alguna parte que esto alivia las náuseas —dijo Jagger. Me pasó un ginger-ale y se dejó caer en la silla vacía que había a mi lado en la sala de espera.

—¿Quién sería el idiota que te lo dijo? —Lo acepté y le quité el tapón. El sabor me llevó en el recuerdo a otro hospital, a otra sala de espera en la que me sentaba solo y esperaba noticias. Esperaba a que soltaran a Owen tras ponerle los pocos puntos que necesitaba, y que me informaran del estado de Grace.

—Un tipo que atravesó un infierno mucho peor que el mío, pero que, de alguna forma, logró llegar al otro lado. —Se acomodó en la silla—. Llamé a Ember. Tomó un avión con la mamá de Sam. Josh va a Montgomery a recogerlas.

—Bien, estupendo. —Apoyé los codos en las rodillas y me incliné hacia delante para tratar de llenar de aire los pulmones.

—Tienes que ir a que te revisen las manos.

—Claro. —Y lo haría, desde luego. Pero ¿en ese momento? No encabezaba mi lista de prioridades.

Odiaba profundamente los hospitales; y, sin embargo, ahí estaba otra vez. Pero esta vez era un poco distinto. La sala de espera del Southeast Medical Center estaba abarrotada. Después de lo que había sucedido en Enterprise, todos los hospitales estaban llenos. No paraban de llegar heridos, y las familias hacían lo único que podían: esperar.

La otra sala de espera, la de Nags Head, estaba casi vacía, a excepción de los familiares, que insistían en que no era culpa mía, aunque sus miradas me decían lo contrario. Sobre todo Parker, cuando apareció y me dijo entre dientes que tendría que haberle quitado las llaves, que no debería haberle permitido conducir.

Sí, las dos salas de espera eran muy distintas, pero la sensación era la misma, incluido el miedo atroz que me corría por las venas.

Tendría que haber estado con Sam. Por muy inocente que yo fuera, no debería haber permitido que Grace se me sentara en el regazo y me besara. Y tendría que haberle dicho mucho antes a Sam que la amaba, haberle hecho saber cuánto la quería. Si ella lo hubiera sabido, no se habría mudado a casa de Morgan. Habría estado conmigo.

Y no habría acabado bajo una pila de escombros.

—Se pondrá bien, Grayson. Nunca he conocido a nadie con tanta determinación como Sam. Es una luchadora. Se pondrá bien.

Me enderecé al instante y lo miré con el ceño fruncido.

—Eso no lo sabes.

—Ella…

—Pasó por un tornado, la aplastaron los escombros, y llevamos cuatro horas aquí sin que recobre el conocimiento. Tenía las pupilas desiguales y dilatadas. No lo sabes. —Dejé caer los hombros—. Ni yo tampoco.

—Tienes razón, no lo sé. Lo que sé es que ya has pasado por un infierno y que perdiste a la mujer que amabas, y que la recuperaste justo cuando perdías a la otra. Emocionalmente, quiero decir. Carajo, no me refería a… perderla de verdad. No sé qué decir. —Se pasó las manos por la gorra de los Red Sox y arrugó la visera—. A decir verdad, sueles ser tú quien dice… las cosas.

—¿Las cosas?

—Ya sabes, «las cosas». —Jagger se encogió de hombros—. Siempre sabes qué decir, y a mí se me da fatal. Ojalá supiera, sobre todo ahora.

Vi que un médico se disponía a hablar con otra familia.

—Bueno, ahora lo que te pasa es que, en realidad, no hay mucho que decir.

Era como si se estuviera repitiendo lo que sucedió cinco años atrás, pero ahora era mucho peor. Se trataba de Samantha. Mi Samantha.

Jagger asintió con lentitud.

—De acuerdo. ¿Qué te parece si me siento y espero aquí contigo?

La diferencia era que esta vez no estaba solo.

—Sí, buena idea.

Tenía un brazo fracturado por tres lugares. Una costilla rota. Un corte en un brazo. Un hombro dislocado. Contusiones múltiples. Y, desde luego, conmoción cerebral.

—¿Es usted su pariente más cercano? —nos preguntó el médico tres horas más tarde, junto a la puerta de la UCI.

—Sí —respondió Jagger—. Tengo un poder notarial para temas médicos.

—¿Que tienes qué? —exclamé. El médico se sobresaltó, pero me dio igual.

—Sam no es tonta, Grayson. Lo preparó ya antes de mudarse aquí. Bueno, a decir verdad fue su mamá. Como la envían de aquí para allá, y los abuelos de Sam ya no viven, somos la única familia que tiene, al menos hasta que llegue su mamá.

Esto último se lo dijo al médico.

Una rabia inexplicable me inundó el pecho. Si alguien tenía que tomar decisiones sobre la salud de Sam, era yo, y punto.

—Sufre una conmoción cerebral. La tenemos bajo vigilancia por si le provocara un edema. Empezamos con el medicamento y le estamos administrando oxígeno. Por el momento responde bien.

—¿Y si hay inflamación en el cerebro? —pregunté, tratando de controlar el pánico.

—Si eso sucede, tenemos un par de opciones. Primero, podemos realizar una intervención quirúrgica para aliviar la presión; o también podemos someterla a un coma inducido para dejar que su cerebro descanse, que se desconecte, por así decirlo.

—¡No! —Mi voz resonó por todo el pasillo. Agarré a Jagger del brazo—. Me da igual que seas uno de mis mejores amigos. Si la pones en coma, yo te pongo a ti a dos metros bajo tierra.

No iba a permitir que Sam fuera a donde no pudiera seguirla.

Jagger me dio una palmadita en la mano.

—De acuerdo.

Se giró hacia el médico.

—Aún no estamos en esa situación —intervino el médico.

—¿Cuándo sabremos cómo evoluciona?

Me miró de reojo antes de contestar.

—La tenemos bajo observación continua, pero la cosa pinta bien.

—¿Cuándo podremos verla? —pregunté. Necesitaba sentir su calidez, el latido de su corazón.

—Cuando la hayamos estabilizado. —Se disculpó y cruzó la puerta de cristal que me separaba de ella.

Retrocedí dos pasos, choqué con la pared y me dejé caer hasta quedar sentado en el suelo, con los brazos apoyados en las rodillas.

—Tengo que ir a ver cómo está Paisley, amigo. ¿Puedes quedarte solo un minuto?

Asentí.

—Infórmate también de cómo se encuentra Avery.

—De acuerdo —convino, y se marchó.

Sonó el celular.

—¿Diga? —masculló a duras penas.

—¿Estás bien? —preguntó Grace.

Le expliqué como pude lo que había pasado, feliz de contar con su sensatez.

—No te mereces que te ocurra algo así —dijo cuando terminé la narración.

—¿El karma? Ya lo creo que sí. Lo que te hice…

—Basta, Gray. Lo que pasó no fue culpa tuya, sino de Owen. Si hay alguien en todo el planeta que pueda absolverte de esa culpa, soy yo.

Eché la cabeza atrás hasta que topó con la pared.

—Quien no se lo merece es Sam. Tú fuiste una víctima inocente. Estabas en el lugar equivocado, en el momento equivocado. Pero Sam… Fue allí para ayudar a Avery. Se lanzó de cabeza hacia un maldito tornado. Literalmente.

—Es muy valiente —señaló Grace con voz suave.

—Sí. Y divertida, complicada, sexy, inteligente. Por Dios… No podría vivir sin su corazón. No sé cómo sería la vida si ella no estuviera presente. No dejo de pensar en la otra vez, cuando eras tú quien estaba dentro y todos esperábamos a saber en qué estado se encontraba tu cerebro.

—¿Tú crees que ambas situaciones son comparables? —me preguntó.

—¿Quieres que te sea sincero?

—Por supuesto. Ya no eres mi novio, pero sigues siendo mi mejor amigo. Sé que para ti no tiene por qué ser igual, que te has adaptado a vivir sin mí, pero yo quiero apoyarte. Así que sí, dime la verdad.

Carraspeé, y de pronto me sentí dominado por un miedo avasallador que amenazaba con arrebatarme la capacidad de pensar, de respirar. Me imaginé a Sam en el lugar de Grace. O, peor aún, en su entierro.

—No hay punto de comparación.

—Lamento mucho haberte hecho pasar por todo aquello —me dijo con dulzura.

—No, quiero decir que esto es un millón de veces peor. Yo te amaba. Creía que eras mi futuro, si no como mi compañera definitiva, por lo menos como mi mejor amiga, para siempre. Pero ¿Sam? Es como una bola de demolición que destruye mis defensas y me hace sentir, me obliga a vivir. La necesito tanto como el oxígeno.

—Siento mucho lo que les sucedió, a Sam y a ti. Es una persona extraordinaria, Grayson. —Lo decía con sinceridad, sin sarcasmo ni malicia; tal como era ella, como siempre había sido.

—Sí que lo es. —Y yo había sido un idiota por no presentarme en su puerta todas las mañanas de estas últimas semanas para exigirle que volviera a casa, que volviera conmigo. Y más idiota aún por no solicitar un destino en Colorado, sabiendo que era lo que ella quería. Un idiota absoluto por dejar que el ultimátum de mi papá decidiera mi futuro.

Justo cuando terminamos la conversación, Jagger regresó y me puso en las manos una taza de café.

—Son las dos de la madrugada. Es hora de dormir, o de tomar cafeína.

Acepté la taza y bebí un sorbo; ojalá quemara más, ojalá doliera más y me hiciera sentir algo.

—Increíble, ¿esa es Vivica Fox? —preguntó Jagger con los ojos abiertos de par en par y la mirada fija en el pasillo.

Miré hacia allí y vi a una mujer hermosa y con pinta de tener la cabeza en su lugar, caminando por el pasillo con paso firme. Ember, Josh y Paisley la seguían con cierta dificultad. Mantenía la cabeza erguida con un gesto que me recordaba demasiado a alguien.

—Tiene que ser la mamá de Sam.

Se detuvo frente a mí, se agachó para ponerse a mi altura, observó las manchas de sangre de mi camisa y me agarró las manos.

—Debes de ser Grayson —me dijo, clavando sus ojos, del mismo color que los de Sam, en los míos.

—Sí, señora. —Me preparé para el ataque, dispuesto a escuchar todos los reproches que sabía que debería aceptar.

Sin embargo, me acarició la mejilla y frunció los labios, con los ojos brillantes de lágrimas.

—Ella te ama.

—Y yo la amo a ella.

Asintió.

—Gracias. Si no hubieras ido a buscarla, y si no la hubieras sacado de los escombros, creo que esta conversación tendría lugar en circunstancias muy distintas. —Me apretó las manos, se incorporó y entró en la UCI con paso rápido y seguro.

—¿Qué tal el trayecto? —le preguntó Jagger a Josh.

—Bien, pero el tiempo se va a joder otra vez. Hay un nuevo frente abriéndose camino hacia aquí, y el pronóstico para mañana es otra oleada de tornados.

—Mierda —murmuró Jagger, y a continuación besó a Paisley en la cabeza.

Se sentaron todos a mi lado, en fila, en el pasillo fuera de la UCI.

—Saben que hay una sala de espera, ¿verdad? —les comenté.

—Estamos bien aquí —respondió Josh.

Una eternidad más tarde, la coronel Fitzgerald salió con el semblante serio. Me puse en pie de un salto.

—¿Cómo está?

—Le acomodaron el hombro. Están esperando a que le baje la inflamación del brazo para poner los huesos en su lugar. Le suturaron los cortes.

—¿Y el cerebro? —pregunté, y contuve el aliento.

Respiró profundamente.

—Controlaron la inflamación. No sabremos si hubo daños hasta que esté consciente.

«¿Dónde habré oído eso antes?».

—¿Puedo verla?

Negó con la cabeza.

—Todavía no. Casi no me dejaron a mí.

Mientras maldecía, sonó mi celular. Me había olvidado de que lo llevaba en el bolsillo de atrás.

—¿Diga? —pregunté.

—¿Teniente Masters?

Diablos. Una llamada a las dos de la madrugada y que empezaba así no podía ser buena.

—Soy yo —respondí.

—Habla el mayor Davidson. Siento llamarlo tan tarde, pero tenemos una emergencia. —La voz se oía entrecortada.

—Usted dirá, señor. —Si habían encontrado a alguien de la clase conduciendo borracho, pensaba patearle el trasero al culpable de buena gana.

—Se aproxima otro frente tormentoso, con amenaza de tornados. Tuvimos la suerte de que ninguna aeronave haya sufrido daños durante esta tragedia, pero debemos evacuarlas todas.

—Sí, señor. —Se me revolvió el estómago.

—Hoy hemos agotado a casi todos nuestros pilotos experimentados, y no disponemos de instructores suficientes para mover las aeronaves. Le pedí a los instructores los nombres de sus mejores pilotos, y el suyo fue uno de los mencionados.

—Sí, señor —repetí.

—Despegará al amanecer, es decir, dentro de unas cinco horas, así que le sugiero que duerma un poco. Volará con el señor Stewmon, su instructor habitual. Concluimos la evaluación de riesgos y estamos listos para partir. Tenemos que sacar de aquí esas aeronaves. Ah, también necesitaré a Bateman.

No podía irme. ¿Con Sam en la UCI? Imposible.

—Señor, estoy en el hospital. Mi novia —«exnovia», se empeñó en aclarar mi mente— resultó herida hoy y la están monitorizando. De verdad que respeto y aprecio la oferta, pero quizá haya otro piloto más cualificado…

—Lamento oírlo, teniente Masters. ¿No es su esposa? —quiso saber.

—No, señor. —«Todavía no».

—Entonces, siento decirle que no era una petición, sino una orden. Lo necesitamos. Deberá presentarse en Cairns a las siete de la mañana. Descanse un poco. —Colgó sin darme tiempo de discutir.

—¿Qué pasa? —se interesó Jagger.

—Nos ordenaron presentarnos en Cairns a las siete de la mañana. Necesitan que llevemos los sesenta y cuatro a la zona de evacuación antes de que llegue la nueva tormenta.

—Maldita sea, ¿les van a permitir realizar un vuelo de larga distancia a ustedes dos? Estoy impresionado —dijo Josh.

Era una de las escasas ocasiones en que no me alegraba ser el líder de la clase; qué diablos, ni siquiera me alegraba de pertenecer al Ejército. Me giré hacia la mamá de Sam.

—Intenté librarme. No quiero dejarla, pero tenemos que irnos.

Sam no era mi esposa. A ojos del Ejército, ella no tenía ninguna autoridad legal ni derecho sobre mí, lo que quería decir que yo no cumplía los requisitos para recibir ninguna dispensa especial para quedarme a su lado. Y había firmado un maldito contrato en el que, a todos los efectos, entregaba mi autonomía a cambio de un puesto en el Ejército de Estados Unidos. O iba, o me considerarían ausente sin permiso.

Levantó las manos.

—Eso queda fuera de mi cadena de mando y no puedo hacer nada por ayudarte. Las órdenes son las órdenes. Pero quizá sí pueda ayudarte aquí. Sígueme.

La puerta se abrió con un silbido y entramos en la UCI. La enfermera que estaba en el mostrador ladeó la cabeza.

—¿Puedo hacer algo por ustedes?

—A este joven acaban de llamarlo para que se incorpore al servicio. Tiene que ver a su prometida antes de irse. —Me vio abrir los ojos como platos y susurró—: Tienes la intención de casarte con mi hija, ¿no es así?

«Vaya si la tengo».

—Por supuesto.

—Antes no me dijo que estaban prometidos. —La enfermera me lanzó una mirada escéptica.

—Hace tan poco que aún no han tenido tiempo de procesarlo. —La coronel Fitzgerald sonrió. Yo permanecí inmóvil por completo; sabía que era mejor que no tratara de mentir.

Se me daba fatal.

La enfermera miró de reojo el reloj de pared y suspiró.

—De acuerdo, pero dese prisa.

No tuvo que decírmelo dos veces. Ya había buscado el número de habitación en el pizarrón que había detrás de la enfermera y lo había memorizado.

—Estaré fuera —dijo la coronel Fitzgerald cuando yo estaba abriendo la puerta.

—Muchas gracias, señora. Por todo.

Aparté la cortina que separaba a Sam de la puerta y me recibió el pitido regular de un monitor. Tenía el brazo izquierdo en cabestrillo, una vía intravenosa y unos obscenos monitores conectados a su cabeza lanzaban señales a intervalos regulares.

Acerqué una silla a la cama y me senté. Le agarré la mano derecha y deposité un beso en su palma.

—Te amo. Tengo que irme unos cuantos días, pero volveré en cuanto pase esta célula tormentosa. Ya habrás despertado y podremos discutir lo que vamos a hacer, porque si algo me ha enseñado todo lo sucedido es que no puedo existir sin ti. Has derribado todas mis defensas y me hiciste sentir, así que más vale que te quedes a mi lado y me ayudes a averiguar qué voy a hacer con todos estos sentimientos. Tenemos que encontrar un modo de que funcione, Samantha. No hay otra opción.

Me quedé sentado a su lado, viendo cómo su pecho subía y bajaba rítmicamente. Despertaría. Era más fuerte que Grace; y, si me lo repetía a mí mismo una y otra vez, podría superar lo que estaba pasando. Se despertaría.

—Ey. —La coronel Fitzgerald me sacudió el hombro con delicadeza y abrí los ojos de golpe, sobresaltado—. Son las dos y media. Te quedaste dormido. Señal inequívoca de que necesitas descansar antes de emprender el vuelo.

Acaricié con el pulgar la suave piel del dorso de la mano de Sam.

—No quiero irme y dejarla aquí.

Su mamá esbozó una sonrisa triste.

—Yo nunca quiero. La parte más difícil de mi trabajo es alejarme de ella, sobre todo cuando no tiene a nadie más. Pero, si hay alguien que comprenda el deber y las órdenes, esa es Sam. Es la única vida que ha conocido, Grayson. Se crio en este mundo, y algo me dice que se va a casar con este mundo. Lo entenderá.

—No debería ser necesario. Yo tendría que estar aquí. No hemos hablado… —Me quedé sin palabras.

—Lo sé, ella me lo contó. Son las personas adecuadas, en el momento equivocado. Las probabilidades están en tu contra. Es algo que, con la lógica en la mano, puedo comprender. Y Sam, con ese cerebro suyo para las Matemáticas, también. Pero nunca fue de las que retroceden ante un reto, ni de las que eligen el camino más fácil.

—Habrá salido a su mamá.

—Lárgate ya y deja de hacerme la barba —me despachó con una sonrisa—. Me quedaré con Sam. No estará sola.

Aunque cada célula de mi cuerpo protestaba y me gritaba que me quedara a su lado, me incliné sobre la cama de Sam y le rocé la mejilla con los labios.

—Te amo, Samantha. No te rindas. Volveré pronto. Perdóname, por favor.

Mi cuerpo, en sentido físico, atravesó la puerta y salió; pero mi corazón se quedó en aquel lecho.

Capítulo veintinueve

Me dolía todo.

Conseguí abrir los ojos y el mundo se enfocó. Estaba en un hospital. ¿Dónde? ¿Por qué? El tornado.

Moví la cabeza muy despacio y vi a mi mamá sentada en una silla, leyendo en la tableta.

—Mamá. —La voz me salió como un graznido.

Abrió mucho los ojos y sonrió, dejó la tableta en la mesita y pulsó el botón para llamar a la enfermera.

—Calma, calma, Sam. Has tenido un día difícil.

—Agua.

La boca me sabía como si un animalito peludo se me hubiera muerto dentro. ¿Dónde estaba Grayson? ¿Se encontraba bien? ¿Qué había sido de la casa?

Me acercó el vaso a los labios y bebí unos sorbos.

—Mejor. Gracias.

—¿Qué recuerdas? —me preguntó.

Fruncí el ceño.

—Llegamos a los vestidores y la pared se vino abajo, creo. Ay, Dios. ¿Cómo está Avery?

—Muy bien, solo se rompió el meñique. Lleva toda la mañana sentada en la sala de espera. Tú la protegiste y no puedo estar más orgullosa de ti. —Se sentó al borde de la cama.

—Bien. Me alegro. ¿Qué día es?

—Martes. Solo estuviste inconsciente una noche. Los médicos estaban preocupados por si había inflamación cerebral. Tienes una conmoción de primer grado.

—¿Y el cabestrillo? —Traté de mover el brazo y el latigazo de dolor casi me hizo gritar—. ¡Carajo, duele!

Arqueó una ceja, pero no me reprendió por mi vocabulario.

—No lo muevas. Te lo rompiste por tres puntos y tenías el hombro dislocado. La hinchazón ya bajó, así que hoy te quitarán la férula y te pondrán el yeso.

Me pasé la lengua por los labios. Qué secos los tenía.

—¿Grayson? —pregunté en un susurro.

—Ese chico te quiere, Samantha. —Me apretó la mano.

—¿Dónde está? ¿Se encuentra bien?

Tendría que haber contestado el teléfono cuando me llamó aunque solo fuera para escuchar su voz.

—Está bien, aparte de los dedos desollados. —Sonrió al verme la cara—. Él fue quien te encontró, quien excavó para sacarte. Tuviste mucha suerte. Por lo visto, te llamó por teléfono, y aceptaste la llamada sin darte cuenta. Te oyó decir «vestidores» y así supo dónde cavar. El gimnasio está destruido. Igual que unas cuantas manzanas enteras de la ciudad. Fue un tornado de nivel EF3.

Había ido a buscarme. Me había encontrado.

—¿Dónde está?

La expresión de su rostro cambió de pronto.

—Ya sabes cómo es el Ejército. Muy duro con los mejores. Necesitaban más pilotos para evacuar los aparatos y lo movilizaron de urgencia. Te juro que el pobre estaba destrozado. No quería apartarse de tu lado.

Asentí y me tragué una punzada de resentimiento.

—Deber y patria, ¿eh, mamá? No sé por qué me sorprende. Siempre he sabido que pertenece al Ejército, pero está en una base de entrenamiento, no lo olvides. Claro que se fue.

—Sam. —Iba a agarrarme la mano, pero negué con la cabeza.

—No, mejor así. Se graduará en dos meses y medio, y se irá a vivir a Carolina del Norte. No ha cambiado nada.

—Pero aún lo quieres —insistió—. Puede que valga la pena seguir adelante, pese a lo de Grace.

—No puedo ser la otra, mamá. Otra vez, no. —El dolor del corazón era diez veces peor que el del cuerpo, y el gotero de morfina no lo mitigaba—. No como… —Fui incapaz de terminar.

—¿No como yo, quieres decir? Nadie te comprende mejor que yo. Me arrepiento de muchas cosas, Samantha, tomé las decisiones que no debía, me enamoré de alguien a quien no podía tener. Pero si de algo no me arrepiento es de ti. Eres lo mejor de mi vida, mi niña. Y no soporto verte sufrir.

—Entonces, apóyame. No quiero verlo. No puedo. Cuando nos mudamos aquella primera vez, necesitabas distancia, igual que yo ahora. Ayúdame.

—Le vi la cara, vi cómo te besaba al despedirse. Ese chico te necesita.

—No. Cree que me necesita, pero no. Fui su muleta, mamá. Lo desperté, lo ayudé. Y estoy enamorada de él. Dios, no hay nada de él que no adore. La estuvo esperando cinco años con su maldito honor. Si le pidiera que sacrificara eso por mí, no sería quien es. No se lo puedo pedir. No soy ciega, sé que me quiere, pero ella es… —No daba con las palabras—. Entre ellos se llaman Babor y Estribor. Son el uno para el otro. Y ella… Ay, mamá, es increíble. Es bondadosa, preciosa, encantadora… Ni siquiera puedo detestarla, me cae demasiado bien. Es un puto unicornio, es la perfección que se merece Grayson. Yo no estoy a ese nivel.

La llegada de la médica impidió que me respondiera. Se presentó y empezó a examinarme.

—Todo bien, vamos a ponerte el yeso.

Huesos rotos. Corazón roto. Sí, ya era hora de prepararlo todo para empezar a sanar.

—Cuánto me alegro de que estés bien. ¿Tienes el cerebro…, todo normal? —preguntó Avery, unas horas más tarde, sentada junto a la cama.

—Sí. Una conmoción, pero la inflamación ya bajó. Y me pusieron un yeso rosa. Eso puntúa doble.

Sonrió.

—No sabes cuánto lo siento.

—¡Ey! —Le agarré la mano—. No fue culpa tuya, y volvería a hacerlo.

Negó con la cabeza.

—No me imaginé que el tiempo se fuera a poner así, te lo juro. Ni siquiera cuando mi mamá llamó para que cerráramos el gimnasio. No para de pedirme perdón por no haber estado allí.

—Tampoco es culpa suya. Había una encargada y no sabía que ibas a presentarte ahí.

—Sí, es que quería enseñarte lo que había averiguado. Y lo único que te enseñé fue un casillero por dentro.

Apartó la vista.

—Bueno, en tu defensa hay que decir que no llegué a ver el casillero por dentro. Me desperté aquí.

Levanté el brazo sano y sonreí. Avery se rio. «Misión cumplida».

—Bueno, dime qué averiguaste.

—¿En serio? —Hizo una mueca—. ¿Ahora, en el hospital?

—No se me ocurre mejor momento, y buena falta me hace distraerme. Además, no para de venir gente a verme. Si te quedas un rato conmigo, no tengo que aguantar a otros.

—Okey.

Se le iluminaron los ojos y empezó a soltarme detalles técnicos. Entendí algún que otro concepto, pero se me escapó casi todo.

—¿En resumen?

—Ah, bueno. A ver, en resumen: tu ciberacosadora no es muy espabilada. Una de las primeras cuentas que utilizó fue su email de trabajo en la Universidad de Colorado, en Colorado Springs.

—¿Qué? ¿Ciberacosadora? ¿Una mujer? —¿No había sido Harrison?

—Una mujer, sin duda. —Avery sacó un papel del bolsillo—. Michelle Proctor.

Dios mío. Claro. Toda su familia trabajaba en la Universidad de Colorado.

—Está en la secretaría de admisiones —susurré. Por fin las piezas encajaban.

—¡Sí! ¿Cómo lo sabes? —Me entregó el papel.

—Porque le hice mucho daño sin saberlo.

Al agarrar el papel con las manos me pareció suave al tacto. Frágil.

—Que le hicieras daño no la exculpa de lo que te estuvo haciendo. No hay justificación posible. Tienes que llamar a la universidad y contarles lo sucedido. Hay que pararla.

—Igual me lo merezco.

Avery entrecerró los ojos.

—Qué tontería. Tienes que hacer algo, Sam.

Negué con la cabeza.

—No sabes lo que me estás pidiendo. Tendría que volver a Colorado…

—Que es precisamente lo que quieres —me interrumpió.

—Sí, pero no de esta manera. Me obligarían a comparecer ante el comité disciplinario y todo el mundo sabría lo que hice, lo que más me avergüenza. ¿Te imaginas entrar en la escuela y contar delante de todos lo más avergonzante que hiciste?

Arqueó una ceja.

—¿Como darle al jugador más guapo del equipo de futbol un lápiz en el que le decía que viniera conmigo al baile?

—Es muy diferente. En este caso tendría que airear ante todos algo muy privado y humillante.

—Seguro que es una mierda, no te digo que no. Pero ¿qué pasa con las otras?

Se me hizo un nudo en el estómago.

—¿Qué otras?

—Hay por lo menos cinco direcciones de correo electrónico a las que ha mandado mensajes por el estilo. Y seguro que también ha alterado los expedientes académicos. Me juego lo que sea a que las víctimas no saben quién les está haciendo esto. Si no te quieres enfrentar a ella por ti, hazlo por ellas.

¿Otras chicas? Yo no había sido la primera.

—¿Cuándo envió el último mensaje?

—Empezó a atacar a otra chica hace dos meses.

Tampoco había sido la última.

—A una la conozco yo, y es increíble. Una profe excelente y una amiga maravillosa. Se enfrentó a un tornado para salvarme. ¡A un tornado! Si fue capaz de eso, es capaz de lo que sea. Tienes que hablar con ella.

Me lanzó una mirada desafiante.

Otras cinco chicas estaban pasando por lo mismo que yo. Cinco chicas que no podían entrar en una universidad ni seguir adelante con sus vidas. Cinco chicas a las que les habían robado el futuro, y todo por cometer un error idiota y acostarse con quien no debían.

Tenía que volver a Colorado.

—¿Puedo entrar a saludar? —preguntó Grace desde la puerta.

—¿Qué…, qué haces aquí? —le dije sacudiendo la cabeza—. Perdón, qué grosería. Voy a decir que la culpa la tienen los analgésicos.

Me sonrió y se sentó en la silla, junto a la cama.

—Vamos en coche a Texas para hacerme unas pruebas, y Gray me pidió que pasara por aquí a ver cómo estás.

—Te desviaste muchos cientos de kilómetros.

—Pasara lo que pasara, sigue siendo mi mejor amigo, y la mujer a la que ama no le contesta el teléfono. Así que, sí, para mí eso vale unas pocas horas de coche. Y quería hablar contigo sin tener que hacerlo mediante una llamada de teléfono incómoda.

—Por lo que veo, te parece mejor una visita incómoda en persona.

—Eso ya lo veremos —respondió entre risas—. ¿Te encuentras mejor?

—Han pasado varios días y salí de cuidados intensivos. No hay inflamación cerebral, así que igual me dan el alta mañana.

El teléfono de la habitación empezó a sonar, pero lo ignoré.

—¿Quieres que lo conteste? —preguntó Grace.

—No.

—Ah, bueno.

Nos quedamos en silencio hasta que cesaron los timbrazos.

—Así que vas a Texas —comenté por decir algo.

Asintió.

—Sí, me tienen que clavar más agujas, en plan rata de laboratorio.

—Eres la chica del milagro —comenté con una sonrisa. Puede que me saliera un poco forzada.

—La verdad es que no. —Se le borró la sonrisa—. El tratamiento me permitió despertar, sí, pero…

—Pero siempre estuviste consciente —terminé la frase.

Me miró a los ojos.

—Sí. ¿Cómo lo sabes?

—Le dijiste a Morgan que *One Tree Hill* estaba sobreactuado y que la última temporada había sido un desastre.

Me miró sin comprender.

—La última temporada de la serie se emitió cuando ya estabas en coma. Mia hizo que te la pusieran cuando leyó que un tipo que había estado en coma veinte años había estado viendo *Barney*.

—Ah. Dibujos animados, qué horror.

—¿Cuánto tiempo hacía que estabas consciente?

—No estoy segura. Fue gradual, hubo muchos altibajos. Unos dos años, diría. Estaba atrapada en mi propio cuerpo. Lo peor era cuando Gray venía y me suplicaba que me despertara. Me encantaban sus visitas, y a la vez las temía porque no podía hablarle, no podía ayudarlo a superar su sufrimiento.

—Cuando te perdió, para él fue un infierno.

Una enfermera llamó a la puerta.

—¿Señorita Fitzgerald? Tiene una llamada, Grayson Masters.

Tragué saliva y esquivé la mirada de Grace. «Dios, qué incómodo».

—¿Le importa decirle que estoy durmiendo?

—Claro. —Asintió y se fue.

—Se está volviendo loco. ¿No piensas llamarlo?

Negué con la cabeza.

—No. Tengo que cortar por lo sano. Ahora no se da cuenta, pero está mejor contigo. Eres su milagro, su Grace. Si lo viera ahora, si hablara con él… No puedo, de verdad.

—Estás enamorada de él.

—Por completo —respondí. Clavé los ojos en la cobija—. Esta debe de ser la conversación más incómoda de la historia.

Se rio.

—Primero prueba a mantener conversaciones unilaterales durante años y luego hablamos de incomodidad.

—Es verdad… Espera un momento. Si estabas consciente, ya sabías quién era yo. Sabías lo nuestro, y pese a todo le diste un beso. —Aparté la mano.

Tragó saliva y miró hacia otro lado durante un instante.

—Sí. A veces hacemos cosas malas cuando tenemos miedo. Me desperté y todo había cambiado. El mundo había seguido adelante. Gray era el único punto fijo, estable, que había tenido en mi vida. No debí darle aquel beso, ni venir a Alabama. No fue justo para ti ni para él. Lo siento mucho. Ojalá puedas perdonarme —concluyó con un susurro.

—Tiene que estar contigo, Grace. Es su lugar. Estoy haciendo todo lo que puedo por alejarme, por su bien y por el tuyo. Por favor, no me lo pongas más difícil.

—Es que yo estoy tratando de hacer lo mismo. Y más ahora. Ha cambiado tanto… Es más duro, más distante, se ríe con menos facilidad. Antes no era así. ¡Y antes le encantaban las frambuesas! Se las puse en la tarta de queso una noche que cenamos con mis padres y ni las tocó.

—Las semillas se le meten entre los dientes —le expliqué.

Asintió.

—Claro. Lo que quiero decir es que yo sigo siendo la misma Grace, pero él ya no es el mismo Gray. Y lo adoro, es mi mejor amigo, pero no podemos ser más. Quiero que sea feliz, y lo mismo te digo a ti.

—Entre ustedes dos hay demasiada historia, comparten apodos. Se conocen a un nivel al que yo no llegaré jamás.

Y eso, saber que había una parte de Grayson que nunca sería mía cuando yo era suya por entero, me dolía más que nada.

—Te llama «Tempestad», lo que pasa es que no lo sabes —dijo.

—¿Qué?

—Tempestad. Una tormenta marina repentina que aparece de la nada, revuelve el océano, lo pone todo al revés. Es lo que le hiciste a él. Solo gracias a ti volvió a salir a flote, volvió a vivir. Y yo vi toda la transformación desde la primera vez que me habló de ti, un par de semanas después de conocerte.

Él también había sido una tormenta en mi vida.

—Tengo que volver a Colorado. Hay cosas que debo hacer... yo en persona. Todo está contra nosotros. Grayson ya tomó una decisión, se va a Carolina del Norte.

—Pues haz que cambie de idea. —La firmeza de su voz hizo que la mirara a los ojos.

—¿Tú lo harías? ¿Lo obligarías a elegir entre el amor y su familia? ¿Lo harías esperar mientras organizo mi vida? Ya esperó cinco años a que despertaras. No le puedo pedir semejante cosa.

—Yo elegiría el amor.

Qué fácil hacía que pareciera, en lugar del castillo de naipes enloquecido que habíamos construido él y yo.

—Ya. Pero yo elijo la felicidad de Grayson, y ahora mismo esas dos cosas no van de la mano.

No me respondió.

Capítulo treinta

GRAYSON

—¿Dónde demonios está?

Morgan, de pie ante la puerta de su casa, pareció encogerse.

—Ya te lo dije. Ayer vinieron los de la mudanza y se llevaron sus cosas. No sé adónde.

Me habría jalado los pelos.

—¿Y no dejó una dirección para enviarle el correo? ¿Nada?

—No, nada. —Negó con la cabeza—. Lo siento de veras, Grayson.

—Sí, yo también. —Aturdido, volví a la camioneta y me senté en el asiento del conductor. Una semana. Me había ausentado una semana, y en ese tiempo Sam había abandonado el hospital, había cambiado de teléfono y se había ido del departamento.

¿Cómo diablos iba a encontrarla si ella no quería?

Sonó mi celular. Pulsé el botón del volante para responder.

—Hola, mamá.

—Grayson.

—Ah, hola, papá. Perdón, vi el número y supuse que era mamá.

—No, está de compras. Te llamo porque quería decirte que me contó lo de tu vuelo de larga distancia.

—Ah, ¿sí? No podía haber sido en peor momento, pero me salió muy bien. —«En otras palabras, déjame en paz de una vez».

—Fue una locura.

—Tenía órdenes que cumplir. —Como si él fuera a entenderlo. Por muchas vueltas que le diéramos al tema, la discusión iba a terminar igual que siempre.

—Tenía la esperanza de que vieras la luz, hijo. De que escogieras la opción más segura.

—Bueno, papá, lamento volver a decepcionarte, como de costumbre.

—Espero que entiendas que te quiero. Que todo lo que he hecho fue por amor, y por la necesidad de protegerte.

—Tengo veintitrés años, papá. No necesito que me protejas.

—Sí, lo necesitas. Dios, cuánto te quiero, Gray.

—Yo también te quiero, papá.

Colgó. Parpadeé, perplejo. ¿Se había disculpado por portarse como un imbécil cuando estuve en casa? Seguro que no. No encajaba con su carácter, y sus palabras no habían sido de aprobación, ni mucho menos.

Treinta segundos y dos cuadras después, el celular volvió a sonar.

—¿Teniente Masters?

—¿Mayor Davidson? —«Por favor, no me envíe a ningún otro sitio. Tengo que ver a Sam».

—Hijo, necesito que venga a verme.

Se me encogió el corazón.

—De acuerdo, señor. ¿Cuándo quiere que vaya?

—Ahora mismo. Sé que solo hace un par de horas que aterrizó, pero tiene que venir a mi oficina.

—Sí, señor. Llegaré en diez minutos. —Se oyó un clic. Menos mal que aún no me había quitado el uniforme.

¿Sería por alguna metedura de pata durante el vuelo?

Lo repasé detalle a detalle mientras me dirigía hacia el cuartel para ver si había cometido algún error. De haberlo hecho, sin duda el señor Stewmon, que volaba conmigo, me lo habría hecho saber sin pelos en la lengua.

Me estacioné junto al Defender de Jagger y entré en el edificio. Menos mal que ninguno de los dos había movido un oso polar de quinientos kilos durante la última semana. No me podía quitar de encima una sensación ominosa, como un presagio de que me esperaba algo mucho peor.

Jagger estaba sentado en el pasillo, con Stewmon a su izquierda.

—¿Tienes la más mínima idea de qué va todo esto? —me preguntó Jagger.

—No, salvo que cometiera algún error durante el vuelo. —Miré a Stewmon, que hizo un gesto de negación.

—Teniente Masters —me llamó el mayor Davidson desde la oficina.

—Señor —dije al entrar. Había pasado un año desde mi última visita, y todavía no la había redecorado.

—Siéntese.

Lo hice, pero sin reclinarme en el respaldo. Davidson tamborileó con los dedos sobre la mesa mientras hojeaba un expediente. Mi historial médico. «Mierda».

—Hoy recibí una llamada con unas acusaciones muy serias sobre su salud, teniente Masters. Unas acusaciones que, de ser ciertas, significarían su expulsión del programa de la academia de vuelo.

«El cabrón de mi padre».

—¿Señor?

—¿Es usted disléxico?

Lo curioso de arrancarse el curita de un jalón es que duele una mierda.

—No que yo sepa, señor.

Suspiró.

—Eso es lo que dijo que diría usted.

—Mi papá —dije, con amargura.

—Su papá —asintió—. ¿Le importaría explicarse?

—No puedo explicar algo que no está basado en un componente fáctico, señor. No me han diagnosticado dislexia, ni ahora ni en el pasado. Es cierto que en la escuela me costó aprender a leer, sí. Pero en la preparatoria me gradué entre los primeros de mi clase, y también en Citadel. Ninguna de las dos instituciones tuvo motivos para creer que fuera disléxico.

—¿Y por qué diría su papá algo así?

—Porque cree que si vuelo acabaré matando a alguien. —«Sé totalmente sincero, es el único modo de que sepan que no estás mintiendo»—. La noche que cumplí dieciocho años, tras la fiesta, me vi involucrado en un accidente de coche; el otro conductor estaba borracho, y yo no reaccioné con la suficiente rapidez. Mi novia se pasó cinco años en coma. Mi papá me echa a mí la culpa. Nunca ha aceptado mi decisión de convertirme en piloto.

El mayor Davidson asintió despacio.

—¿Puede demostrar que no es disléxico?

—Señor, ¿puede usted demostrar que lo soy? Soy lento haciendo los exámenes, sí. Y es cierto que leo despacio. Pero mire la lista del orden de mérito del Entrenamiento Básico, donde terminé en primera posición, así como en el curso de Apache, y puedo garantizarle que formo parte del cinco por ciento de la élite. Y digo cinco por ciento porque estoy en la misma clase que ese manual ambulante que es Jagger Bateman.

—Cierto.

—Señor, no hay constancia de ningún problema de dislexia. Ni desde que empecé mi formación ni antes. Esas acusaciones son infundadas.

Me observó con atención y yo le devolví la mirada, impávido.

—Haga pasar al señor Stewmon y al teniente Bateman, y espere en el pasillo.

—A la orden, señor.

Estrujé la gorra con tanta fuerza que creí que la iba a romper, y salí al pasillo.

—Quiere verlos a los dos.

—¿Está todo bien? —me preguntó Jagger.

—La familia es una mierda.

Me apretó el hombro y me miró directo a los ojos.

—Hasta que das con la tuya, ¿verdad?

—Verdad.

Asintió, entró en la oficina y cerró la puerta. Un oso polar sería preferible a toda esta mierda. Al menos eso sí lo había hecho, había movido el maldito oso.

Mientras esperaba, no paraba de dar golpecitos en el suelo con el pie. El minutero avanzó catorce veces antes de que se abriera la puerta de nuevo.

—Pase —dijo Stewmon, sosteniendo la puerta para que yo entrara.

Ocupé la silla vacía y él permaneció en pie detrás de nosotros. El mayor Davidson estaba en la esquina, de espaldas, hablando por teléfono. Supuse que estaría terminando con mi carrera de piloto porque mi papá no había sido capaz de confiar en mí en toda su vida.

—¿Volviste a mover al sargento Ted E. Bear? —susurró Jagger.

—Mal momento para chistes.

—Vamos… Como si tú no lo estuvieras pensando.

—Desde que entré.

El mayor Davidson colgó y dio media vuelta hacia nosotros.

—No hay constancia de que aparezca la palabra «dislexia» en sus registros de Citadel ni de la preparatoria.

—Señor, permítame que lo repita. Jamás, en toda mi vida, me han hecho una prueba de dislexia, ni me la han diagnosticado. Creo que mis calificaciones hablan por sí solas.

—Estoy de acuerdo —confirmó el señor Stewmon—. El teniente Masters ha demostrado poseer unos conocimientos ejemplares de la materia, así como unos reflejos que lo convierten en un piloto excepcional. Su razonamiento espacial, capacidad de comunicación y buen juicio son excelentes. Puedo contar con los dedos de una mano las veces que se ha equivocado al responder una pregunta, y eso que no tengo reparos en admitir que disparo preguntas a diestra y siniestra. Bateman se equivoca más a menudo que Masters.

Enarqué las cejas. Por el rabillo del ojo vi que Jagger se encogía de hombros.

El mayor Davidson paseó la mirada por los tres, y finalmente la detuvo en mí.

—¿Es usted consciente de que la dislexia lo descalificaría automáticamente de este programa?

—Sí, señor. Y también los problemas de visión, la epilepsia y la estupidez, aunque creo que aún no existe una prueba para detectar eso último.

Esta vez fue Jagger quien arqueó las cejas.

—Esa actitud le encaja mejor al teniente Bateman.

—Se me debe de estar pegando.

—¿Sufre usted dislexia?

«Sinceridad absoluta».

—Mi médico dice que no. Y sus aptitudes para sostener tal afirmación son muchísimo mejores que las mías.

—En el caso hipotético de que el teniente Masters sufra de dislexia, puedo garantizar que no tuvo el más mínimo impacto en su capacidad para volar, o para mantenerse al día con sus estudios, e incluso superarlos con creces, así como para desempeñar sus deberes como líder de la clase.

—Dije «en el caso hipotético» —añadió el mayor Davidson.

—Si así fuera, estaría más que justificado que le aplicaran una exención.

—Eso en caso de que existiera una enfermedad que requiriera tal exención, si bien usted afirma que no existe. —El mayor Davidson se apoyó en la mesa.

—Es imposible conceder una exención para algo que nunca se ha diagnosticado, y ni siquiera se sospecha de su existencia —insistió Stewmon.

El mayor Davidson se frotó el entrecejo.

—Entre los dos me están matando. ¿Saben qué? Masters... Bateman, Walker, Carter, todos ustedes son un dolor de cabeza permanente.

Me quedé inmóvil, con un pie a cada lado de la balanza, a la espera de ver hacia qué lado se inclinaría.

—Asunto concluido. No me han dado motivos para pensar que haya ningún problema, así que lo dejaremos pasar. Pueden retirarse.

Dejé escapar un suspiro.

—Gracias, señor.

Nos dirigimos en fila hacia la puerta, pero, cuando ya estaba a punto de salir, el mayor Davidson me retuvo.

—Teniente Masters.

Me giré despacio.

—¿Señor?

—Cuenta con mi respeto, e incluso con mi admiración por todo lo que ha conseguido. —Me tendió la mano y yo se la estreché.

—Gracias, señor. —Me moría de ganas de salir de allí.

—Adelántese, Bateman, enseguida se reunirá con usted —dijo Stewmon mientras caminábamos hacia el estacionamiento. Jagger me miró con cara de «no me gustaría estar en tu lugar» y se fue casi a la carrera.

—Gracias.

—Mi hijo es disléxico. ¿Lo sabía? —me preguntó.

Tragué saliva.

—No, señor.

—Cuando hace un examen, lee cada pregunta dos veces, y respira hondo entre lectura y lectura. —Me traspasó con la mirada.

Asentí.

—Lo que quiero decir —prosiguió— es que lo supe desde el primer día, con el primer examen. Pero también vi que había sido primer lugar en el Entrenamiento Básico, lo cual significaba que se mató estudiando y no permitió que eso fuera un obstáculo. Si en algún momento hubiera creído que usted podría suponer un peligro para mí o para cualquiera de sus compañeros, yo mismo lo habría denunciado. Pero nunca me ha dado motivos para ello, y siempre lo defenderé. Pero lo supe. Lo sé.

—¿Qué es lo que dice que sabe, jefe? —le pregunté, impertérrito.

Me dio una palmada en el hombro.

—Exacto.

—Creo que el día de hoy se merece una cerveza. —Jagger se encaminó al refrigerador.

—Saca una para mí —respondí. Dos cabezas se giraron y se me quedaron mirando, sorprendidas.

—¿En serio? —inquirió Josh, perplejo.

—Mi papá me acusó de ser disléxico y casi consigue que me echen del programa, la mujer a la que amo desapareció y la mujer a la que amaba antes se está poniendo al día de los últimos cinco años. Dame una cerveza, carajo.

Jagger destapó a una Fat Tire y me la pasó. No había tenido tiempo de beber ni un trago cuando llamaron a la puerta.

—Yo voy —dije, y fui a abrir. Casi se me cayó la cerveza cuando vi quién estaba al otro lado de la puerta—. Pensaba que te habías ido.

Sam abrió de par en par sus hermosos ojos verde avellana al ver la cerveza en mi mano.

—¿Es mal momento?

Negué con la cabeza.

—Conseguí que no me echen de la academia de vuelo por ser disléxico, así que diría que es un momento estupendo. —El negro de los pantalones capri y del top sin mangas que llevaba puestos contrastaba poderosamente con el rosa intenso del yeso que asomaba por el cabestrillo, también negro. Tenía, como siempre, una pinta fabulosa.

—¿Eres disléxico? —Frunció el ceño, pero de preocupación, no en señal de reproche, y al darme cuenta del porqué de su gesto me relajé un poco y me sentí aliviado.

—Según el Ejército, no.

—Pero lo eres —concluyó sacudiendo la cabeza—. Ahora lo entiendo todo: tanto estudiar, y tu obsesión por saber la respuesta a una pregunta en cuanto te la empiezan a formular. ¿Tienes problemas con el instrumental?

Negué con la cabeza.

—Nunca he tenido problemas para volar o para conducir. Solo con los exámenes escritos, y solo cuando me agobio.

—¿Cómo lo descubrieron?

—Mi papá los llamó y les dijo que estaba preocupado por mí.

Se quedó boquiabierta. Me moría de ganas de morderle el labio inferior y metérmelo en la boca, de reducir aquella distancia insoportable que nos separaba.

—No puedo creer que haya hecho algo así. Sabía que no quería que volaras, pero… ¿sabotear así tu carrera?

—Está convencido de que mis… dificultades provocaron el accidente de Grace. Desde luego, acepta que Owen haya podido tener algo que ver, pero si yo hubiera sido mejor conductor habría evitado que volcáramos. Owen tampoco ayudó mucho, porque dijo que cuando se cruzó en nuestro carril iba muy por delante de nosotros, cuando lo cierto era que apenas nos dejó un margen de menos de dos coches de distancia.

—No fue culpa tuya.

—Estoy empezando a sopesar esa posibilidad.

Sonrió. Y a mí se me paró el corazón.

—Te he extrañado —le susurré.

Su sonrisa se desvaneció.

—¿Vas a invitarla a entrar, o se van a pasar toda la noche en el umbral? —preguntó Jagger.

—Hola, Jagger. Gracias por no donar mi cerebro a la ciencia mientras estaba inconsciente —lo saludó Sam.

—Es que no me ofrecieron suficiente dinero —bromeó.

—Adelante —le indiqué, mientras me apartaba para dejarla pasar—. También es tu casa, ya lo sabes.

Negó con la cabeza mientras entraba.

—Ya no.

Cualquier atisbo de esperanza que yo pudiera albergar se desvaneció de golpe. Cerré la puerta. Jagger y Josh seguían apoyados en la barra de la cocina.

—¿Quieres que hablemos en mi dormitorio? —«Nuestro dormitorio».

Me miró y nos entendimos sin palabras.

—Creo que el sofá es una opción más segura.

—Solo para los que carecen de imaginación —respondí con suavidad.

Cerró los ojos.

—No sigas. Esto ya me resulta bastante difícil.

«Mierda». No era lo que diría una mujer que había venido a hacer las paces.

—Sentémonos.

Se sentó en el sillón de dos plazas, y yo en el sofá.

—Vamos a… —empezó Josh.

—Vamos a cualquier lugar menos embarazoso —concluyó Jagger.

—Muy amables —respondió Sam. Se acercaron al sillón y la abrazaron, primero uno y después el otro.

—¿Tienes las llaves? —preguntó Jagger.

—Estoy lista. Gracias de nuevo —dijo con un atisbo de sonrisa. ¿Se iba a mudar cuando nos fuéramos, después de la graduación? ¿Estaba esperando a que yo me fuera?

—Ya que lo tengo, me alegro de que vaya a servir de algo. Mándame un mensaje cuando llegues allí, y disfruta del sol de Colorado. —Le dio otro abrazo y nos dejó a solas.

—Te vas. —La suavidad de mi voz no se correspondía para nada con lo que sentía.

—Y tú también —me respondió.

—No hasta dentro de dos meses. Tú estás huyendo. ¿De qué? ¿De mí, de nosotros? —Me incliné hacia delante hasta que nuestras rodillas casi se tocaron.

—En realidad es justo lo contrario. ¿Te acuerdas de Harrison, mi ex? Resulta que no soy la única estudiante con quien se acostó. Tengo una enemiga en la administración que ha modificado mi expediente cada vez que he intentado entrar a una nueva universidad. A juzgar por los correos electrónicos que me ha enviado para acosarme, no soy la única chica a quien le hizo lo mismo.

—Maldita sea. ¿Por qué no me lo dijiste?

Agachó la cabeza.

—No sé, quizá porque creía que me lo merecía. Si ir a la universidad con una sanción por agresión en el expediente es mi penitencia, pues bueno, yo me lo busqué. Pero también me acusó de copiar, de plagio, me cambió los sobresalientes por reprobados… Y eso sí no lo tolero. No voy a aceptar la responsabilidad de algo que no hice.

—No te mereces pasar por semejante trance.

—Por eso tengo que aclararlo todo. Tengo que volver a Colorado para ayudar a esas chicas, y a mí misma. Me merezco tener un futuro. Y ellas también.

Me sentí henchido de orgullo. No pelearía por sí misma, pero, cuando abusaban de otros, estaba dispuesta a enfundarse la armadura y enfrentarse a sus peores miedos.

—Te mereces el mejor futuro posible. —«Conmigo»—. ¿Y las clases?

—Después de los daños que sufrió el campus, están dispuestos a devolver el importe completo de la beca. Pero mi profesor de Lengua Inglesa me dijo que podía terminar el curso por correspondencia. Algo bueno había de tener la era Skype.

—¿Como por ejemplo las relaciones a distancia? —inquirí, comprendiendo por fin.

Apartó la vista.

—Escogiste Carolina del Norte.

El peso de mi responsabilidad era cada vez menos llevadero.

—Allí está mi familia. El astillero de mi papá, mis hermanas, mi mamá. Parker es un desastre, así que llegué a un acuerdo con mi papá: que Joey se haría cargo del negocio si yo colaboraba. No puedo romper esa promesa. La perjudicaría a ella.

—Lo sé. —Me miró a los ojos, y lo que vi en los suyos casi me destrozó. Un amor palpable, como si pudiera acariciarlo con los dedos. Amor, aceptación y pesar, fundidos en una sola mirada llena de ternura—. Una de las cosas que más me gustan de ti es tu lealtad, tu sentido del deber.

—Que me obligó a alejarme de ti cuando estabas herida.

—Sí, así fue. Ese modo de vida no me resulta ajeno, Grayson. Es el único que he conocido. Mi mamá se iba muy a menudo. Tenía cuidadoras, niñeras, amigos ocasionales con los que convivía durante un año o algo así, mientras ella estaba en algún destino fuera del país. Hasta que no conocí a Ember no tuve otro miembro de la familia al que sentirme unida. De niña era un fastidio, pero jamás dudé de que mi mamá estaba hecha de algún material mágico e increíble que le permitía consagrarse a un ideal. Podría quejarme de muchos aspectos de aquella vida, pero jamás de ella. Y del mismo modo, cuando desperté y tú no estabas allí, no me importó.

—A mí, sí.

Se inclinó y apoyó la mano en mi rodilla.

—Lo sé. Tienes el mismo grado de lealtad que mi mamá, la misma dedicación inquebrantable. Al Ejército, a la familia. Por eso entiendo que tengas que volver a Carolina del Norte mientras puedas, porque no sabes cuál será tu próximo destino. Lo entiendo. Además, si tratara de cambiar ese aspecto de ti… ya no serías tú. Nunca te pediría que te convirtieras en alguien que no eres.

Le agarré las manos; la única emoción que sentía era el arrepentimiento.

—¿Y si hubiera escogido Colorado?

Abrió mucho los ojos.

—Pero no lo hiciste, y ahora ya es demasiado tarde para cambiarlo. Toda tu vida te espera en Carolina del Norte. Y ahora que Grace despertó…

—Te juro que ella no tiene nada que ver. Sí, es mi mejor amiga y es poco probable que eso cambie. Pero a quien amo es a ti, Sam. No a Grace.

Sacudió la cabeza, despacio, y parpadeó para contener las lágrimas.

—Claro que ella tiene que ver, Grayson. Está presente en todo lo que te rodea. Rezaste pidiendo un milagro y yo estoy haciendo todo lo posible por concedértelo. Vuelve a Carolina del Norte, a ver cómo van las cosas con Grace, a ver si avanzan en algún sentido. Yo tengo que ir a Colorado y «encauzar mi vida», como me dijo una vez un gran tipo. Tenemos objetivos distintos. —Se le quebró la voz, y yo con ella.

Me arrodillé y le tendí las manos para que se sentara en el suelo, entre mis brazos.

—Tiene que haber otra salida. Me niego a aceptar esta. —Se acurrucó en mi pecho y empezó a sollozar. Acomodé su diminuta figura en mi regazo, con cuidado de no lastimarle el brazo roto ni de abrirle la sutura del otro.

—Solo quiero que seas feliz —murmuró entre lágrimas, con los labios rozando mi cuello. Sentí un escalofrío y la abracé más fuerte, pero aun así siguió temblando.

—Nunca fui tan feliz como lo soy contigo.

—Yo tampoco.

Me aparté un poco y tomé su rostro entre mis manos para memorizar cada línea, cada emoción pasajera.

—Dime por qué no vamos a conseguir que lo nuestro funcione. Porque todo eso son excusas, tonterías. Dime por qué dos adultos que se aman no van a poder encontrar el modo de estar juntos. Carajo, Sam, te amo. No pienso rendirme y abandonar.

Le enjugué otra lágrima con el pulgar.

—Yo también te amo, tanto que me duele hasta respirar. Ahora mismo, aquí, en Alabama, es como si estuviéramos en una burbuja temporal. Pero esa burbuja estallará, y tú y yo queremos cosas muy distintas. Yo quiero graduarme en la universidad en la que me he esforzado tanto. Tú quieres estar cerca de tu familia. Te amo, pero voy a escogerme a mí misma.

—Lo comprendo.

—¿De verdad?

—¿Cómo podría enojarme contigo por querer hacer lo mismo que yo hice? Me empeñé en ir a Citadel y, aunque a mis padres les molestó mucho que tomara esa decisión tras el accidente, al final fui. Me escogí a mí mismo. Decidí no marchitarme allí mientras Grace se consumía. Así que ¿cómo no voy a entenderte?

Me acarició la mejilla con los dedos.

—Es hora de aceptar las consecuencias de mis actos y enfrentarme a mis demonios, o nunca lo haré.

La besé; uniendo mis labios a los suyos le estaba confirmando del modo más dulce que la comprendía.

—Estoy muy orgulloso de ti. Ojalá pudiera ayudarte.

Sonrió sin dejar de llorar.

—Creo que si lo hicieras sería como hacer trampa.

—Cuando estabas en el hospital, tu mamá me dijo que éramos «las personas adecuadas, en el momento equivocado». Estaba muy asustado ante la idea de que no despertaras, de pasarme los próximos cinco años sentado junto a tu lecho.

—Jamás te pediría algo así, Grayson.

—Pero yo a mí mismo sí. Y no sería porque me sintiera culpable, como ocurrió en gran medida en el caso de Grace. Sería porque no hay otra mujer como tú en todo el planeta. Nadie que pueda enfurecerme y hacerme reír al mismo tiempo. Nadie que me empuje hasta el borde de todas las emociones conocidas, y luego me devuelva a la normalidad, como haces tú.

—Las personas adecuadas, en el momento equivocado —repitió; pero esta vez fue ella quien me besó y me mordisqueó el labio inferior con dulzura.

—¿Y si esperamos al momento adecuado? —le pregunté.

—¿Qué?

Asentí, más para mí mismo que para ella. «Sí. Lo lograremos».

—No somos como un pez y un pájaro, incapaces de encontrar un lugar donde construir un hogar. Algún día terminarás la universidad; y, en cuanto consiga que mi papá le permita a Joey encargarse de todo sin mi ayuda, seré libre. Eres la persona adecuada para mí. La única persona. Te esperaré.

Se abalanzó sobre mí y me besó como si fuera la última vez que pudiera hacerlo. Nuestras lenguas se fusionaron en un frenesí de bocas abiertas y suaves gemidos. Dios, cuánto había extrañado su sabor. Deslizó los dedos por mi pelo y yo incliné la cabeza para besarla una y otra vez, incapaz de parar, porque sabía que nuestra burbuja estaba a punto de estallar.

Por fin se apartó para recuperar el aliento.

—Te amo, Grayson. Pero te pasaste cinco años esperando y no te voy a pedir que esperes más. No te permitiré que lo hagas. —Se puso de pie con dificultad y atravesó la puerta corriendo. El sonoro portazo retumbó en mi corazón, haciendo añicos todo aquello a lo que me había aferrado.

Cuando por fin reuní las suficientes fuerzas para incorporarme me dirigí a la puerta, como si fuera a encontrarla allí, esperándome. En su lugar, encontré su última carta, el as de corazones, sobre la mesita del recibidor.

«Soy una egoísta empedernida, pero, en lo tocante a ti, mi generosidad roza la estupidez. No voy a permitir que pongas tu vida en pausa ni un solo día más. No por mí». Las palabras estaban garabateadas con marcador indeleble.

Las había escrito antes de venir, porque sabía cuál sería mi reacción, aunque yo mismo no lo supiera. Agarré de la mesita baja la cerveza que llevaba un buen rato olvidada allí y la vacié de un trago. Cinco meses con ella, junto a ella, y ya me conocía mejor que yo mismo.

Pero no podía obligarme a dejar de esperarla, igual que no podía obligarme a dejar de amarla.

Algunas cosas no podía controlarlas ni Samantha Fitzgerald.

Capítulo treinta y uno

SAM

Las seis nos miramos, sentadas alrededor de la mesa, cada una con su taza de café humeante en la cafetería Montague de Colorado Springs.

Todas éramos diferentes: rubias, morenas, una pelirroja, altas, bajas, delgadas, curvilíneas; unas, las primeras de la clase, otras no… Lo único que teníamos en común era que Harrison Proctor nos había utilizado.

Y que lo habíamos pagado muy caro.

—Tenemos cita con el rector dentro de una hora. ¿Están preparadas? —pregunté.

Con el brazo sano, puse en la mesa el fajo de correos electrónicos impresos, sujetos con un clip. Faltaban dos semanas para que me quitaran el yeso.

Carrie, una morena de ojos grandes, puso sus mensajes al lado de los míos.

—Nos las pagará.

Hubo un murmullo de asentimientos.

—No. —Negué con la cabeza—. No se trata de Harrison. Lo que nos hizo estuvo mal, pero, vamos, todas sabíamos que era el profesor. ¿O alguna no era consciente?

Las miré, y todas bajaron la vista.

—Se trata de Michelle —proseguí—, y de lo que nos está haciendo. Si vamos a ver al rector como un puñado de mocosas malcriadas que quieren vengarse porque el tipo con el que nos acostábamos nos engañó, no conseguiremos nada.

—Lo que hizo estuvo mal —apuntó Lesley, la pelirroja.

—Sí, pero lo que hicimos nosotras también. Si queremos recuperar nuestra vida, nuestro expediente, nuestro futuro, tenemos que aceptar la responsabilidad. Todo el mundo se va a enterar de nuestro secreto. Si alguna no quiere, es el momento de retirarse. Juntas somos más fuertes, pero no le voy a pedir a nadie que pase por un infierno si no quiere.

Uno a uno, los fajos de correos electrónicos impresos cayeron sobre la mesa hasta que todas nuestras pesadillas se hicieron presentes.

Una hora más tarde llegamos a la oficina del rector, todas vestidas con diversos grados de formalidad. Bueno, Lisa iba un poco en plan *Legalmente rubia*, pero formábamos un frente unido y adulto. No éramos unas niñas de las que podía aprovecharse cualquiera.

La secretaria, una mujer encantadora de pelo blanco y lentes felinos, nos miró mientras esperábamos ante su escritorio.

—¿Y vienen a verlo todas? —preguntó.

—Sí.

—Muy bien —dijo con una sonrisa dulce y comprensiva antes de entrar en la oficina del rector Miller.

—Última oportunidad —les dije en voz baja a las chicas.

Ninguna retrocedió. Cuando llegó el momento, entramos en la oficina del rector, todas con una sonrisa temblorosa y un fajo de papeles en la mano. Ocupé el lugar central y las chicas se desplegaron en abanico detrás de mí.

El rector estaba sentado tras un enorme escritorio de caoba, delante de un ventanal desde el que se veía la cordillera.

—No sabía que iba a venir con un ejército, señorita Fitzgerald —dijo con el ceño fruncido.

—Lo siento, rector. Cuando concerté la cita, yo tampoco sabía quién querría venir.

—Cuando concertó la cita, pensé que quería hablar de su agresión del año pasado al profesor Proctor. —Miró a las otras cinco mujeres—. Ahora ya no lo sé.

Se me subieron los colores y respiré hondo. «Allá vamos».

—Lo que hice estuvo mal, y estoy dispuesta a cumplir cualquier sanción disciplinaria que me impongan con tal de poder acabar aquí la carrera.

—Me alegro de oírlo, señorita Fitzgerald —respondió con una sonrisa tensa.

—Pero este no es el motivo por el que estamos hoy aquí.

Me adelanté y dejé sobre el escritorio los mensajes impresos, mis calificaciones originales y el expediente alterado.

—¿Qué es esto? —preguntó mientras empezaba a examinar los papeles.

—Llevo diez meses enviando solicitudes a otras universidades, porque me daba vergüenza volver aquí debido a mi comportamiento con el profesor Proctor. Pasara lo que pasara antes, no debería haberlo agredido. Pero lo que tiene en sus manos son las pruebas de que, desde entonces, he sufrido un acoso sistemático. Son mensajes insultantes y la prueba de que mi expediente académico fue alterado en la secretaría de admisiones.

Frunció el ceño sin dejar de mirar los papeles. Me lancé de cabeza, porque para llegar al fondo de la cuestión iba a necesitar armarme de valor.

—Al final, podrá comprobar que la persona que llevó a cabo la investigación detalló con pruebas que los mensajes proceden de cuentas creadas por una persona que trabaja en la oficina de admisiones de la UCCS.

—¿Michelle? —Negó con la cabeza—. No es propio de ella hacer una cosa así, ni aunque usted atacara al profesor Proctor.

Una de las chicas me puso una mano en la espalda, animándome a proseguir. Estaba a punto de vomitar, pero la verdad ascendió por mi garganta, y entonces supe que ya no podía seguir guardándomela.

—No lo hizo porque yo agrediera al profesor, sino por el motivo que me impulsó a hacerlo. Y no tuvo nada que ver con que me pusiera una mala calificación.

—¿No?

—Me estaba acostando con él.

Se quedó paralizado, pero no mostró reacción alguna.

—No sabía que era casado. Por eso le di una bofetada, porque acababa de encontrar su alianza. Ninguna de nosotras lo sabía.

¿Por qué tenía la garganta tan seca? El nudo que sentía en mi estómago no paraba de crecer. El rector Miller fue mirando a las chicas a medida que estas daban un paso al frente y dejaban encima de su escritorio las pruebas impresas, hasta que tuvo ante sí la constatación de que en su universidad estaba a punto de estallar un escándalo sexual.

—Michelle Proctor nos está acosando porque nos acostamos con su marido.

Noté que la mano le tembló durante un instante al pulsar el botón del intercomunicador. ¿Nos iba a echar? ¿Nos iba a llamar putas?

—Mary, por favor, cancele todas las reuniones de hoy. Ah, y pida que me traigan cuatro sillas más para que se sienten las señoritas. Gracias.

Me quedé boquiabierta; sentí un escalofrío, hasta que por fin logré respirar con normalidad y pude controlar aquella emoción abrumadora que me embargaba. Nos iba a escuchar. En ese momento, lo que más habría querido en el mundo era que Grayson me estuviera esperando al otro lado de la puerta para abrazarme, para decirme que estaba orgulloso de mí. Pero le había dicho que aquello tenía que hacerlo sola, y así sería.

Un par de chicos de los grados superiores trajeron las sillas. Los reconocí, y por la expresión de sus caras ellos también me reconocieron. Alcé la barbilla, sonriente. «Se acabaron los rumores sobre mí».

—Por favor, siéntense —dijo el rector cuando se fueron. Carraspeó para aclararse la garganta—. Doy por hecho que su intención es que se lleve a cabo una investigación privada, a puerta cerrada.

—De eso, nada —intervino Carrie, que estaba sentada a mi lado. Se sujetó con firmeza a los brazos de la silla y lo dejó muy claro—. Queremos que sea pública.

—Pero, dada la delicada naturaleza de la situación…

—Ya lo hablamos —lo interrumpí. Miré a las demás, que asintieron—. Nuestro orgullo y el de la universidad, que supongo que es lo que intenta proteger, no es tan importante como localizar a otras posibles víctimas. Queremos que se sepa. Así, si alguna chica más está pasando por este infierno, se animará a dar la cara.

—Esto no va a resultarles fácil.

Me erguí en la silla y pensé en Grayson, en su dislexia, en su determinación de estar al lado de Grace aunque solo fuera como amigos, y de seguir siendo el primero de la clase pese a todas las dificultades.

—Nunca es fácil hacer lo correcto.

Capítulo treinta y dos

—No hay nada como pasar Acción de Gracias en el hospital —dijo Grace desde la cama, con una sonrisa lánguida—. Me prometieron que sería la última tanda de pruebas, pero al menos me las hacen aquí.

—En realidad —le dije mientras depositaba sobre la mesita rodante la bandeja que había preparado mamá—, esta es la sexta comida de Acción de Gracias que te he traído mientras estabas en el hospital, así que ya lo considero casi una tradición.

—Propongo que no lo repitamos, ni el año que viene ni nunca más. Ya he tenido bastantes hospitales como para tres vidas.

Fruncí el ceño al ver sobre la cómoda un libro que conocía.

—¿Ese es mi ejemplar de *La Odisea*?

—Sí. Lo dejaste en tu última visita y lo he estado leyendo. Espero que no te importe.

«Cuando volví a casa, después del tornado». Las imágenes cruzaron por mi mente como fogonazos: estar acostado debajo de Sam, sostener su cuerpo inerte en cuanto la liberé de los casilleros, rezar para que no sufriera más daños…

—No, tranquila, léelo.

—Entonces… —Me miró de reojo varias veces, señal inequívoca de que se preparaba para decir algo que no me iba a gustar.

—¿Vas a hablarme de Sam otra vez? —me preparé—. Ya han pasado veinticuatro horas desde la última charla.

Parpadeó.

—No era mi intención, pero ya que sacamos el tema…

—Uf. —Me acomodé en el respaldo de la silla—. Todo sigue igual. Quiere terminar sus estudios en Colorado y que todo acabe de una vez.

—Ve con ella —me urgió.

—¿Si se produce un milagro y encuentro alguna argucia legal para que el Ejército me destine allí, quieres decir? No existe, pero supongamos que sí. ¿Y si sigue sin querer saber nada de mí, empeñada en que es mi segunda opción? ¿Qué hago? —«Eso me destrozaría».

—Arriésgate. Llámala, o envíale una paloma mensajera, o una nota en morse, yo qué sé. Pero haz algo aparte de deprimirte. Me he pasado cinco años aquí, y la vida siguió. Excepto para ti. Sí, fuiste a la universidad, te alistaste, te convertiste en uno de esos pilotos rebeldes de las películas, pero sin terminar de irte de aquí del todo. Sé que lo hiciste por mí y quiero que te libres de esa atadura. Ve. Lárgate. Vive tu vida.

—No es tan sencillo. —Cerré los ojos. Ojalá lo fuera.

—¿Por qué? Crees que tu deber es protegerme, pero no es verdad. Gray, durante los últimos tres años del coma yo sabía lo que estaba pasando.

Los ojos se me fueron hacia ella sin poder evitarlo.

—¿Que tú qué?

Se puso más colorada que un tomate.

—No te lo había dicho para que no te sintieras culpable ni te agobiaras pensando en mí, mientras yo seguía atrapada aquí.

—¿Lo estabas? ¿Cómo…? ¿Cuánto recuerdas? —El tono de desesperación de mi voz la hizo sonreír con tristeza. «Mierda».

—Bastante. Lo suficiente para saber quién era Sam cuando Mia la dejó entrar. Me habló, y al instante supe que era perfecta para ti. Bueno, la verdad es que lo supe la primera… No, quizá la segunda vez que me hablaste de ella.

—¿Y antes de eso?

Frunció el ceño.

—A ver… Me parece recordar que, el primer año que estuviste en Citadel, la clase de Física se te hizo un poco cuesta arriba.

Abrí los ojos, sorprendido.

—Cierto. Sí que te acuerdas…

Asintió con los ojos llenos de lágrimas.

—Y eso no es todo. Hace un par de semanas empecé a recordar todo lo que había pasado… antes del accidente.

Se me erizó el vello de la nuca.

—¿Cuánto tiempo antes?

—¿Quieres decir si me acuerdo de que rompimos antes de tu fiesta de cumpleaños? ¿Y que cuando entramos en el puente estábamos discutiendo?

Me quedé sin aliento.

—Grace, lo siento muchísimo.

—Para, para. Ya he tenido bastante. —Dio un golpe sobre la mesa que hizo saltar la bandeja—. Teníamos buenas razones para romper, Gray.

—Buscábamos cosas distintas. Qué ironía, ¿no? Ese es el motivo de que Sam no quiera seguir adelante.

—Quería que salieras al mundo, a descubrir tus sueños. Y quizá también quería descubrir los míos. Éramos amigos del alma desde que empezamos a andar, y fuimos pareja desde la preparatoria, y, al pararme a reflexionar, vi que mi vida no solo giraba por completo en torno a ti, sino que era una extensión de la tuya. Toda mi identidad era un reflejo de nuestra relación. Romper era la decisión correcta, aunque nos quisiéramos. Ambos sabemos que no era el tipo de amor que anhelábamos, ni el que necesitamos.

—Eso no es cierto. Yo te amaba.

—Lo sé. Que te hayas quedado aquí todos estos años fue en parte por amor, pero sobre todo por la culpa que sentías, mucha más de la que te merecías soportar. Ibas conduciendo. Discutimos. La camioneta de Owen se nos acercó por la izquierda. Recuerdo que sonreía y que apoyó la mano en el cristal para enseñarnos el dedo medio, pero tú estabas demasiado concentrado en la carretera. Nos cortó el paso, chocó con la barrera de contención. Y nosotros caímos.

—¿Recuerdas algo más, después de eso? —quise saber, asustado. «No, por favor».

Dejó vagar la mirada unos segundos.

—No. Caímos al agua. Luego me desperté aquí… y poco después me llevaron a casa, pero volví muy a menudo; y siempre sabiendo que, pese a que tenías todo el derecho del mundo a desentenderte, jamás le dijiste a nadie que habíamos roto.

—No me parecía correcto. Sería como usar el accidente de excusa. No podía abandonarte así. Owen iba a ir a prisión y solo me tenías a mí.

—Dime, por favor. ¿Amas a Sam?

—¿En serio quieres que hablemos de eso? —le pregunté con el ceño fruncido.

Se cruzó de brazos.

—En serio. Era tu mejor amiga mucho antes de que lo enredáramos todo con el asunto del noviazgo. Así que adelante, desembucha.

Me revolví el cabello, pensativo, hasta que por fin me rendí.

—Me saca de quicio. Me obliga a salirme de los caminos trillados y probar cosas nuevas. Derriba todas mis defensas sin pedir permiso ni disculpas. Me comporto como un lunático solo para poder ponerle las manos encima, y cuando lo hago… —Cerré los ojos—. Le pertenezco por completo. No es que no pueda existir sin Sam, pero con ella soy mejor persona. Gracias a ella. No veo un futuro posible si no es a su lado, y por eso estoy aterrorizado.

Cerré los ojos. Tragué saliva para liberar el nudo que se me había formado en la garganta, y para sobrellevar el miedo con el que llevaba conviviendo desde que vi que Grace había despertado y supe que Sam acabaría alejándose.

¿Y si los papeles estuvieran cambiados? Yo habría peleado con uñas y dientes y le habría partido la cara a quien hiciera falta para mantenerla a mi lado, para demostrarle que yo era la mejor elección posible.

Pero Sam nunca creyó tener posibilidades. Y yo, al escoger Carolina del Norte, no solo lo empeoré todo, sino que confirmé su temor más profundo: que ella jamás sería mi prioridad.

—Es el amor que te mereces, Gray. Todos merecemos un amor así. —Suspiró—. No tuviste ninguna culpa de lo que pasó en el accidente. Me salvaste la vida. Esa idea de volver a Carolina del Norte para estar junto a tu familia, para ayudar a Joey… Solo es fruto de tu empecinamiento en seguir pagando por un pecado que no cometiste. Sufres porque eliges sufrir, Gray, y tienes que parar de una vez. Yo lo tengo claro. Sam lo tiene claro. Si la quieres, debes admitir que no te empeñas en quedarte aquí por tu familia, ni siquiera por mí, sino porque no eres capaz de perdonarte a ti mismo. Eres Ulises, Gray. Asumes más dolor del que te corresponde, y le echas la culpa al destino, al accidente, a todo excepto a tu propia incapacidad para seguir adelante. El destino puso a Sam en tus brazos, literalmente. ¿Que ella quiere vivir en Colorado? Pues vive tú también allí. Eso no afectará a tu carrera, así que ve con ella. Deja de aferrarte a tu trasnochado concepto de la penitencia, porque lo que estás haciendo es arruinar la única oportunidad que tienes de ser feliz. —Esperó unos instantes a que la idea me entrara en la cabeza—. No la dejes escapar. Es la persona perfecta para ti.

—No sé cómo recuperarla —dije con un hilo de voz.

—Demuéstrale que la escoges a ella. Por una vez, deja en segundo plano todas las demás prioridades.

Tenía razón. Y yo sabía muy bien por dónde empezar.

—¿Estás seguro de que quieres hacerlo? —me preguntó mi mamá a la mañana siguiente, mientras yo preparaba las maletas.

—Quiero intentarlo. No sé qué pensará ella, pero tengo que probar. —Cerré la maleta y la bajé de la cama.

—Pásate por el taller y despídete de tu papá y de tus hermanas —dijo mientras me seguía escaleras abajo.

—Lo haré.

—Tu papá te quiere, Grayson —dijo cuando nos paramos en el porche.

—No se trata de que me quiera, mamá. El tema es la confianza. Casi acabó con mi carrera de piloto antes de empezar. No sé cómo voy a perdonarle una cosa así.

—A veces, cuando queremos proteger a los que amamos, hacemos cosas extrañas. Eso solo demuestra que es humano.

La besé en la mejilla.

—Te quiero, mamá. ¿Nos veremos en la ceremonia de graduación?

—No me la perdería por nada. Toma, agarra las llaves de mi coche y que Mia lo traiga de vuelta.

—Gracias por todo, mamá.

—No pienso darte la receta del brownie —me advirtió sonriente.

Me encogí de hombros.

—Algún día…

—Quizá cuando crezcas y sepas lo que te conviene —se burló—. Vamos, vete de aquí. —Me dio un ruidoso beso en la mejilla y me empujó fuera de casa.

—Hola, Joey —saludé a mi hermana al entrar en el taller.

—¡Gray! —exclamó con una sonrisa contagiosa—. ¿Qué haces aquí?

—Pasé a despedirme. Regreso a Alabama antes de lo previsto. —Me incliné sobre el mostrador y miré a través del cristal—. ¿Está listo para Miami?

—Ve a verlo tú mismo. Faltan dos meses y medio para la feria náutica, pero creo que, una vez que le instalemos la actualización del sistema de navegación, estará preparado. De ser así tendremos posibilidades en la Pineapple Cup, si el diseño funciona y si le encontramos una tripulación.

—Voy a echarle un vistazo. —El taller estaba fresco, pero no hacía frío. Entré y cerré la puerta. El Alibi estaba sobre el remolque, listo para la botadura.

Al pisar el primer escalón me vino a la memoria el recuerdo de Sam en la silla del capitán. Con el segundo, la sensación de tener sus labios unidos a los míos, ansiosos, nuestras bocas entreabiertas. En el tercero, ella temblaba debajo de mí mientras le pasaba la lengua por el pezón. Al llegar al cuarto estaba dentro de ella, y sus gemidos, su forma de pronunciar mi nombre, me habían arrebatado hasta la última pizca de autocontrol. Cuando pisé la cubierta tenía el celular en la mano y el dedo sobre su número. Dudé un instante, pero finalmente le envié un mensaje.

Mientras asentaba los pies en la cubierta, me llegó la risa de Parker. En los últimos tiempos no se reía muy a menudo. Extrañaba el carácter que solía tener antes, cuando la misión de su vida no era fastidiarme todo el tiempo.

Estaba sentada en un banco de trabajo y coqueteaba con el nuevo empleado. Papá la mataría si por su culpa se iba otro más.

Pero había algo en él, en el gesto al inclinar la cabeza, de ladear la gorra de beisbol para verla mejor…

—¡Hijo de puta! —Salté del barco sin usar la escalera. Aterricé en el suelo de cemento y las rodillas se resintieron por el impacto.

—¡Gray! —gritó Parker.

—¿Qué diablos haces aquí? —le grité a Owen, que se dio la vuelta con los brazos en alto.

—Tu papá me contrató. Con mis antecedentes, nadie más quiere hacerlo.

Lo tenía contra la pared, sujeto por los hombros, antes de que mi hermana dejara escapar ni un chillido.

—Mientes, como siempre. Después de lo que hiciste, nadie de esta familia te contrataría.

—¡Gray! —gritó mi papá, que venía corriendo desde la trastienda—. Suéltalo, hijo.

—Dame una buena razón.

—No está mintiendo. Lo contraté. —Me puso la mano en el hombro.

Se la aparté con un gesto brusco y retrocedí con la respiración jadeante.

—¿Y por qué demonios lo hiciste?

—Porque no era más que un niño que cometió un error. Grace está consciente y camino de rehacer su vida, y él ya cumplió la condena por lo que hizo. No hace falta castigarlo más.

Me aparté tres o cuatro metros, lo suficiente para no ceder al impulso de asesinarlo.

—Así que denunciarme a mi oficial superior te parece bien, pero a Owen le das un trabajo. ¡Casi nos mata!

—Los riesgos a los que te enfrentas cada vez que subes a esa cabina no son los mismos. Tú arriesgas vidas cada día, de forma voluntaria. Owen era uno de tus mejores amigos desde que eran niños, y parte de esta familia. Su error es cosa del pasado, pero tú insistes en cometer uno nuevo cada día.

—Lo tuyo es increíble. ¿Qué tengo que hacer para que dejes de dudar de mí? Solo sufrí un accidente de coche. Uno, y porque ese de ahí casi me echó de la carretera. —Señalé a Owen con el dedo—. Y ni se te ocurra mentir. Puedes adornar la historia todo lo que quieras, pero yo estaba allí, y ambos sabemos lo que ocurrió. A menos que estuvieras tan borracho que ni te acuerdes.

—No es justo —replicó papá—. Tienes que aprender a aceptar tus errores, Gray.

—¡Y tú tienes que aprender a confiar en mí! Soy el mejor piloto de la clase, papá. He trabajado tanto que, aunque tuviera dislexia, me concederían una exención porque no me afecta para volar. ¿Tienes algo que decir al respecto?

—¡Que tal vez tendría que haber dejado que te hicieran pruebas! Que no debería haber permitido que te enfrentaras tú solo con ello para que nadie se riera de ti. Que, a lo mejor, debería haberte puesto en manos de los especialistas, y que te diagnosticaran, y así nada de esto habría ocurrido.

—Pero no lo hiciste. Porque no podías soportar que tu hijo perfecto no fuera tan perfecto. ¿Verdad? Si yo tenía una tara, si no podía lidiar con las cuentas, tus sueños de Masters e Hijo se iban a pique. Pues ¿sabes qué, papá? Lo único que has conseguido es apartarme tanto que jamás pienso volver aquí. Espero que a Joey le salga pene, o que comprendas de una vez por todas que puede llevar este negocio mucho mejor de lo que yo jamás sería capaz.

—Gray —protestó Joey, de pie junto a la puerta de la oficina.

—No, Joey. Solo vine a despedirme. Regreso a Fort Rucker, a poner en peligro unas cuantas vidas más en ese helicóptero que tanto me gusta. —Fui hacia ella.

—¿Te vas? —preguntó Parker.

—Sí. Y diría que en el mejor momento posible.

—No puedes abandonar a tu familia, Grayson —gritó papá.

—¿Abandonar? ¡Vete a la mierda, papá!

—¡Esa boquita! —gritó Parker, pero nadie le hizo caso.

—¡Tú mismo me echaste al darle la bienvenida a ese!

—¡Él no toma una decisión estúpida tras otra! —me replicó mi papá—. Solo has tenido un accidente, sí. ¡Que se podría haber evitado de no ser por tu... confusión!

—Vete al diablo. Ya me harté de que me culpes por lo que pasó en el puente, aunque no pudiera hacer nada por evitarlo. ¡Tú no estabas allí! ¿Quieres echarme la culpa de algo? De acuerdo. Échame la culpa por no enfrentarme a él para quitarle las llaves del coche. Pero que le creas a ese imbécil antes que a mí es la gota que derrama el vaso.

—¡Grayson! —gritó papá a pleno pulmón mientras yo me acercaba a Joey.

—¡Ya paren! ¡Tiene razón! —gritó Parker—. ¡Paren todos de una vez! Papá, Grayson no podría haber evitado lo que pasó.

—¿Y tú cómo lo sabes, Parker? —Me giré y la miré a los ojos. A buenas horas decidía ponerse de mi parte.

—Porque… —Respiraba con dificultad—. Porque yo estaba allí. Perdimos el control y les cortamos el paso, con tan poco margen que casi les arrancamos la defensa. Si Gray no hubiera girado el volante, la caja de la camioneta habría atravesado el parabrisas de Grace y ambos habrían muerto al instante. Yo… Yo estaba en la camioneta.

Entorné los ojos y avancé un paso hacia ella.

—No, no estabas —dijo Joey—. Recuerdo que te llamé para contarte lo que había pasado y te recogí en la fiesta de Gray.

—Volví allí después del accidente —murmuró—. Te mentí.

—Le dije que volviera —aclaró Owen—. Era muy joven y no quise que el asunto la salpicara. Cuando vi caer el coche pensé que habían muerto, Gray, y yo estaba demasiado borracho para hacer nada. Nunca me lo perdonaré. Y, de haber sabido que estaban vivos, jamás habría contado la estúpida mentira de que estábamos echando una carrera.

Ni me molesté en mirarlo, me centré en Parker, que se estaba abrazando a sí misma y se estaba meciendo en el banco. «Recuerdo que sonreía y que apoyó la mano en el cristal para enseñarnos el dedo medio». Las palabras de Grace me rugían en los oídos.

—¿Conducías borracho con mi hija pequeña en el coche? —le preguntó papá.

—Señor, no tengo ninguna excusa para lo que sucedió aquella noche. —Owen recitó la misma frase a la que siempre recurría cuando hablaba del tema.

—¡Conducías borracho con mi hija pequeña en el coche! —aulló papá.

—No, no fue así. —Lo dije casi en voz baja, pero todos se callaron y se giraron para mirarme. No aparté la vista de Parker—. Eras tú, ¿verdad, Parker? La que conducía eras tú. De lo contrario, Grace no habría visto a Owen en el asiento del copiloto cuando nos rebasaron.

—Gray —me suplicó.

Sacudí la cabeza.

—Tengo razón, ¿verdad? Por eso me has presionado tanto con lo de Grace y has interferido constantemente en mi vida. Por eso has insistido en que me mude. Y por eso te plantaste en Alabama e hiciste todo cuanto estuvo en tu mano para empujar a Sam a irse.

—Quería arreglar lo que rompí —susurró—. Tu lugar está con Grace.

—¡Todo esto no tiene nada que ver con Grace! ¡Te sentías culpable! Soy yo quien arruinó la relación con Sam, pero sin duda tú abriste una grieta y la aprovechaste al máximo. ¿No te bastaba con sacarnos de la carretera? ¿También tenías que hacerle daño a la mujer que amo ahora?

—¡Quería arreglar las cosas! No fui a la universidad, me quedé aquí mientras Owen estaba en la cárcel. Cuidé a Grace lo mejor que pude. Cuando despertó, lo interpreté como un milagro, y pensé que tú harías lo mismo. Son perfectos el uno para el otro.

—Como amigos. Yo amo a Samantha.

—¿Con…, conducías tú? —tartamudeó papá.

Parker hizo un gesto de asentimiento.

—No me dejabas sacar la licencia.

—Porque eras una imprudente —respondió papá.

—Owen estaba borracho y sabía que no iba a poder conducir, así que lo convencí de que me dejara llevar el coche a mí.

—Yo lo intenté, pero a mí no me hizo caso —intervine.

—Porque tú no tienes tetas.

Di un paso hacia Owen, que levantó los brazos.

—Juro por Dios que jamás he tocado a tu hermana.

—¿Fuiste a prisión por ella? —dijo Joey. Se puso a mi lado—. Si hubieras dicho la verdad, te habrías ahorrado cuatro años de cárcel.

—Parker era como mi hermana pequeña. No podía delatarla. Y menos aún cuando la única razón de que condujera era que yo estaba demasiado borracho.

—Fue un accidente, Gray. Yo iba demasiado rápido. Solo fue un accidente.

Owen me miró.

—Siempre has sido un hermano para mí. Y ya sabes lo mucho que quiero a Grace. Por cada segundo que te hayas pasado maldiciendo no haberme quitado las llaves por la fuerza, yo me he pasado el doble de tiempo deseando haber dejado que me las quitaras. Convivo con esa culpa cada día.

Demasiada información para absorberla de una vez, para procesarla. Para interiorizarla.

—¿Saben qué? —Alcé las manos, exasperado, y retrocedí hacia la puerta—. Ya estoy harto. No paran de decirme que me aclare, que enderece mi vida. Pero mírense; no están como para dar ejemplo. Estoy harto de ustedes. De todos y de cada uno de ustedes. —Lo dije señalando a Owen, a Parker y a mi papá. Tras lo cual besé a Joey en la mejilla y me dirigí al estacionamiento.

Cuando agarré el celular para comprobar los datos del vuelo, había varios mensajes sin leer.

Mi Samantha: Pienso en ti cada vez que respiro.

Mi Samantha: Eso no cambia nada, pero ojalá sí.

Mi Samantha: No me importa recibir mensajes de un acosador psicópata, siempre que sean tuyos.

Mi Samantha: Colorado es muy bonito en esta época del año.

Grayson: Carolina del Norte también.

Mi Samantha: Eso no lo dudo. Sobre todo, si tú estás allí.

Solo faltaba un mes para la graduación. Tenía demasiadas cosas que hacer para perder más tiempo en vacilaciones.

O en Carolina del Norte.

Capítulo treinta y tres

GRAYSON

El ruido de la cinta de embalaje resonó en la habitación, que cada vez estaba más vacía. Otra caja más. Ya solo me faltaban unas pocas.

—¿Listo? —me preguntó Jagger, apoyado en el quicio de la puerta—. ¿En serio estás preparando la mudanza? ¿Con el uniforme de gala?

Solté el dispensador de cinta.

—Bueno, pensé que ya que tenía unos minutos… ¿Están preparados?

—Sí, las chicas por fin están listas para salir. Lástima que no haya podido venir Grace.

Me ajusté los tirantes encima de la camisa blanca y me puse el saco azul.

—Dijo que vendrá mañana para la graduación. La verdad es que me dieron ganas de saltarme lo de hoy.

—No puedes escabullirte del baile de graduación. Eres el líder de la clase.

—Eso me han dicho. —Carajo, no quería estar presente mientras Jagger se graduaba con honores, como el primero de la clase. No es que no se lo mereciera, claro. Es solo que…

querría ser yo, para restregárselo por la cara a mi papá y que se jodiera.

Me había matado trabajando; había dedicado cada segundo a estudiar, al gimnasio, a volar o a pensar en Sam. En planear paso a paso una estrategia para recuperarla, para hacerle ver que me importaba más que nadie.

En cuanto terminé de abotonarme el saco, bajamos las escaleras.

—¿Vienen tus papás? —me preguntó Jagger.

—Mi mamá, con Mia. Parker y yo todavía tenemos nuestras fricciones, y a Joey y a Connie las necesitan en casa. ¿Y los tuyos? —le pregunté a mi vez mientras llegábamos a la planta baja.

Jagger soltó un bufido.

—Sí, claro, para que mi papá pueda convocar una rueda de prensa y yo tenga que sonreír como una marioneta. No, gracias.

—Comprendo.

—Soy un tipo con suerte —dijo Jagger rodeando con el brazo a Paisley, que lucía un vestido largo de color verde—. Josh también, claro —le dijo a Ember cuando la vio saliendo del baño con un vestido negro.

—Claro, claro. —Ember, sin hacerle mucho caso, extendió el brazo para que Josh la ayudara a cerrar la pulsera.

—¡Todos al coche! —ordenó Jagger, pero se detuvo apenas salieron los otros tres—. Mierda, se me olvidó la insignia de las alas de Paisley. Masters, ¿puedes esperarme aquí?

—Claro. —Me recliné sobre la pared y lo oí maldecir en la habitación de al lado.

—¡Carajo! —Un cajón se cerró con violencia.

—¿No las encuentras? —pregunté.

—¡Pues no!

Tragué saliva.

—Dale las que compré yo. —«Para Sam».

Asomó la cabeza por la puerta.

—No, amigo, sé que esas eran para ella. No podría aceptarlas.

—Le vas a romper el corazón a Paisley por idiota, y no puedo permitirlo —dije. Me dirigí a las escaleras. Las tenía en la mesita de noche desde que las compré. Abrí la caja forrada de terciopelo. Unas delicadas alas de aviación de platino colgaban de una cadena del mismo metal, ligero pero resistente. Como Sam. Deberían haber sido para ella y que colgaran sobre ese punto perfecto que tenía bajo la clavícula, pero no llegué a reunir el valor suficiente para pedirle que volviera por ellas. O para que me pusiera la insignia, como prometió hacía ya tanto tiempo.

Había encontrado su lugar en Colorado y era feliz.

Y yo volvía a Carolina del Norte a la semana siguiente, antes de Navidad.

Todo eso de «si quieres a alguien, déjalo libre y volverá a ti» era una estupidez. Apreté los ojos y respiré con fuerza. Cerré la caja con un chasquido y salí de la habitación.

—Toma. —En cuanto llegué al pie de la escalera, le puse la caja en las manos a Jagger.

—No puedo…

—Sí puedes. Cierra el pico y métete en el coche. Vamos a llegar tarde por tu culpa. —Lo dejé atrás y salí. Era diciembre y hacía fresco, pero no frío de verdad.

—¡Aquí hay lugar! —me llamó Paisley desde el asiento del copiloto del Defender de Jagger.

Genial, de chaperón.

—Gracias, Paisley, pero prefiero ir en el mío. —No me detuve a ver su reacción ni a esperar que me dijeran que no pasaba nada porque fuera con ellos, que no pasaba nada porque la extrañara. Que no pasaba nada por estar mucho tiempo con mi mejor amiga. Si alguien más me decía que «no pasaba nada», me volvería loco.

Sucedía demasiado a menudo.

Conduje hasta el Landing, donde se celebraba el baile, y me estacioné a cierta distancia. Los tipos que llevaban a sus parejas necesitaban estacionarse más cerca. Yo no iba a caminar hasta el local con zapatos de tacón alto.

—Gracias por salvarme la cabeza —me dijo Jagger cuando me reuní con él en el vestíbulo.

Asentí. Ya que alguien iba a llevar las alas de Sam, al menos que fuera Paisley.

—Creo que nos van a sentar por clases. Encontré las tarjetas con nuestros nombres, pero los de Josh y Carter están al otro lado de la sala.

—¿A quién trajo Carter? —pregunté, aunque en realidad me daba igual.

—A Morgan. —Sonrió—. Como amigos, claro.

—Claaaro —convine, arrastrando la palabra.

Cuando descendimos por la escalera pudimos comprobar que el salón de baile estaba abarrotado; todos los asientos estaban ocupados por vestidos de fiesta y uniformes de gala. Nos abrimos paso hasta nuestra mesa, donde ya nos esperaba Paisley junto con Patterson y Wallace, nuestros compañeros de clase, y sus esposas.

El lugar de Grace también estaba preparado.

—Me olvidé de decirles que no iba a venir —murmuré.

Jagger se sentó al otro lado de Paisley y le lanzó una mirada inquieta. ¿Por qué diablos estaba tan nervioso? Los otros pilotos nos presentaron a sus esposas y yo correspondí al saludo cortésmente.

—Cariño, él es Masters. Es el cabrón afortunado que irá a Fort Bragg —dijo Patterson.

—Oh. Mi familia es de allí —dijo su esposa—. Te va a encantar.

Se me revolvió el estómago, como siempre que pensaba en ello. Pero era lo que había escogido, y me tocaba presentarme después de Año Nuevo.

—A ti te encantará Colorado —intervino Jagger—. Cursé los estudios universitarios allí, y es precioso.

Paisley me lanzó una mirada de reojo que decía muy a las claras que era lo que yo debería haber escogido. «¿Tú crees?, ¿en serio?». Pero ya no podía hacer nada.

—Y ustedes van a Fort Campbell, ¿no es cierto? —preguntó Wallace.

—Sí, así es —respondió Paisley, mientras Jagger le besaba el dorso de la mano.

Cuando la mesera nos preguntó qué queríamos beber, señalé la silla vacía junto a mí.

—No vamos a necesitar…

—Sí, la ocuparemos —me interrumpió Paisley. Sonrió a la mesera, que se fue a preguntar a otro grupo.

—¿Puedes hacer el favor de explicarte?

Sonrió de oreja a oreja.

—Cuando supe que Grace no iba a poder asistir, le pedí un favor a una amiga.

Apreté los dientes. «Que Dios me libre de las damas sureñas bienintencionadas».

—Puede que hoy no sea el mejor día para que me prepararan una cita a ciegas, Paisley, aunque estoy seguro de que tu amiga será encantadora.

—Sí que lo es, sí —dijo Jagger, mirando por encima de mi hombro.

Todos mis músculos se tensaron uno tras otro. Estar allí sin Grace ya era malo, pero con una desconocida…

—Vino de lejos, Grayson, así que intenta ser amable. —Paisley me miró muy seria, y luego señaló con la barbilla la puerta que había a mi espalda.

Me giré poco a poco y la vi bajar las escaleras.

Me quedé sin aliento, con la boca mucho más abierta de lo que podría considerarse adecuado o elegante. Llevaba el pelo recogido; el vestido azul sin tirantes se ceñía a cada curva de su cuerpo, acentuando su cintura diminuta, y caía en cascada hasta el suelo. Qué hermosa era. «Mi Samantha».

Corrí hacia ella casi antes de darme cuenta de que me había levantado de la silla. Se detuvo sin llegar al pie de la escalera, con una amplia sonrisa, pero también con cierta preocupación en la mirada. «Teme que tal vez hubieras preferido que no viniera».

Como estaba unos escalones más abajo que ella, nuestros ojos quedaban a la misma altura.

—Samantha.

—Para. —Extendió la mano—. Esta situación es pura Cenicienta.

Enarqué una ceja.

—¿Quieres decir que llegaste en una calabaza, o que vas a perder un zapato? Sea lo que sea, me adaptaré.

La sonrisa que iluminó su rostro me partió el pecho en dos, y me desbocó el corazón.

—Quiero decir que solo puedo quedarme hasta mañana por la tarde. Me tengo que ir después de la graduación.

—¿Viniste para la graduación? —Carajo, cualquiera que me oyera pensaría que era un niño de cinco años abriendo los regalos de Navidad.

Me acarició la mejilla con los dedos.

—Prometí que te pondría la insignia, ¿no?

Me quedé otra vez boquiabierto. Se había acordado.

—Pero, si tienes otros planes, lo entiendo…

Sin preocuparme lo más mínimo por el labial, me acerqué a ella, tomé su rostro entre mis manos y la besé. «En público. En público. En público», repetía mi cerebro, para recordarme que dejara la lengua quietecita dentro de mi boca y las manos fuera de su increíble vestido.

—Eres perfecta —logré decir por fin.

—Nada de sexo.

Me quedé inmóvil.

—¿Estás saliendo con alguien?

Negó con un gesto.

—Claro que no. Pero necesito que me lo prometas.

—¿Puedo besarte? ¿Eso sí está permitido? —Llevaba cinco minutos en la misma sala que Sam y ya me había abalanzado sobre ella sin tener el menor derecho.

—Por Dios, claro que sí. Bésame todo lo que quieras, pero a eso es a lo máximo que llegaremos.

El miedo asomaba en sus ojos. Asentí.

—Nada de sexo.

—Por mucho que te lo suplique a gritos —me susurró.

Maldición. Iba a hacer el ridículo más espantoso si no lograba controlar mi verga.

—Júralo por tu honor, Grayson, o doy media vuelta y me voy de aquí.

—Te quiero a ti mucho más que a tu cuerpo, Sam. Me da igual si nos pasamos la noche jugando Scrabble. No pasa nada por no hacer el amor. —Era una putada, pero, si era el precio que debía pagar por tenerla conmigo, sería célibe el resto de mi vida.

—No dije que vaya a pasar la noche contigo —me reprendió, aunque con una sonrisa—. Me quedaré en casa de Morgan.

—Con tal de estar lo más cerca posible de ti, dormiría en el maldito umbral de la puerta. —Los dos guardamos silencio al recordar las palabras de una vieja promesa. «Con tal de estar cerca de ti, dormiría en el suelo». Después de seis meses, nada había cambiado.

Todo había cambiado.

Dieron la señal para que empezara la cena, y la guie hasta nuestros asientos. La comida se me pasó como un fugaz borrón, porque lo cierto era que solo pensaba en mis labios unidos a los de Sam. Cenamos tomados de la mano; solo nos soltábamos para cortar los alimentos. No podía dejar de tocarla.

—Si me prestan atención… —reclamó el mayor Davidson desde la tarima.

Todos nos giramos en nuestros asientos para mirar en esa dirección, por encima de la pista de baile vacía.

—Esta noche tenemos la suerte de contar con el general Donovan. Tiene especial interés en esta clase y le gustaría dirigir unas palabras antes de que anunciemos los nombres de aquellos que se graduarán con honores.

El papá de Paisley subió a la tarima. Nos obsequió con unas breves palabras sobre la lealtad, el valor y los logros obtenidos, pero el latido constante de mi corazón casi ni me dejó oírlas. Daba igual. Aunque no fuera el primero de la clase, había conseguido el destino que había pedido. La posición en la que había quedado no debería importarme. Pero me importaba.

El mayor Davidson anunció primero a los de la clase Chinook, y todos aplaudimos. Luego a los Blackhawk.

—Qué bien que Josh se gradúe a la vez que ustedes —me susurró Sam.

—Sí, tendrían que haberlo hecho hace un tiempo, pero necesitaban el vehículo para las tareas de socorro tras el tornado, y eso los retrasó lo suficiente para que coincidieran con nosotros. Tampoco es que me vaya a quejar. —Que nos graduáramos juntos era casi de justicia poética.

—El graduado con honores de la clase Blackhawk 1509 es el teniente William Carter.

Aplaudí un poco más fuerte y cuando me miró lo saludé brindando con la botella de agua. «Ya no es Segundo Plato Carter». Quizá Sam me había ablandado, pero hasta aquel idiota había empezado a caerme bien.

Sam me agarró la mano y entrelazamos los dedos, que encajaron en un espacio de perfecta familiaridad. «Allá vamos».

—El graduado con honores de la clase Apache 1506 es el subteniente…

«Jagger Bateman».

—… Grayson Masters.

Se me cortó la respiración.

Sam me besó en la mejilla mientras la multitud aplaudía.

—Lo conseguiste. Estoy muy orgullosa de ti.

Jagger me dio una palmada en la espalda.

—¡Felicidades, amigo!

—Deberías haber sido tú.

Negó con la cabeza.

—En los estudios estuviste a la par conmigo examen tras examen. Te lo aseguro, me fijé. Y en la cabina eres mejor piloto que yo. Acepta el maldito galardón, Grayson. Te lo has ganado a pulso.

Abracé a Sam, la besé en la frente y luego le di un beso en los labios con toda mi alegría, mi incredulidad y mi esperanza. El momento no podría ser más perfecto.

—Ahora, futuros aviadores… Todos sabemos que no han llegado hasta aquí ustedes solos. En la aviación militar existe una tradición. Sus damas han tenido que soportar largas noches, desveladas, maridos ausentes, irritados, preocupados y estresados, y apuesto a que más de una se sabe las tarjetas de repaso tan bien como ellos. —Las risas resonaron por toda la sala—. Así que, caballeros, inviten a subir a sus damas y pónganles las insignias. Se las han ganado.

«Carajo». ¿Qué iba a hacer aho…? La caja forrada de terciopelo apareció frente a mí.

—¿De verdad creíste que había perdido las alas de Paisley?

—Lo sabías. Idiota.. —Estaba demasiado contento de tener la insignia como para enojarme.

Tuvo la osadía de hacerme un guiño mientras nos poníamos de pie. Le ofrecí la mano a Sam y ella se levantó despacio, como si se sintiera insegura.

—No soy tu esposa.

—Todavía no. —Sonreí, y ella se quedó boquiabierta. Logré abrir el diminuto cierre de la cadena con cierta torpeza y se la colgué del cuello. Las alas descansaban en el punto exacto que yo había imaginado, y contrastaban de forma espectacular con su piel perfecta—. No lo habría conseguido sin ti.

—No es cierto —me contradijo con una sonrisa—. Más bien diría que mientras estuve allí fui un elemento disuasorio, y hace más de dos meses que me fui. Este triunfo es cosa tuya.

—Para empezar, tú eras lo que me motivaba. —Me agaché para hablarle al oído—. Además, se te da muy bien jugar a perder la ropa con las tarjetas de repaso —le susurré, y le besé la oreja. Se estremeció, mientras yo trataba de recordarle a mi pene que habíamos acordado nada de sexo. Separó los labios, y aproveché para depositar en ellos un beso afectuoso—. Y, por último, que no estuvieras presente no significa que no me acompañaras cada día.

Sonaron aplausos, y nos dieron permiso para bailar. La música brotó de los altavoces. Las parejas salieron a la pista, pero me daba igual. Estaba demasiado ocupado besando a la mujer de la que estaba enamorado hasta los huesos.

—Gray. —Caminábamos por la acera de regreso a casa, después del baile, cuando de pronto oí la voz de mi papá.

Me detuve en seco, con Sam agarrada de mi brazo, envuelta en el saco de mi uniforme para mantenerla caliente.

—¿Qué haces tú aquí?

Miró de reojo a mis amigos y se metió las manos en los bolsillos.

—¿Y si entramos, estaremos más calientitos? —dijo Paisley.

Todos se mostraron de acuerdo entre murmullos. Sam me miró.

—¿Me necesitas? —susurró.

—Más de lo que te imaginas, pero de esto puedo encargarme yo. ¿Me esperas en nuestra habitación? —«Nuestra». Sí, lo dije a propósito.

—De acuerdo. —Me besó en la mejilla y se giró hacia mi papá—. Me alegra verlo de nuevo, señor Masters.

Él respondió con una sonrisa sincera.

—Es un alivio que estés aquí, Sam.

Esperé a que la puerta se cerrara tras ella antes de hablar.

—¿Y bien?

—Te gradúas mañana.

—Lo sé.

Se pellizcó el puente de la nariz.

—¿Por qué tienes que hacer que todo sea tan difícil?

—Lo heredé de mi papá.

—Que no apruebe lo que haces no significa que no te quiera, o que no esté… —carraspeó— muy orgulloso de ti y de tus logros. La preocupación no disminuye esos sentimientos.

—Estuviste a punto de mandar al diablo mi carrera.

—Y no sabes cuánto lo siento. —La disculpa me dejó asombrado—. Mira, Gray. Tras el accidente tendría que haberte creído. Tendría que haberte creído cuando me dijiste que no tenías problemas para volar. Tendría que haber confiado en ti, y no lo hice. Estaba tan empeñado en protegerte que no me di cuenta de que te estaba asfixiando. ¿Quiero que vuelvas a casa y trabajes en el negocio? Desde luego. ¿Me doy cuenta de que es muy probable que Joey sea mejor diseñadora de barcos que cualquiera de nosotros? Sin la menor duda.

—Pues deja que ella se haga cargo. —El viento atravesaba el fino tejido de la camisa de gala.

—Grayson.

—¿Qué buscas? ¿Que te perdone? Demuéstrame que has cambiado, que no le vas a negar el puesto que se merece.

—También es tu puesto.

—Hace muchos años que no. Sí, ayudé un poco con el diseño del Alibi, pero es obra de Joey casi por completo, y lo sabes. Me quieres a mí en ese puesto, pero a quien necesitas es a ella. Si no crees que esté a la altura, déjala que te lo demuestre.

—¿Cómo?

—Ponla a cargo de lo de Miami. Déjala que contrate a una tripulación y que compita en la Pineapple Cup.

—Es más frágil de lo que crees, Gray. Si pierde, se va a quedar destrozada.

—Joey no te decepcionará. Es incapaz de fracasar.

Se cruzó de brazos y dejó que su vista se perdiera en la lejanía. Lo conocía, y sabía que esa postura era señal de que se lo estaba pensando.

—De acuerdo.

Y con aquellas sencillas palabras quedé libre y se rompió la última atadura que me encadenaba a Carolina del Norte.

—De acuerdo.

Papá carraspeó.

—A todo esto, solo quería decirte que estoy aquí, y que estaré aquí mañana, si quieres que asista. No hay nada en el mundo que pueda impedirme que te quiera. Que te gradúes en el primero o el último lugar me da igual, siempre que seas feliz. Tendré que… confiar en que estés a salvo.

Era lo que siempre había querido oír, pero no podía dejar de pensar que Sam estaba arriba. Era hora de convertirla en mi primera prioridad.

—Me alegro de que estés aquí. Pero voy a pasar un rato con Sam, papá. Solo va a estar aquí unas horas. —Lo sentía, aunque en el fondo no demasiado.

—Lo comprendo.

Me alejé de él, pero, cuando ya tenía la mano en la manija, me di la vuelta.

—Papá…

—¿Sí?

—Quiero que asistas mañana. Y no terminé en el último lugar. Soy el primero de la clase. —Esperé a que asimilara la información.

Asintió.

—No me sorprende. Nos vemos mañana.

Me le quedé mirando hasta que subió al coche rentado que había estacionado al otro lado de la calle y se fue, casi seguro que al mismo hotel donde se hospedaban mamá y Mia. Subí las escaleras de dos en dos hasta mi cuarto.

Que era el paraíso. Sam estaba de espaldas, tratando de bajarse el cierre. Me miró por encima del hombro.

—¿Te importa? Te tomé prestados una camiseta y unos calzoncillos.

Imaginarla vestida con mi ropa desató en mi interior un irrefrenable instinto posesivo.

—En absoluto.

—Genial. —Se rio—. Ahora ven aquí y ayúdame a desabrocharme.

Me froté las manos para calentar los dedos y a continuación pellizqué el diminuto cierre. Como no se movía, introduje la mano bajo el vestido para poder sujetarla mejor, hasta que cedió por fin.

Cada centímetro de piel expuesta me la ponía más y más dura. El vestido se abrió casi hasta el trasero y dejó a la vista un pequeño lazo en la parte trasera de una tanga azul. Se me escapó un gemido.

—Ya está. Desabrochada.

Deslicé los dedos por su columna y disfruté al oír cómo se le escapaba un jadeo.

—Gracias.

Le pasé la camiseta y los calzoncillos, que en ese momento me parecían prendas desconocidas, y le di la espalda. Al oír el roce del tejido cayendo al suelo, todo mi cuerpo se me puso en tensión. Me dirigí a la cómoda y saqué un pants. En un instante me quedé en calzoncillos y me lo puse.

—¿Ahora dejas la ropa tirada por el suelo? —preguntó Sam, que se había sentado en la cama.

«Deja de pensar que no lleva nada debajo de esas prendas». ¿Qué diablos? Claro que estaba desnuda debajo de la ropa. Como todo el mundo. Me froté la frente.

—Igual es porque estoy ansioso por reunirme contigo.

—Nada de sexo —me recordó, sentada de rodillas.

—Aunque me lo supliques —le recordé yo a mi vez. Me metí bajo la cobija y luego jalé a Sam para acercarla a mí. Se acurrucó a la perfección bajo mi barbilla y, cuando nuestras caderas se juntaron, dejó escapar un leve gemido—. Pero eso no significa que no te desee.

Me besó debajo de la barbilla.

—Sí, a mí me pasa lo mismo.

Dios, cuánto la deseaba. Hacía muchísimo tiempo, y ahora la tenía a mi lado, en mi cama, enfundada en mi ropa y pegada a mí. Pero, si ella necesitaba estar segura de que la quería por algo más que el sexo, me aseguraría de que así fuera.

Si llegaba vivo hasta el amanecer.

—Háblame de Colorado —le pedí. Suspiró, entrelazó sus suaves piernas con las mías, y me habló del juicio que se iba a celebrar en breve, de las otras chicas que habían declarado, y de que ya habían corregido los expedientes académicos.

—Cuando llegó a oídos de la prensa, la pasé mal. Han intentado no hacer públicos nuestros rostros, pero sin demasiado éxito.

—Estoy muy orgulloso de ti. —Le acaricié la espalda trazando círculos—. Sé que dar la cara no habrá sido nada fácil.

—La unión hace la fuerza. Las otras chicas y yo, juntas, resultamos más creíbles. Es posible que me permitan volver a clase después de la audiencia de enero, aunque le haya pegado.

Me picaban las palmas de las manos, de tantas ganas que tenía de hacerle lo mismo a ese tipo.

—Quiero tenerte en mi vida. —Se me escaparon las palabras sin que pudiera detenerlas, y luego siguieron saliendo como un torrente incontenible—. Te amo. Este momento, contigo entre mis brazos, me dice todo lo que necesito saber sobre mi futuro, porque es aquí donde quiero estar. Me da igual que yo esté en Colorado y tú en Carolina del Norte, o que nos mudemos a Dakota del Norte. —Me aparté un poco para poder mirar aquellos ojos verdes que, por Dios, esperaba que heredaran nuestras futuras hijas—. Sé que tú no puedes quedarte, y que yo no puedo ir. Así que no sé qué haremos. Pero debemos pensar en alguna solución. Te juro que cuando te vas no puedo respirar.

Buscó mis labios con los suyos y me acarició el labio inferior con la lengua.

—Lo sé, a mí me pasa igual. Pero no puedo irme y dejar a medias lo que estoy haciendo. Por mucho que te extrañe, y que te necesite, tengo que llegar hasta el final por mí misma. El juicio terminará en enero, y ninguna universidad me aceptará hasta que todo se haya aclarado. Quizá suene egoísta, pero quiero graduarme allí.

—Mira, quién te viera, tan responsable… —La besé, pero procuré que fuera rápido—. Dime qué quieres que haga, y lo haré. Pero no te vuelvas a ir sin darnos una oportunidad. La otra vez casi no sobreviví.

Me pasó los dedos por el pelo y yo arqueé la espalda al sentir su caricia.

—Yo tampoco —susurró—. Llevamos meses separados, casi sin hablarnos, y sigo queriéndote. Ansío estar contigo en todo momento. No creo que eso vaya a cambiar mientras buscamos una salida a todo este embrollo.

La diminuta chispa de esperanza que se había encendido cuando la vi en el baile prendió al fin, y me hizo arder de necesidad ante todo lo que ella era y representaba.

—¿Una relación a larga distancia? Puedo hacerlo.

Se rio.

—Sí, diría que eso ya lo demostraste con Grace. —Se puso seria de golpe—. No puedo dejar de sentir que te estropeé el milagro.

Negué con la cabeza.

—Eres todo lo que veo, todo lo que deseo. Nadie más me provoca ese efecto. —Agaché la cabeza y la besé. Recorrí el contorno de sus labios con la lengua hasta que los entreabrió y me permitió acceder. Fue un beso lento, tan lleno de amor que me arrancó un suspiro—. Sam, tienes razón, me fue otorgado un milagro, pero no era Grace. Eras tú. Pusiste en marcha de nuevo mi corazón y me devolviste a la vida desde el momento en que abriste la boca e hiciste que me tragara mis propias palabras. Me diste algo por lo que luchar, un motivo para mirar más allá de las malas cartas que me había repartido el destino, y para empezar a imaginar un futuro. Ahora, cuando pienso en mi vida, solo te veo a ti. Tú eres mi vida. Tú eres mi milagro.

Le brillaban los ojos. Me dio un beso inocente, con los labios temblorosos.

—Está bien. Encontraremos un modo de que funcione. No sé cómo, pero lo conseguiremos. —Se le iluminaron los ojos como no lo habían hecho desde antes de que Grace despertara, y su sonrisa me habría hecho caer de rodillas si no las tuviera ya entrelazadas con las suyas—. Por cierto, te traje un regalo.

—¿Un regalo?

—Pensé que la graduación era el momento perfecto para un brownie. —Rodó por la cama y puso una caja entre nosotros. A continuación me pasó un cuadrado de chocolate—. Los preparé mientras estaba en casa de Morgan. Espero que hayan quedado bien.

Lo mordí y cerré los ojos, rendido por completo. Eran perfectos, con ese toque especial de algo que no lograba definir. Abrí los ojos, sorprendido.

—Son los de mi mamá. Llevo años intentando que me dé la receta.

Se encogió de hombros.

—Me enseñó a hacerlos el día que nos quedamos solas.

—Juró que no me la daría hasta que… —«Crezcas y sepas lo que te conviene».

Tiré la caja al suelo, agarré a Sam y la puse debajo de mí, con los labios todavía manchados de chocolate. Se le escapó un grito.

—Quedamos en que besar sí se podía, ¿verdad? —le pregunté, con una sonrisa de oreja a oreja.

Asintió sin dejar de mirarme los labios.

Le eché un vistazo al reloj.

—Tenemos que estar en la graduación dentro de siete horas, y pienso besarte cada minuto restante.

Cuando llegamos a la graduación teníamos los labios hinchados, y mi barba incipiente, ahora afeitada, le había irritado la piel del cuello.

Samantha me puso la insignia de las alas en el pecho con un broche de plata en el que había hecho grabar mis iniciales. Mi papá incluso sonrió. Se tomaron muchas fotos, se comió mucho, y luego la llevé al aeropuerto.

—¿Eres mía? —le pregunté, rodeándole la cintura con ambos brazos. Estábamos junto al control de seguridad.

—Igual que tú eres mío —respondió, con los dedos entrelazados en mi nuca.

—Encontraremos la forma.

Se puso de puntitas y me besó.

—Encontraremos la forma.

No le quité la vista de encima hasta que atravesó el control de seguridad y se despidió con un gesto de la mano.

Luego volví a casa, a seguir haciendo las maletas. Encontraría la maldita forma. Ya me había hartado de dejar mi vida en manos del destino, de esperar a que las cosas se arreglaran solas, y de estar lejos de Sam. Encontraría la forma, o por Dios que la inventaría yo mismo.

Capítulo treinta y cuatro

Sam

Me dirigí con paso firme hacia el edificio de administración, sin vacilar ni una sola vez pese a que caminaba sobre hielo. Llegué a mi lugar ante el comité disciplinario tras pasar al lado de Harrison y de su mujer, una mujer esbelta de rostro atractivo y rictus amargo en la boca. Ya los habían despedido. Él estaba allí como acusador, y ella, pendiente de juicio por cargos penales por lo que nos había hecho a nosotras, pero su único objetivo aquel día era ver qué castigo me imponían por agredir a su marido.

Mi teléfono vibró y lo saqué del bolsillo.

Grayson: Pienso en ti. Dicen que hace un día precioso para un veredicto.

Mi corazón ascendió hasta el cielo de Colorado.

Sam: Te llamo después. Y este cielo azul sería perfecto para volar. Ahí lo dejo.

Grayson: Haces que Colorado sea perfecto. Estoy orgulloso de ti.

Extrañarlo había sido mi estado por omisión desde hacía un mes, pero en ningún momento tanto como en aquel. Mandé un último mensaje antes de que entrara el comité.

Guardé el teléfono en el bolso mientras ellos ocupaban sus asientos. Iba a ser mi única oportunidad para hablar…, para dirigirme a ellos. Todo saldría bien si conseguía no vomitar.

El rector Miller, flanqueado por miembros del comité disciplinario de profesorado y estudiantes, carraspeó antes de tomar la palabra.

—Señorita Fitzgerald, hemos hablado de su delito y de lo que ha sufrido desde entonces. ¿Desea añadir algo antes de que hablemos de su futuro?

Asentí con la cabeza y me levanté, aunque tuve que sujetarme a la esquina de la mesa con las yemas de los dedos. «No vomites».

—Lo que hice aquel día no tiene perdón. No les pido que tengan en cuenta las circunstancias. Golpeé a un miembro de la facultad y aceptaré el castigo que me impongan. Colorado es el único hogar que he conocido de verdad. Vine a la UCCS para quedarme aquí, en el lugar que amo. Solo les pido que me permitan terminar aquí la carrera.

Sentí una opresión en la boca del estómago y el arrepentimiento me arrasó por dentro como una marejada cuando volteé hacia donde estaban los Proctor. Michelle alzó la barbilla y me miró con odio.

—Siento mucho el daño que le hice —dije sin siquiera mirar a Harrison—. No sabía que estaba casado. Si pudiera dar marcha atrás, si pudiera borrar el dolor que provoqué, lo haría. No se merece lo que le pasó.

Apartó la mirada y parpadeó para contener las lágrimas. Lo que me había hecho era reprobable, pero una pequeña parte de mí lo comprendía, y una parte aún más grande ya la había perdonado.

Me dirigí de nuevo hacia el comité, aún de pie.

El rector Miller respiró hondo.

—Señorita Fitzgerald, queda probado que golpeó a un miembro de la facultad. Pese a los atenuantes, no imponerle un castigo supondría un perjuicio para usted y para la propia universidad. Pero no queremos perder a una estudiante como usted. Por tanto, le imponemos veinte horas de servicios a la comunidad, a ser posible en forma de clases particulares de Matemáticas a los estudiantes de primer año mientras termina la carrera aquí, en la Universidad de Colorado.

Los ojos me escocían, y se me hizo un nudo en la garganta. A duras penas logré asentir y decir «gracias» con la voz rota antes de que el comité saliera de la sala.

Se había terminado. Era libre. Iba a graduarme allí.

La silla soportó mi peso cuando me dejé caer con los codos sobre la mesa, puse la cabeza entre las manos y empecé a engullir bocanadas de aire. Entrelacé los dedos y recé una oración de gratitud por aquella segunda oportunidad.

Para cuando me recuperé, ya no quedaba nadie en la sala. Me puse el saco, agarré el bolso y cerré la puerta al salir. El portazo sonó firme, definido, como cuando cierras un libro al terminar la última página.

La luz del sol me recibió cuando salí del edificio. El aire tenía un sabor más limpio y sentía el alma más ligera. Eché a andar por el camino y saqué el celular.

Ahora que había dejado atrás la acusación y tenía el futuro despejado, el peso de la ausencia de Grayson me cayó encima como una losa. Eran las dos y cuarto de un viernes. Si me iba directo al aeropuerto, estaría con él aquella misma noche y podríamos pasar juntos casi una semana entera antes de que empezaran las clases.

Sí. Eso iba a hacer. Y a la mierda la maleta, llevaría aquella ropa toda la semana. Abrí el navegador para buscar un vuelo. Me iba a costar una buena parte de mis ahorros, pero valdría la pena. Había sido un mes muy largo.

Una sonrisa me iluminó los labios solo de pensar en darle aquella sorpresa. Aceleré el paso.

Le di a «enviar» y, entonces, me detuve a mitad de un paso. «Esa faldita roja». Muy despacio, con miedo a equivocarme, desvié la vista de la tela de la falda que llevaba puesta hacia el sendero, justo donde este se unía al camino que conducía al estacionamiento.

Mis ojos se toparon con un par de Dr. Martens negras, y ascendieron por unas piernas musculosas embutidas en unos jeans que me hicieron salivar. Observé cómo se guardaba el celular en el bolsillo interior de la chamarra negra, y por fin llegué a su rostro y vi aquella sonrisa que iluminó hasta los rincones más oscuros de mi alma, disipando todas las sombras.

Grayson.

Los diez metros que nos separaban se convirtieron de repente en una tortura exquisita y eché a correr a pesar del hielo. Cuando faltaban apenas unos palmos resbalé, pero él me agarró al vuelo, antes incluso de que mi sentido del equilibrio detectara el peligro.

Le eché los brazos al cuello, y él me levantó hasta que nuestros ojos estuvieron a la misma altura.

—Estás aquí.

—Estoy aquí.

Me entretuve en observar su rostro, memorizando cada detalle de aquel momento, para guardármelo y rememorarlo durante las noches que pasáramos separados. Por eso lo quería tanto, por esa abrumadora sensación que me provocaba siempre que estaba con él, desafiando toda lógica. ¿Cómo era posible que me cupiera dentro tanta emoción?

—¿Por qué?

Tenía los ojos casi plateados a la luz de sol, más claros que nunca.

—Por si me enviabas un mensaje diciendo que me necesitabas. Pensé que hoy podía ser un día duro.

—Te amo —le dije, y lo besé.

Tenía los labios fríos, pero cuando introdujo su lengua en mi boca me pareció muy cálida. Me supo a hogar. Se me aceleró el pulso en cuanto me sujetó el trasero con una mano, mientras deslizaba la otra por mi pelo, para mantenerme bien pegada a él.

—¿Te llevo a alguna parte? —preguntó sin apartar su boca de la mía.

—A donde quieras.

Me bajó otra vez al suelo, me tomó de la mano y nos dirigimos al estacionamiento.

—¿Puedes dejar aquí el coche?

—Sí, está permitido. —Señalé el lugar donde estaba estacionado, poco más allá de su camioneta—. ¿Llegaste conduciendo? ¿Desde Carolina del Norte?

Me apretó la mano.

—Sí.

—Espera, voy a agarrar el cargador.

—Claro. Mientras, arranco la camioneta.

Casi arranqué el cargador del puerto USB de las ganas de estar a solas con Grayson, más relajada que nunca desde que salí de Alabama.

—Sam.

Me di en la nuca con el marco de la puerta del coche.

—¡Mierda! —Me llevé la mano a la zona dolorida—. Tiene orden de no hablar conmigo, profesor Proctor.

—¿Y desde cuándo eso fue un impedimento para nosotros? —inquirió con una sonrisa desafiante.

Me apartó un rizo de la cara como si yo no hubiera pasado por un infierno para volver allí. Miré hacia atrás, pero Grayson no nos veía desde donde se encontraba, y Harrison me estaba cerrando el paso.

—Lo digo en serio, profesor Proctor. Esto es muy inapropiado.

Me agarró del brazo. Pese a las varias capas de ropa que nos separaban, su contacto me resultó sucio y me zafé de él.

—No me toque.

Se le borró la sonrisa.

—Ya no soy profesor, Sam. Te fuiste sin decir palabra, sin permitirme que me explicara. Es lo mínimo que me debes.

—No le debo nada.

—Por favor, dame una oportunidad.

—¿Quiere parar de una vez? ¿Qué espera sacar de esta conversación?

Lanzó uno de aquellos suspiros dramáticos que antes me parecían tan románticos. No tenía ni un ápice de la intensidad silenciosa de Grayson, que solo con mirarme era capaz de derretirme los calzones.

—Te extraño.

—Yo no.

Me encogí de hombros sin que me importara la mirada de un estudiante que pasaba por allí. Esta vez no tenía nada que ocultar.

—Pero me quisiste, sé que podrías volver a quererme. Me estoy planteando dejar a Michelle.

—Me da igual, profesor. La verdad es que son tal para cual. Solo le pido que no vuelva a hacerle daño a nadie.

—Siento mucho haberte destrozado la vida. Nunca fue mi intención humillarte así.

Se me escapó la risa, y con ella se evaporaron los últimos vestigios de vergüenza cuando pensé en el sobre que llevaba bien guardado en el bolso.

—¿De verdad cree que me destrozó la vida? ¿Cómo se puede ser tan ególatra? Sí, me acosté con quien no debía, confié en usted, pero ya estoy harta de pagar por eso. Usted sabía que estaba casado; yo no. Voy a terminar la carrera y estaré con el hombre al que quiero. Usted no pinta nada en mi futuro, pero no podrá decir lo mismo de mí. Cada vez que solicite un puesto en la enseñanza, su conducta lo perseguirá. Cada vez que mire a su mujer, su conducta se alzará entre ustedes. Lo que hizo lo perseguirá a usted, no a mí.

Cerré la puerta del coche, pero Harrison no me dejaba pasar. Cuando daba un paso, él también lo hacía.

—Tú eres la que me obsesiona, la que me persigue.

—Déjeme en paz.

—No, primero escúchame.

Volví a apartarme de él. Grayson apareció detrás de Harrison en aquel momento, y por fin pude relajarme.

—Por favor, deme un motivo, solo un puto motivo, para matarlo. Vamos. Póngale la mano encima otra vez.

Harrison dio media vuelta y alzó la vista —tuvo que alzarla mucho— hacia Grayson. Y al instante se hizo a un lado. Grayson me tendió la mano, se la tomé y dejé atrás el pasado cuando me rodeó los hombros con su brazo y me llevó hacia la camioneta.

—¿De verdad es necesario? —le pregunté cuarenta y cinco minutos más tarde mientras palpaba la puerta del coche.

La maldita venda en los ojos no me resultaba de mucha ayuda. Oí cómo se abría la puerta y una ráfaga de aire frío me impactó en el rostro.

—Paciencia, paciencia —me dijo Grayson en voz baja.

Me desabrochó el cinturón de seguridad y me cargó sin el menor esfuerzo. Oí cómo se abría otra puerta, cómo se volvía a cerrar, y de pronto nos envolvió el calor.

—Bueno, al menos estamos a cubierto —bromeé. Percibí una especie de eco. ¿Dónde demonios nos encontrábamos? A pesar de las prendas de abrigo, sentía el latido de su corazón—. ¿Estás nervioso? Tienes el pulso acelerado, y sé que no es de cansancio por llevarme a cuestas. Me juego lo que quieras a que podrías ir conmigo en brazos una hora sin notarlo.

No dijo nada, lo cual casi me dio ganas de arrancarme la venda. No sé qué estábamos haciendo, pero quedaba muy lejos de su zona de confort.

—Ya llegamos —dijo al tiempo que me dejaba en el suelo con delicadeza—. Te voy a quitar los zapatos.

Se agachó y seguí con las manos apoyadas en sus hombros para mantener el equilibrio. Me quitó una bota; luego, la otra. Noté el suelo frío y duro bajo los calcetines.

—Como juego previo, esto es muy mejorable.

Se rio y noté que se le relajaban los hombros. Se levantó y oí un sonido suave, noté cierta presión en la parte superior de la cabeza y me llegó… ¿el olor de un marcador permanente?

Me besó en los labios con una adoración que me hizo ansiar más, se apartó y me dio la vuelta. Y por fin me quitó la venda.

—Ya puedes mirar.

Parpadeé varias veces para que mis ojos se acostumbraran a la luz. Ante mí había una puerta abierta con una raya negra dibujada en el lado izquierdo del marco, y la palabra «Samantha». Un poco más a la izquierda había otra línea, con la palabra «Grayson», y la fecha del día escrita entre ambos nombres.

—¿Me compraste una puerta? —Era el regalo más tierno que me podía imaginar.

—Un lugar para poner la marca de tu estatura —dijo detrás de mí—. Para empezar nuestra historia.

Me giré hacia él, y solo entonces me fijé en el lugar. Había mucha luz, muchas paredes blancas.

—¿Una casa vacía? —pregunté, mirando en todas direcciones.

La puerta de entrada estaba acristalada y el suelo, de azulejos, daba paso a una sala de considerable tamaño. A la derecha había una hornacina con un ventanal, y en la cocina había gabinetes de arce, pero no barras.

—Y una banca junto a la ventana. —Grayson señaló la hornacina—. Lo que querías.

—¿Q-qué?

—Muebles de arce en la cocina. Dijiste que eso era importante, y el patio de la parte delantera. La semana pasada instalé un columpio. Ya sé que querías barras de granito, pero eso es muy personal. Los instaladores me dijeron que, si lo elegíamos durante estos días, lo podían poner todo la semana que viene.

—Grayson.

Tragó saliva.

—Hay un buen patio en la parte de atrás, muy llano. ¿Sabes lo difícil que es encontrar un patio llano en esta parte de la ciudad? ¿Y lo cara que es esta zona? Es una locura.

—Grayson.

—Si algo no te gusta, lo puedo cambiar. Compré la casa, así que no hay que pedir permisos ni nada. Pero aún tenemos que adquirir los muebles.

«Carajo. Compró una casa. En Colorado. Por mí».

—¡Grayson!

Me miró a los ojos con una sombra de pánico.

—Samantha.

—¿Por qué compraste una casa aquí?

Arqueó las cejas.

—Porque tú estás aquí.

—Pero tú vives en Carolina del Norte.

Se le dibujó una sonrisa en la cara.

—Encontré un vacío legal. En el último momento, le pedí a otro piloto que cambiáramos destinos. Vivo aquí. Estoy destinado en Fort Carson.

Tragué saliva.

—Pero… tu familia…

Se me llenaron los ojos de lágrimas tan deprisa que lo empecé a ver todo borroso. Una me corrió por la mejilla y me la enjugó con el pulgar.

—Mi familia eres tú. Sin ti no funciono, Samantha.

Introduje la mano en el bolso y saqué la carta que acababa de recibir.

—Pero conseguí que me admitan en la UNC. Por si acaso.

—¿Quieres estudiar en Carolina del Norte?

Negué con la cabeza.

—Quiero quedarme aquí.

—Y yo. Préndele fuego a la carta.

Aún no me creía que estuviera en Colorado de verdad.

—¿Cuánto tiempo llevas aquí?

—Unas semanas. Lo necesario para comprar la casa. Me dijiste que necesitabas enfrentarte a esto tú sola, y eso no te lo iba a quitar.

—¿Has estado esperando? ¿Semanas? ¿En la misma ciudad? Debió de ser muy duro.

Yo no habría podido estar tan cerca de él sin verlo, sin tocarlo. Dios, demasiado me costaba ya tenerlo tan cerca en aquel momento y no arrancarle la ropa.

—A ti te esperaría toda la eternidad.

Los dos estallamos a la vez, nos buscamos, formando un remolino de manos abiertas, manos que exploraban. Mi chamarra cayó al suelo, seguida de la suya. Armamos el primer caos oficial mientras la ropa iba señalando nuestro paso escaleras arriba.

Algo me dijo que no sería la última vez que dejaría el sostén en el rellano de la planta baja.

Capítulo treinta y cinco

Sam

Sus manos estaban en todas partes, me acariciaban los pechos, me pellizcaban los pezones, me agarraban por la cintura. Me empujó contra la pared y casi no me di cuenta de que se había arrodillado frente a mí hasta que me abrió con los dedos y pegó la boca a mi sexo.

Grité su nombre.

Había pasado demasiado tiempo, mi cuerpo se moría de hambre de él. El simple contacto de su piel prendió un incendio arrollador que abrasó cada una de mis terminaciones nerviosas y me hizo perder la razón.

Me metió los dedos y gemí cuando empezó a acariciarme bien adentro, hasta que dio con mi punto G y frotó sin compasión. Curvó los dedos al tiempo que atrapaba mi clítoris entre sus labios y lo hacía vibrar.

Me empezaron a temblar las rodillas, luego el cuerpo entero, y por fin estallé. Tuvo que sujetarme para que no me cayera al suelo.

—El condón —le susurré, desesperada por tenerlo dentro.

—¿Qué hay de lo de «nada de sexo»? —bromeó, pero solo a medias. En cuanto le acaricié el miembro un par de veces, se le acabaron las bromas—. El condón —convino conmigo.

Dio con el paquetito, lo abrió y desenrolló el contenido en su erección.

Me sujetó con ambas manos por detrás de los muslos y me alzó.

—¡Cómo me excita que me cojas así, carajo! —balbucí con la boca pegada a su mandíbula, al tiempo que engarzaba mis piernas en sus caderas, buscando la alineación perfecta.

Cuando me estaba llevando hacia la cama, lo desafié:

—Siempre me he preguntado si serías capaz de sostenerme en vilo mientras lo hacemos.

Se detuvo y arqueó una ceja.

—Sujétate a mí con los tobillos.

Esas palabras bastaron para que todo volviera a latirme por dentro. Los músculos se me contrajeron de puro deseo. Me besó otra vez, su lengua invadió mi boca, y una vez más pude comprobar qué bien combinaban nuestros sabores mezclados. Sin apartar su mirada llameante de la mía, con nuestras bocas a escasos centímetros de distancia, me fue bajando poco a poco para entrar en mí.

«Gracias, gracias, Dios». Dejé escapar un gemido cuando por fin me llenó por completo. Pegué mi rostro a su cuello y sentí cómo lo sacudía un violento estremecimiento que ascendió por su torso cuando nuestros cuerpos se fundieron.

—Dios, Sam, cómo te extrañaba —dijo, y empezó a moverse poco a poco—. Cada parte de ti. Cada centímetro de tu piel, cada comentario sarcástico salido de tus labios, cada contacto de tus dedos. A ti, toda, entera. —Subrayó cada palabra con una embestida.

—Te amo. —Aunque había perdido por completo la capacidad de discernir, sabía lo que quería, y quería más—. Más fuerte —le ordené.

Casi se rio.

—Estoy haciendo lo posible por ir con cuidado.

—Ya serás cuidadoso más tarde. Ahora, dame fuerte.

Podría hacerme el amor durante el resto de la noche. Más le valía. Pero en ese momento lo necesitaba entregado, sin miramientos.

—Te amo —respondió—. Agárrate.

Empezó a penetrarme a un ritmo arrollador, tal como yo le exigía, y me aferré a su cuello con fuerza mientras él no cesaba de embestirme. Se le marcaban los músculos de los brazos cada vez que me subía y me bajaba.

Cambió la posición de las manos para sujetarme el trasero, y todo se me volvió a tensar por dentro, cada vez más, mientras seguía penetrándome. Aquel hombre era una máquina. Nos miramos a los ojos, respiramos cada uno el aliento del otro —el suyo más caliente que su propio cuerpo cuando entraba y salía de mí—. Estaba segura de que Grayson era capaz de hacer que me viniera con la mirada si se lo proponía.

Retrocedió hasta llegar a la cama, se sentó, me agarró de los tobillos y me jaló para que apoyara las rodillas en sus caderas.

—Te podría coger de pie el día entero, pero esto te gustará más.

Esbocé una sonrisa traviesa, me alcé y volví a bajar contra su vientre sin dejar de mirarlo a los ojos para ver cómo le cambiaba la expresión. Me sentía poderosa, deseada, suya.

Grayson interpuso una mano entre su vientre y el mío para masajearme el clítoris con los dedos mientras yo seguía cabalgándolo, y a partir de ese instante se esfumó todo rastro de pensamiento racional. Solo quedaron nuestros cuerpos, y aquel ritmo que nos elevaba, que nos acercaba cada vez más el uno al otro.

—¡Grayson! —grité con todos los músculos en tensión.

—Te llevo —rugió, al tiempo que ejercía la presión exacta en mi botón del placer, y estallé.

Mi orgasmo desencadenó el suyo, nos abrazamos con fuerza hasta que alcanzamos el clímax y finalmente regresamos juntos a la Tierra.

Me besó con ternura.

—Guau —dije, pasándole las uñas con delicadeza por el cuero cabelludo.

—Eso mismo iba a decir yo.

Me dio la vuelta, me tumbó sobre la cama y se tendió a mi lado.

No podía dejar de mirarlo, de pasarle los dedos por la nuca.

—Cuánto te extrañaba.

—Ya no tendrás que hacerlo.

Si hubiera estado de pie, su sonrisa habría hecho que se me doblaran las rodillas.

—¿Seguro que estarás bien aquí? —me vi obligada a preguntarle.

Había renunciado a tanto por mí…, por nosotros… Me sonrió y se me aceleró el corazón.

—Fui un egoísta al pedirte que renunciaras a todo por lo que has luchado tanto. Estoy aquí. No me iré a ninguna parte hasta que el Ejército diga que debemos mudarnos, y entonces espero que quieras venir conmigo. Pero estaremos aquí al menos un par de años, el tiempo suficiente para que termines la carrera. Y te prometo que esta casa será siempre la nuestra. Nuestros hijos tendrán la marca de su estatura en esa puerta.

Me apoyé en el codo para darle un beso.

—Me encanta la puerta. Me encanta la casa. Te amo, haré lo que sea con tal de estar contigo. Antes pensaba que el hogar era un espacio, unas paredes, unas ventanas, brownies caseros. Pero no. Eso es una casa. Mi hogar eres tú, Grayson. Adonde tú vayas, allí iré.

Su boca buscó la mía y me dio el beso más dulce de nuestras vidas.

—Te prometo que el café estará siempre en la repisa de abajo.

—Sí, y que tú estarás siempre cerca para recogerme cuando me resbale de la barra.

Su sonrisa me pareció más luminosa que el sol que entraba por las ventanas.

—Ya te lo dije. Siempre estaré a tu lado para recogerte.

Arqueé una ceja y le acaricié la piel de la espalda.

—Se te da bien trabajar con las manos.

Soltó un bufido.

—¿Cómo que se me da bien? ¿Cuatro meses separados y solo me concedes un mísero «se te da bien»?

Levanté una de mis piernas para sentarme a horcajadas encima de él.

—Tal vez necesito que me refresques la memoria.

—Vaya si te la voy a refrescar.

—Tendrá que ser a menudo. Soy muy olvidadiza. —Lo miré con ojos inocentes.

—Te lo recordaré cada día, Samantha. Cada maldito día.

Sí. Cada día. Este hombre magnífico que había cambiado mi mundo y se había apoderado de él era mi futuro, mi hogar, mi universo.

—¿Prometido?

—Prometido.

Epílogo

Siete años más tarde

Se abrieron las puertas del hangar del aeródromo militar de Butts y en las gradas se alzó un rugido que apagó el sonido de la banda de música del Ejército. Entraron desfilando todos, los ciento veinticinco, y llenaron la pista con una hilera tras otra de uniformes de camuflaje.

Recorrí la primera fila con los ojos hasta dar con él y se me aceleró el pulso. Allí estaba. Por fin. En casa, tras los nueve meses más largos de mi vida. No, no era nuestro primer despliegue, pero sí había sido el más difícil.

Aunque todos, los tres, me habían parecido el más difícil en su momento.

Estaba en posición de firmes, mirando al frente delante de su compañía, mientras el general subía al estrado, pero vi que los ojos de Grayson recorrían las gradas buscándome. Buscándonos.

—¡Vino papi! —le dije a Delaney, acomodando sus veinte kilos de peso en mi cadera.

—¡Papi! —gritó, rompiendo el silencio y arrancando risas a nuestro alrededor.

¿Cómo reprochárselo a una niña de cuatro años?

Le recogí un largo rizo color caramelo detrás de la oreja.

—Hay que esperar un momentito, cielo.

Volví a mirar hacia los hombres en formación y Grayson ya tenía los ojos clavados en mí. Se me tensaron los músculos del vientre. Llevábamos cinco años casados y aún era capaz de hacerme caer de rodillas con aquella mirada.

No la cambiaría por nada del mundo.

El general dio permiso para que rompieran filas y la gente bajó corriendo de las gradas como una ola de felicidad hasta que la pista del hangar se convirtió en un mar de bienvenidas. Con cuidado, porque llevaba tacones altos y a Delaney en brazos, bajé las gradas hasta llegar a la primera fila, donde ya nos estaba esperando Grayson.

—¡Papi! —gritó Delaney corriendo a su encuentro.

Grayson cargó sin esfuerzo su cuerpecito diminuto y la estrechó entre sus brazos con los ojos cerrados durante dos segundos de felicidad absoluta antes de abrazarme a mí también con el brazo que tenía libre.

Dios, olía al metal del avión y a desodorante recién puesto. No existía mejor afrodisiaco. Me apreté contra él todo lo que pude, saboreé la sensación de su cuerpo, del latido firme de su corazón.

Y aquella sensación de plenitud se impuso a todas las demás.

Le busqué la boca para darle un beso arrollador y su sabor me invadió, me consumió. Al final, a regañadientes, separamos los labios para centrar toda la atención en la maravillosa fierecita de ojos verdes que no dejaba de parlotearle a Grayson al oído.

—Hicimos carteles con brillibrilli. Montones de brillibrilli. Mamá dice que, aunque seas un chico, no te importa que los hagamos porque te gustan las cosas que brillan.

—A papá le encantan las cosas que brillan, bichito. —Grayson sonrió, le dio un beso en la mejilla y volvió a abrazarnos—. Mis chicas. Las extrañaba.

—Te extrañaba, papá. ¿Nos vamos ya? —propuso Delaney bostezando en su cuello.

—Hace una hora que tenía que estar en la cama —le expliqué al tiempo que le acariciaba la espalda a Delaney.

—Pues vamos a meterla en la cama —dijo Grayson. Se inclinó y me dijo al oído—: Así podré meterte en la cama yo a ti.

Antes teníamos que recoger su equipaje. Localizó el que venía etiquetado como CAP. MASTERS y echamos a andar hacia el coche. Me ofrecí a llevar a Delaney, pero se negó rotundamente. Cargó el enorme equipaje en un hombro mientras llevaba a nuestra hija en el otro brazo con cuidado de no arrugarle el tul de la falda.

Mis hormonas se dispararon. Nunca había visto nada tan sexy como a Grayson tratando con delicadeza a nuestra pequeña.

La senté en la sillita y le abroché el cinturón de seguridad mientras él metía la maleta en la cajuela. Cuando pasé junto a él para entrar en el coche, me agarró y me empujó contra la puerta de la suburban. La brisa de agosto me levantó un poco la falda, y Grayson aprovechó para despistar discretamente una mano, introducirla bajo mi falda, acariciarme la parte trasera de los muslos y besarme.

El beso me dejó en carne viva, desesperada por obtener más. Se apoderó de mi boca, mientras con la otra mano deslizaba los dedos por mi pelo y me inclinaba en busca del mejor ángulo posible. Nuestras bocas se unieron a la perfección, como si no hubieran estado separadas durante nueve meses. No había pasado ni un minuto cuando ya estaba dispuesta a montarme sobre él allí mismo, en el estacionamiento.

—Llévame a casa —susurré directamente en su boca, y arqueando las caderas para pegarme a su palpitante erección.

—A la orden —respondió con otro beso—. Dios, Samantha, cuánto te he extrañado.

—Menos mal, porque yo te he extrañado muchísimo, Grayson.

Llegamos a casa en quince minutos. Delaney saltó del coche y salió disparada hacia el interior; nosotros la seguimos más despacio, tomados de la mano, y entramos en el vestíbulo. Delaney volvió con un marcador negro.

—Mamá dijo que teníamos que esperar a que llegaras.

—Pues claro —respondió Grayson.

Le dio la mano y se dejó guiar hasta la esquina, en dirección a la puerta de la despensa.

La abrió y esperó a que se quitara los zapatitos. Le hizo cosquillas en los dedos de los pies y la risa de Delaney resonó por toda la casa. La arrimó a la puerta, dibujó una raya por encima de su cabeza y escribió la fecha.

—¡Mira! ¡Has crecido mucho en este tiempo! —exclamó al tiempo que la levantaba dándole vueltas—. ¿Qué has comido?

—Muchos tacos —respondió con un semblante serio que me recordaba mucho al de su papá—. ¿Vas a cocinar tú mañana? —susurró forzando la voz.

—¡Eeey! —protesté en broma—. Vamos, señorita, a la cama.

—¿Me va a acostar papá?

Asentí, y Grayson me dio un beso en la mejilla antes de subir por la escalera con nuestra hija, que era una mezcla perfecta de los dos, con los reflejos de Grayson, mi sarcasmo y una testarudez que rivalizaba con la de ambos.

Miré la puerta y sonreí al oírlos reír en la habitación de Delaney. Aquella puerta había venido con nosotros de Fort Rucker, estuvo en la etapa de Fort Bragg y ahora estaba de nuevo en casa, en Colorado. Allí estaban marcadas las líneas de la vida de Delaney, y también nuestra historia.

Grayson me rodeó con sus brazos y di un respingo.

—Vaya, qué rápido.

Negó con la cabeza.

—Has estado abstraída como diez minutos. ¿En qué pensabas?

Me giré hacia él.

—En ti. En nosotros.

—Mejor, porque te necesito.

Me cargó y me llevó al piso de arriba, al dormitorio. Esperamos hasta que cerrara la puerta con el seguro antes de quitarnos la ropa.

Me faltó poco para arrancarle el uniforme, e incluso me pareció oír algún que otro desgarrón en la tela de mi vestido cuando me lo quitó.

Tenía el cuerpo aún más esculpido, más definido, y se me hizo agua la boca al verlo.

—Estás fabuloso —suspiré mientras le pasaba los dedos por los abdominales.

—Cada vez que me moría por abalanzarme sobre mi mujer desde la cámara web, hacía ejercicio. Así que hice mucho ejercicio. Eres la mujer más sexy que he visto jamás, Samantha Masters.

Me levantó en vilo y todas las palabras quedaron olvidadas en el torbellino de manos, bocas, gemidos, suspiros. Cuando terminamos, nos metimos en la regadera y luego volvimos a empezar. Y cuando ya no pudimos más, cuando el sol empezó a teñir el cielo, me acurruqué junto a él.

—Bienvenido a casa, cariño.

Me dio un beso en la frente.

—No sabes cuánto me alegro de estar aquí.

Sonreí y cerré los ojos, satisfecha por fin tras nueve meses, durante las dos horas escasas que tuvimos para nosotros hasta que Delaney llamó a la puerta.

Y, aunque era él quien había estado a medio mundo de distancia, en sus brazos sentí que yo también había vuelto a casa.

Agradecimientos

En primer lugar, gracias les sean dadas a nuestro Padre que está en los cielos, el que me da fuerzas cuando ya no tengo y me colma de bendiciones que no merezco.

Gracias a Jason, mi marido, que me inspira para crear estos novios literarios maravillosos, porque es de esos hombres con los que ningún personaje ficticio se puede comparar. Ah, y me obliga a acostarme a las dos de la madrugada como muy tarde. Gracias a nuestros hijos, que me aportan energía con sus besos y abrazos mientras papá prepara el café, que me hacen creer en un mañana mejor. Gracias a mis padres, que nunca han dudado de este alocado camino que decidí recorrer. A Kate, mi hermana, que lee sin protestar todo lo que escribo y siempre me contesta el teléfono. A Doug, Matt y Chris, mis hermanos, que por mí cavarían una fosa para enterrar lo que les pidiera sin hacer preguntas.

A Karen, mi editora, gracias por conocer mi voz mejor que yo misma, por permitirme enviarte notas divertidas e insomnes en los márgenes de las páginas. No hay palabras para describir lo mucho que te quiero. Gracias a Jamie Bodnar Drowley, por su dedicación a la serie Vuelo y Gloria, y por abrirme esa puerta.

Gracias al fabuloso equipo de Entangled: Liz, Heather H., Heather R., Debbie y Brittany, son fenomenales. Gracias a mi increíble equipo de publicidad en SSFAB: Melissa, Sharon, Linda y Jesey. Ustedes hacen que siga cuerda y pueda funcionar día a día. Gracias a mi maravillosa agente, Louise Fury: no hay mejor copiloto para este viaje editorial.

Emily, diecinueve años y sigues siendo mi mejor amiga. Que no cambie, que nos va muy bien así. Christina, Outer Banks. Casa. Playa. Gracias a Lizzy Charles y a Molly Lee, chicas, lo son todo para mí, y lo saben. Han sido mis salvavidas contra viento, marea, novios, bebés y libros. Linda, mi extraordinaria cazadora de ardillas, gracias por tenerme anclada y tan organizada como es posible en mi caso. Te lo juro, quería hacer lo que fuera que dije que iba a hacer, pero se me olvidó. Y, sobre todo, ¡gracias por la amistad! Mindy, Fiona, Katrina, Rachel, Cindy, Melissa, gracias por la inspiración y los consejos, siempre a la altura. Corinne, Rose, Mia, Christine, Kristy, Laurelin, Claire, Lauren, EK, Whitney, Pepper, Aleatha y Alessandre, gracias por proporcionarme un lugar seguro para imaginar todo este trabajo de escritura. Supervivientes de Backspace, olvídense de la comida coreana. No volverá. Gracias a los blogueros que invierten su valiosísimo tiempo en leer, revisar y compartir su amistad: Wolfel, Jillian, Allison, Alexis, Nadine, Lisa, Aesta, Vilma, Natasha, Mint, Marianne, Elbe y tantos otros que promocionan a los autores: no dejan de maravillarme. A mis fabulosos Epics, son una joya, y lo saben. Y a los lectores que me mandan mensajes privados a las once de la noche llorando por Ember, o entre risas por algo que se dijo en el club de lectura: son la fuerza que me hace teclear. ¡Gracias!

Por último, gracias de nuevo a mi marido, porque ya saben que solo lee el principio y el final. Tú eres mi constante, mi ancla, mi estrella del norte. Gracias por quererme.

Esta obra se terminó de imprimir
en el mes de febrero de 2026,
en los talleres de Impresora Tauro, S.A. de C.V.
Ciudad de México.